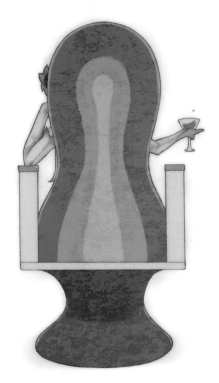

던전에서 만남을 추구하면 안 되는 걸까

오모리 후지노
OMORI FUJINO

일러스트 야스다 스즈히토
YASUDA SUZUHITO

김완 옮김

8

© Suzuhito Yasuda

© Suzuhito Yasuda

전에서
만남을 추구 하면
안 되는 걸까

8

오모리 후지노 지음 ㅣ **야스다 스즈히토** 일러스트 ㅣ **김완** 옮김

헤파이스토스 HEPHAISTOS

오라리오에서 으뜸가는 스미스 기술력을 자랑하는 【헤파이스토스 파밀리아】의 주신.
헤스티아와는 천계 시절부터 질긴 인연으로 맺어진 사이.

로키 LOKI

오라리오 최대 파벌인 【로키 파밀리아】의 주신. 의 문의 가짜 관서 사투리를 쓴다.
권속인 아이즈를 아낀다.

리베리아 리오스 알브 RIVERIA LIOS ALF

오라리오에서도 손꼽히는 실력을 자랑하는 로키 파 밀리아의 부단장. 종족은 하이엘프. 【로키 파밀리 아】 소속.

프레이야 FREYA

【프레이야 파밀리아】의 주신.
신들 중에서도 손꼽히는 미모를 가진 '미의 여신'.

아렌 프로멜 ALLEN FROMEL

【프레이야 파밀리아】 소속 캣 피플.

류 리온 RYU LION

엘프. 원래는 뛰어난 모험자였다. 현재는 주점 '풍요 의 여주인'에서 점원으로 일한다.

나자 에리스이스 NAZA ERSUISU

【미아흐 파밀리아】의 유일한 단원.
미아흐에게 접근하는 여성들에게 질투심을 불태운다.

아스피알안드로메다 ASUFI AL ANDROMEDA

수많은 매직 아이템을 개발하는 아이템 메이커. 【헤 르메스 파밀리아】 소속.

카시마 오우카 KASIMA OUKA

【타케미카즈치 파밀리아】 단장.

아레스 ARES

라키아 왕국(왕국계 파벌 【아레스 파밀리 아】)의 주신. 권력은 왕조차도 능가한다.

츠바키 콜브랜드 TSUBAKI COLLBRANDE

하프드워프 스미스.
【헤파이스토스 파밀리아】 소속. 전투능력도 높아 Lv.5를 자랑한다.

베이트 로가 BETE LOGA

늑대 수인 웨어울프. '풍요의 여주인'에서 벨을 비웃 었지만, 얼마 전 미노타우로스와 싸우는 모습을 보 며 인식을 달리 한다. 【로키 파밀리아】 소속.

핀 디무나 FINN DEIMNE

로키 파밀리아 단장. 머리가 비상하다.
【로키 파밀리아】 소속.

오탈 OTTARL

【프레이야 파밀리아】에 속한 초 실력파 모험자.

시르 플로버 SYR FLOVER

주점 【풍요의 여주인】의 점원.
우연한 만남으로 벨과 친해졌다.

미아흐 MIACH

【미아흐 파밀리아】의 주신.
주로 포션 같은 회복계 아이템을 판매한다.

헤르메스 HERMES

【헤르메스 파밀리아】의 주신. 파벌들 사이에서 중립 을 표방하는 여리여리한 남신. 기민하고 빈틈이 없 다. 누군가의 명령으로 벨을 감시하도록 부탁을 받 은 것 같은데……?

타케미카즈치 TAKEMIKAZUCHI

【타케미카즈치 파밀리아】의 주신.

히타치 치구사 HITACHI CHIGUSA

【타케미카즈치 파밀리아】 소속 단원.

마리우스 빅트릭스 라키아 MARIUS VICTRIX RAKIA

라키아 왕국 제1왕자.
【아레스 파밀리아】의 부단장 겸 아레스의 보좌 부관.

헤스티아
HESTIA
인간과 아인을 넘어서 초월존
재인, 천계에서 내려온 신. 벨
이 속한【헤스티아 파밀리아】
의 주신. 벨이 정말 좋아!

벨 크라넬
BELL CRANEL
본 작품의 주인공. 할아버지
의 가르침 때문에 던전에서
멋진 헤로인과 만날 날을 꿈
꾸는 신출내기 모험자.
【헤스티아 파밀리아】소속.

릴리루카 아데
LILIRUCA ARDE
'서포터'로 벨의 파티에 들어
온 소인족 파룸 소녀. 보기보
다 힘이 장사.
【헤스티아 파밀리아】소속.

아이즈 발렌슈타인
AIS WALLENSTEIN
아름다움과 강함을 겸비한 오
라리오 최강의 여성모험자. 별
명은【검희】. 벨에게는 동경의
존재. 현재 Lv.6.
【로키 파밀리아】소속.

야마토 미코토
YAMATO MIKOTO
극동 출신 휴먼. 한번 미끼로 삼
았던 벨에게 용서를 받은 데에
은혜를 느끼고 있다.
【헤스티아 파밀리아】소속.

벨프 크로조
WELF CROZZO
벨의 파티에 들어온 스미스 청
년. 벨의 장비《강총이 Mk-II》의
제작자.
【헤스티아 파밀리아】소속.

에이나 툴
EINA TULLE
던전을 운영하고 관리하는
'길드' 소속 접수원. 벨과 함
께 모험자 장비를 구입하는
등 공사 양면에서 도와준다.

산죠노 하루히메
SANJONO HARUHIME
벨과 환락가에서 마주친 극동
출신 여우수인, 르나르.
【헤스티아 파밀리아】소속.

CHARACTER & STORY

미궁도시 오라리오—— 통칭 '던전'이라 불리는 장대한 지하미궁을 보유한 거대도시.
모험자가 되려는 소년 벨 크라넬은 이 도시에서 여신 헤스티아와 만나【헤스티아
파밀리아】의 일원이 된다. 던전에 내려갔던 벨은 위기의 순간【검희】덕에 목숨을
건져 그녀에 대한 동경과 함께 자신도 강해지고자 결의한다. 이윽고 던전을 통해,
함께 격전을 겪었던 서포터 릴리, 스미스 벨프, 극동 출신 미코토, 그리고 르나르 하
루히메도 같은【파밀리아】의 일원. 그런 벨 일행이 지내는 오라리오는 오늘도 평
화롭다. 설령 라키아 왕국이 미궁도시로 진군해도……

커버 그림, 본문 일러스트 | **야스다 스즈히토**

프롤로그
진격의 군신

© Suzuhito Yasuda

——라키아 왕국, 출병.

그 소식은 이웃 여러 나라로 눈 깜짝할 사이에 전해졌다.

중후한 갑주를 두른 병사, 마갑(馬甲)을 장착한 수백 수천 마리의 말, 먹구름 아래 둔중한 광채를 뿜어내는 수만 자루의 장창. 국경을 따라 진군하는 무장한 대행렬이 많은 상인과 여행자들의 눈에 뜨였던 것이다.

라키아 왕국.

대륙 서부에 위치한 군주제 국가. 국민의 수는 60만이 넘는다고 하며, 왕도에는 거대한 왕성이 존재하고 그 주위를 따라 넓은 시가지가 펼쳐져 있다. 녹음이 풍부하고 비옥한 토지를 가진 이 나라는 흔히 말하는 '군사국가'라는 야만스러운 측면이 있었다.

모든 것은 군주여야 할 왕보다도 상위에 군림하는 한 신의 신의(神意)에 따른 것.

'군신(軍神) 아레스'.

사실상 일국의 정점이자 통치자인 남신.

결국 라키아 왕국의 정체는, 수많은 파벌의 속성 중에서도 가장 거대하고 가장 번잡한 '국가계【파밀리아】'인 것이다.

병사와 군인은 모두 '팔나'를 입은 권속이고 전투원이며, 산업을 영위해 국가를 지탱하는 백성은 비전투원이라 할 수 있다. 역대 왕 ——파벌 단장—— 또한 유일무이한 주신 아레스의 왕권신수에 따라 선발된다.

아레스와 얼마 안 되는 단원으로 시작되었던 조그만 【파밀리아】는 오랜 시간과 고생을 거쳐 건국에까지 이르러, 역사 있는 왕국으로 존속하기에 이르렀다.

호전적인 신의 뜻에 따라 라키아는 까마득한 오랜 시절부터 수많은 전쟁을 되풀이했다. 이번 출격도 전쟁을 사랑하는 주신이 일으켰으리라는 것이 주변 각국, 다른 도시들의 대체적인 견해였다.

행군하는 병사의 수는 3만.

어떤 '마검'의 은혜로 과거에는 불패신화까지 자랑했던 군대가 향하는 방향은, 대륙 서부에 위치한 라키아에서도 한참 서쪽으로 나아간 대륙의 한구석.

세계에 단 하나밖에 존재하지 않는 장대한 던전을 보유했으며, 오늘날에는 '세계의 중심'이라고까지 불릴 만큼 발전한 미궁도시, 오라리오였다.

거대한 시벽과 하늘을 찌르는 백대리석 거탑을 향해 진군하는 수만의 군화 소리.

중후한 갑옷으로 몸을 감싼 호걸의 엠블럼을 장식한 붉은 군기(軍旗)가 펄럭인다.

서쪽으로 서쪽으로 밀려가는 대군은 마침내 오라리오 인근에서도 관측되었다.

갑작스러운 라키아 왕국의 침공에, 미궁도시는 어땠는가 하면——

"자아, 싸구려—!! 도도배스 통째로 한 마리가 2천 발리스, 2천 발리스!"

"무기 정비, 전용장비 제작, 뭐든 맡아요~."

"누구 우리 【파밀리아】에 들어올 사람 없나요오오오?!"

"흠. 거기 가는 엘프 모험자 아가씨, 이 포션을 주지. 그 아름다운 얼굴에 상처가 남아서는 안 될 테니."

"고, 고마씀미다……!!"

"또 미아흐가 자각 없이 여자애들을 유혹한다아—!!"

""""미아흐라면 어쩔 수 없지.""""

——전혀 다를 것이 없었다.

멀리 서쪽에는 먹구름이 보이지만, 도시는 활짝 갠 푸른 하늘 아래 화창한 햇살을 받으며, 도시 주민들은 동요하는 기색조차 보이지 않았다.

평소대로 바쁜 생활을 보내던 그들은 그저 한결같은 마음의 소리를 냈을 뿐이었다.

——아, 또 왔어?

라고.

그저 평화로운 광경이 펼쳐진 도시 저편, 시벽 동쪽 저 멀리서는 개전을 알리는 비명 같은 목소리가 메아리치고 있었다.

오라리오에서 정동향으로 30K(키를로) 떨어진 대평원.

군마의 울음소리가 울려 퍼진다. 그 바로 뒤를 잇는 것은 초원을 박차는 격렬한 말발굽 소리.

군기를 펄럭이는 무수한 기마가 약진한다.

전장의 꽃이라고도 할 수 있는 기병대였다. 갑주로 무장한 기사와 갑옷을 장비한 군마는 진로에 존재하는 모든 것들을 날려버리고 분쇄한다. 그것은 막대한 파괴력을 지닌 전장의 거대한 창과 다를 바 없다.

날을 가지런히 늘어놓고 전방으로 내민 랜스가 햇살을 반사해 은빛 광채를 뿜어냈다.

전장에서 맞닥뜨리면 어떤 보병이든 공포에 빠지게 만드는, 그런 무적의 기병대는―― 겁을 먹고 있었다.

강철 투구 안에서 낯빛을 창백하게 물들인 기사들의 시선 너머, 돌격하는 군마 앞을 가로막은 자는 단 한 명의 드워프.

우락부락한 육체에 두꺼운 중무장, 그 갑옷 위에는 망토.

눈가 깊이 투구를 눌러쓰고 거대한 배틀액스를 들었다.

전방에서 밀려드는 말발굽 소리에, 그는 일반 규격을 아득히 넘어선 무기를 쳐들고는, 간격이 10M(메들)로 줄어든 순간 기병대에 돌격했다.

상반신을 한껏 틀어 옆구리로 가져간 배틀액스를, 수평으로 풀 스윙.

"흐으으읍!!"

다음 순간, 무적의 기병대는 날아가버렸다.

『끼야아아아아아아아아아아아아아아아아아아아악?!』

상공을 춤추는 기사와 군마. 거짓말 같은 광경이 대평원에 펼쳐졌다.

기사들은 마치 이렇게 될 줄 알았다는 양 푸른 하늘을 바라보며 눈물을 흩뿌렸다가, 벗겨진 투구며 비명을 지르는 말과 함께 땅으로 떨어져갔다. 기병대의 전방이 붕괴되면서 후방에서 이어지던 군마는 기세가 멈춘 선봉을 향해 잇따라 충돌하고 넘어졌다.

눈 깜짝할 사이에 무너지기 시작한 전장에서, 도끼 한 자루로 기병대를 쓸어버린 드워프——【로키 파밀리아】 소속 가레스 랜드록은 크게 탄식했다.

"나 원, 핀 녀석…… 귀찮은 일은 다 떠넘기고."

질리지도 않고 돌격하는 별동대—— 제2, 제3기병대에는 이제 한숨도 나오지 않는다. 가레스는 그저 눈꼬리를 치켜세우며 배틀액스를 고쳐 들었다. 눈물을 머금은 기사들은 이내 조금 전과 마찬가지로 호걸의 도끼질에 허공으로 날아올랐다.

오라리오의 제1급 모험자 가레스 랜드록.

Lv.6의 【스테이터스】를 가졌으며, 전 세계에 이름을 떨치는 드워프 대전사.

반면 라키아 기병대의 【스테이터스】는 거의 모두 Lv.1, 부대장 몇 명이 Lv.2일 뿐.

기술과 허허실실, 나아가서는 전술을 아무리 짜낸다 한들 뒤집을 수 없는 압도적인 레벨의, 능력의 차이.

이 돌격이 얼마나 무모했는지 라키아의 기사들도 똑똑

히 깨달았다.

——전투, 특히 인간과 인간의 전쟁에서 숫자로 압도하는 시대는 이미 끝났다.

현대, 흔히 말하는 '신시대(神時代)'는 '양보다 질'인 시대라 불린다.

단 한 사람의 호걸이——신에게 부여받은 '은혜'를 승화시킨 전사가——지극히 쉽게 전황을 뒤집어버릴 가능성을 가진 것이다. 실제로 【랭크 업】한 열 명으로 이루어진 소대라면 정면에서 붙었을 경우 백 명의 적군, 혹은 천 명의 군세조차 밀어낸다는 평가를 받을 정도였다.

그런 법칙 중에서도 Lv.6 정도 되면 '고대'에 지상에 진출해 설쳐댔던 몬스터와 동등하거나, 그보다 아득히 높은 실력을 가진 거나 다름없다.

다시 말해 라키아군의 눈에는 가레스가 고대의 드래곤과 똑같이 보이는 것이다.

그리고 '영웅'이 존재하지 않는 만군이 드래곤을 당해내지 못한다는 것은, 진리다.

영웅담이나 민화의 전개를 따르듯 어중이떠중이 병사들은 드워프 대전사 한 사람에게 모조리 재기불능에 빠졌다.

"티오네, 징 울려. 후퇴하는 적의 제1군은 미끼야. 배후에서 돌아가 아군과 협공하자."

"네!"

"그리고 언덕 위에는 아마도 마도사들…… 포격부대가

있을 거야. 티오나, 들키지 않도록 포위해 제압하라고 【가네샤 파밀리아】에 알려줘."

"알았어~ 에이, 전달만 하니까 심심하다."

가레스가 설쳐대는 대평원에서 떨어진 들판, 절규가 끊임없이 오가는 주전장.

장창을 든 【로키 파밀리아】의 단장, 파룸 핀 디무나는 아득한 후방에서 여러 전역의 움직임을 동시에 간파하면서 수없이 지시를 내리고 있었다.

이번에 쳐들어온 총원 3만의 라키아군을 맞아 오라리오는 하는 수 없이 응전했다. 관리기구인 길드의 명령——미션(강제임무)이 발령되어, 도시에 속한 여러 【파밀리아】가 이 응전에 참가하고 있었다.

초전부터 숫자로 밀어붙이는 총공격을 감행하는 적에게 어쨌든 단결해서 대응하게 된 오라리오 임시 연합군은 핀을 총지휘관으로 임명했다. 미궁 공략의 최전선에 서는 파벌 두령은 던전의 이상사태를 간파하는 통찰력, 그리고 지휘력을 이곳에서도 발휘해 적군의 모든 의도를 분쇄해내고 있었다.

"단장님, 일부 【파밀리아】가 말을 안 듣지 말임다……. 특히 【프레이야 파밀리아】가."

"우린 여러 조직을 긁어모은 오합지졸일 뿐이야. 간단히 전황을 전달해주고 뒷일은 맡기면 돼. 【프레이야 파밀리아】라면 걱정해봤자 소용없을 테고."

"핀, 동쪽에서 적의 증원군이 오는 것 같다. 어떻게 대응할까?"

"음——…… 그보다도 북쪽 숲이 수상한걸. 리베리아, 미안하지만 아이즈랑 몇 명을 데려가줘. 아마 그쪽이 진짜일 거야."

미덥지 못한 남성 단원의 목소리에 우군을 내버려두도록 명령하고, 하이엘프 마도사에게는 별도의 지시를 내린다. 오른손 엄지를 핥아가며, 핀은 미래예지와도 같이 온갖 적의 전술전략을 예견해냈다.

【로키 파밀리아】이외의 파벌에 속한 수많은 모험자들도 울부짖는 적병을 베어 쓰러뜨리고 부대를 궤멸시켜나갔다. 수많은 머리가 저마다 의지를 가진 히드라처럼 오라리오 임시 연합군은 들판에 포진한 라키아군을 유린해나갔다.

"심심하네……."

"내는 할 일도 있었데이~."

지휘를 맡은 핀 일행의 아득한 후방, 야트막한 언덕 위에서는 소집된【파밀리아】의 주신들이 모여 있었다.

저마다 텐트며 의자를 마련케 한 신들 가운데, 화려한 신좌(神座)에 앉아 포도주를 마시는 프레이야, 마찬가지로 신좌 위에 책상다리를 하고 앉은 로키는 시선 너머에서 펼쳐지는 일방적인 전투를 바라보며 지극히 무료한 시간을 보냈다.

"말을 탄 시점에서 이미, 말이지……."

"【스테이터스】 높은 얼라들이 훨 빠르다 안하나~. 멋 부리고 싶은 거야 이해하는데, 성장이 없다꼬 지 입으로 불어삐면 우짜라고."

주위의 다른 신들도 긴장감 없이 늘어진 채 비슷한 태도를 보였다.

이곳 본영, 아니, 신영(神營)에는 소수의 호위단원과 함께 각 파벌의 단기가 바람에 나부끼고 있었다. 특히 【로키 파밀리아】와 【프레이야 파밀리아】의 단기──모험자들의 부대에도 내건 트릭스터와 발키리의 엠블럼은 이를 보는 라키아의 병사들을 전율케 했다.

위축된 적군은 움직임에 빛을 잃었으며, 돌격에는 전혀 기세가 없었다. 명성이 자자한 미궁도시 최강 파벌의 상징은 존재만으로도 상대의 사기를 대폭 꺾어버렸다.

"반대로, 우리가 안 나갔으믄 먼 일인가 하고 저넘들도 기어오를 기다……. 하아. 최대 파벌이란 직함도 귀찮기만 하데이."

"새삼스레 무슨 소릴."

진저리를 치며 뒤통수에 깍지를 끼는 로키에게 프레이야가 눈을 가늘게 뜨며 웃었다.

"그보다…… 라키아에도 전사자가 전혀 없다고 들었는데, 어떻게 된 거야?"

프레이야의 물음에 로키가 고개를 설레설레 저으며 대

답했다.

"머 어쩌라꼬. 상업계 애들이 돈줄 죽이지 말라 카는데."

와와 꺅꺅 아비규환의 소용돌이로 변한 전장을 바라보며, 오라리오의 모험자들은 모두 적에게 치명상을 입히지 않고 있음을 밝힌다.

"게다가 이딴 전쟁놀이 땜에 우리 얼라들 손을 더럽힐 수는 없다 아이가."

"그것도 그러네."

촌극일 뿐이라고 중얼거리며 로키는 하품을 꾹 참았다.

"아레스 그 문디도 힘의 차이를 모르니까 요래 자꾸 쳐들어오는기라."

이것저것 있는 대로 쥐어짜내주겠다고, 주홍머리 신은 멀리 보이는 적의 진지로 시선을 향했다.

"저기저기, 군인 아저씨~. 지금 사면 오라리오 특제 포션이 한 병에 1천 발리스인데~."

잇따라 부상자가 실려오는 라키아군 진영은 **성황**이었다.

무수한 천막이 늘어서고 드러누운 부상자들의 신음소리가 솟는 가운데, 병사도 아닌 데미휴먼이, 그리고 신들이 활보했다. 적병의 제지를 뿌리치고, 혹은 틈새를 비집고 침입한 오라리오 소속 상업계【파밀리아】들이 파벌에서 제작한 물건을 팔아치우는 것이다.

"아프지? 힘들지? 그 부상이 얼른 나았으면 좋겠지?"

"나, 나았으면 좋겠습니다……."

"오케이 거래 성립!"

넝마가 된 병사를 발견하면 시치미 뚝 떼고 포션을 팔아 치우는 오라리오의 남신들.

소속 도시가 아닌 적군에게 오라리오의 제품을 유출해 주는 그들의 상인정신은 억척스럽다. 때를 놓치지 않겠다는 양 이익을 올리려 한다.

"무기가 망가지면 싸울 수 없지. 자자, 얼른 사라고!"

"물물교환도 좋아~."

"흐하하하하하!! 어떠냐, 미아흐! 우리 제품은 이곳에서 도 성황이다아!! 보아하니 나의 승리인 모양이구나아! 안 그러냐, 아미드?!"

"아닙니다, 디안 케흐트 님. 미아흐 님은 처음부터 이곳 에 계시지 않았습니다."

"뭐야아?! 겁 먹었느냐, 미아흐으으으으으으으으으?!"

무기며 방어구, 나아가서는 '마검'까지.

온갖 상품의 대금으로 치러진 금품의 액수는 그야말로 전쟁특수라 부를 만했으며, 조금도 피해를 입지 않은 오라 리오 측이 일방적으로 윤택해져갔다. 모험자들에게 라키 아의 보급로를 제일 먼저 끊어버리도록 부탁했던 상인들 도 물자를 팔아치우는 가운데. 주신 아레스의 신의를 수행 하려면 그들의 시혜를 받아들이지 않을 수 없는 군 상부의 책임자들은 울며 겨자 먹기로 거금을 지불해야만 했다.

"쯧, 괜찮은 수컷이 전혀 없네……. 역시 장군급이 아니면 못쓰겠어."

"아이샤~! 저쪽 본진에 싱싱한 기사들이 있던데, 먹으러 가자~!"

"오! 기다려, 사미라. 지금 갈 테니까!"

행군에는 필수적이라는 양 창부들의 모습까지 보였다. 환락가에서 찾아온 무소속 미녀들이 장사를 위해 병사들을 유혹했다. 때로는 사나운 아마조네스들이 굴강한 기사들을 잡아먹는, 희열을 넘어선 비명에 가까운 목소리도 곳곳에서 솟아났다.

이제는 아주 제멋대로 활개를 치는 오라리오의 주민들에 의해 라키아 진영은 일종의 축제장처럼 변했다.

"보, 보고드립니다!! 제1군에서 제5군까지는 궤멸했으며 전선의 병사들은 모조리 도주 중! 우리 측의 배치를 간파했는지 작전도 모두 실패로 끝나서……!"

"이, 이것드으을……!!"

──진영 가장 안쪽, 가장 커다란 막사 내에서는 한 남신이 주먹을 부르쥐고 있었다.

사자를 방불케 하는 찬란한 금발에 새빨간 갑주. 정한하고 다부진 용모는 '미의 신'에 필적할 정도였으며 그야말로 미장부라 불러도 과언이 아니었다.

이번 전쟁, 아니, 항쟁을 일으킨 장본신, 라키아 왕국──

【파밀리아】의 주신 아레스였다.

　의자에 앉은 그는 병사의 보고에 이를 악물며 얼굴을 요란하게 일그러뜨렸다.

　"진영 내에도 오라리오에서 온 돈의 망자들이 발호하고 있습니다! 아마조네스 창부들에게 유혹당해 병사들의 군기는 빠질 대로 빠진 상황이고…… 우리 군의 사기는 너덜너덜해졌어요!!"

　"오라리오오———————!! 모략으로 나서다니 비겁하다앗~~~~~~~~~~~~!!"

　몸에 걸친 갑주와 마찬가지로 얼굴을 시뻘겋게 물들이는 아레스. 로키가 이 자리에 있었다면 '그딴 짓을 누가 하노, 문디'라고 대답해주었을 말을 입에 담으며 분노에 몸을 떨었다.

　그가 내세우는 주의주장은 '투쟁본능', 주위의 평가는 '닥치고 돌격'.

　다른 신들에게 근육뇌라 불리는 주신의 격분에, 옆에 있던 부관 청년은 지극히 지친 표정으로 어깨를 늘어뜨리고 큰 한숨을 쉬었다.

　군신, 혹은 투신(鬪神) 아레스.

　그는 전쟁의 신이기는 했지만 승리를 관장하는 신은 아니었다.

　이미 패전의 기미가 농후한 분위기에 막사 내의 장교들은 일제히 입을 다물어, 그저 남신의 노성만이 울려 퍼졌다.

　"이번에는 꿍꿍이는 꾸미지 않을 겁니까?"

　──어떤 군신의 포효가 터져나오던 것과 같은 시각.

　전장에서 아득히 멀리 떨어진 미궁도시를 에워싼 거대 시벽 위에서는 순백색 망토를 바람에 나부끼는 미녀──【헤르메스 파밀리아】 두령 아스피가 자신의 주신에게 말하고 있었다.

　멀리서 솟아나는 '마법'으로 보이는 시커먼 연기를 보던 남신은 흉벽에 등을 기대며 대답했다.

　"아레스한테 벨을 보내봤자……."

　여리여리한 인상의 신이 짓는 웃음은 이번만큼은 쓴웃음이었다. 헤르메스는 등황색 머리카락을 출렁이며 바람에 날아가지 않도록 여행모를 누르고 있었다.

　"그건 그거대로 재미있는 일도 일어날 것 같지만…… 프레이야 님의 반응이 너무 무서워."

　"……그 후로 프레이야 파벌의 접촉이 있었습니까?"

　"전혀~? 하지만 아무 말도 안 나오는 게 '두 번은 없다'는 경고 같기는 해."

　환락가에서 있었던 사건의 혼란이 채 가라앉기도 전에 그녀의 파벌을 자극하는 생각 없는 짓은 절대 못 한다고, 헤르메스는 아스피를 돌아보며 말했다.

　"파벌이 궤멸되는 꼴은 보고 싶지 않습니다."

눈을 흘기며 대꾸하는 권속에게 자신도 안다며 주신은 어깨를 으쓱했다.

"길드랑 교섭해서 헤스티아네한테는 절대 소집이 떨어지지 않도록 해뒀어. 한동안 사건 연발이었으니 말이야. 가끔은 좀 쉬게 해줘야지."

흉벽에 등을 기대면서, 헤르메스는 투명할 정도로 푸른 하늘을 우러러보았다.

"거, 【검희】?!"

"【검희】다!!"

"튀어라아아아아아아아아아아아아아아아아아아!!"

그리고 주전장인 들판 북부.

숲에 숨어 있던 기습부대는 검사 소녀가 눈앞에 나타난 순간 전의를 깡그리 상실했다. 부대장의 저지도 허무하게 보병들은 무기를 내팽개치고 도망쳤다.

"뭐, 이렇게 되는 것도 당연하지."

"그러니까 앞으로 나가지 말라고 했잖냐, 아이즈. 나 원. 쫓아가기 귀찮게시리."

"……."

리베리아, 그리고 웨어울프 베이트의 말에 검을 든 아이즈 발렌슈타인은 입을 다문 채 고개를 숙였다.

지나치게 눈에 뜨이는 금발금안의 미모는 너무나도 강렬해서 적군에 정체를 금세 알려버리고 만다. 계층 터주를 혼자 격파했던 '전희'를 두려워한 병사들의 반응에 소녀는 감정이 희박한 표정으로도 또렷이 알아볼 수 있을 만큼 풀이 죽었다.

"아이즈, 넋 놓지 마라. 추격하자. 근처의 마을에서 도적 떼처럼 행패를 부릴 수도 있으니."

"……응."

"냉큼 해치우고 오라리오로 돌아가자고. 시간낭비라니깐."

추격을 위해 뛰어나가는 리베리아와 베이트, 다른 단원들의 뒤를 따르려 하던 아이즈는 그 직전에 뒤를 돌아보았다.

남서쪽 방향에는 백색 거탑이 여느 때와 다를 바 없는 모습으로 하늘 높이 서 있었다.

훗날 '제6차 오라리오 침공'이라 불리게 되는 라키아 왕국의 군사행동.

평소보다도 오래 끌게 될 전쟁 속에서, 미궁도시는 흔해 빠진 일상을 누리고.

신들과 권속들은 누구의 눈에도 뜨이지 않는 소소한 이야기를 자아낸다.

1장 어떤 무신에게 바치는 연가

© Suzuhito Yasuda

『미코토, 여기 있었느냐.』

꿈을 꾸고 있다.

쌀쌀한 바람이 부는 하늘, 말라비틀어진 나무 아래에.

어린 자신이 무릎을 끌어안은 채 주저앉은 광경을 보고, 미코토는 이것이 과거의 기억임을 알았다.

『왜 그러느냐, 배가 고픈 게냐?』

무릎에 이마를 붙인 채 고개를 들려 하지 않는 조그만 미코토에게, 지금과 전혀 다를 바 없는 각진 머리의 타케미카즈치가 말을 건다.

고향인 극동, 그들이 살던 집인 신사 뒤쪽에서 두 사람만의 목소리가 울려 퍼졌다.

『……타케미카즈치 님.』

고개를 들지 않은 채 어린 미코토가 어린 목소리로 말했다. 눈앞에 쪼그려 앉은 타케미카즈치에게 입을 연다.

『왜 미코토한테는, 어머니 아버지가 없을까요…….』

고아이기 때문이다.

지금의 미코토라면 또박또박 대답할 수 있다.

전쟁, 역병, 그리고 몬스터.

아이가 부모를 잃고 천애고아가 되는 일은 극동에서는 그리 드물지 않다. 오히려 몸을 의탁할 곳을 잃은 후 타케미카즈치를 비롯한 신들의 신사에 들어갈 수 있었던 미코토는 그나마 운이 좋은 편이었다.

──데려가주셨던 곳은 시끌벅적한 마을 축제였던가.

──아니면 배가 정박한 항구마을, 혹은 수도였던가.

오우카와 치구사 같은 친구들과 함께 신들이 데려가주었던 장소에서, 이때의 미코토는 화목한 가족의 모습을 보고도 모르는 척했던 적막감을 견디지 못했던 것이다.

『……미코토를 낳아준 어머니 아버지는, 너를 우리에게 맡기고 하늘로 가셨단다.』

『이젠, 못 만나요……?』

『글쎄…… 미코토가 살아 있는 동안에는, 하계로 돌아올 수 없을지도 모르지.』

타케미카즈치가 행간으로 말한 의미를 아직 이해하지 못한 어린 미코토는, 그저 만날 수 없다는 말에 긍정하는 대답만을 알아듣고 몸을 굳혔다.

『쓸쓸하니?』

어린 미코토는 고개를 끄덕일 수도, 가로저을 수도 없었다.

그저 팔을 끌어안은 손에 힘을 주었다. 무언가가 넘쳐나지 않도록, 손가락이 새하얗게 변할 정도로.

가늘게 몸을 떨기 시작하는 소녀를 앞에 두고, 땅에 무릎을 댔던 타케미카즈치는.

갑자기 그녀의 몸을 가볍게 머리 위로 들어올렸다.

겨드랑이 밑에 손이 들어오는가 싶더니 시야가 높아지는 바람에, 미코토는 놀라면서 남신을 내려다보았다.

『미코토, 내 딸이 되려무나.』

그리고 눈물이 고인 눈을 크게 뜨는 미코토에게 타케미카즈치가 웃음을 지었다.

『네⋯⋯?!』

『언젠가 너에게 내 '팔나'를 내려주마. 그렇게 하면 너는 나와 피를 나눠받은 어엿한 부녀, 가족 —— 【파밀리아】다.』

『가족⋯⋯ 파밀리아.』

그 말은 감미롭기만 한 것이 아니라, 슬픔에 젖었던 미코토의 가슴에 온기까지도 가져다주었다.

갓난아기처럼 자신을 들어 올려다보는 타케미카즈치의 눈에는 분명히 자식에게 향하는 자애가 있었기 때문이다.

『병은 마음에서, 그리고 마음은 몸에서 오는 것. 나의 지론이다. 네가 쓸쓸함 따위 느낄 겨를도 없을 만큼 내가 무술이든 무엇이든 가르쳐주마. 그러니 안심하거라, 미코토. 그리고 각오하거라.』

멍청한 표정을 지은 어린 미코토에게 타케미카즈치는 멋대로 떠들고는 어린아이처럼 웃었다.

『미코토는 어머니 아버지와 무엇을 하고 싶었느냐?』

다음으로는 또 부드러운 눈빛을 띠며, 솔직히 말하라고 물었다.

『⋯⋯미, 미코토는, 아버지의 어깨에 목말을 타보고 싶었어요.』

『당장 해주마. 그리고?』

『이, 이불 안에서, 쓸쓸해지지 않도록 같이 자고 싶어요!』

『좋아, 오늘 밤에 하자. 그리고?』

『얼마 전에 수도에서 봤던 벼, 별사탕을 같이 먹고 싶어요!!』

『그, 그래. 맡겨다오.』

값비싼 과자를 요구하는 바람에 타케미카즈치의 웃음이 굳어버렸다.

신사는 항상 가난했지만 그는 훗날 오우카나 치구사 같은 다른 아이들까지 데리고 가 미코토와의 약속을 지켰다.

피차 가난한 옷을 입은 신과 아이는 시선을 마주했다.

『하지만 뭐, 내가 싫다면 츠쿠요미나 다른 녀석들의 【파밀리아】라 해도——』

『타케미카즈치 님이 좋아요!!』

그의 말을 가로막으며 어린 미코토는 큰 목소리로 외치고 있었다.

얼굴을 새빨갛게 물들이고, 자청색 눈으로 가만히 바라보며.

『……그렇구나.』

눈을 연신 깜빡이던 타케미카즈치는, 이윽고 활짝 웃었다.

미코토를 땅에 내려놓고, 머리를 한껏 쓰다듬어주었다.

그 커다란 손에 미코토는 간지럽다는 듯 눈을 감고 한

줄기 눈물을 흘렸다.

그리고 그의 어깨에 올라타, 자신을 찾던 친구들, 신들의 곁으로 둘이 함께 웃으며 돌아갔다.

이날부터 타케미카즈치는 아버지가 되었으며, 미코토는 친애를 품었다.

그리고 언제부터인가 그 마음은 연모로 변하게 되었다.

"……."

미코토는 천천히 눈을 떴다.

창밖에서 희미한 빛과 작은 새들이 지저귀는 소리가 날이 밝았음을 가르쳐주었다.

그리운 기억에 투명해진 마음으로 천장을 올려다보던 미코토는, 정신이 들고 보니 활짝 웃고 있었다.

추억에 잠긴 채 이불에서 몸을 일으키니, 새근새근.

자신의 것이 아닌 조용한 숨소리가 들려왔다.

바로 곁을 보면 르나르 소녀── 하루히메가 다른 이불에서 드러누워 자고 있었다.

【이슈타르 파밀리아】의 사건을 거쳐 다시 손을 잡을 수 있게 된 동향 소녀의 모습에 웃음이 새어 나왔다. 그녀를 깨우지 않도록 미코토는 그녀의 아름다운 금발과 여우 귀를 가만히 매만졌다.

【헤스티아 파밀리아】의 홈, '화덕관' 내의 어떤 방.

컨버전을 거쳐 파벌에 들어온 미코토와 하루히메는 3층에 있는 2인실을 배정받아 함께 쓰고 있다.

침대는 없으며, 극동풍 세간이 많은 실내 풍경은 원래 대륙 양식 구조인 방과는 잘 어울리지 않는 것도 같다. 방 한구석에 놓인 옷걸이용 가로대에는 화려한 기모노와 극동풍의 배틀클로스가 걸려 있다.

꿈에서 깨, 오래도록 살았던 신사는 멀어지고 대신 지금 있는 장소가 의식을 각성시켜주었다.

유대를 되찾은 소꿉친구의 얼굴을 한참 바라본 후, 미코토는 서서히 밝아져가는 창밖으로 눈을 돌렸다.

"……좋아!"

맑디맑은 아침이 찾아왔다.

미코토는 기지개를 켰다.

"하루히메 공, 배식을 부탁드려도 되겠습니까?"

"아, 네!"

홈의 대식당에 향긋한 냄새가 피어났다.

인접한 넓은 조리장에서는 흑발을 한데 묶고 앞치마를 장착한 미코토가 야채를 썰고 생선을 굽고 국자로 솥을 저었다.

척척 아침을 지어나가는 그녀의 목소리에 하루히메가 파닥파닥 발소리를 울리며 몇 번이나 식당과 조리장을 왕복해 식기와 음식을 식탁에 늘어놓았다.

"하루히메 공, 너무 무리하지 않아도⋯⋯."

"아, 아니옵니다! 저도 【파밀리아】의 일원이 된 바, 부디 함께 일하게 해주시옵소서, 미코토 님."

하루히메의 차림은 기모노가 아니라, 메이드복이었다. 하루히메는 입단한 직후부터 자청하여――"일을 맡겨 주시옵소서"라며――릴리가 그동안 걱정했던 저택 관리, 가정부 역할을 희망했던 것이다.

귀족 태생인 데다 지난 5년 동안은 창부로 지냈기 때문에, 일하는 모습이 위태롭기는 했지만 그녀는 적극적으로 청소며 급사 같은 일에 적응하려 했다. 까만색 원피스와 흰색 에이프런, 굵은 꼬리와 함께 흔들리는 긴 스커트를 미코토는 흐뭇하게 바라보았다.

도시 밖에서는 라키아군과 오라리오의 【파밀리아】 연합군이 전투를 벌이는 동안.

단원이 적으며 규모 확장 직후인 점이 고려되어 길드에서 소집이 떨어지지 않은 【헤스티아 파밀리아】에는 평화로운 일상 풍경이 펼쳐졌다.

"와, 냄새 좋다⋯⋯."

"오늘은 미코토 군이 당번이로구나. 어쩐지 향이 근사하더라니."

"아, 벨 공. 헤스티아 님. 안녕히 주무셨습니까."

국물을 작은 접시에 따라 맛을 보던 미코토는 조리장에 얼굴을 비친 소년과 주신에게 인사했다.

【헤스티아 파밀리아】의 식사당번은 매일 돌아가며 맡게 된다. 어지간한 일이 없는 한 주신도 포함해 그날의 식사 당번 두세 명이 식탁을 준비하는 것이다.

벨프는 익히기만 하는 이른바 남자 요리, 릴리는 재료를 최대한 아끼는 절약 요리 등 식탁에는 각자의 성격과 조리 실력이 드러나는데, 미코토의 음식만은 모든 【파밀리아】 멤버들에게 '맛있다!'는 평가를 받고 있었다.

고향의 신사에서 어렸을 때부터 치구사를 비롯한 여성 진과 함께 부엌을 맡아 한정된 식재료를 온갖 아이디어와 지혜로 음식이라 불릴 만한 수준까지 승화시켰던 그녀의 요리 실력은, 성실한 인품이나 타고난 소질과도 맞물려서 인지 감자돌이 애호가인 헤스티아까지 감탄하게 만들 정도였다.

"미코토 씨, 여기 솥에 든…… 어, 갈색 수프는 뭐예요……?"

솥을 엿보는 벨에게 대답했다.

"그건 미소장국입니다."

우려낸 국물에 미소를 풀어넣은 극동의 전통음식이다. 평소 미코토는 벨 일행의 취향에 맞춰 빵 같은 것을 주식으로 삼는 오라리오의 일반적인 식사를 준비하지만, 얼마 전 도시 남서쪽에 있는 교역소에서 우연히 미소를 발견해 오랜만에 만들어보고자 생각했던 것이었다.

고향의 음식, 고향의 맛이라 설명하고 벨 일행에게도 맛을 보여주니 그들의 뺨은 금세 헤실헤실 풀어졌다.

"어쩐지 마음이 푸근해지네요."

"음, 맛있구나. 이것이 미코토 군의 소울 푸드란 말이지."

고향 음식이 호평을 받아 미코토 또한 기뻐했다. 벨과 헤스티아는 웃으며 소녀를 칭찬했다.

"미코토 씨는 정말 요리를 잘하세요."

"그렇고말고. 분명 훌륭한 아내가 될 게다."

그리고 헤스티아가 입에 담은 단어에 미코토는 과도하게 반응했다.

"아, 아내?!"

눈 깜짝할 사이에 얼굴을 새빨갛게 물들인 그녀는 멋쩍음을 감추고자 손을 마구 휘저어대며 맹렬히 부정했다.

"무, 무슨 말씀을 하십니까, 헤스티아 님! 저는 아직 미숙한지라! 아내라니 —— 아핫, 아하하하하하하하하하!!"

"미코토 씨, 부엌칼! 부엌칼?!"

"위험하다, 위험해!!"

새빨개진 얼굴로 웃으면서 부엌칼을 든 오른손을 붕붕 휘저어대는 미코토. 한껏 당황한 헤스티아는 필사적으로 소녀의 폭주를 저지했다.

한바탕 소동이 지나고 아침을 먹은 후.

헤스티아가 아르바이트를 나가고, 뒷정리를 마친 미코토도 포함해 홈에 남은 권속들은 1층의 거실에 모였다.

"드, 드시옵소서……."

쭈뼛쭈뼛 식후 차를 내미는 하루히메에게 쓴웃음을 지으며 벨 일행은 테이블을 에워싸고 회의를 시작했다.

"그러면 하루히메 님이 미궁탐색에 참가해주실지 말지를 결정할 텐데요……."

진행을 맡은 릴리가 입을 열고, 벨 일행의 눈은 미코토의 곁에 앉은 르나르 소녀에게 향했다. 모두의 시선에 메이드복 차림의 하루히메는 굵은 여우 꼬리를 약간 긴장시켰다.

"솔직히 말씀드려서 릴리는 무슨 수를 써서라도 같이 가주셨으면 해요. 하루히메 님의 '마법'은 설명이 필요 없을 정도로 아주아주 강력해요."

"하지만 릴리 공, 하루히메 공의 '마법'이 가진 효과는 절대 다른 이들에게 들켜서는……."

"물론이에요. 하지만 역시 하루히메 님의 존재는 파티에 큰 무기가 될 거예요. 세 분의 위험도 확 줄어들 테고요. 사용할 상황이나 빈도, 은폐 방법을 면밀히 검토해서 릴리는 동행을 희망해요."

하루히메의 마법 【도깨비 방망이】. 효과 내용은 '레벨 부스트'.

다른 이의 레벨을 한 단계 【랭크 업】 시켜주는 레어 매직이다. 이 터무니없는 '요술' 때문에 【이슈타르 파밀리아】 내에서 목숨을 잃을 뻔했을 정도로, 그녀의 '마법'이 드러난다면 그녀를 납치해서라도 악용하려는 자가 나타날 것이다.

그러나 동시에, 보물을 내버려두고 썩히는 것은 아까워도 너무나 아깝다는 릴리의 말 또한 옳다. 사용제한이나 대책을 마련해 운용하고 싶다는 그녀의 의견은 파티의 참모를 맡은 자로서 지극히 타당했다.

릴리와 미코토, 소녀들의 대화에 귀를 기울인 남성진——벨은 난처한 표정을 지었으며, 벨프는 당사자인 하루히메에게 질문을 건넸다.

"【이슈타르 파밀리아】 때는 어땠어? 던전에 데리고 가진 않았어?"

"아니옵니다, 통상 탐색이나 '원정'에도 참가했나이다. ……하오나 카고에 들어가 운반되거나, 아무 일도 하지 않은 채 보호만 받거나 둘 중 하나여서……."

"……."

"몬스터와는, 한 번도 싸워본 일이 없나이다……."

하루히메의 【스테이터스】는 '마력' 어빌리티를 제외하면 서포터인 릴리보다도 낮았다. 늘 보호만 받던 그녀에게 최소한도의 자위를 바랄 수도 없을 테니, 평소에는 짐만 되리란 점은 쉽게 예측할 수 있었다.

송구스럽다는 듯 고개를 숙이는 르나르 소녀에게 벨프와 릴리는 아무 말도 할 수 없는 표정을 지었다.

"……어쩔까? 홈에 남겨둘까?"

원래 역할이 메이드니 그대로 저택에 잔류시킬까 하는 벨프의 목소리가 거실에 울려 퍼진 가운데.

미코토는 반사적으로 벨의 얼굴을 보고 있었다.

누가 뭐라 해도 파벌의 단장이며, 하루히메를 구해내고자 분주했던 소년의 의견을 묻고 싶었던 것이다.

"……아이샤 씨하고, 약속했어요. 무엇이 가장 좋은지는 모르겠지만, 그래도 던전에서든 어디서든, 난 하루히메 씨를…… 그 뭐냐, 지, 지킬 거예요."

뒷말은 붉어진 얼굴과 함께 꽁무니를 빼는 바람에 영 미덥지는 못했지만, 그것은 맹세의 말이었다. 반쯤은 벨 자신에게 들려주는 것과 다름없었다.

하루히메도 벨과 마찬가지로 얼굴을 붉히고, 그 모습에 릴리가 살짝 떨떠름한 표정을 지었다. 미코토는 입술에 웃음을 띠었다. 시선을 천장으로 들었다가 바닥으로 떨구었다가 영 안절부절못하는 소년에게 곁에 있던 벨프가 웃으며 허리를 쿡 찌른다. 그러면서도 모두의 시선은 하루히메에게 쏠렸다.

결국은 그녀의 뜻에 달렸다.

"……따라가겠사옵니다. 하루히메는 여러분께 도움이 되고 싶나이다."

시간을 두고, 긴장하면서도 하루히메는 또박또박 말했다.

미코토와 벨을 한번 보고, 녹색 눈동자에 각오의 빛을 드러낸다.

"소, 소, 소녀는…… 【파밀리아】니까요."

마지막에는 고개를 숙인 채, 가녀린 목소리로.

얼굴을 붉히며 움찔움찔 여우 귀와 꼬리를 흔드는 【파밀리아】의 새 동료에게 벨프와 릴리, 벨은 웃음을 나누었다. 미소를 지은 미코토도 더 이상은 이의를 제기하려 하지 않았다.

파티 멤버는 다섯.

서포터 겸 요술사로, 하루히메는 던전 공략에 가담했다.

어둠이 지배하는 땅속 깊은 곳에서 괴물의 포효가 울려 퍼진다.

회색 암반이 드러난 암굴 내부. 머리 위를 오가는 여러 마리의 박쥐, 구멍이 뚫린 벽 속에서 튀어나오는 지렁이와 비슷한 징그러운 웜, 강렬한 포효를 터뜨리는 라이거 팽── 온갖 몬스터들이 뒤섞인 목소리에 대항하듯, 미궁을 나아가는 모험자들은 소리를 질렀다.

"무기랑 방어구 상태는 어때?!"

"불만 없음!!"

"아주 좋습니다!!"

함께 질주하는 벨프의 목소리에 벨과 미코토는 무기로 바람 가르는 소리를 내며 대답했다.

하이 스미스가 새로 맞춰준 소년의 제5대 갑옷이 반사하는 순수한 흰색 금속광택이 던전의 어스름 속에 빛났다. 경량 방어구는 마치 장비한 사람의 속도를 더 높여주듯 움직임을 저해하지 않고 나이프의 러시를 뒷받침해주었다. 소녀의 손에 들린 새 부무장인 장창은 뻣뻣한 털로 덮인 라이거 팽의 모피를 쉽게 관통해 일격에 숨통을 끊었다.

던전 제15계층.

홈에서 미팅을 마치고, 하루히메를 더한 파티 일행은 미궁공략에 나섰다.

제2급 모험자가 된 벨의【스테이터스】, 그리고 벨프가 제작한 새 무장의 힘으로 견실하게, 그러면서도 파죽지세로 나아가 미공략 계층이었던 제15계층까지 진출했다.

핸드 보건으로 지원하는 릴리의 곁, 후열 위치에서 압도되기만 하는 하루히메와는 달리 벨 일행은 밀려드는 몬스터의 무리와 격렬한 교전을 펼쳤다.

"——전방에서 '미노타우로스'가 옵니다!"

"'하울' 날아온다! 릴리돌이, 귀 막아!!"

탐지계 스킬【야타노쿠로가라스】의 효과로 몬스터의 접근을 경고하는 미코토의 뒤에서 벨프가 태도로 '던전 웜'을 양단하며 외쳤다.

전열인 벨, 벨프, 그리고 중견인 미코토까지 앞으로 나가 몬스터의 공세를 밀쳐내려 하는 가운데, 전방 통로의 어둠 속에서 2M을 거뜬히 넘는 거구가 다가왔다. 미코토와 벨프의 경고대로 소머리의 인간형 괴물은 턱을 한껏 벌리며 포효를 터뜨렸다.

『부우워어어어어어어어어어어어어어어어어어어어어어어어어어어어어어어!!』

원시적인 '공포'로 생물의 움직임을 가로막는 위협——리스트레이트(강제 정지)를 일으키는 '하울'이 터져나왔다.

폭이 넓은 통로 내부를 쩌렁쩌렁 뒤흔드는 미노타우로스의 강렬한 목소리에 릴리는 자신의 귀를 막으면서 여우귀와 함께 하루히메의 머리를 몸으로 덮었다. Lv.1로는 저항이 어려운 그 규환에 벨프는 슬쩍 몸을 젖히면서 대담한 미소를 지었다.

승화된 '그릇', 심신의 강인함을 발휘해 '하울'에 굴하지 않고 미코토나 벨과 함께 전투를 속행했다. 그러나 벨이 미노타우로스를 격파한 후에도 몬스터의 증원은 끊이질 않았다. 그때.

"——'마검' 날릴게요!"

'하울'의 여파에서 회복된 릴리가 외쳤다. 대형 백팩 옆에서 뽑아든 다홍색 단검을 보고 벨과 미코토, 벨프가 좌우로 확 물러났다.

즉시 내리친 단검이 업화의 포격을 뿜어냈다.

『───────────────────?!』

거대한 불덩어리가 튀어나가 진로 위에 있던 몬스터들이 섬멸되었다.

표피의 힘 덕에 불꽃에 내성이 있어야 하는 미노타우로스도 예외는 아니어서, 연소된 외길 암굴에서 몬스터들은 흔적도 없이 모습을 감추었다.

"야, 릴리돌이! 막 쓰지 마!! 그건 어디까지나 비상용이야. 자주 쓰면 파티에도 도움이 안 돼!"

"지금 그건 충분히 비상시였어요! 던전에선 무슨 일이 일어난 다음에는 늦는단 말예요!!"

"지, 진정하자, 벨프, 릴리."

"두, 두 분. 여기서 고함을 지르면 또 몬스터가…… 하으."

"하루히메 공의 말이 옳습니다. 진정하시지요."

전투가 끝난 후, 불에 그을린 통로 안에서 말다툼이 벌어졌다. 단검형 '마검'── '크로조의 마검'을 과감하게 사용한 릴리를 벨프가 나무랐던 것이다.

릴리를 비롯한 후열의 자위 및 긴급상황을 위해 벨프는 '크로조의 마검'을 제작해 맡겨두었다. 제18계층에서 골라이아스와 싸웠을 때나 워 게임에서 썼던 것과 비교하면 훨씬 위력이 약하다고는 하지만 그래도 상위 마도사의 포격과 거의 같은 수준이다.

'크로조의 마검'에 의존하지 마라, 그건 파티의 힘이나 의식을 썩힌다. 지금 전투는 우리끼리도 어떻게든 할 수 있었다고 벨프는 목소리를 높여 호소했다.

　반면 릴리는 그 낙관적인 관측이 던전에서는 목숨을 뺏는다고 주장했다. 궁지에 빠지기 전에 안전제일로 가야 한다는 자신의 의견을 결코 굽히지 않는다. 무슨 일이 일어날지 알 수 없는 던전에서는 수단을 아끼지 말고 항상 돌다리를 두드려가며 건너야 한다는 것이다.

　어느 쪽의 말도 옳다. 틀리지 않다. 벨프와 릴리는 모두 파티를 위해서라고 생각해 발언하는 것이므로.

　벨과 미코토는 쓴웃음을 짓고, 하루히메는 쭈뼛거리며 두 사람을 말렸다.

　벨프와 릴리는 일단 말다툼을 접고 미궁 탐색으로 의식을 되돌렸다.

　"이게 '드롭 아이템'이고, 이게 '마석'……."

　"맞아요. '드롭 아이템'은 릴리의 백팩에 넣을 테니까 '마석'은 하루히메 님이 가지고 계세요. ——절대 잃어버리면 안 돼요."

　"네, 네엣!!"

　'마검'에 재가 된 몬스터의 주검에서 하루히메가 릴리의 지도에 따라 쭈뼛쭈뼛 전리품을 수집해나간다.

　하루히메의 차림은 【이슈타르 파밀리아】 때에도 사용했던 무녀복과 비슷한 극동식의 긴 배틀클로스——아이샤가 떠넘기고 간 물건이다——에 통 형태의 백팩. 그리고 벨프 일행이 두른 것과 같은 살라만더 울이었다.

그야말로 비전투원으로서 파티에 편성된 그녀에게 릴리는 이렇게 선언했다.

"앞으로는 서포터로 꽉꽉 단련시켜주겠어요!"

"부디 잘 부탁드리옵니다."

그 말에 정중하게 고개를 숙이는 하루히메의 모습도 맞물려 기묘한 사제관계가 탄생했다. 미코토의 웃음과 함께, 일행은 진행을 재개해 조우하는 적들을 격퇴해나갔다.

"이곳 15계층도 탐색을 거뜬히 소화해내고 있으니, 아주 순조롭군요."

통로를 걸으며 미코토가 말하자 릴리와 벨이 고개를 끄덕였다.

"벨 님의 레벨이랑 파티의 균형을 생각하면 이 정도가 타당해요."

"에이나 누나…… 제 어드바이저도, 중간을 건너뛰지만 않는다면 18계층까지 가도 된다고 허락해줬어요."

다만 릴리는 자신의 의견을 덧붙였다.

"전열은 완벽하지만, 이 파티의 약점은 릴리 같은 후열이 약하다는 점이에요. 까놓고 말해 전열하고 전혀 균형이 맞질 않아요. 욕심을 좀 더 부린다면 제대로 된 힐러도 있으면 좋겠어요."

"마도사도."

릴리에게 못을 박듯, '마검' 사용을 기피하는 벨프가 목소리를 높였다.

"알아요, 안다구요."

릴리가 입술을 비죽거렸다.

"주점에 계신 류 님은 분명 회복마법도 쓸 수 있지요? 18계층에서 봤던 공격마법도 대단했고……. 아아, 파티에 들어와주실 수는 없을까요?"

"아니, 아무리 그래도 그건…… 미, 미아 씨도 무섭고."

릴리의 청에 벨은 뻣뻣한 웃음을 지었다. 지금은 주점 '풍요의 여주인'에 있지만 원래는 모험자였던 류, 그리고 무엇보다 화나면 무서운 여주인 미아의 얼굴을 떠올리는지 무리라고 대답한다.

전열에 벨프와 벨, 후열에 릴리와 하루히메, 그리고 비교적 지원에 치우친 중견 미코토. 대열을 짠 5인조 파티는 어스름한 바위굴에 세심한 주의를 기울이며 나아갔다.

릴리도 그렇지만 Lv.1 하위의 【스테이터스】에 탐색 초보인 하루히메가 몬스터에게 습격을 당했다간 한순간도 버티지 못한다. 미코토는 몬스터의 접근을 감지하는 스킬 【야타노쿠로가라스】를 빈번히 발동해 그녀가 절대 기습을 당하지 않게 했다.

"한동안 탐색을 계속하다 일단 14계층으로 돌아가요. 미리 얘기했던 대로, 인기척이 없는 충분한 안전지대에서 하루히메 님의 '마법'을 파티 한 사람 한 사람에게 시험해봐야 하니까요."

"그렇군요. 갑자기 사용하면 혼란이 오겠지요. 하루히메
공, 괜찮겠습니까?"

"예. 문제없나이다."

"벨, 넌 한번 받아봤지? 느낌이 어때?"

"어…… 화악 빛이 나고, 힘이 강해지고, 빠르게 움직일
수 있게 되고……."

미코토가 하루히메와 릴리를 끊임없이 보조하는 가운데
일행은 던전 탐색을 이어나갔다.

일행이 탐색을 마치고 귀환하자 지상은 저녁놀 빛에 에
워싸여 있었다.

바벨의 환전소에서 전리품을 금화로 바꾸고, 모험자들
의 소란스러운 인파에 이리저리 흔들리며 센트럴 파크를
나왔다. 많은 동종업자들이 길드 본부며 주점으로 향하는
가운데 【헤스티아 파밀리아】는 홈으로 돌아갔다.

"오, 돌아왔구나."

"타케미카즈치 님!"

철책 정문, 그리고 현관을 지나 저택으로 들어서자 각진
머리의 남신이 미코토와 일행을 맞이했다.

웃음을 짓는 타케미카즈치에게 미코토는 활짝 웃으며

다가갔다.

"죄송합니다, 타케미카즈치 님…… 홈을 봐달라고 부탁드려서."

"마음에 둘 것 없다, 벨 크라넬. 오늘은 우리 아이들도 던전에 가지 않고 쉬는 날이었으니."

벨 일행은 오늘 헤스티아를 통해 【타케미카즈치 파밀리아】에 홈을 봐달라고 부탁했다.

벨과 헤스티아가 옛날에 쓰던 교회의 비밀방이나 미코토가 타케미카즈치 일행과 함께 살던 추레한 연립주택과는 달리 훌륭한 새 주거가 생겨버린 【헤스티아 파밀리아】는 이젠 오라리오에서도 어엿한 중견 【파밀리아】였다. 주신이나 단원이 모두 나가 홈이 완벽하게 비어버린다면 도둑이나 다른 세력 사람이 침입해 자산과 정보를 긁어갈 위험이 있다. 하위 파벌이었을 때와는 상황이 다른 것이다.

그래서 오늘은 【타케미카즈치 파밀리아】가 평소 친분이 있는 파벌로서 저택 경비를 맡아주었던 것이다. 앞으로도 그들이나 【미아흐 파밀리아】의 손을 빌려야 하는 일동은 무상으로 일을 맡아준 타케미카즈치 일행에게 고개가 숙여질 따름이었다.

"마음에 둘 것 없다니 그러는구나. 이것도 상부상조 아니겠느냐. 게다가 보답으로 목욕탕을 마음껏 썼으니 말이다."

다 쓴 다음 청소도 마쳤다고 덧붙이며 웃는 남신에게 벨 일행도 웃음을 지었다. 다들 고맙다며 고개를 숙인다.

그 후로는 파벌끼리 저녁을 먹을 예정이었으므로, 벨 일행은 장비를 벗고자 일단 각자 방으로 돌아갔다.

"저, 타케미카즈치 님…… 이것을."

같은 방인 하루히메에게 양해를 구하고 혼자 현관에 남은 미코토는 금화가 든 자루를 내밀었다.

파벌에 상납할 저금 액수를 뺀 후 단원들에게 분배된 미궁탐색의 보수, 미코토의 몫이었다.

"신사에 보낼 생활비로 받아주십시오."

원래 미코토 일행이 극동에서 오라리오에 건너온 이유는 곤궁에 빠진 신사에 원조금을 보내기 위해서였다. 태어나 자랐던 집에 돈을 보내주었으면 한다는 미코토에게, 타케미카즈치는 고개를 가로저었다.

"그것은 벨 크라넬 일행과 함께 던전에서 번 돈이 아니더냐. 우리를 위해 쓰지 마라. 동료를 위해 쓰거라."

미궁탐색에는 아이템이나 장비 등 갖춰야 할 물건이 얼마든지 있다. 그 돈을 써서 파티를 도우라고, 타케미카즈치는 그렇게 나무란 것이다.

"하, 하오나! 저만 신사를 위해 아무 일도 하지 않는 것은……!"

돈을 받지 않으려 하는 타케미카즈치에게 미코토는 물러나지 않으려 했으나.

"미코토. 지금 너는 헤스티아의 【파밀리아】다."

"······!"

그 말에 반론이 차단당했다.

설명이 필요 없을 정도로 지당한 지적이었다. 지금의 소속 파벌, 지금의 동료를 내버려둔 채 이전 동료들에게만 정신이 팔려서는 도리에 어긋난다.

미코토는 은혜에 보답하고자 벨의 【파밀리아】에 들어왔던 것이니까.

'하지만, 저는――'

오늘 아침, 꿈에서 보았던 어린 시절의 기억이 되살아났다.

딸이 되라고 말해주었던 타케미카즈치. 피를 나눈 부녀, 가족, 【파밀리아】라는 말.

헤스티아의 권속이 된 것을 후회하지는 않는다. 벨 일행과 같은 파벌이 된 것을 기쁘고도 자랑스럽게 여긴다. 그들 덕에 하루히메도 구할 수 있었다.

하지만 자신은―― 그래도 타케미카즈치의 권속임을 잊고 싶지 않다고, 미코토는 고개를 숙인 채 생각했다. 그때.

"······미코토. 내 딸이 되라고 했던 말을 기억하느냐?"

"!"

기억과 똑같은 말을 들어 놀란 미코토는 고개를 들었다.

눈앞의 타케미카즈치는 눈썹을 늘어뜨리며 웃음을―― 아버지의 웃음을 짓고 있었다.

"컨버전을 해도 말이다, 너에게 처음 나눠준 신혈이 사

라지는 것은 아니야. 헤스티아가 '팔나'를 따라 미코토의
존재를 느낄 수 있듯, 나도 너의 숨결을 느낄 수 있다."

"……."

"너는 언제나 내 딸이며 가족이다. 잊은 적은 없지. 그러
니 그런 표정 짓지 말거라."

마음속을 멋들어지게 들킨 데다, 손을 내밀어 머리를
쓰다듬어주기까지 하니 미코토는 눈 깜짝할 사이에 얼굴
을 붉혀버렸다. 어린 시절보다 성장해 조금 작게 느껴지게
된 타케미카즈치의 손은, 그래도 역시 변함없는 온기를 띠
고 있었다.

매끄러운 흑발을 어루만지는 손에 얼굴이 붉어진 미코
토의 태도는 전혀 알아차리지 못한 채 남신은 쾌활하게 웃
었다.

"신사를 걱정해주는 너의 마음은 기쁘다. 그러나 치구사
나 아스카가 이슈타르와의 소동 덕에 Lv.2가 되었지. 우리
도 잘해나가고 있으니 걱정 말거라."

일정이 맞는다면 미궁탐색 때 공동 파티를 짜자고 헤스
티아와도 이야기를 해두었다고 말한 타케미카즈치는, 그
것만으로도 충분하다고 말을 이었다.

"믿거라."

똑바로 바라보는 남신을 윗눈질로 쳐다보던 미코토는,
고개를 끄덕였다.

"좋아."

만면의 미소를 머금은 타케미카즈치는 머리에서 손을 떼더니 몸을 돌렸다. 저녁식사를 위해 오우카 일행을 불러 오겠다고 멀어져가는 그의 뒷모습을, 미코토는 시야에서 사라질 때까지 바라보았다.

　'……저분의 【파밀리아】를, 한번 떠나게 되면서…….'

　한층 연모가 깊어져버렸다고, 미코토는 뺨을 붉힌 채 생각했다.

　배틀클로스 위에서 한 손으로 꾸욱 가슴을 움켜쥐었지만 그래도 고동 소리에 희롱당할 뿐이었다.

　"……저기, 미코토."

　"——뜨악?!"

　뒤에서 갑자기 들린 목소리에 미코토는 펄쩍 뛰었다. 황급히 돌아보니 그곳에는 치구사가 서 있었다.

　"치구사 공?! 언제부터 거기에?!"

　"어, 미안…… 꽤 오래 전부터."

　눈가를 덮은 앞머리에서 한쪽 눈을 내비치며 뺨을 살짝 물들인 동향 소녀의 모습에, 처음부터 끝까지 목격당했음을 깨달았다. 생활비로 송금할 돈을 받아주지 않아 토라졌던 모습도, 머리를 만져주는 바람에 삶은 문어처럼 변했던 모습도, 떠나가는 타케미카즈치를 애절하게 바라보던 모습도 모두.

　치구사에게는 자신이 품은 마음을 밝혔다고는 하지만, 땅에 구멍을 파고 숨고 싶었다.

"미, 미안해. 어쩐지 방해가 될 것 같아서……."

"치구사 공, 부탁이니 그 이상은 아무 말 마십시오!!"

흔히 말하는 소녀심을 드러내고 말았다는 생각에 울부짖고 싶어졌다. 수치로 귀까지 새빨갛게 물들이며 크으윽 머리를 두 손으로 감싸는 미코토. 옛날부터 알고 지낸 동년배 소꿉친구, 서로에 대해 무엇이든 잘 아는 동성 친구라고는 하지만 부끄러울 때는 역시 부끄럽다.

미안해하며 서 있던 치구사는 미코토가 한동안 끙끙거린 후 조심스레 용건을 꺼냈다.

"저기 있지, 좀 늦었지만, 여느 때처럼 타케미카즈치 님의 '축하 잔치'를 하려고, 오우카랑 친구들이랑 얘기를 했거든……."

미코토를 상대할 때면 또박또박 얘기할 수 있는 치구사는 동료들끼리 추진할 어떤 일정에 대해 이야기했다.

"하루히메도 불러서, 올해도 선물을 마련할까 하는데…… 미코토는 어떡할래?"

그 말에.

겨우 수치심에서 부활한 미코토는, 놀라 눈을 크게 떴다.

🔥

【타케미카즈치 파밀리아】와 함께 저녁을 먹은 날로부터 이틀 후.

간곡히 부탁해 파벌의 미궁탐색을 취소시킨 미코토는 맑게 갠 하늘 아래 오라리오 시내로 나갔다.

벨, 그리고 벨프를 데리고.

"왜 우리까지 여기 있냐……."

북쪽 메인 스트리트에서 꺾어져 들어간 길, 복닥복닥한 가게가 늘어선 거리에서 벨프가 투덜거렸다.

"죄송합니다, 두 분……. 하오나 부디 제 쇼핑에 힘을 보태주십시오!!"

두 손을 마주대고 고개를 숙이는 미코토의 모습에, 미궁탐색을 단념할 수밖에 없었던 벨은 쓴웃음을 지으며 물었다.

"어, 쇼핑이라면, 뭔가를 사시려는 거죠?"

"예. 사실은…… 조만간 예전 【파밀리아】 동료들과 함께 타케미카즈치 님의 '축하 잔치'를 하게 되어서……."

치구사가 들려주었던 '축하 잔치'의 개요를 미코토는 벨과 벨프에게 말했다.

오라리오에 건너오기 전부터, 미코토를 비롯한 신사 출신들은 신들이 지상에 내려온 날을 강림제(降臨祭)로 삼아── 말하자면 신들의 생일 같은 감각으로 축하 파티를 열었다. 워 게임이며 하루히메의 소동 때문에 바빠 잊어버렸지만, 바로 며칠 전이 타케미카즈치의 축일이었던 것이다.

그리고 미코토는 옛 동료들과 마찬가지로, 남신에게 줄

선물을 마련하고 싶었다.

　"이제까지는 진심을 담은 물건을 드렸사오나, 자금에 한계가 있어 좋은 것을 드리지는 못했습니다. 오라리오에 오고 2년차, 여러분 덕에 주머니 사정도 윤택해졌으니 올해야말로 훌륭한 선물을 드리고 싶습니다."

　"무슨 말인지는 알겠는데…… 우릴 데려온 이유는 뭐야?"

　"예! 같은 남성인 벨 공과 벨프 공이라면 타케미카즈치 님께서 기뻐하실 만한 물건을 아실 것 같아서……!"

　벨프의 의문에 미토코는 몸을 내밀며 대답했다. 덧붙여 타케미카즈치를 축하하는 파티는 내일이라고 한다.

　"부디 저에게 조언을……!"

　"아니, 암만 그래도."

　"으음…… 도움이, 되고 싶긴 하지만요."

　고개를 숙이는 미코토에게 벨프는 머리를 긁으며, 벨은 뺨을 긁으며 애매한 목소리로 대답했다.

　두 사람의 심경은 같았다. 다시 말해 제대로 된 조언을 줄 만한 자신이 없다는 것이다.

　벨도 벨프도, 던전이나 스미스 일에 관한 물건을 제외하면 욕심이 거의 없었다. 같은 남자라고 해서 취미나 취향을 물어봐도 솔직히 난처했다.

　"오히려 타케미카즈치 님하고는 네가 더 오래 알고 지냈잖아? 생각나는 대로 고르는 게 좋지 않을까?"

　"그, 그럴 수가?!"

"아하하…… 그래도 기왕 왔으니 가게라도 한번 둘러보자."

벨프의 지적에 미코토가 충격을 받고, 그 모습에 쓴웃음을 지은 벨의 제안으로 세 사람은 길가의 가게를 둘러보기로 했다.

북쪽 메인 스트리트에 인접한 제1구역. 각 데미휴먼들을 위한 의류점이 눈에 뜨이는 가운데, 액세서리를 판매하는 상점이나 노점도 곳곳에 엿보였다. 성실한 미코토는 진열된 물건을 하나하나 응시해 시간을 들여가며 가게를 살폈다. 극빈【파밀리아】였던 벨과 마찬가지로 얼마 전까지는 절제하며 살아갔던 그녀는 전혀 쇼핑에 익숙하지 않은 시골뜨기처럼 주위의 가게와 진열품에 눈길을 주며 우왕좌왕할 뿐이었다.

벨과 벨프는 그런 그녀의 모습을 쓴웃음과 함께 바라보았다.

잠시 후 해가 중천에 접어들었을 무렵, 가게를 거의 훑어본 세 사람은 건물 사이에서 잠시 휴식하기로 했다.

"미코토 씨, 뭔가 괜찮은 물건은 있었어요?"

"모, 모르겠습니다……."

"모르겠다니, 야."

벨의 질문에 솔직히 대답하는 미코토에게 벨프가 어이없다는 듯 딴죽을 걸었다. 미코토는 송구스러운 표정으로 양손 집게손가락 끝을 콕콕 마주했다.

"그럼 옛날에는 뭘 줬어?"

"극동에 있을 무렵에는 예쁜 조개껍질이나 나무열매를 모아 목걸이 같은 것을 만들어드렸으나……."

별로 참고가 안 되는 과거의 선물을 열거하며 미코토는 고민했다. 치구사 같은 옛 동료들은 한 사람씩 선물을 준비하기로 했다는데, 이렇게 고르기 어려울 줄이야……. 그렇게 끙끙 생각하고 있으려니, 문득 벨이 입을 열었다.

"먹을 거는 안 되나요?"

"네?"

"미코토 씨는 요리를 엄청 잘하잖아요. 그러니까 파티에서 드실 무언가 맛있는 걸 만들어드리면…… 어떨까…… 하고."

소년은 아마도 미소장국을 먹었을 때를 떠올리는 모양이었다. 그 제안에 미코토는 잠시 생각에 잠겼다.

"……하긴, 신사에 있을 때부터 좋은 식사를 대접해드린 기억은 별로 없는 것 같군요……."

적어도 축하 잔치에 어울릴 만한 세련된 음식은 만들어본 적이 없었다.

점점 마음이 동하는 눈치를 보이는 미코토의 옆얼굴에, 벨프도 역시 그 선으로 가보는 게 어떻겠느냐고 타진해보았다.

"파티 하면 역시 케이크 아니겠어?"

"케이크……."

벨프의 말을 입속으로 곱씹어본다. 극동과는 무관하지만 지식은 존재했다. 반죽을 폭신폭신하게 구워 크림이나 과일을 얹은 과자……. 아폴론에게 초대받아 갔던 '신의 연회'에서도 본 기억이 있는 것 같았다.

생각을 거듭하던 미코토는 이윽고, 결심했다.

"알겠습니다…… 저는 케이크를 만들어보겠습니다."

벨과 벨프도 그녀의 선택을 존중해 고개를 끄덕였다.

결국 헛걸음이 되고 만 가게 순례를 사죄하며 앞으로의 행동을 의논해보았다.

"직접 만들어야 의미가 있다는 건 이해하겠는데, 만들 수는 있어?"

"한 번도 만들어보지 못했으니 단언할 수는 없사오나…… 레시피를 알면, 그리고 실물을 보고 맛을 보기만 하면, 아마도."

"'풍요의 여주인'이라면 케이크도 팔긴 하던데…… 부탁하면 레시피도 가르쳐줄까요?"

미궁에서 돌아오는 모험자들을 맞이하는 저녁 이후를 제외한다면 '풍요의 여주인'은 카페가 되어 일반 손님들을 받는다. 전에 케이크를 먹은 적이 있는 벨의 말에, 세 사람은 시르와 류가 일하는 '풍요의 여주인'에 가보기로 했다.

정오가 지났을 무렵.

서쪽 메인 스트리트로 접어든 미코토 일행은 '풍요의 여주인'을 방문했다.

세 사람을 맞이해준 류에게 사정을 설명하고 벨이 조심스레 교섭해보니…… 연애사의 냄새를 맡았는지 캣 피플 아냐와 클로에를 비롯한 웨이트리스들이 능글능글 웃으며 요구에 응해주었다. 여주인 미아에게는 "점심을 먹고 간다면 눈감아주마"라는 허락을 받아, 미코토는 한껏 얼굴을 붉히면서도 선량한 캣 피플 셰프들에게 레시피를 배웠다.

시르는 이럴 때 꼭 결근이라며 아냐 일행의 푸념을 들은 후, 세 사람은 '풍요의 여주인'을 나왔다.

"선물까지 사고 말았는데…… 그래도 이러면 어떻게든 되겠냐?"

"예, 고맙습니다. 벨프 공, 벨 공."

"도움이 돼 다행이에요."

당장 레시피를 토대로 케이크를 만들고자 홈으로 돌아가는 길에, 미코토는 두 사람에게 감사 인사를 했다.

그녀의 손에는 그릇에 담긴 홀 케이크가 있었다. '풍요의 여주인' 점원들이 선물로 가져가라며 강매한 것이다. 가게 안에서도 디저트로 먹기는 했지만 이 선물과 레시피만 있으면 어떻게든 만들 수 있을 것 같다며 미코토는 웃음을 지었다.

목표가 정해져 그녀의 얼굴에서도 조금 긴장이 풀렸다.

그리고 길을 나아가던 중.

"어……."

"왜 그러냐, 벨?"

벨프의 물음에 벨이 어떤 방향을 가리켰다.

"저거 혹시…… 타케미카즈치 님?"

미코토도 고개를 돌려보니, 그곳에는 분명 타케미카즈치가 있었다. 전방의 길에서 벌꿀색 장발의 여신을 불러 세우는 중이었다.

"이봐, 데메테르. 안색이 좋지 못한데 괜찮나?"

"……어머, 몸이 안 좋은가? 나도 몰랐네."

"무슨 태평한 소리를 하고 있나. 어디, 얼굴 좀 대보게."

──그리고 그는 예고도 없이 여신의 몸을 끌어당겨 자신과 상대의 이마를 맞댔다.

"열은…… 없군."

"어, 어머어머…… 모, 못써, 타케미카즈치. 이런 짓을 아무에게나 하면."

"멍청하기는. 너이니까 하는 것이지."

"……."

"굶주리던 우리에게 야채를 나누어주었던 은혜를 나는 잊지 않는다."

"……정말, 너하고 미아흐는 절대 여자한테 말 걸면 안 돼."

무언가 이야기를 나누어 여신의 얼굴에 홍조를 띠게 만드는 타케미카즈치. 여신은 어딘가 싫지만은 않은 듯한 표정으로 그에게서 떠나갔다.

"……."

그 모습을 가만히 선 채 지켜보던 미코토는, 입술을 꾹 다문 채 침묵을 지켰다.

"미, 미코토 씨······?"

"어, 야······?"

이쪽의 옆얼굴을 보며 무언가 당황하는 벨과 벨프의 목소리는 한 귀로 들어왔다가 한 귀로 빠져나갔다.

"타, 타케미카즈치 님—! 얼마 전에는 변태 신에게서 구해주셔서 고맙습니다!"

"이건 사례예요!"

"어허, 그 정도 일로 호들갑은."

그 뒤를 이어 어디선가 나타난 두 휴먼 소녀가 타케미카즈치에게 달라붙었다. 무소속인 것으로 보이는 두 사람은 얼굴을 붉히며 과자를 주고는, 그가 웃음을 짓자 몸을 꼼질거린다. 결정타로 타케미카즈치는 그녀들의 머리를 쓰다듬어 두 사람 모두 새빨갛게 만들어버렸다.

"············."

그 모습을 목격한 미코토의 손에서 쩌적, 소리를 내며 용기가 일그러졌다.

"히익?!"

"야?!"

손가락이 파고들어 변형된 용기를 보고 벨과 벨프가 겁을 먹었지만 역시 귀에는 들어오지 않는다.

그리고 추가타를 가하듯 타케미카즈치는 여성들과 연신

접촉을 되풀이했다.

때로는 상대가 먼저, 때로는 그가 먼저. 나이도 종족도 인간도 신도 가리지 않고 말을 나누고는, 거의 빠짐없이 쓸데없는 스킨십을 한다. 얼굴이 붉어진 그녀들은 순진한 반응을 보인다. 가장 좋지 못한 것은 당사자인 타케미카즈치가 상대의 그런 호의 어린 모습을 알아차리는 기색이 전혀 없다는 점이었다.

마치 뒤에서 지켜보는 미코토에게 보여주려는 것처럼 이성과의 교류를 거듭했다.

"……………."

"미코토 씨, 미코토 씨?!"

"뭐라고 말 좀 해!!"

가만히 선 채 고개를 숙여 눈가를 앞머리로 가리는 미코토. 이제는 어깨로 시커먼 독기까지 뿜기 시작하는 그녀에게 벨과 벨프는 견디지 못하고 비명을 질렀다. 한 마디도 하지 않는 소녀의 몸에서 중력결계로 착각할 만큼 불온한 오라가 발산되었다.

"타케미카즈치 님!"

"오오, 하루히메."

──그리고.

"소녀도 이제는 많이 익숙해졌나이다! 한번 드셔보시옵소서!"

"팥경단이로구나. 어디…… 음?"

기뻐하는 하루히메가 내민 경단을 받아들려던 타케미카
즈치는 무언가를 깨닫고 하루히메의 턱에 손을 뻗었다.

"하루히메, 너 훔쳐먹기라도 했느냐?"

"네, 네헥?!"

"입가에 팥고물이 묻지 않았느냐, 나 원……. 어허, 움직
이지 말고."

소녀의 입술에 묻은 팥고물을 떼어, 하필이면, 그것을
그대로── 먹었다.

"음, 달구나."

"타, 타케미카즈치 니임~……. 그, 그런 짓을 하시면~."

"맛있구나, 하루히메. 그 녀석도 기뻐할 게다. ……하지
만 넌 좋은 아내가 되겠구나."

"에…… 차, 참말이시옵니까?!"

"물론. 마음씨도 곱고, 무엇보다도 다기지지 않으냐. 신
만 아니었으면 내가 데려가고 싶을 정도다. 하하하."

뚜욱.

미코토는 자신의 안에서 그런 소리가 난 것을 분명히 들
었다.

고개를 숙인 채 발이 혼자서 저벅저벅저벅 움직였다. 벨
과 벨프가 무언가 소리를 질렀지만 전혀 귀에 들어오지 않
았다. 뺨을 두 손으로 감싸며 부끄러워하는 하루히메와,
태평하게 웃음소리를 내는 남신을 향해 직진했다.

"미코토?"

"미코토 님?"

이쪽을 알아본 두 사람 앞에서 발을 멈추었다.

여전히 말이 없는 미코토는 조용히, 딸깍, 변형된 용기 뚜껑을 열었다.

"음? 그건……?"

고개를 갸웃하며 안을 들여다보려 하는 타케미카즈치를 향해, 떨리는 입술을 연다.

"──타케미카즈치 님은."

다음 순간, 고개를 들고, 용기를 든 손도 쳐들어, 미코토는 분노의 포효를 터뜨렸다.

"──타케미카즈치 님은, 천연 지골로!!"

"푸허법?!"

타케미카즈치의 안면에 홀 케이크가 작렬했다.

"타케미카즈치 님──?!"

하루히메의 비명과 동시에 그 자리에서 힘차게 쌔앵 이탈하는 미코토. 뒤를 이어 타케미카즈치가 철퍼덕 쓰러지는 비참한 소리가 울려 퍼졌다.

『미코토, 잘했다!!』

『훌륭하다─!』

『난【절絶†영影】의 팬이 될 거야!!』

주위의 건물에 숨어 있던 신들에게서 갈채를 받았지만 귀에 들어오지도 않았다.

미코토는 빈사상태에 빠진 타케미카즈치에게 등을 돌린

채 도망쳐버렸다.

"무슨 짓이야?!"

"무슨 짓이에요?!"

한참 시내를 폭주하던 미코토를 붙잡은 벨프와 벨은 나란히 외쳤다.

하염없이 뛰면서 겨우 감정의 격발이 가라앉은 미코토는 송구스러워하며 쩔쩔맸다.

"죄, 죄송합니다…… 몸이 멋대로 움직여서, 어쩌다 보니……."

"어쩌다 보니 신의 얼굴에 케이크를 터뜨리냐?!"

"불경죄, 아니, 중죄라고요?!"

벨프와 벨의 절규에 미코토는 추욱 어깨를 늘어뜨렸다. 그들의 말대로 자신의 경솔한 행위를 맹렬히 반성하려 했지만, 그런 한편 열기를 띠는 가슴속의 감정에 손발이 떨렸다.

"원통합니다. 정진이 부족했습니다……. 그러나! 도저히 몸이 말을 들어주질 않아서……!"

""…….""

"타케미카즈치 님의 존안에 무언가를 처박지 않고서는 견딜 수가 없어서……! 자신을 다스리지 못한 저는 정말 못난 자입니다!!"

""…….""

"아아, 분하도다! 분하도다!!"

이제는 무릎을 꿇고 바닥에 주저앉아 퍽퍽 주먹을 내리치는 미코토.

정면에서 벨과 벨프가 무어라 말 못할 표정으로 내려다보고, 길 한복판에서 되풀이되는 소녀의 기행에 뭐야뭐야 모여든 데미휴먼들이 의아하다는 시선을 보냈다.

극동에 있을 무렵부터 타케미카즈치에게는 그러~한 여성에 얽힌 대응이 언뜻 엿보이곤 했다. 그러나 신사에 살면서 타인과의 교류가 원체 적었기에 미코토의 눈이 미치는 범위에서는 이처럼 이성을 잃을 만한 광경이 펼쳐진 적은 없었다.

하지만 오라리오에 오면서 교우관계가 늘어나, 오늘날까지 미코토가 던전에 내려간 동안 줄곧 저런 일이 되풀이되었을 거라 생각하면…… 도저히 견딜 수 없었던 것이다.

이것이 타케미카즈치의 절조 없는 언동에 대한 불만, 애먼 질투임을 자각하는 미코토는 참으로 비참하고 얄팍하지 않느냐며 자신을 매도했다.

부끄럽다고 생각하는 동시에 눈물이 나올 것 같았다.

케이크로 신을 격파하고 좌절해버린 소녀에게.

"어, 저기…… 미, 미코토 씨."

"너 이제 어쩔 거냐."

벨은 조심스레 말을 걸고, 벨프는 단도직입적으로 물었다.

젖어드는 눈으로 바닥만을 바라보던 미코토는, 부스스 몸을 일으키더니 비척비척 일어났다.

"예정대로, 케이크를 만들어…… 사죄하겠습니다."

꺼져 들어가는 목소리로 중얼거려 대답했다.

타케미카즈치에게 사죄해야만 한다. 그러나 지금 다시 만나면 무슨 말을 해버릴지, 무슨 짓을 저지를지 알 수 없었다. 마음속에서 빙빙 맴을 도는 복잡한 감정에 겁을 먹은 미코토는 의기소침한 채 걷기 시작했다.

벨과 벨프가 걱정스레 지켜보는 가운데, 터덜터덜 혼자 홈으로 돌아갔다.

🔥

서쪽 산맥 너머에 해가 걸리기 시작하는 시각.

도시 중앙에서는 던전으로부터 모험자들이 돌아올 무렵, 서쪽 구역에 존재하는 어떤 한적한 단독주택이 꼭두서니색 하늘의 빛을 받고 있었다.

주위의 건물 때문에 볕이 잘 들지 않으며 대로에서도 거리가 있는 골목 깊은 곳. 인적 뜸한 입지에 세워진 그 상점에는 인간의 몸을 본뜬 파벌 휘장이 간판으로 걸려 있었다. 코이네 공통어로 적힌 가게의 이름은 '푸른 약포'――【미아흐 파밀리아】의 홈이었다.

선반으로 넘쳐나는 가게에서는 이 가게가 자랑하는 '듀얼 포션'이나 그 외의 도구를 모험자들이 사가는 중이었다.

"고맙습니다……."

카운터에 있던 시앙스로프 소녀가 인사와 함께 배웅하고, 그들과 엇갈려 쌍여닫이 나무문으로 소녀 두 명이 입점했다.

무구를 걸친 모험자들은 카운터의 시앙스로프 나자에게 말했다.

"다녀왔어."

"다, 다녀왔습니다……."

쇼트 헤어에 장발, 치켜 올라간 눈에 처진 눈. 둘이 나란히 있으면 재미있을 정도로 대조적인 두 소녀는 한쪽은 야무지게, 한쪽은 쭈뼛쭈뼛 인사했다.

눈이 반쯤 감겨 언뜻 졸린 것처럼 보이는 나자는 웃음을 지으며 그녀들을 맞이했다.

"어서 와, 다프네, 카산드라……."

이름을 불린 다프네와 카산드라──【아폴론 파밀리아】출신 제3급 모험자들은 나자가 있는 카운터까지 다가오더니 금화가 든 자루를 놓았다.

"여기, 오늘 던전에서 번 것. 정비 요금 같은 건 이미 빼놨어."

"언제나, 고마워……."

"아, 아뇨, 이젠 같은【파밀리아】니까요……."

다프네에게 자루를 받아든 나자가 고맙다고 인사하자 긴 머리를 출렁이며 카산드라가 말했다.【미아흐 파밀리아】의 유일한 단원이었던 나자는 파닥파닥 꼬리를 흔들었다.

"워 게임에서 유명해진 벨네가 상품의 광고탑…… 어흠…… 선전을 해줘서 손님도 늘어났지만, 두 사람 덕에 엄~청 도움이 돼."

씨익 웃은 나자는 노고를 치하하는 의미로 플라스크에 든 과즙을 두 사람에게 내밀었다.

"하지만 정말 우리【파밀리아】에 들어와도 괜찮았던 거야……? 우리도 빚 꽤 많은데."

"2억 발리스라는 말도 안 되는 금액을 보고 나니 어떤 빚도 귀엽게 보이더라고."

오른손의 의수 '아케트라브'를 삐걱거리는 나자에게, 다프네는 주스를 마시며 어깨를 으쓱했다. 눈꼬리가 올라간 그 눈은 어딘가 먼 산을 보는 듯했다.

신생【헤스티아 파밀리아】입단식에 한번 참가하기는 했지만 백일하에 드러난 '200,000,000발리스'라는 빚의 액수에 잽싸게 그들을 내버린 다프네와 카산드라는 우여곡절을 거쳐 이곳【미아흐 파밀리아】에 들어왔다. 이미 '컨버전'도 마친 그녀들은 어엿한 나자의 동료였으며, 주신 미아흐의 권속이었다. 【헤스티아 파밀리아】입단을 희망했던 카산드라는 조금 아쉬워하는 눈치였지만.

"게다가 미아흐 님은 좋은 분이고. 이런 분의 【파밀리아】라면 들어가도 괜찮을 것 같아서."

"그렇게 말해주면 나도 기쁘지만…… 반하면 안 돼."

"안 해."

"후후후……."

농담과 함께 웃음을 나누고 있으려니, 다프네는 무언가 말하고 싶은 시선으로 나자의 등 뒤쪽, 카운터 안을 보았다.

"저건 뭐 하는 거야?"

활짝 열린 문 너머 객실에는 테이블을 사이에 둔 두 명의 남신이 보였다.

한쪽은 군청색 장발을 등에서 한데 묶은 미청년, 세 사람의 주신 미아흐였다. 남루한 회색 로브를 입어 차림새야 빈궁하지만 단아한 얼굴은 귀공자라는 말이 딱 어울렸다.

그리고 또 한쪽은 까만 단발을 각지게 깎은 늠름한 남신, 타케미카즈치였다.

"시시한 고민상담이야……."

신랄하게 평가하면서 나자는 가게를 다프네와 카산드라에게 맡기고 부엌 쪽으로 향했다.

그동안 객실의 남신들은 이야기를 나누었다.

"──그런 일이 있었네."

타케미카즈치는 낮에 있었던 미코토와의 사건을 설명했다.

케이크로 격파당한 그는 헤스티아와 이어져 친구가 된 가난뱅이 동맹 남신에게 사태의 경위를 들려주고 의논을 청했다.

왜 미코토가 화를 냈는지 알 수 없다는 것이었다.

"……."

잠자코 귀를 기울이던 미아흐는 눈을 감고는 후우 한숨을 내쉬었다.

눈을 뜬 남신은 소녀가 분노한 이유를 묻는 타케미카즈치를 바라보며, 말해주었다.

"——전혀 모르겠군."

"그렇지?"

꽈앙!! 문 너머에서 상황을 지켜보던 다프네와 카산드라가 기둥에 머리를 박았다.

둔중한 소리에 두 남신은 의아한 표정을 짓고, 아파하며 이마를 문지르는 카산드라의 옆에서 다프네는 저게 뭐냐고 중얼거렸다. 신인 주제에 너무나도 둔감한 미아흐와 타케미카즈치에게 골머리가 지끈거렸다.

"그러니까 헤스티아 님이 어이없어하죠……."

"나자?"

부엌에서 차를 끓여 온 나자가 쟁반을 들고 객실로 들어갔다. 미아흐의 시선을 반쯤 무시하며 그녀는 두 사람 사이에 컵을 놓았다.

"그 아이가…… 미코토가 불쌍해요."

"윽……."

"정말 모르신다면…… 눈치채달라고는 안 하겠지만
요……."

이쪽을 바라보며 말을 하는 나자에게 타케미카즈치는
바늘방석에 앉은 것처럼 몸을 이리저리 꼬았다.

시앙스로프 소녀는 마치 자신의 처지와 겹쳐 보듯 미아
흐를 흘끔 쳐다보고,

"왜 그러느냐?"

그렇게 되묻는 주신에게 탄식한 다음, 다시 타케미카즈
치를 보았다.

"지긋이 생각해서, 받아들여주세요……."

아이의 말에 한동안 움직임을 멈추고 있던 타케미카즈
치는, 잠시 후 팔짱을 끼었다.

테이블 위, 김이 나는 홍차의 수면에는 자신의 조용한
표정이 비치고 있었다.

⊡

타케미카즈치의 축하 잔치 당일.

아침 일찍부터 저택 조리장에 틀어박혔던 미코토는 케
이크 만들기를 개시했다.

어제의 격파 사건 이후 시험 삼아 만들어보기는 했지만, 그녀답지 않은 실패를 연발해 시식을 해주었던 벨과 벨프의 위장에 고통을 주고 말았다. 의기소침해지려는 얼굴을 두 손으로 두드리고, 야무지게 해야 한다고 자신을 타일렀다.

어제 사건을 머릿속에서 억지로 밀어내고자 미코토는 조리에 집중했다.

"저어, 미코토 님…… 어제 타케미카즈치 님과 만났던 것은, 그러니까……."

"괜찮습니다, 하루히메 공. 저는 마음에 두지 않습니다."

"그게 아니고…… 미코토, 그건 말야."

"마음에 두지 않습니다아."

조리장에 찾아온 하루히메에게는 눈길도 주지 않고 조리에 몰두했다. 고집스런 목소리로 대답하는 미코토에게 어딘가 미안한 표정을 지으며, 르나르 소녀는 그 자리를 떠났다.

의아하게 쳐다보는 헤스티아와 릴리에게 벨과 벨프가 사정을 설명하자, 두 사람은 타케미카즈치에게 어이없다는 태도를 보이며 간섭하지 않고 정관의 자세를 취했다.

잡념을 떨치고, '풍요의 여주인'에서 배운 레시피를 토대로 작업을 진행해, 화덕으로 반죽을 굽고, 설탕과자와 과일을 곁들여…… 훌륭한 케이크가 완성되었다.

극동 사람이 만들었다고는 생각할 수 없는, 베리 계열의 작은 과일을 흩뿌린 대륙풍 홀 케이크였다.

"다 됐습니다. 됐지만……."

완성품을 앞에 두고, 조리에 몰두해 잊어버렸던 일이 떠오르고 말았다.

아무 하는 일 없이 조리장에 우두커니 서 있던 미코토는, 하늘이 어두워지고 축하 파티 시간이 다가왔을 무렵에야 접시에 얹은 케이크를 상자에 담고 이동을 개시했다.

저택을 나와, 두 손에 든 상자를 떨어뜨리지 않도록 인파를 피해가며, 【타케미카즈치 파밀리아】의 홈으로.

어두워져 마석등이 빛나는 길을 터덜터덜 걷던 미코토는 민망한 마음을 질질 끌면서, 이윽고 목적지에 도착했다.

예전 홈이었던 낡아빠진 연립주택. 북서쪽 구역의 좁은 길가에 세워졌으며, 지금은 타케미카즈치와 다섯 명의 단원들이 사는 곳이다. 이미 준비가 갖춰졌는지 거실 창문에서는 빛이 새어 나왔다. 어떤 표정을 지어야 좋을지 알 수 없었던 미코토는,

"실례합니다……."

조용히 말하며 현관으로 들어섰다. 극동의 예법에 따라 신발을 벗고, 아무도 마중을 나오지 않는 것을 조금 이상하게 생각하면서, 좁고 짧은 복도를 나아갔다.

거실 앞에서 일단 발을 멈춘 미코토는, 마음을 굳게 먹고 문을 열었다.

다음 순간.

——파앙!

"——어?"

시원한 소리가 울려 퍼지나 싶더니 머리 위에서 종이 꽃 가루며 여러 색깔의 띠, 진짜 꽃잎이 쏟아졌다.

화려한 색채의 비를 맞은 미코토는 그 자리에 멍청히 서 있었다.

"드디어 왔구나."

"어서 와, 미코토."

눈앞에서 날아든 것은 박수와 환영의 말이었다.

오우카가, 치구사가, 나머지 세 사람의 【타케미카즈치 파밀리아】 멤버들이, 나아가 하루히메까지도 어이없어하는 미코토에게 웃음을 짓고 있었다. 머리 위를 올려다보니 천장에 매달아놓은 큼지막한 박이 두 쪽으로 갈라져 꽃잎을 흘리고 있다.

방도 보아하니 형형색색의 마석등이며 조화로 장식되었고 테이블에는 수많은 음식이 놓여 있었다. 감자돌이가 유달리 존재감을 자랑했다.

마치 자신이 주역인 것처럼 환영을 받아 미코토는 케이크를 든 채 혼란에 빠졌다.

"이, 이건 대체……. 타케미카즈치 님의 축하 잔치를 하려던 것이……."

"물론 그것도 있지만…… 진짜는 네 송별회였다."

주위 사람들의 얼굴을 둘러보는 미코토에게 오우카가 웃으며 설명했다.

1년뿐이라고는 하지만 자신들의 파벌에서【헤스티아 파밀리아】로 이적한 미코토의 환송회도 하자고, 전부터 계획했다는 것이다. 미코토를 놀라게 해주고자 겉으로는 주신의 축하 잔치로 추진하면서, 하루히메까지 끌어들여 결행 날인 오늘에 대비했다나.

비밀을 알게 되어 입을 딱 벌린 미코토는 다시 한 번 동향 소꿉친구들을 둘러보았다.

"하루히메도 여기 있는 음식을 같이 준비했지. 재회도 함께 축하할 거라고 했는데도 말이야."

"……이번에는 소녀도 미코토 님의 출발을 축하하고 싶었사옵니다."

오우카가 쓴웃음을 지었지만 하루히메는 화사하게 웃으며 대답했다.

테이블 위에 있던 경단 무더기를 보고, 어제 보았던 타케미카즈치와의 대화가 이것이었음을 미코토는 겨우 깨달았다.

"타케미카즈치 님께서 미코토의 송별회를 하자고, 그렇게 말씀하셨어."

치구사의 말에 미코토는 흠칫했다.

옛 동료들이 길을 열어주자, 방 안쪽에 있던 타케미카즈치가 걸어 나왔다.

가슴에 사무치는 감정 때문에 움직이지도, 말을 하지도 못하고 있으려니 남신은 눈앞에서 멈춰 서더니 한 손으로 머리를 긁었다.

"아—…… 어제는 미안했다, 미코토."

놀라는 미코토에게 타케미카즈치는 눈썹을 늘어뜨리며 웃었다.

"솔직히 왜 그런 일을 당했어야 하는지는 모르겠다만…… 뭐, 분명히 내가 또 무언가 화나게 할 만한 짓을 저질렀겠지."

"……!"

"극동에 있을 때도 내가 너를 곧잘 화나게 만들지 않았더냐."

"아, 아닙니다!!"

사과하려 하는 타케미카즈치의 말을 가로막으며 미코토는 크게 고개를 가로저었다.

"제가, 제가 잘못했습니다! 타케미카즈치 님께 멋대로 불만을 품고, 멋대로 화를 내고…… 멋대로 질투하고!!"

혼자 토라져 타케미카즈치를 곤란하게 만들었던 자신에게 엄청난 수치심과 죄책감이 들었다. 얼굴을 붉히며 눈물을 지은 미코토는 불만도, 분노도, 질투도 품을 권리가 없었다고 말했다.

이 가슴에 품은 모정을 터놓을 용기도 없는 자신은 그럴 자격이 없다고.

"멋대로라니 무슨 말이냐. 나는 너의 신이고 아버지 아니더냐."

고개를 숙인 미코토의 눈이 크게 뜨였다.

"하고 싶은 말이 있다면 무엇이든 해다오. 무엇이든 받아들여주마. 가족이란 것은 그런 것 아니냐."

자신은 그 정도로밖에 배려를 해주지 못한다며 타케미카즈치는 웃었다.

천천히 고개를 든 미코토는, 뺨을 붉히면서 입을 살짝 열었다가는 닫기를 반복했다. 【파밀리아】를 떠나서도 이벤트를 기획하고 말 그대로 자신을 생각해주었던 존재에게 가슴이 벅찼다.

받아들여준다—— 정말일까.

정말이라면 받아들여주었으면 했다. 받아들여서, 대답을 들려주었으면 했다.

부녀, 가족, 그 이상의 존재가 되고 싶다는 이 마음을.

신인 당신을 계속 난처하게 만들었던 이 마음의 정체를.

귀에 달라붙은 심장 소리를 들으며 미코토는 입술을 떨었다.

치구사가, 하루히메가, 다른 친구들이, 오우카조차 그런 미코토의 분위기를 알아차리고 마른침을 삼키는 가운데.

미코토는 겁 많은 자신을 걷어차고 용기를 쥐어짜냈다.

"타케미카즈치 님, 저는——!!"

"미코토, 줄 것이 있다. 기다려보거라."

그리고 타케미카즈치는 어딘가 득의양양하게 말하며 방한구석으로 향했다. 미코토의 가슴에 몰아치는 일생일대의 결의는 눈곱만큼도 알아차리지 못한 채.

소녀는 얼굴을 붉힌 채 굳어버리고, 다른 멤버들은 너무나도 타이밍을 못 맞추는 주신에게 실망한 눈빛을 보냈다.

눈물을 줄줄 흘리는 미코토를, 그리고 주위의 시선을 알아차리지 못한 채 웃으면서 타케미카즈치는 그것을 내밀었다.

"송별 선물이다."

"네……?"

그가 내민 오른손에 들린 것은, 한 자루의 단검이었다.

그리고 왼손에도, 색이 다른 같은 단검이 있었다.

"……자웅, 쌍검."

놀라며 중얼거리자, 그렇다며 타케미카즈치는 만족스레 고개를 끄덕였다.

"아이들 손을 빌리지 않고 알바를 해 돈을 벌고…… 그리고 뭐, 대출도 들어서 샀다."

그 말에 미코토는 이번에야말로 경악했다. 친구들도 몰랐는지 일제히 얼굴에 놀라움을 띠었다.

"헤스티아가 빚을 져서까지 벨 크라넬에게 나이프를 사주었다는 말을 들었거든. 경쟁하려던 건 아니다만, 나도 그 정도는 해줘야겠다고…… 아니, 빚이 미덕이라고는 절대 생각하지 않는다만, 그 뭐냐……."

마지막 말은 우물우물 입속으로 중얼거리면서, 눈을 감고 뺨을 붉히는 타케미카즈치.

여신에게 대항심을 드러내 부끄러워하는 남신을 앞에 두고 미코토는 단검으로 시선을 떨구었다.

하얀 단검과 까만 단검. 카타나와도 비슷한 디자인이 가미된 칼집에 새겨진 것은 【고브뉴 파밀리아】의 사인. 오더 메이드였다.

미코토의 자청색 눈이 흔들리고, 젖어들기 시작했다.

"……나도 귀여운 딸에게, 좀, 말이다."

그 미소에 미코토의 눈물샘은 결국 터지고 말았다.

줄줄 눈물방울을 흘리는 그녀에게 쓴웃음을 지으며, 타케미카즈치는 자세를 낮추더니 얼굴을 들여다보았다.

"웅검 《천화(天華)》와 자검 《지잔(地殘)》…… 이 중 한 자루를 네게 맡기겠다. 그리고 나머지 한 자루는 내가 가지고 있으마."

케이크를 들고 있어 두 손을 쓰지 못하는 미코토를 대신해 타케미카즈치는 까만 단검—— 자검 《지잔》을 그녀의 허리에 매주었다.

단단히 허리에 채운 후, 그는 아직까지 눈물을 멈추지 못하는 소녀의 얼굴을 올려다보았다.

"우리에게 돌아오면 그때 나머지 한 자루를 주마."

그러니 반드시 돌아오라고.

흰색 웅검 《천화》를 보여주며, 타케미카즈치는 활짝 웃었다.

"언제까지고 기다리마, 미코토."

미코토는 눈물을 흘리며, 천천히 눈을 감았다.

온몸을 감싼 온기에 가슴을 떨며, 눈을 감은 채 미소를 지었다.

그에게 받아든 한 쌍의 검이, 진정으로 자웅 한 쌍이 되었을 때.

오늘 전하지 못했던 이 연모를 터놓기로 하자.

이 검에 어울리는 자신이 되어서.

그때야말로, 이 마음을 전하자.

"──예!! 기다리고 계십시오!"

눈물로 얼굴을 적시며 미코토는 활짝 웃었다.

바로 곁에 있던 타케미카즈치와 웃음을 나누었다.

주위에서 지켜보던 치구사나 하루히메, 오우카를 비롯한 단원들도 웃음을 지었다.

"저기, 이건, 케이크입니다……. 타케미카즈치 님, 그리고 모두 다 함께."

"오오, 고맙다 미코토. 좋아, 얘들아── 먹자!"

『네!』

울며 웃는 미코토에게서 케이크를 받아든 타케미카즈치가 호령하자 방은 단숨에 소란스러워졌다. 남자들이 더는 못 기다리겠다는 양 준비해둔 음식에 손을 뻗기 시작했다.

치구사와 하루히메, 여성진은 미코토에게 다가와 등에

손을 얹고 어깨를 안아주고 웃음을 지어주었다. 눈가를 닦는 미코토 또한 웃음으로 대답했다.

창문으로 마석등의 불빛이 새어 나간다.

마치 태어난 고향의 신사처럼, 좁은 홈에서는 시끌벅적한 웃음소리가 울려 퍼졌다.

🔥

맑게 갠 하늘에서 햇살이 내리쬐었다.

이미 초여름을 맞은 뜨거운 태양 아래에서, 반짝이는 검이 바람 가르는 소리를 냈다.

【헤스티아 파밀리아】의 홈, 저택 안뜰.

풍부한 식재가 우거진 잔디 위에서, 미코토는 혼자 땀을 흘리며 검을 휘두르는 연습을 했다.

닌자처럼 이동하며 휘두르는 무기는 타케미카즈치에게 받은 단검 《지잔》이었다.

"타케미카즈치 님, 조금 다시 봤어…….."

연습에 힘쓰는 미코토를 그늘진 복도에서 지켜보던 벨과 벨프의 곁에서 나자가 입을 열었다.

계약한 상품을 저택에 전해주러 왔던 그녀는 어젯밤에 있었던 일을 전해듣고 어딘가 기분이 좋은 듯 꼬리를 흔들었다.

"한때는 어떻게 되는가 했는데 말이지. 어쩐지 맥 빠지는 기분도 들지만."

"그래도 타케미카즈치 님하고 화해해서 다행이야. 미코토 씨도 기뻐 보이고……."

기둥에 팔을 댄 채 중얼거리는 벨프의 곁에서 벨은 미소를 지었다.

시선 너머에서 단련에 힘쓰는 미코토는 이따금 동작을 멈추고는 단검을 보고, 헤죽, 긴장감 없는 웃음을 지었다.

어딘가 들뜬 것처럼 보이기도 하는 소녀에게 벨과 벨프는 쓴웃음을 나누었다. 자기 힘만으로 무기를 마련한 타케미카즈치를 높이 평가한 나자 또한 그 모습에 눈을 가늘게 떴다.

"그래도 말이지……."

그리고 문득, 나자는 입가를 씨익 틀어올렸다.

"평소에 **저런 짓**을 해버리니까, 여자들은 착각하고, 둔감하다는 소릴 듣는 거야……."

자웅 한 쌍의 검을, 권속과 신 자신이 나누어 가진다.

자검을 여성의 손에, 웅검을 남성의 손에.

그것은 마치——

"——약혼반지. 신들이 말하는 '프러포즈' 같잖아……."

"……그렇, 구만."

"아, 아하하하……."

벨프는 뒷목에 손을 감고, 벨은 생각도 못했다는 양 헛웃음을 지었다.

구혼이나 다를 바 없는 행동을 보였으니 미코토가 착각하고 들뜬 거라고, 그들은 마음의 목소리를 하나로 했다.

　"여러분~! 혹시 괜찮으시다면 함께 수련하시지 않겠습니까?!"

　한바탕 훈련에 매진하던 미코토가 벨과 벨프를 향해 손을 흔들었다.

　자검을 쥔 그녀의 얼굴에는 화사한 웃음이 피어났다.

© Suzuhito Yasuda

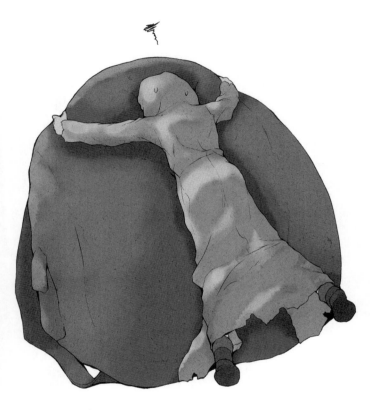

2장 파룸의 구♥혼

© Suzuhito Yasuda

오라리오로부터 50K 동쪽.

아득히 먼 시벽 안에서는 변함없는 일상이 펼쳐지는 한편. 오라리오의 【파밀리아】 연합과 라키아 왕국군의 전투가 이어지고 있었다.

"하아, 귀찮구마~. 핀, 얼른 끝내삐라~."

개전으로부터 이미 닷새.

험준한 알브 산맥, 나아가서는 '세오로 밀림'까지 내다볼 수 있는 대초원지대에서 【로키 파밀리아】는 야영지를 세우고 파벌의 단기를 올려 적들에게 으름장을 놓고 있었다.

그중에서도 가장 넓은 천막 내. 의자를 여러 개 늘어놓고 드러누운 주신의 막무가내 주문을 듣고, 테이블 위에 펼쳐진 지도를 내려다보던 핀이 쓴웃음을 지었다.

"나도 그러고 싶은 심정은 굴뚝같지만……."

로키와 단둘밖에 없는 본영 내에서 핀은 지도 위에 펼친 말들을 훑어보았다.

"적진의 움직임이 소극적이야. 너무 어정쩡한걸."

"뭔 소리고~?"

"무턱대고 피해를 확대시킬 뿐 이렇다 할 공세에 나서지도 않아……. 제2급 모험자에 해당하는 장군들도 나올 기미가 없고. 살짝 밀어붙였다가는 깊이 물러나기만 되풀이하고 있어. 이렇게까지 부대를 넓게 분산시키면 쫓아가기도 힘들어."

강력한 모험자가 모인 오라리오가 단 한 가지 라키아 왕국보다 못한 점, 그것은 숫자였다.

물론 다수의 파벌이 존재하는 도시에는 모험자들이 잔뜩 있지만, 아무리 그래도 한 나라와 맞서 싸울 만한 동원력은 없다. '양보다 질'의 시대라고는 해도 숫자로 밀어붙이는 전략 그 자체는 아직도 건재했다.

지금도 육로를 봉쇄하고 도시경제에 영향을 미치는 모든 부대를 섬멸하려 들면 아무래도 깊이 파고들어야만 했다.

"진짜는 어데 숨기놓고, 지금 싸우는 것들은 싸그리 양동이라는 마 그런 소리가?"

"그럴 가능성이 없지는 않은데……."

애초에 의욕도 없어 정보도 보고도 제대로 머리에 들어오지 않았던 로키에게 중얼거려 대답했을 때, 한 단원이 천막으로 뛰어 들어왔다.

"단장님, 확인했슴다."

"수고했어, 라울. 그래, 멜렌 항구 쪽은 어땠어?"

"계속 평화롭지 말임다. 롤로그 호수는 물론 건너편에서 오는 함대도 보이지 않고요, 수상쩍은 배는 그림자도 없다지 말임다."

단원의 보고에 핀은 지도 위의 오라리오 남서쪽, 자신들이 있는 동부에서 멀리 떨어진 담수호 방면에서 말들을 모조리 치웠다.

"해로 방면 침공도 사라졌고……."

자리에서 일어난 로키와 남성 단원이 테이블 위의 지도를 들여다보니, 그곳에는 당초의 전선에서 서서히 물러나는 라키아 왕국군의 붉은색 말, 그리고 어쩔 수 없이 추격하고자 끌려들어 가는 오라리오 연합의 푸른색 말이 있었다.

"보아하니 상대는 전쟁을 장기화시키고 싶은 모양이야. ……오라리오의 전력이 조금이라도 오래, 도시 밖에 머물도록."

"……아하앙, 그런 거였구마."

담담히 핵심에 다가선 핀의 말에 로키가 입가를 틀어올렸다.

주신을 보며 파룸 두령은 웃음을 지었다.

"우린 일단 돌아가자. 적의 목적은 도시 안에 있어."

"앗싸아아!"

로키는 드디어 해방되었다는 양 손뼉을 치며 기뻐했다.

"라울, 철수한다. 각 단원들에게 전달해. 단기는 남겨서 라키아 측에 우리가 물러난다는 사실을 들키지 않도록 하고."

"그, 그래도 되는 검까, 단장님……? 멋대로 퇴각해서……."

"도시로 돌아갈 대의명분이 생겼어. 길드도 뭐라 하진 못할걸."

망설이는 단원을 내버려둔 채 핀은 혼자 준비를 시작

했다.

"뒷일은【프레이야 파밀리아】에 맡기지."

"히히히. 그 색골은 이슈타르하고 소동 벌여서 길드한테 엄청나게 페널티 먹지 않았나. 성가신 일은 전부 떠넘겨도 된데이!"

한동안 길드가 하는 말에 따를 수밖에 없는 '미의 신' 파벌에게 모두 떠넘기자고, 로키는 진심으로 유쾌하게 웃었다. 곧 남성 단원이 황급히 본영을 떠나고, 약 1시간 후【로키 파밀리아】는 정말로 전장에서 철수하기 시작했다.

"도시에 남은【파밀리아】는 어디어디지?"

"음~ 유명한 데라믄…… 파이양네 아이겠나."

"【헤파이스토스 파밀리아】말이지. 마침 잘됐어. 그쪽에 도 도움을 청하자."

로키와 몇 가지 확인을 거친 후, 그녀와 헤어진 핀은 지휘를 맡아 야영지에서【파밀리아】를 출발시켰다.

푸른 하늘 아래, 던전 '원정' 풍경과 똑같이 하급 단원들이 대량의 짐을 가볍게 끌면서 서쪽에 우뚝 솟은 백색 거탑을 향해 나아간다.

"단장님~! 음료수 드시겠어요? 시장하진 않으신가요?! 아까 제가 멧돼지를 잡아왔는데요!! 통구이 해 먹죠!!"

"아~ 응. 사양할게, 티오네. 그리고 불 피워서 연기 내면 안 돼."

"알겠습니다아!"

갈색 피부에 긴 흑발. 노출도가 심한 배틀클로스에서 풍만한 가슴과 생기 넘치는 팔다리를 드러낸 아마조네스 여간부 티오네 히류테의 뜨거운 어프로치에 핀은 헛헛한 웃음을 지었다. 쌍둥이 친동생에게 또 시작이냐는 시선이 날아들었지만 그러거나 말거나 그녀는 격렬한 호의를 감추지도 않고 부딪쳐댔다. 【로키 파밀리아】의 일상다반사가 된 광경에 아이즈나 다른 단원들도 익숙하다는 투로 상대하려 들지 않았다.

그녀가 다른 단원에게 불려갈 때까지, 핀은 쓴웃음과 함께 폭풍이 지나가기만을 기다렸다.

티오네가 떠나간 후, 엘프 리베리아와 드워프 가레스가 찾아왔다.

"핀, 돌아가면 어떻게 하지?"

"홈에서 대기해도 되겠나?"

자신을 제외한 【파밀리아】의 수뇌진에게 핀은 입을 열었다.

"리베리아, 가레스. 지시는 내려놓을 테니 난 잠깐 빠져도 될까?"

"음?"

"별일이 다 있구먼. 볼일이라도 생겼나?"

의아한 표정을 짓는 리베리아와 가레스의 얼굴을 올려다보며 웃음을 짓는 핀.

"전부터 한번 찾아가려고 생각은 했는데……."

파룸 모험자는 호수 같은 푸른 눈을 가늘게 뜨고는 거대 시벽에 에워싸인 오라리오를 바라보았다.

　"모험자 일이랑 비교하면 전혀 진척이 없는, 또 한 가지 '사명'을 수행하고 올게."

　"할아버지~. 저 왔어요~."

　낡아서 잘 움직이지 않는 뒷문을 열고 릴리는 어떤 집으로 들어섰다.

　동쪽 하늘에서 아침 햇살이 얼굴을 막 드러낸 시간대.

　백팩을 짊어지고 골동품점 '노움 만물상'을 찾아왔다. 가게 뒤쪽의 잡다한 거실에서는 이제 막 일어났음을 한눈에 알 수 있는 조그만 노움 점주가 김이 피어나는 백탕을 어린아이처럼 홀짝거렸다. 무성한 흰 수염을 적시며 호로록 소리를 낸다.

　"오, 릴리…… 좋은 아침이구나."

　"좋은 아침이에요. 하지만 태평하게 백탕이나 마실 게 아니라 세수라도 하고 빠릿빠릿하게 있으세요. 릴리는 금방 갈 거예요."

　평소에 쓰는 빨간 모자를 벗은 노움 점주는 대머리를 드러낸 채 그러겠다고 우물우물 말하고 의자에서 내려왔다. 그가 세수를 하는 동안 릴리는 백팩을 내리고 개점 준비에 착수했다.

이곳 '노움 만물상'은 릴리가 워 게임 이후 홈을 얻어 이사할 때까지 하숙하던 곳이었다.

벌써 두 달 전, 예전에 속했던 【소마 파밀리아】와의 말썽 때문에 신변을 감춰야 했던 그녀는, 면식이 거의 없는 것이나 마찬가지였으면서도 모험자의 장물을 사주던 이 가게를 찾아와 입주 직원으로 써달라고 애원을 했던 것이다. 어디까지나 점주의 인품을 의지해.

변신마법 【신다 엘라】를 쓰지 않은 맨얼굴의 릴리와 점주는 초면이었지만, 그는 마침 일손이 필요했다며 승낙해주었다. 그 후로 릴리는 이른 아침에 미궁 탐색을 나갈 때까지, 그리고 미궁에서 돌아온 후 가게 일을 도왔으며——보은도 겸해——이사한 지금도 이렇게 가끔 찾아와선 이모저모로 도와주고 있었다.

"늘 미안하구나. 【파밀리아】도 커졌는데 이렇게 와주고."

"릴리 걱정보다 자기 몸이나 걱정하세요, 봄 할아버지. 예전처럼 과로로 쓰러져도 이젠 못 돌봐드려요."

"그때는 정말 신세 많이 졌지. 이 영감은 면목이 없어."

점주의 이름은 봄 콘월.

자아가 희박하다는 '정령' 중에서도 뚜렷한 인격을 지녔으며, 뛰어난 손재주와 눈썰미를 살려 미궁도시의 생활에 녹아들고 있다. 대자연 속에서가 아니라 속세에 푹 잠긴 이유를, 본인은 릴리에게 이렇게 말한 적이 있다.

『이 영감은 정령 중에서도 저급이거든.』

아무튼 가게에 온 물건을 감정해 싸게 사들이고 비싸게 팔아 하루하루의 생계를 꾸려나간다.

"이건 홈에서 만들어 온 아침밥이에요. 든든하게 먹어야 해요. 그리고 창고의 마석등이 망가져서 새것으로 바꿔놨어요. 보석 재고도 떨어져가니까 보충해두는 게 좋겠어요."

"그, 그려, 고맙구먼……."

잡무를 척척 마치는 릴리에게 압도되면서 노움 점주는 트레이드마크인 빨간 모자를 썼다. 대머리를 감춘 그의 동그란 눈은 자신보다도 커다란 소녀를 바라보았다.

"릴리, 오늘도 던전에 가는 게냐?"

"맞아요. 오늘에야말로 16계층에 진출할 거예요! 아시다시피 릴리네【파밀리아】는 지금 한창 잘나가는 중이거든요!"

릴리는 기분 좋게 웃음을 지었다. 소란스럽고도 든든한 동료들의 모습을 떠올리며 즐겁게 말했다.

"릴리도 짐만 될 수는 없죠!"

잠시 후, 한바탕 개점 준비를 마친 릴리는 시계를 보고 벨 일행과 만나기로 한 장소인 바벨로 가려 했다.

"그러면 봄 할아버지, 아침 거르면 안 돼요."

"안다, 알아. 다녀오거라."

문에 손을 대며 돌아본 릴리는 웃으며 "다녀오겠습니다!"라고 인사한 후 가게를 나섰다.

"……저렇게나 웃을 수 있게 됐구먼."

릴리가 나간 문을 바라보며 점주는 혼자 중얼거렸다.

힘이 있는 '고대의 정령'도 아니거니와 현대의 노움 중에서도 저급에 속하는 몸이지만, 신에 가장 가깝다고 일컬어지는 '정령'의 일원이 아닌가.

릴리 본인은 들키지 않았다고 생각하는 비밀도, 그의 눈은 또렷하게 간파하고 있다.

추억에 잠긴 눈빛을 한 노움 점주는 수염을 출렁거리며 흐뭇하게 미소지었다.

달밤에 휩싸인 【헤스티아 파밀리아】의 홈, '화덕관'.

던전에서 귀환해 모두 함께 저녁을 먹은 후, 권속들은 하나씩 헤스티아가 기다리는 방으로 가 【스테이터스】 갱신을 받았다.

오늘은 미리 정해놓은 일주일에 한 번 있는 【스테이터스】 갱신일이다. 개인의 요망이 없는 한, 단원들은 이날 한꺼번에 헤스티아에게 '팔나'를 보이게 되어 있다.

하루히메가 입단한 이래 처음으로 【엑세리아】를 환원하게 되어, 순서가 돌아온 릴리는 약간 긴장된 낯빛으로 의자에 앉아 상반신을 벗었다.

"자, 끝났다."

릴리는 옷을 입고 헤스티아에게서 갱신용지를 받아들었다.

코이네 공통어로 번역된 자신의 【스테이터스】 내용을 훑어본다.

릴리루카 아데

Lv.1

힘: I81 내구: H123→124 기교: G232→236

민첩: F383→388 마력: E402→404

《마법》

【신다 엘라】

· 변신마법.

· 변신할 모습은 영창 때의 이미지에 의존. 구체성이 없을 때는 실패.

· 모방 추천.

· 영창식: 【당신의 상처는 나의 것. 나의 상처는 나의 것.】

· 해주식: 【울려 퍼지는 열두 시의 알림.】

《스킬》

【아텔 어시스트】

· 장비의 하중이 일정 이상일 때 받는 보정.

· 능력 보정은 중량에 비례한다.

"······하아."

릴리의 조그만 입술에서 한숨이 나왔다. 【어빌리티】 상 승치를 보고 저도 모르게 새어 나오고 말았다.

'그야 반년 정도 쌓인 걸로 【랭크 업】까지는 생각도 안 했지만요······.'

릴리는 【소마 파밀리아】의 파벌 내 사정도 있고 해서 【스 테이터스】를 전혀 갱신받지 못한 시기가 있었다. 그 기간 은 거의 반년.

워 게임 과정에서 현재의 파벌로 컨버전해 겨우 【스테이 터스】를 갱신할 수 있었지만 역시라고 해야 하나, 그 수치 도 비약적이라 할 정도는 못 되었다. 기껏해야 하급 모험 자 중에서도 중하 수준이라 할 만한 【어빌리티】였다. 그 후 의 진보도 보다시피 이 정도였다.

뛰어난 모험자라 해도 첫 【랭크 업】에는 3년이나 그 이상 은 걸리는 것이 보통이다. 겨우 반년 만에 밑바닥 【스테이 터스】에서 극적으로 진화할 리가 없다.

"서포터 군, 답답하게 여기는 마음은 이해한다만······."

"저도 알아요. 릴리는 서포터. 【스테이터스】가 늘어나기 힘든 건 당연하니까요."

오히려 【스테이터스】의 상승폭도 포함해, 모험자로서 적 성이 없었기 때문에 자신은 서포터가 된 것이다.

신혈을 내기 위해 바늘로 찔렀던 손가락을 입에 문 헤스티아에게 릴리는 조금 딱딱한 목소리로 대답했다. 의자에 앉아 이쪽을 신경 쓰는 주신에게 등을 돌리고 방을 나갔다.

저택 1층의 복도를 나아가, 곧장 거실로.

넓은 휴게실에는 벨프를 비롯한 동료들이 있었으며, 저마다 갱신용지를 손에 들고 잡담을 나누고 있었다.

마지막까지 기다렸던 벨에게 차례가 돌아왔음을 알리고, 그가 거실에서 나간 후 동료들 사이에 끼어들려 했으나…… 문득 창문 유리에 비친 자신의 등을 보고 릴리는 움직임을 멈추었다.

평소에 걸치는 로브를 벗은 얇은 옷차림. 그중에서도 노출된 복부 언저리, 구체적으로는 허리 부근에서 엿보이는 칠흑의【히에로글리프】.

옷 틈에서 삐져나온【스테이터스】를 보고 눈살을 찡그리며 복잡한 표정을 지었다.

"전부터 생각했던 건데요……."

벨과 헤스티아가 함께 거실로 돌아올 때를 기다렸다가 릴리는 동료들 사이에서 입을 열었다.

"왜【스테이터스】가 고스란히 다 보이나요?"

"아~ 나도 그 생각 했는데."

"아, 네. 저도……. 왜 헤스티아 님은【스테이터스】를 은폐하지 않으시는지 궁금했습니다."

"소, 소녀는 파벌의 방침인가 생각했사오나…… 그렇지 않았는지요?"

"어…… 【스테이터스】를 숨기는 방법이 있단 말이냐?!"

릴리의 의문을 시작으로 벨프, 미코토 하루히메 등 다른 파벌에서 이적했던 단원들이 입을 모아 말했다. 경악하는 헤스티아에게――그리고 "엑" 하고 굳어버린 벨에게――단원들은 속칭 '록'이라 불리는 지식에 대해 들려주었다.

권속의 등에 새겨진 【히에로글리프】의 나열을 눈에 보이지 않는 상태로 만드는 신들만의 기술이다. 이 '록'을 걸면 권속의 【스테이터스】를 다른 이들이 훔쳐보지 못하게 막을 수 있다.

헤파이스토스, 타케미카즈치, 이슈타르, 그리고 게으른 소마까지도 권속의 【스테이터스】를 은폐했다는 말에 하계에 내려온 지 아직 얼마 안 된 어린 여신은 충격을 받았다.

"그, 그랬구나. 시내에서 보이는 아마조네스 아이들의 【스테이터스】가 보이지 않던 이유가 그것이었구나……. 나는 페인트라도 칠한 줄 알았다."

"그, 그리고 보니 에이나 누나도 【스테이터스】가 보이지 않게 '열쇠'를 채워두는 편이 좋겠다고 했는데…… 홈의 문단속을 하란 얘기가 아니었군요……."

"다, 다음에 헤파이스토스나 다른 친구들에게 단단히 물어보마……."

상식에 둔한 주종 두 사람에게 탄식하고 방치해두며, 릴리는 벨프 쪽을 돌아보았다.

"여러분의 【스테이터스】를 보여주실 수 있겠어요?"

"어, 그래."

"물론입니다."

"여기 있사옵니다."

미처 묻지 못했던 사항에 대해 묻자 벨프, 미코토, 하루히메는 흔쾌히 갱신용지를 건네주었다.

벨프 크로조

Lv.2

힘: I67→70 내구: I50→53 기교: I78→82

민첩: I36→38 마력: I57→61

단야: I

야마토 미코토

Lv.2

힘: H133→134 내구: H129→130 기교: H178→181

민첩: H162→167 마력: I84

내성: I

산죠노 하루히메

Lv.1

힘: I8→9 내구: I32 기교: I15

민첩: I23→26 마력: E403→405

'뭐, 이게 보통이지요······.'

자신의 갱신 수치와 비슷한【스테이터스】상승폭을 보고 릴리는 용지를 일행에게 돌려주었다.

그리고 자신의【스테이터스】를 확인하던 벨프 일행과 함께 마지막으로 소년을 보았다.

동료들의 말없는 시선을 알아차리고 벨은 당황했다.

그는 머리를 긁적거리며 얌전히 갱신용지를 내밀었다.

벨 크라넬

Lv.3

힘: F377→391 내구: F389→396 기교: F377→392

민첩: D583→594 마력: F352→360

행운: H 내성: I

"""""······.""""

벨의【스테이터스】갱신용지를 본 일행은 일제히 입을 다물었다.

【어빌리티】숙련도 상승치 토탈 50 이상.

레벨은 벨이 높다. 그럼에도【어빌리티】상승폭 또한 그가 훨씬 높다.

역시 이상하다.

같은 던전에서 같은 몬스터와 싸웠다. 교전 횟수나 격파 기록은 물론 벨이 더 높지만, 그렇다 해도 오차라고 하기에는 진보가 너무나도 현저하다.

소년의 갱신 수치를 들을 때마다 맛보았던 이해할 수 없는 감각을, 릴리를 비롯한 동료들은 오늘 또 한 번 공유했다.

"정말 넌 어떻게 된 거냐."

"그, 글쎄?"

갱신용지를 손에 들고 신음하는 벨프에게 벨은 자신도 정말 모르겠다는 듯 당황했다.

이상한 성장속도를 타인에게 새삼 지적받고 그는 다시 한 번 동요했다.

"벨 님 개인의 자질이라기보다는, 무언가 특수한 힘이 작용하고 있는 것도 같은데요……."

벨프와 벨을 내버려둔 채, 릴리는 미코토와 하루히메에게만 들릴 정도의 목소리로 중얼거리며 옆을 흘끔 엿보았다. 그러자 어린 여신은 두 눈을 감은 채 서툰 휘파람을 불고 있었다. 이마에는 땀이 배어나왔다.

헤스티아를 째릿 노려본 릴리는 벨을 제외한 단원들과 재빨리 눈짓을 나누었다.

오늘에야말로 캐묻고 말겠노라고.

"벌써 시간이 이렇게 됐네. 할 수 있는 사람부터 목욕하자고."

처음 입을 연 것은 벨프였다. 짐짓 목이며 어깨를 돌리던 그는 벨에게 말했다.

"벨, 너 먼저 해라."

"어? 난 탐색 끝나고 바벨에서 샤워 했는데…….."

"오늘도 제가 목욕물을 받아놓았으니 한번 들어가보시지요, 벨 공."

어리둥절하는 벨에게 미코토가 즉시 끼어들었다. 헤스티아가 황급히 제지하려 했지만 정면을 가로막고 선 릴리가 날카로운 눈초리로 견제했다.

"그, 그래도 제가 제일 먼저 하라고요? 어쩐지 미안한데…….. 그리고 기왕이면 벨프도 같이 하는 게……."

"난 공방에서 할 일이 있어."

"저도 내일 아침식사 준비를 해야 합니다."

"소, 소녀는, 저기, 그러니까…… 꼬, 꼬리 털손질을!"

벨프와 미코토는 미리 짜놓았던 것 같은 핑계를 대고 거실 구석으로 흩어졌다. 혼자 갈팡질팡하던 하루히메는 자신의 굵은 꼬리를 두 손으로 끌어안고 벨에게 등을 돌리며 부자연스레 금색 털을 손질하기 시작했다.

"릴리는 헤스티아 님과 할 이야기가 있어요."

마지막으로 릴리가 그렇게 말하며 흘겨보는 바람에 헤스티아는 으윽 신음했다.

"그, 그럼 그렇게 알고……."

혼자 목욕을 하도록 유도당한 벨은 눈을 껌뻑이더니, 결국 거실을 나갔다.

그가 모습을 감춘 순간 벨프와 일행은 즉시 모여들어 주신을 포위했다.

"자, 헤스티아 님? 벨 님의 저 '성장'에 대한 내역을 아신다면 말씀해주시죠. 오늘에야말로 고백하셔야겠어요."

모두를 대표해 입을 연 릴리의 험악한 기세에 헤스티아는 말문이 막혀버렸다.

사방을 포위당해 삐질삐질 땀을 흘리던 주신은, 이윽고 체념했다는 듯 크게 한숨을 내쉬었다.

"같은 【파밀리아】에게 숨기는 것도 도리가 아니지……. 알았다, 말하마."

하지만 절대 발설해서는 안 된다며 몇 번이나 못을 박은 헤스티아는, 벨의 '성장'에 관한 비밀을 털어놓았다. 어딘가 분한 표정으로.

그리고 모두는 그 '스킬'의 존재를 알았다.

"리아리스, 프레제……?"

헤스티아의 입을 통해 밝혀진 벨의 스킬 【리아리스 프레제】에 릴리는 아연실색 중얼거렸다.

'성장'에 영향을 미친다는 전대미문의 '레어 스킬'에 경악하며, 그 이상으로 스킬의 특성 그 자체에 할 말을 잃어버렸다.

── 조숙한다.

── 마음이 이어지는 한 효과 지속.

——마음의 강도에 따라 효과 상승.

'스킬'의 효과는, 벨이 가슴속에 감춘 마음에 따라 크게 좌우된다.

　감정의 대상—— 아이즈에 대한 마음을 양식으로 삼아, 소년은 지금도 극적인 '성장'을 거두고 있다는 것이다.

　"그러니까 자기가 반한【검희】를 따라잡기 위해, 벨은 말도 안 되는 성장을 하고 있다는 그런 말입니까?"

　"바, 반해……?! 그, 그야, 뭐, 그렇게 되겠지…….''

　"벨 님이, 마음에 둔 상대…….''

　【리아리스 프레제】에 대해 들은 벨프가 헤스티아에게 확인할 동안, 멍청히 선 하루히메와 함께 릴리는 충격을 감추지 못했다.

　벨 크라넬은 아이즈 발렌슈타인을 짝사랑한다.

　그 사실에 터무니없는 상심을 받았다.

　'무언가를 위해 노력한다는 거야 알고 있었지만…….'

　소년이 그렇게까지 무던히 미궁탐색에 힘쓰는 데에는 무언가 이유가 있다고, 목적이 있다고, 처음 만났을 무렵부터 어렴풋이는 알고 있었다.

　하지만 그것이 바로【검희】를 따라잡기 위해서였다니.

　소년의 나이를 생각해봐도 호의를 품을, 혹은 동경을 품을 이성이 있다는 것은 아무런 이상할 것이 없지만…… 미노타우로스에게서 구해주었다는 벨과 아이즈의 만남까지 들은 릴리는 밤색 눈을 한곳에 고정할 수가 없었다.

"베, 벨 공 본인께는, 아무 말씀도 하지 않으셨던 겁니까?"

"그 아이는 거짓말이 서툴다. 레어 스킬 운운하는 힐문을 받았다간 금세 드러나고 말 테니, 그렇다면 스킬 그 자체를 모르는 편이 낫지. ……게다가 발렌아무개에 대한 마음 어쩌고 하는 말은 절대 하고 싶지 않았다."

눈앞의 미코토와 헤스티아가 나누는 대화도 귀를 그냥 지나가버렸다.

마음과 몸이 따로 노는 듯한 감각. 감정은 동요로만 내달리고, 손발은 시간이 멈춰버린 것처럼 움직이질 않았다. 격렬한 감정이 조그만 가슴속을 휘저어댔다.

가슴이 떨린 릴리는 견디지 못하고 말을 토해냈다.

"헤, 헤스티아 님은, 그래도 괜찮다는 건가요?!"

더듬거리면서 묻고 말았다.

헤스티아 또한 신의 자애를 넘어 벨을 총애하고 있을 터.

아이즈에 대한 마음 따위 허용할 수 있겠느냐고, 그렇게 묻고 말았다.

"……벨이 스스로 결정한 것이다. 강해지고 싶다고. 그런 모습을 보면 나는 말릴 도리가 없다."

자식의 결의에 찬물을 끼얹을 수는 없다. 그렇게 말하는 헤스티아에게 릴리는 당황했다.

"게다가 그 아이는 절대로 넘겨주지 않을 것이다. 누가 넘겨줄까 보냐. 언젠가 반드시 나를 돌아보게 만들겠어……!!"

끄그그극 몸을 떨며 야망을 부르짖는 주신을 보고 벨프와 미코토가 저도 모르게 주춤주춤 물러나는 가운데, 릴리는, 이번에는 하루히메를 보았다.

매달리는 듯한 릴리의 눈빛에, 그녀와 마찬가지로 충격을 받은 르나르 소녀는 녹색 눈을 이리저리 떨다가 고개를 숙였다.

기모노 위에서 봉긋 솟아오른 가슴에 두 손을 가져다 댄다.

"소, 소녀는 창부였던지라…… 벨 님의 사랑에, 간섭할 권리는 없사옵니다."

"……."

"……하, 하오나 측실, 아니, 수청이라도 드는 정도라면 소녀라도……!"

"어허, 어허, 이놈이?!"

얼굴을 붉히며 천연폭탄발언을 투하하는 수습 창부 출신 소녀에게 여신의 벼락이 떨어졌다.

"죄, 죄송하옵니다!"

"그런 짓을 내가 용서할 줄 아느냣——!!"

머리를 움켜쥐고 웅크리는 하루히메, 그런 그녀에게 달려드는 헤스티아. "헤스티아 님?!" "고, 고정하십시오!!" 벨프와 미코토가 황급히 만류했다.

"……."

꽥꽥 소란을 떠는 그들과는 달리, 릴리는 혼자 망연자실했다.

벨에게 마음에 둔 사람이 있었다.

자신이 소년의 곁에 설 수 있으리라고는, 곁을 독점할 수 있으리라고는 생각도 하지 않았다.

하지만 충격은 충격이었다.

'스킬'로 드러날 만큼 깊은 마음을 품은 소년에게, 릴리는 목소리를 잃은 채 그저 서 있을 수밖에 없었다.

충격 때문에 목욕도 잊고 방으로 돌아간 릴리는 침대에 눕기는 했지만 잠이 들 수는 없었다.

천장을 올려다보며 생각이 멈추질 않았다. 눈을 감아도 마음이 술렁거려, 끙끙거리며 몇 번이나 몸을 뒤척거렸다. 넓은 1인실 안에서 시트가 마찰하는 소리만이 몇 번이나 울려 퍼져 귀에 거슬렸다.

마음 깊은 곳의 감정과 씨름하기를 몇 시간, 마침내 릴리는 몸을 침대에서 일으키고 말았다.

한숨도 못 잔 채, 한밤의 어둠이 희미해지고 얼마 지나지 않은 이른 아침 시간대에 방문을 나왔다.

"우스꽝스럽네요……."

평소의 옷과 로브로 갈아입은 릴리는 문을 닫으며 지친

표정으로 자조했다. 왜 그렇게 정신이 산만해지는 거냐고 중얼거리며 긴 복도를 걸어 나갔다.

헤스티아나 단원들의 방은 모두 3층에 있다. 이따금 벨프가 뒤뜰의 공방에 틀어박히기도 하지만, 보통 【파밀리아】 사람들은 이 저택 최상층에서 잠을 잔다. 3층 가운데부터 헤스티아의 신실(神室), 미코토와 하루히메의 2인실, 그곳에서 멀리 떨어진 벨프의 개인실…… 그리고 벨의 방. 마지막 방문 앞에서 멈출 뻔했던 발을 꽉 끌어당겨, 릴리는 일단 물을 마시고자 주방으로 향했다.

창밖에서는 아직 아침놀도 시작되지 않은 가운데, 고요히 잠든 3층 복도를 비척비척 나아가고 있으려니…… 퓨웅, 퓨웅.

안뜰 방향에서 날카롭게 바람을 가르는 소리가 들려왔다.

"!"

검을 휘두르는 듯한 그 소리에 릴리는 흠칫 놀라 복도 창가로 달려갔다.

발돋움을 해 유리창 너머로 아래쪽, 저택의 안뜰을 내려다보니 — 눈동자에 백발 소년이 비쳤다.

숨을 필요는 없는데도 한번 당황해 얼굴을 집어넣은 다음, 잠시 후 다시 조심스레 고개를 내밀었다.

살며시 창문으로 엿보자, 벨은 진남색과 다홍색 나이프를 휘두르며 혼자 훈련을 하고 있었다.

허공에 검광을 새기며, 퓨웅, 조금 전에 들었던 희미한 바람 가르는 소리를 낸다.

'……누구하고, 싸우는 거지?'

넓은 풀밭 위를 몇 번이나 격렬하게 이동하며 굵은 땀방울을 흘리는 그 모습에, 릴리는 소년이 가상의 적과 싸운다는 사실을 알아차렸다. 보이지 않는 상대와 벨은 격렬한 모의전을 펼치고 있었다.

가상의 적은 엄청나게 강하다.

가까운 곳에서 모험자들을 수없이 관찰했던 서포터의 통찰력으로 그 사실을 알 수 있었다. 제2급 모험자가 된 소년도 전혀 따라가지 못할 만큼 강한 상대였다.

'아…… 졌다.'

이윽고 움직임이 굳어버리는 벨.

어정쩡하게 나이프를 든 자세로, 마치 목덜미에 누군가의 칼날이 들어오기라도 한 것처럼 굳어버렸는가 싶더니 "크헉?!" 숨을 토하면서 몸을 숙였다.

두 무릎에 두 손을 짚고, 얼굴에는 엄청난 양의 땀을 흘리면서 어깨로 요란하게 숨을 쉰다.

"……."

땀에 젖은 뺨에 달라붙은 백발, 구슬 같은 땀을 빨아들인 이너웨어. 자신이 발견하기 전부터 오랫동안 훈련에 몰두했던 것이 분명한 소년을 릴리는 그저 가만히 바라보았다.

지금 싸우던 상대는, 아이즈?

그녀를 따라잡기 위해, 이렇게 이른 아침에 일어나서, 매일 훈련을?

해답이 돌아오지 않는 물음에 릴리는 숨을 쉬는 것도 잊고 석상처럼 서 있었다.

이윽고 소년의 등이 일어나더니, 훈련을 재개했다.

우직하게, 한사코 무기를 휘두르는 그 모습으로 소녀에 대한 마음이 얼마나 깊은지를 알 수 있어 릴리는 번민의 늪에 빠져들었다. 동요, 불안, 애수, 온갖 감정이 빙글빙글 소리를 내며 소용돌이쳤다.

그날은 여느 때처럼 오전부터 미궁탐색에 나섰다.

얼마 전 답파한 제15계층을 넘어, 던전 제16계층으로 진출했다.

쾌조라 할 만한 【파밀리아】의 맹진격. 파티의 사기도 올라간 그런 상황과는 달리, 백팩을 짊어진 릴리는 혼자 암담한 표정을 짓고 있었다.

"……릴리, 괜찮아?"

"!"

자꾸만 고개를 숙이는 자신에게, 어느 사이엔가 중견 위치로 물러났던 벨이 말을 걸었다. 그는 걱정스러운 표정으로 릴리를 살피고 있었다.

"기운이 없는 것 같은데…… 어디 몸이라도 안 좋아?"

"꽤, 괜찮아요, 벨 님! 어젯밤에 잠을 잘 못 잤을 뿐이라, 몸은 보시다시피 이렇게 문제없어요!"

흠칫 놀란 릴리는 허세를 부렸다. 도적 시절에 익혔던 웃음을 꾸미며 아무 문제도 없다고 주장했다. 그래도 벨은 여전히 걱정스러운 표정이었지만, 진로에 몬스터가 출현해 어쩔 수 없이 반격에 나섰다.

'큰일 날 뻔했네요. 내가 지금 뭘 하는 거죠.'

릴리는 자신을 다잡았다.

이곳은 던전이다. 쓸데없는 생각을 하다간 자신은 물론 동료들까지 위험에 빠뜨리고 만다. 벨이나 다른 동료들의 전투를 바라보며 심호흡으로 의식을 전환하고자 했다.

'맞아요. 릴리는 벨 님의……… 서포터, 인걸요.'

그러나 벨이 마음에 둔 상대의 존재를 알아 흔들리는 약한 마음이, 소년에 대한 자신의 필요 가치를 자꾸만 묻고 있었다.

전업 서포터. 경시의 대상. 모험자들의 '짐꾼'.

릴리는 자랑할 만한 능력이라곤 하나도 없었다. 지금도 싸우는 벨프나 미코토처럼 몸으로 벨을 지켜주지도 못하고, 그의 곁에 서지도 못한다. 아니, 따라갈 수조차 없다.

도적 시절, 모험자들에게 지겨울 정도로 들었던 '밥벌레'라는 말이 야비한 웃음과 함께 되살아났다. 겉으로는 강철 같은 의지를 발휘해 서포터의 역할을 완수하려는 가운데, 릴리의 마음속은 한껏 흐트러졌다.

"……."

손에 든 '크로조의 마검'을 언제든 휘두를 수 있도록 움켜쥔 채 릴리는 자신의 옆을 보았다. 그곳에는 조마조마한 눈빛으로 세 사람을 지켜보는 하루히메가 있었다.

자신과 같은 짐꾼, 서포터. 하지만 그녀에게는 강력한 '마법'이 있다.

레벨 부스트. 모험자에게 터무니없는 힘을 주는 요술을 다룰 수 있는 그녀는 그야말로 서포터로 적격이었다. 자신보다도 훨씬 가치가 있다.

용모도 솔직히 말해 뛰어나다.

르나르의 금색 털결이며 매끄러운 장발은 말할 것도 없고, 그녀의 미모는 릴리 같은 꼬맹이가 발치에도 미치지 못할 정도로 곱다. 청순한 분위기와도 맞물려 【검희】에게도 꿀리지 않을지 모른다.

가슴도, 꽤 크다.

'하루히메 님이…….'

……그녀가 성장하면, 자신은 필요가 없어지는 것 아닐까?

아이즈에게 대항하기 이전에, 자신이 있을 곳 자체가 사라져버리지는 않을까?

'그렇다면, 차라리…….'

더 이상 하루히메에게 서포터 지도를 하지 말까.

그냥 대충 가르쳐줄까.

그런 생각을 시작하는 자신에게—— 흠칫 놀란 릴리는

고개를 크게 가로저었다.

"릴리 님?"

"……아무것도, 아니에요."

벨과 벨프, 미코토에게서 이쪽으로 시선을 돌리는 하루히메에게 릴리는 열심히 목에서 대답을 쥐어짜냈다.

이 얼마나 얄팍하단 말인가. 구역질이 났다.

이 얼마나 나쁜 놈이란 말인가. 격렬한 자기혐오에 휩싸였다.

벨의 주위에 있는 이성—— 헤스티아나 에이나, 시르, 하루히메처럼 자신은 아름다운 존재가 아니다.

마음이 더럽다. 자신을 잘 보이려고 필사적으로 군다.

세상 물정 모르고, 어린아이이며, 그리고 순박한 벨에게 전혀 어울리지 않는다.

'이 괴로움은, 결국, 단순한——'

그렇다.

결국, 릴리는 맹렬한 열등감을 품은 것이다.

제1급 모험자 아이즈 발렌슈타인. 릴리도 직접 보았다.

얼굴을 새빨갛게 물들인 벨과 담담하게 말을 나누던, 여신에게도 꿀리지 않는 아름다운 금발금안의 소녀를.

아름답고, 강하고, 늠름하다.

벨만이 아니라 많은 모험자들에게 동경의 대상이 되는 그녀.

천지가 뒤집어져도 릴리는 결코 당해낼 수 없는 상대.

릴리가 괴로워하는 점은 그것이었다.

그 여검사에게 무엇 하나 대항할 수가 없다는 열등의식이었다.

너무나도 높은 산봉우리의 꽃을── 높은 곳을 올려다보기만 하는 벨의 시야에는 들어오지 않는 자신.

그에게 결코 최고가 될 수 없는 자신.

그런 엄연한 사실에 릴리는 어젯밤부터 괴로워하고, 절망과도 같은 낙담을 품었던 것이다.

자기본위의 질투에 시달리고 휘둘린 릴리는 자신의 왜소함에 실망했다.

"······."

전투가 끝나 벨 일행이 쓰러뜨린 몬스터에게서 하루히메와 함께 전리품을 수집해나갔다.

어두운 던전 바닥에 굴러다니던 '마석'을 줍는 꼴사나운 자신을 돌아보며 릴리의 가슴이 시큰거렸다.

"그러면 무사히 16계층까지 탐색하고 온 거니?"

"네. 지형은 아직 다 파악하지 못했지만요, 몬스터하고 전투는 해봤어요."

저녁이 찾아오기 전, 오후의 길드 본부.

아직 하늘이 푸른 동안 나는 담당관인 에이나 누나를 찾아갔다.

던전에서 돌아온 파티는 이미 바벨에서 환전을 마치고, 다른 동료들은 홈으로 돌아갔다. 나는 정기적으로 미궁의 진척 상황을 에이나 누나에게 보고하기 위해 혼자 길드 본부를 찾아왔다.

평소에 비해 이른 시간대에 던전에서 돌아온 것은 '드롭 아이템'이 생각보다 많이 나왔기 때문이었다. 릴리와 하루히메 씨의 백팩 용량이 한계를 넘어, 그 이상 전리품을 수집하기가 어려워져 탐색을 중지했던 것이다.

그리고…… 릴리의 분위기도 마음에 걸렸고.

"순조로운 것 같아 다행이야. 앞으로도 무리는 하지 말렴."

"네, 에이나 누나."

좋은 컨디션을 보이면서도 안전하게 던전 공략을 진행해나가는 우리에게 에이나 누나는 기뻐하는 것 같았다. 갈색 머리카락과 하프엘프의 쫑긋한 귀가 웃음에 맞춰 흔들렸다.

면담 부스에는 가지 않고 창구에서 간단히 보고를 마친 나는 에이나 누나에게 인사를 한 다음 그 자리를 떠났다.

"릴리에게…… 무슨 일이 있었던 걸까."

던전 안에서만이 아니라 오늘 한나절을 돌이켜봐도 계속 기운이 없었던 릴리 생각에 나도 모르게 중얼거렸다. 허세를 부리던 동료의 모습에 나는 영 석연찮은 기분이 들었다.

백대리석으로 지은 본부 로비를 가로지르며 동료를 생각했다.

"——벨 크라넬."

"어?"

그리고 길드 본부를 나오려던 나에게 누군가가 이름을 불렀다.

소년처럼 앳된 목소리에 돌아보고—— 그곳에 있던 인물에게 눈을 휘둥그렇게 떴다.

황금색 머리카락에 작은 키.

단아한 얼굴과도 맞물려 어린아이 같은 외견을 가졌지만, 분위기는 내가 따라가지도 못할 만큼 어른스러운 풍모, 아니, 제1급이 되기에 충분한 모험자의 관록이 있었다.

바로 눈앞에 있던 파룸 남성에게 떨리는 목소리가 흘러나왔다.

"피, 핀 디무나 씨……?!"

그 유명한 【로키 파밀리아】의 두령에게 나는 경악을 감추지 못했다.

"갑자기 불러서 미안해. 하지만 해를 끼칠 생각 같은 건 절대 없으니까 너무 긴장하지 말았으면 좋겠는걸."

마구 동요하는 나에게 핀 씨는 부드러운 웃음을 지었다.

그 웃음 덕에 겨우 마음을 가라앉힐 수 있었던 나는 오라리오의 꼭대기에 군림하는 구름 위의 제1급 모험자에게 황송해하면서도 입을 열었다.

"어, 저에게 무슨 일로……?"

"별일은 아니고, 미노타우로스와 싸웠을 때나 18계층 건으로 여러 가지 일이 있었잖아. 한번 이야기를 나눠보고 싶었거든. 하지만 너를 내가 직접 만나러 갔다간 다들 공연한 지레짐작을 할 테니…… 실례라는 걸 알면서도 여기서 네가 나타나길 기다렸어."

【헤스티아 파밀리아】는 워 게임을 통해 파벌의 지위가 상당히 높아졌다. 중견 【파밀리아】정도로 단숨에 성장한 우리에게는 관심이 모여들 테니, 당당하게 홈을 찾아가 접촉하는 일은 피하고 싶었다고 핀 씨는 말했다. 도시 최대 파벌인 【로키 파밀리아】의 단장이 찾아가 다른 파벌에 공연한 경계를 품게 만들고 싶지는 않았다는 것이다.

"사실은 우리 파벌 단원들에게도 숨기고 온 거야."

그렇게 말하는 핀 씨에게는 벌써부터 주위에 있던 여성 모험자들을 중심으로 주목이 모여들고 있었다.

"쬐끄매!" "귀여워!" "멋있어!"

길드 본부의 사방에서 오가는 술렁임에 쓴웃음을 지으며 파룸 제1급 모험자는 나를 올려다보았다.

"사실은 **부탁**도 있고. 시간이 난다면 천천히 이야기라도 나누고 싶은데, 어때?"

거절할 수는, 물론 없었다.

길드 본부를 나온 나와 핀 씨는 뒷골목을 구사해 남서쪽 구역에 존재하는 카페 '위세'로 들어갔다.

"엘프 마도사 아이가 가르쳐줬거든."

그렇게 말하며 핀 씨는 복잡한 골목 사이에 지어진 이 조그만 가게에 들어섰다. 헤르메스 님의 안내로 미코토 씨와 같이 와본 후 두 번째인 조용한 가게에서, 테이블 자리에 앉은 나는 정면의 핀 씨와 마주했다. 엘프 마스터를 제외하면 가게에는 아무도 없었다.

"어쨌거나 파벌 단장끼리 밀회를 한 셈이니, 부디 내밀히 해줄 수 있겠지?"

"네, 네엣……!"

눈앞의 제1급 모험자에게 역시 긴장을 하게 되었다.

한심하게 몸을 이리저리 꼬는 나를 내버려둔 채, 주문한 홍차를 가볍게 마신 핀 씨가 입을 열었다.

"우선은 워 게임의 승리에 축사를 보내고 싶어. 나도 관전했지만 그 싸움은 훌륭하던걸. 파벌 결성도 포함해서, 축하해."

"고, 고맙습니다!!"

진짜 찬사에 나는 황급히 고개를 숙였다. 그 유명한 파룸 용자에게 칭찬을 받다니…… 엄청난 영광이라는 생각이 들었다. 오라리오의 유명인과 일대일인 이 상황도 포함해서 좀 현실감이 없었다. 기쁘기도 하고 가슴이 두근거리기도 했다. 그런 나를 핀 씨의 웃음기 어린 푸른 눈이 바라보고 있었다.

"이건 다른 이야기인데, 요즘 뭔가 이상한 일 없었어?"

"네?"

"시벽 안쪽은 아주 평화롭지만, 주위에서 일어나는 일에는 주의를 기울이는 편이 좋을지도 몰라. ……요즘 뒤숭숭하거든."

컵에 입을 대며 말하는 핀 씨에게 나는 고개를 갸웃거리고 말았다.

조언, 인 걸까?

요즘은 뒤숭숭…… 라키아 왕국, 【아레스 파밀리아】 말인가? 나도 모험자 나부랭이이니 그 나라의 군대가 오라리오에 쳐들어와 오늘도 여러 【파밀리아】의 연합군과 교전하고 있다는 사실은 나도 안다.

어라? 그리고 보니 【로키 파밀리아】는 길드의 소집을 받아 라키아군과 싸우러 나갔던 것 같은데……?

단장인 이 사람이 여기 있어도 되는 걸까 의문을 느끼고 있으려니, 당사자인 핀 씨는 화제를 바꾸었다.

"전제가 길어져버렸지만 본론으로 들어가지. 너희 서포터인, 그 갈색머리 파룸과 만나게 해줬으면 좋겠어."

"…………네?"

무슨 말을 들은 것인지 의미를 이해하는 데 시간이 필요해, 한참 후에야 놀라움을 드러냈다.

우리 서포터—— 릴리를 만나게 해달라는 갑작스런 교

섭에 간담이 철렁했다.

하지만 핀 씨는 마치 추가공격을 가하듯 말을 이어,

"아니, 솔직히 말할게. 동족인 그녀에게 **혼담**을 청하고 싶어."

그렇게, 말씀하셨다.

"——네, 네에에에에에에에에에에에에에에에에에 에에에에에에에에에에에에에?!"

나는 의자와 함께 벌렁 넘어질 뻔했다.

농담이 아니라 완전히 진지한 표정으로 말하는 핀 씨에게 고함을 지르고, 이날 최대의 충격을 받아버렸다.

리, 릴리가—— **구혼을 받고 있어?!**

"무, 무, 무무, 무슨 말씀을 하시는……?!"

"일단 진정해. 그리고 뚱딴지 같은 소리를 하는 게 아니라는 걸 이해해줬으면 해."

동요와 혼란을 넘어 갈팡질팡하는 나에게, 핀 씨는 의자에 앉은 자세를 무너뜨리지 않은 채 태연하게 말했다. 호수와도 같은 푸른 시선 덕에 나는 간신히 침을 삼키고 어찌어찌 일말이나마 평정심을 되찾았다.

안경을 낀 엘프 마스터가 카운터 안에서 시치미를 뚝 떼고 잔을 닦는 동안, 엉거주춤 일으켰던 몸을 의자에 앉히고, 눈앞에 있는 핀 씨의 이야기를 들으려 했다.

"우선, 왜 내가 다른 파벌의 동족에게 이런 청을 하려 드는지부터 설명할 텐데…… 벨 크라넬, 너는 '피아나'라는 여신을 알아?"

여신 '피아나'…… 들어본 적이 있다.

파룸 사이에서 깊은 신앙의 대상이 되는 **가공**의 여신.

'고대'의 영웅들, 정강하면서도 자긍심 높던 파룸 기사단이 의신화된 존재다.

파룸은 휴먼이나 다른 데미휴먼에 비해, 귀엽고 조그만 외견과도 맞물려, 종족으로서의 잠재능력은 가장 뒤떨어진다는 평을 듣는다. 실제로 아득한 과거에서 현대에 걸쳐 파룸이 세계에 떨친 무용담은 압도적으로 적다.

그런 가운데 '고대'에 전장의 창이 되어 수많은 위업을 이루었던 그 기사단은 파룸의 처음이자 마지막 영광이었으며 긍지였다. 일족이 마음을 둘 곳으로 의신화될 만큼.

나도 수많은 영웅담 속에서 그들 그녀들의 활약을 보았을 정도였다.

──하지만 '고대'의 경계, 진짜 신들이 강림한 '신시대'가 도래하면서 '피아나' 신앙은 단숨에 쇠퇴했다.

하계에 내려온 신들 중에 파룸이 숭배했던 여신의 모습은 없었던 것이다.

마음 둘 곳을 잃은 파룸은 결정타를 맞은 것처럼 급격히 몰락했고, 오늘날까지 이르렀다……고 한다.

내가 애매하게 고개를 끄덕이자, 핀 씨는 그럼 이야기가 쉽겠다며 말을 이었다.

"지금도 몰락하고 있는 파룸에게는 빛이 필요해. 피아나 신앙을 대신할, 새로운 일족의 희망이."

"……그, 그렇다면."

"네 생각이 맞아. 나는 일족의 재흥을 위해 오라리오에 와서 모험자가 됐어. 명성을 얻어, 동족의 기수가 되기 위해."

나에게 들려준 핀 씨의 야망, 아니, 장대한 사명에 나는 숨을 멈추었다.

멸망해가는 파룸의 상황을 우려한 이 사람은, 일족의 부흥에 자신을 바치기로 결단했던 것이다. 동족이 분연히 일어날 만한 명성과 영광을 세계에 떨치기 위해 이곳 미궁도시의 문으로 들어선 것이다.

그리고 이 사람은 제1급 모험자—— 도시 최강의 일원인 Lv.6까지 올라갔다.

'세계의 중심'이라고까지 불리는 이곳 오라리오에서.

이제는 다른 종족인 우리도, 신들조차도 그의 이름을 모르는 사람은 분명 없을 것이다.

전 세계에 전해진 핀 씨의 용명과 위업은 이미 수많은 파룸의 자긍심이 되었을 것이다.

그런 숭고한 목적과, 무엇보다도 자신의 결심을 실행해낸 그의 강함에 나는 두려움인지 존경인지 모를 감정으로 목을 꼴깍 울렸다.

"하지만—— 그것만으로는 안 돼."

말을 잃은 나를 내버려둔 채 핀 씨는 어조에 힘을 주었다.

"한순간의 영광으로는 일족을 일으킬 수가 없어. 희망의 빛은 오랫동안 이어져서, 파룸들을 계속 비춰주어야만 해."

그러지 않고서는 파룸의 번영은 이룰 수 없다고 핀 씨는 단언했다.

그리고 그는 자신의 생각을 확실히 말로 바꾸었다.

"다시 말해 다음 세대로 이어질 후계자가 필요해. 그리고 그 후계자는 【브레이버】인 내 피를 잇는 게 바람직하지."

"……!!"

"혼혈은 안 돼. 일족에게 자긍심을 가져다주려면 순수한 파룸이어야만 해."

일족의 재흥에는 자신과 동등한 기수── 【브레이버】라고까지 추앙의 대상이 되는 그의 피를 몇 세대에 걸쳐 남겨야 하며, 그 후계자는 파룸이어야 한다고 핀 씨는 그렇게 말했다.

데미휴먼은 같은 종족끼리가 아니고서는 자식을 가질 수 없다.

번식능력이 없는 '정령'은 물론이고, 엘프와 드워프, 수인과 파룸 같은 조합의 자손은 존재하지 않는 것이다. 예외는 어느 종족과도 자식을 만들 수 있는 범용한 휴먼, 그리고 태어난 아이는 모두 동족 여자아이가 된다는 모체우위의 아마조네스뿐.

아마조네스는 제일 먼저 제외될 테고, 휴먼 사이에서 태어난 혼혈── '하프파룸'도 일족의 희망을 걸 상징은 되지 못한다.

핀 씨가 말하는 파룸 후계자를 위해서는 동족 반려가 반드시 필요하다.

"호, 혹시……?!"

"그래. 그 아이를 아내로 맞아 내 아이를 낳게 하고 싶어."

모든 것을 알아차리고 얼굴을 새빨갛게 물들인 나에게 핀 씨는 너무나도 선선히 그 말을 했다.

——릴리에게 아이를 낳게 한다.

얼굴 전체가 과열되는 감각. 온갖 의미에서 스케일이 너무나도 다른 이야기에 머리가 따라가질 못해, 귀까지 시뻘겋게 물들이며 시선을 우왕좌왕 흔들었다.

그런 나와는 달리 전혀 동요하는 기색을 보이지 않은 채, 오히려 진지한 표정까지 짓는 핀 씨에게, 나는 궁색한 변명 같은 의문을 던졌다.

"다, 다른 【파밀리아】 사이의 결혼은, 인정을 받기 힘들다면서요……?"

【파밀리아】가 품은 문제 중 하나, 파벌 사이의 결혼에 대해 언급하자.

핀 씨는 그 점은 문제가 없다고 대답했다.

"로키에게는 허락을 받아놨어. 아니, 그렇게 하기로 돼 있어. 내가 그녀의 【파밀리아】에 들어갈 때 제시한 조건은 두 가지. 일족의 부흥에 협조할 것, 그리고 방해하지 않을 것."

듣자하니 【로키 파밀리아】의 첫 입단자는 핀 씨였다고

한다.

　로키 님과 단둘이 시작한 파벌은, 말하자면 이해관계에서 성립된 존재.

　신은 유능한 자식을 확보했고, 자식은 야망을 위해 신이 이끄는 파벌을 이용했다.

　그리고 그 첫 계약은 지금도 이행 중이라는 것이다.

　"물론 지금은 성장한 【파밀리아】에 애착도 가지고 있고, 지켜야만 할 장소라고도 생각해."

　너무나도 살벌한 【파밀리아】의 탄생비화에 나도 모르게 아연실색하자 핀 씨는 어깨를 으쓱하며 부디 오해하지 말라고 말했다. 어리고 단아한 외모에는 한 파벌을 이끄는 단장으로서의 책임감, 그리고 웃음에는 가족에 대한 애정이 담겨 있었다.

　"게다가 로키가 허락한다 해도 내 독단으로 【파밀리아】에 폐를 끼칠 수는 없지. 너희 서포터…… 릴리루카 아데 본인이나 신 헤스티아가 거절한다면 그걸로 끝이야."

　파벌 사이의 문제를 잘 아는 핀 씨는 그렇게 덧붙이고, 다음 말과 함께 쓴웃음을 지었다.

　"난 나이도 꽤 먹었거든. 구혼을 강요할 수는 없어."

　"네……? 피, 핀 씨는, 실례지만 나이가 어떻게 되시나요?"

　"벌써 마흔은 넘었을걸?"

　"마, 마흔……?!"

　"어라? 【스테이터스】의 효과를 몰랐던 거야?"

파룸이어서 그렇기도 하겠지만, 미소년이라 불리기에 충분한 얼굴을 바라보는 나에게 핀 씨는 재미있다는 투로 설명해주었다.

　계위가 올라간 【스테이터스】에는 노화를 막아주는 작용이 있다는 것이다.

　엄밀히 말하자면 승화된 '그릇'은 쇠퇴가 더뎌지고 전성기의 기간이 길어진다. 그리고 그 비율은 레벨이 승화되면서 더욱 현저해진다나.

　영원한 생명, '현자의 돌'을 생성한 '현자님'을 제외하면 인류는 아직도 불로불사의 영역에는 이르지 못했다. 그 대신 천 년 이상이나 되는 세월 속에서 수많은 사람이 되풀이했던 거듭되는 레벨의 승화는 하계 사람들에게 불로의 가능성을 제시해주고 있다고, 핀 씨는 그렇게 말해주었다.

　……헤스티아 님의 말씀을 빌자면, 【랭크 업】은 신에 다가가는 것.

　계단을 올라 다가간 만큼 수많은 능력, 바꿔 말하자면 신들의 영역인 불로불사에까지 다가간다……는 말도 결코 이해하지 못할 것은 없다.

　도달은 아마 불가능에 가깝겠지만.

　높은 레벨을 가진 모험자는 용모로 판단하지 않는 편이 좋다고, 나는 핀 씨에게 충고를 받았다.

　"이야기가 엇나갔는데…… 괜찮다면 그녀와 둘이 이야기를 하게 해줄 수 있을까?"

평화롭게 주신님과 릴리 본인에게 주선을 해줄 수 있도록, 단장인 나에게 제일 먼저 이야기를 했다는 핀 씨는 자신의 희망사항을 다 전달했다.

아직도 혼란에서 벗어나지 못했지만 열심히 마음을 가라앉힌 나는.

동요하기만 해 계속 물어보지 못했던, 핵심적인 내용을 물었다.

"어째서…… 릴리인가요?"

순수한 의문.

수많은 파룸 속에서, 왜 릴리를 선택했는가.

이런 말은 뭣하지만, 제1급 모험자인 핀 씨라면 그야말로 나이에 상관없이 원하는 사람도 많을 테고, 마음대로 골라잡을 수 있을 텐데.

릴리에게 한눈에 반한 것은 아님을 느끼고 있었다.

가게에 들어온 후로 계속 변함이 없었던 이 사람의 말투는, 그, 뭐랄까…… 연애나 호의와 같은 뜨거운 감정과는 극을 이루는, 지극히 객관적인 냉정한 것이었으니까.

내 질문에, 한번 눈을 감았던 핀 씨는 푸른 눈을 이쪽으로 향했다.

"벌써 두 달쯤 전인가? 네가 9계층에서 미노타우로스를 쓰러뜨렸던 그날……."

첫 【랭크 업】의 계기이기도 했던, 대검을 든 미노타우로스와의 사투.

그 적과 목숨을 걸고 싸우던 나를, 당시 '원정' 진행 중이 던 핀 씨나 아이즈 씨네【로키 파밀리아】가 목격했다.

나를 구해달라고 도움을 청했던, 다른 사람도 아닌 릴리 에게 이끌려 와서.

"너를 구하기 위해 자신의 부상도 돌보지 않고 헌신적으 로 아이즈를 그곳까지 이끌었던 그녀의 모습에…… 난 감 명을 받았어."

이건 진심에서 우러난 자신의 생각이라며 핀 씨는 조그 만 가슴에 왼손을 가져다댔다.

"절대로 강하지는 않은 그 아이는, 누구에게도 굴하지 않는 '용기'를 보여주었지."

그 말과 함께 푸른 눈을 가늘게 뜬다.

"반려가 필요하다고는 했지만, 파룸이라면 누구나 좋다 는 건 아니야. 지금 일족에 필요한 것은 '용기'…… 반려가 될 존재에게도, 나는 잃어버린 파룸의 무기를 원해."

인류 중에서도 가장 나약한 종족이라 불리는 파룸.

신체능력은 휴먼보다도 못하며, 엘프나 드워프 같은 '마 법'이나 힘이 뛰어난 것도 아니고, 아마조네스처럼 자랑할 만한 전투기술을 가지지도 못했고, 수인처럼 오감이 뛰어 나지도 않다.

어떤 종족보다도 몸이 작은 그들의 유일한 무기는——
'용기'였다.

아득한 '고대', 용맹한 기사단이 그러했듯 자신들보다도 커다란 존재에게 맞서 싸울 수 있었던 것은 강한 용기였다.

하지만 오랜 시대의 흐름 속에서 그 유일무이한 장점마저 잃어버린 지 오래.

핀 씨가 일족 재흥을 위해 내건 기치는 파룸의 본질, '용기'일 것이다.

【브레이버】라는 별명을 얻은 그의 곁에 설 사람에게도, 그야말로 자식에게 물려줄 수 있을 만한, 일족을 움직이기에 충분한 '용기'가 필요하다는 것이다.

"그럼, 릴리는……."

릴리는 그런 의미에서, 핀 씨의 눈에 들었던 걸까.

나를 구하기 위해, 도망치지 않고, 피와 눈물을 흘리며 아이즈 씨네를 불러왔던 릴리의 '용기'를 이 사람은 인정했다.

릴리의 '용기'는 이 사람의 마음을 움직이기에 충분했다.

"그, 그래도…… 그건 릴리가 아니어도, 자격만 있다면, 누구나……?"

"그래. 네 말이 맞아."

한동안 숨을 멈추고 있던 내가 대들듯 묻자 핀 씨는 선선히 긍정했다.

결코 릴리 개인에게 특별한 감정을 품어서는 아니라고.

"자격과, 그리고 최소한도의 인격만 있다면 나는 누구에게라도 구혼할 거야. 그야말로 여러 명의 반려를 가지는 것도 불사하겠어."

——나는 눈을 크게 떴다.

날카로운 충격이 가슴을 꿰뚫었다.

꼴깍, 정신이 들고 보니 목이 혼자 울리고 있었다.

여러 반려를 가지는 것도 불사하겠다…… 그것은, 다시 말해.

할아버지가 내게 설파했던, 남자의 꿈, 남자의 이상, 남자의 로망…….

"……하렘?"

어리석은 나도 한번은 꿈꾸었던 덧없는 환상……!!

전율한 나는 테이블 맞은편의 파룸 용자에게 떨리는 입을 열었다.

"가, 가시밭길이라던데요……?"

조심스레 묻자, 핀 씨는, 말했다.

"나는, 진심이야."

진심이다…….

티 없는 그 눈을 보고, 이 사람의 각오가 얼마나 대단한지를 깨달았다. 사명을 위해 흔들림 없는 신념을 내세운 진정한 용자에게, 나는 한 명의 남자로서 존경과 숭배의 마음과 함께 무릎을 꿇어버릴 것 같았다.

"……뭐, 암만 그래도 여러 여성을 거느리는 짓은 하지 않겠지만."

그리고 내 시선을 받던 핀 씨는 표정을 뒤집어 쓴웃음을 지었다. 그럴 만큼 잘나지도 않았다고 덧붙이며 한심하지 않느냐는 듯 한쪽 눈을 찡긋한다.

"지금의 내게는 이미 단장이라는 입장이 있어. 단원들에게 멸시를 받을 수는 없잖아."

"어…… 그, 그렇죠~?"

나는 헛웃음을 지으며 연신 고개를 끄덕였다. 제멋대로 눈앞의 인물을 신격화했던 자신에게 얼빠진 심정을 품으며.

"……난 이미 그 순간부터 논리는 접어뒀어. 이 몸은 일족의 재흥을 위해서만 바치기로 했어."

잠시 후, 핀 씨는 자세를 바로잡더니 조용한 표정을 지었다.

소년 같은, 그러나 높고 의연한 목소리가 가게 안에 울려 퍼졌다.

"아까도 말했듯 본인이나 신 헤스티아가 거절한다면 이 이야기는 그뿐이야. 하지만 좋은 대답을 얻는다면 나도 되는 대로가 아니라 그녀를 진지하게 대할 테고, 제대로 된 관계를 쌓아나가고 싶어."

말없이 들을 수밖에 없는 내게 핀 씨는 웃음을 지었다.

"절대 불행하게는 하지 않겠다고, 그것만은 약속해. 이 말과 여기서 나눈 이야기를, 부디 그녀에게 전해줄 수 있을까?"

말을 마친 핀 씨는 남은 홍차를 들이켰다.

자리에서 일어난 그는 품에서 접어놓은 종이를 꺼내 내

눈앞에 놓았다.

"미안하지만 내일 정도가 아니면 제대로 시간을 낼 수가 없어."

그렇게 말하며 장소가 지정된 메모 양피지를 남기고, 작별의 말과 함께 자리에서 일어났다.

계산을 대신해준 핀 씨는 마지막으로 내게 손을 들어보이고는 가게를 나갔다.

"⋯⋯."

──대답을 해주겠다면 내일 이 가게로.

──대답을 할 마음이 없다면 오지 않아도 상관없다, 자신은 하루 종일 기다리겠다.

테이블 위에 놓인 메모에 달필로 적힌 그런 내용과 지도를 훑어보고, 나는 가게 천장을 우러러보았다. 의자 위에서 꼼짝도 못한 채 등받이에 체중을 실었다.

솔직히 말해, 마음이 무거웠다.

하지만 핀 씨에게는, 【로키 파밀리아】에는 아이즈 씨 건도 포함해서 많은 빚이 있다. 많은 도움을 받았다. 이쪽에서만 실례되는 대응을 하면 과연 용납될 수 있을까.

적어도, 여기에서 있었던 일을 릴리에게 전할 의무는 있는 것 같았다.

'⋯⋯만약.'

이 이야기를 듣고, 만약 릴리가 핀 씨의 청을 받아들인다면⋯⋯ 나는 대체 어떻게 할 생각일까?

출구가 없는 미궁을 헤매는 듯한 감각에 사로잡힌 채, 나는 시간이 흐르는 것도 잊고 천장을 올려다보고만 있었다.

홈에서 저녁을 먹을 동안 릴리는 매우 고생했다.

표면상으로는 평소의 자신을 가장해 단원들과 대화를 나누었다. 식탁의 분위기가 무거워지지 않도록 음울한 속내를 한사코 감추고, 미소를 꾸미며 웃음소리까지 냈다.

저녁식사 당번이었던 미코토와 하루히메를 칭찬하며 실없는 이야기를 꽃피웠다. 한편 벨프는 음식만 입에 가져갈 뿐 아무것도 묻지 않았다. 헤스티아도 모든 것을 내다본 듯 신비로운 푸른색 눈으로 이쪽을 지켜볼 뿐 아무것도 언급하지 않은 채 세 사람의 대화에 평소처럼 끼어들었다.

벨은 무언가 마음에 걸리는지 흘끔흘끔 눈치를 살폈지만 모르는 척했다.

잠시 후, 식사가 끝나고.

릴리는 거실로 가지 않은 채 혼자 방으로 돌아가려 했다.

"저기, 릴리…… 잠깐 괜찮아?"

"!"

복도로 나가 계단을 오르려던 릴리의 뒤에서 벨의 목소리가 들렸다.

발을 멈춘 릴리는 가슴이 철렁했다. 어젯밤부터 지금에 이르기까지의 불안정한 감정 때문에 소년을 묘하게 의식했다.

　"무, 무슨 일인가요, 벨 님?"

　"잠깐, 그 뭐냐, 시간 좀 내줬으면 해서……."

　조금 갈라진 목소리로 대꾸하자 뒤를 따라온 벨은 매우 겸연쩍은 표정을 짓고 있었다.

　속내를 간파당하지 않기 위해서라도 거절해야 했지만, 부탁을 하니 어쩔 수 없이 수긍하고, 쓰이지 않는 2층의 빈 방에 둘이 들어갔다. 마석등에 불을 켰다.

　안절부절못하며 벨과 실내 한복판에서 마주섰다.

　그리고.

　"릴리에게, 혼담……?"

　"으, 응……."

　릴리는 밤색 눈을 크게 떴다.

　벨의 입에서 나온 파룸의 구혼. 오늘 저녁에 핀 디무나 본인으로부터 릴리와 직접 만나게 해달라는 부탁을 받았다는 사실.

　떨떠름하게 고개를 끄덕이는 벨의 얼굴을, 메모 양피지를 받아든 릴리는 멍청히 올려다보았다.

　그 유명한 【브레이버】가 어째서 자신 같은 사람에게——그런 의문을 품었던 것은 찰나일 뿐이었다.

　아니, 그게 아니라, 그런 것보다도.

릴리는 입을 꽉 다문 채 고개를 숙이고 말았다.

'릴리는, 역시, 벨 님에게는⋯⋯.'

벨이 혼담을 가져왔다는 사실이 가슴속을 한층 헤집어 놓았다.

그가 아닌 다른 누군가와의 혼담을 그가 권했다는 사실이 마음 깊은 곳에 일그러진 발톱을 꽂아놓았다. 아이즈 건에 더해 박차를 가하는 것만 같아 릴리는 바닥만 바라볼 수밖에 없었다.

고개를 꺾고 풀이 죽은 그녀의 모습에, 스스로 이야기를 꺼내놓고 난감해하던 벨은 황급히 말을 이었다.

"시, 싫다면 거절해도 돼!! 핀 씨도 강요하는 건 아니라고 했고, 내가 가서 전해줄 테니까⋯⋯!"

벨의 입장도 이해는 한다. 부탁을 받으면 거절하지 못하는 성격도 잘 안다. 그렇게나 신세를 졌던【로키 파밀리아】에게, 핀에게 부탁을 받았다면 더더욱.

'하지만⋯⋯.'

하지만 듣고 싶지는 않았다고.

벨의 입으로 듣고 싶지는 않았다고, 가슴이 미어지는 것 같은 아픔을 느끼며 릴리는 생각해버렸다.

다른 사람과의 혼담을 전달받고 만 자신은 소년의 의식 속에는 존재하지 않는다.

그가 자신에게 품은 것은 기껏해야 가족애.

동료로서,【파밀리아】로서 가지는 친애일 뿐.

이성으로서 인정한 것은 아니다.

시선이 흔들렸다. 분하고 한심하고 애절해서 눈물이 쏟아질 것 같았다.

수많은 것들로 넘쳐날 것 같은 가슴이 자신의 말을 듣질 않았다.

온갖 감정이 혼선을 일으켜 엉망진창이 된 릴리는, 고개를 숙인 채, 떨리는 입술로 묻고 있었다.

"벨 님은, 어떻게 생각하세요……?"

이 혼담에 대해, 자신의 대답에 대해.

살짝 벌어진 커튼 틈으로 푸른 밤하늘이 엿보이는 가운데, 마석등 불빛에 옆얼굴을 드러내던 벨은 눈에 띄게 동요하기 시작했다.

"나, 난……."

입을 열었다가는 닫고, 꿈질거리기를 되풀이하며, 뒷말을 잇지 못한다.

갈팡질팡할 뿐 아무 말도 하지 못하는 그런 소년의 모습에 릴리의 머리가 화악 달아올랐다.

이를 꽉 악물고, 조그만 주먹을 쥔 채, 밤색 눈을 한껏 틀어올렸다.

다음으로는 고개를 들고—— 가슴에 담아두었던 감정을 마침내 터뜨리고 말았다.

"벨 님의 그런 우유부단한 면, 릴리는 정말 싫어요!!"

눈을 크게 뜬 소년에게 있는 힘껏 외쳤다.

"결정했어요! 릴리는 【브레이버】를 만나러 갈래요!!"

"뭐어?!"

"그 유명한 【브레이버】와의 혼담이라니 파룸만이 아니라 누구라도 부러워할 게 뻔하니까요!! 힘도 돈도 명성도, 그 사람은 뭐든 다 가지고 있으니까요!! 네에, 그렇게나 꿈꾸던 벼락출세가 기다리고 있네요!!"

"리, 릴리, 무슨 홧김에 말하는 거 아냐⋯⋯?!"

"아니에요!!"

가는 말이 고와야 오는 말이 곱달까, 치정 싸움 같은 언어의 응수가 이어졌다.

당황하는 벨에게 릴리는 새빨개진 얼굴로 고함을 질러 댔다.

"핀 디무나는! 우유부단하고 여자나 낚아대고 멋없고 못났고 여자 마음이라곤 코딱지만큼도 이해하지 못하는 어린애 같은 벨 님보다! 훠어어얼씬, 훠어~~~~~~~~~~~~~~~~~~~~얼씬! 멋있고 훌륭하니까요!!"

"푸헉?!"

그리고 격앙한 릴리의 고함이 작렬해 벨은 몸을 꺾으며 신음했다. 인간으로서 모험자로서도 크게 밀리는 핀과 비교를 당해, 열등감이라는 이름의 쇠뭉치에 뒷머리를 직격당했다.

찍 소리도 못하고 비틀거리는 벨에게 릴리는 힘껏 등을 돌렸다.

"큭!!"

문을 활짝 열어젖히고, 방에서 뛰쳐나갔다.

"릴리?!"

등을 두드리는 벨의 비명도 듣지 않은 채, 홈에서도 나가버렸다.

뒷문을 통해 나가 철책을 넘어, 빛이 넘쳐나는 한밤의 대로로.

격정에 사로잡힌 채, 릴리는 오라리오 시내를 달렸다.

"——리베리아, 예정대로 내일도 홈을 비우겠어. 뒷일 부탁해."

【로키 파밀리아】의 홈, '황혼관'.

길쭉이 저택이라고도 불리는 고층 탑의 집합체. 그런 첨탑 중 하나에 두령의 집무실이 있다.

화환을 방불케 하는 융단에 하얀 석조 난로, 길쭉한 대형 시계. 기품 있는 세간이 놓인 실내는 지위에 어울리게 넓었으며, 벽에는 태피스트리—— 창과 갑옷을 장비한 어떤 여신의 초상이 걸려 있다.

의자에 앉은 핀은 흑단 책상 위에 파벌의 보고서며 서류를 펼쳐놓고, 곁에 선 부단장 리베리아에게 내일의 예정을 밝혔다.

"……의외로군."

"뭐가?"

"네 사명에 대해서는 처음 만났을 때부터 들었다. 그것을 새삼스레 이상하게 여기지는 않아. 다만 연애사에는 별로 관심이 없던 것처럼 보였지. 상당히 적극적으로 움직이는구나 싶어서…… 놀라고 있다."

한데 묶은 비취색 장발을 등에 늘어뜨린 아름다운 엘프는 핀의 옆얼굴을 바라보며 지적했다.

동족에게 혼담을 청한 너는 이제까지 보지 못했을 만큼 행동적이라고.

어쩌면 사명을 운운하지 않더라도 어딘가 즐거워하는 것처럼 보인다고.

"……이 상황에 이르기까지 무언가에 신경을 쓸 겨를이 없었지만, 이제야 겨우 '눈을 돌리는 정도라면 여유를 가져도 되는 것 아닐까' 하고 생각할 수 있게 됐거든. 그리고…… 언젠가 이 목숨을 【파밀리아】를 위해 다 써버릴지도 모르는 요즘의 싸움 때문에라도, 그런 생각을 하게 됐어."

"……."

"물론 뜻을 다 이루지 못한 채 죽을 마음도 전혀 없지만."

흐트러짐 없이 깃털펜을 움직이던 핀은 손을 멈추고 서류에서 고개를 들었다.

나이를 먹은 건지도 모르겠다고 심중을 살짝 터놓고 리베리아에게 쓴웃음을 짓는다.

적극적으로 비쳤다는 자신의 행동은 보험의 일면이기도 하다고 행간으로 밝히며, 조그만 파룸 모험자는 입가에 웃음을 지었다.

"무엇보다…… 좋은 동족과 만났지. 적어도 내 마음은 그때부터 흔들리고 있었어."

소녀를 본 당시의 광경을 떠올리는 듯 핀은 눈을 감았다.

등받이에 기댄 그는 미소를 짓다가, 잠시 후 창밖의 달빛 어린 거리에 푸른 눈을 돌렸다.

"과연 와줄까?"

어둠이 사라지고 동쪽 하늘에서 해가 솟은 아침.

이미 모험자들이 던전으로 향하기 시작해 거리가 붐빌 시간, 릴리는 인파에 에워싸인 채 터덜터덜 남쪽 메인 스트리트를 걷고 있었다.

"제가 지금 뭘 하는 걸까요……."

고개를 숙인 채 포석을 내려다보고 걸으며 중얼거린다.

어젯밤, 홈을 뛰쳐나간 릴리는 '노움 만물상'에 쳐들어갔다. 놀라는 노움 점주에게 하룻밤 재워달라고 부탁하고, 옛 하숙집에서 하룻밤을 지샌 것이다. ……숨을 헐떡이며 찾아온 백발 소년에는 없는 척을 가장해 봄 영감더러 돌려

보내달라고 하고.

자포자기해서. 한심하게도.

벨이 조금이라도 불안을, 걱정을…… 질투를 느껴주었으면 한 것일까.

정말로 얄팍하다고, 릴리는 어두운 표정으로 자신을 매도했다.

자신이야말로 싫은 일에서 눈을 돌리고, 소년과 마주하지 못한 채 도망친 것이다.

"……."

도저히 얼굴을 마주할 수 없었다.

무슨 낯으로 소년에게 돌아가야 좋을지 알 수 없었다.

이러저러하는 사이에 릴리는 어떤 가게 앞에 발을 멈추고 있었다.

메모에 적힌 가게, 핀 디무나가 지정한 약속장소였다.

대로에서 골목길을 거쳐 이곳까지 와버린 릴리는, 이렇게 된 이상 어쩔 수 없다고 마음을 굳게 먹었다. 이젠 될 대로 되라는 자포자기의 심정도 있었다. 들어가고자 눈앞의 가게를 올려다보았다.

지정된 가게의 외관은 매우 조그마했다.

도시의 서남서 방향, 시벽에 가까운 도시 변두리. 사람 눈에 뜨이지 않는 좁은 골목에 몸을 숨기듯 세워진 그 가게는 '난장이의 은신처'라는 이름이었다.

생긴 것과는 달리 술집도 겸하는 모양이었다.

"오라리오에 이런 가게도 있었네요…….."

코이네 공통어로 적힌 '파룸 외 출입 사절!'이라는 간판을 곁눈질하며, 릴리는 삐걱 소리와 함께 가게의 나무문을 열었다.

가게 내부는 파룸용으로 사이즈가 맞춰져 있었다. 다시 말해, 작다.

천장이며 벽, 가게의 높이는 말할 것도 없고 테이블이나 의자 같은 세간도 모두 다른 종족의 어린아이 정도로 작게 만들어졌다. 오전임에도 제법 많은 손님도, 주문을 받는 점원들도, 카운터에 선 마스터조차도 바깥의 간판에 걸린 대로 모두 파룸이었다.

가게의 사이즈도 있고 해서 위화감 없이 녹아들 수 있었지만 아마 다른 종족 사람이 본다면 어린아이들이 술이며 안주를 손에 들고 환담을 나누는 것처럼 보여 당혹스러울 것이다. 동족인 릴리조차 의자에 앉은 파룸들의 다리가 바닥에 붙은 광경은 어쩐지 신기하게 보였다.

위치에 비해 의외로 붐비는 파룸 전용 주점——전용이기에 다른 종족에게 눌려 비굴해지기 쉬운 파룸이 쉼터로 애용하는지도 모른다—— 입구에서 안쪽을 기웃거리고 있으려니 점원 하나가 다가왔다.

"어서 옵쇼. 한 분이시면 카운터 자리에서………… 어라."

무언가 불만스러운 듯 점원 노릇을 하던 파룸 청년은 이쪽의 얼굴을 똑바로 보더니 굳어버렸다. 로브와 후드를 찰랑거리며 고개를 갸웃하던 릴리도 "아" 소리를 내고 말았다.

"리, 릴리루카 아데?! 【헤스티아 파밀리아】?!"

"당신은 분명…… 루안 님?"

자신을 손가락질하며 고함을 지르는 파룸의 얼굴을 릴리도 기억했다.

커다란 눈에 갈색 머리카락, 귀족에게 귀여움을 받는 시동 같은 고운 외모.

루안 에스펠. 워 게임에서 싸운 【아폴론 파밀리아】에 속했던 파룸 모험자다.

릴리를 비롯한 【헤스티아 파밀리아】가 멋들어지게 꺾어 아폴론은 도시에서 추방당하고 【아폴론 파밀리아】는 해체되었으나…… 보아하니 그는 이 주점의 점원으로 고용된 모양이었다.

놀라던 루안은 이내 원수처럼 릴리를 노려보았다.

"너, 너희 때문에 나는, 모험자에서 이딴 주점 점원으로 전락했단 말이다!! 어떻게 할 거야!"

"벨 님에게 항쟁이며 워 게임을 걸었던 건 그쪽이었잖아요. 책망받을 이유는 없을 텐데요! ……그야 몰인정한 수단을 쓴 건 사실이지만."

듣자하니 루안은 그 후로 어느 【파밀리아】에서도 입단을 거절당했다고 한다.

편견을 사기 쉬운 파룸, 나아가서는 【랭크 업】도 하지못한 하급 모험자였으니, 중견 파벌인 【아폴론 파밀리아】 출신이라 해도 다프네나 카산드라를 비롯한 제3급 모험자들과는 달리 스카우트도 전혀 없었다는 것이다.

그래서 스스로 여러 파벌을 찾아가 입단을 청했지만, 공성전에서의 배신행위 탓에 비난이 심해 모조리 쫓겨나버렸다나.

……온 도시에 중계되었던 그의 배신행위, 파멸의 진상은 가짜 루안……이 아니라 변신마법 【신다 엘라】를 구사한 릴리가 일으킨 것이었다. 당시의 그는 워 게임에도 참가하지 못한 채 시내의 창고에 갇혀 있었다. 워 게임 종반의 대장 일대일 대결에 온 도시의 눈이 집중된 탓도 있고 해서 릴리의 【신다 엘라】 해제 순간은 아무도 보지 못했는지, 그때의 모반은 루안 에스펠의 소행…… 그의 악평으로 직결되고 말았던 것 같았다.

워 게임 전에 책략을 강구하고 상대의 전력을 깎아내기 위해 암습을 가하는 것은 흔한 일이지만——사실 전장인 슈림 고성터로 이동하는 도중 벨프며 미코토, 류는 **수수께끼의 도적들**에게 방해를 받았다고 한다——이기기 위해서라고는 해도 루안에게 미안한 짓을 했는지도 모르겠다고 릴리는 생각했다.

"하지만 그 후에 미아흐 님이 가입을 권해주셨다면서요? 거절하셨다고 들었는데…… 왜 입단하지 않았던 거예요?"

"윽…… 나, 난 중견 파벌이었다고!! 그렇게 약소하고 빚만 많은 【파밀리아】에 들어갈 수 있겠냐!"

미아흐의 자비를 거부했다는 파룸을 자신도 모르게 째릿 노려보고 말았다. 빚이 어쩌고 하는 말이야 이해 못할 것도 없지만…… 그 치졸한 허영심으로 거절했다는 면이 그의 자업자득인 것처럼도 여겨졌다. 그 증거로, 다프네와 카산드라는 스스로 그 약소 파벌에 입단하지 않았던가.

"그러면 릴리네 【파밀리아】에 들어올래요? 헤스티아 님께 부탁해볼까요?"

그렇게 릴리가 성의를 담아 제안해보니,

"너희는 더 엄청난 빚을 졌다며! 절대 안 가!!"

그렇게 한사코 거부한다. 파벌의 폭탄을 지적받은 릴리는 더 이상 어떻게 할 수도 없겠다고 체념했다.

"……기다리는 사람이 있을 테니까 들어갈래요."

"알아서 하든가!"

쓸데없는 말다툼을 끊어버리려는 릴리에게 루안은 홱 얼굴을 돌려버렸다. 거만한 태도에 발끈하면서도 릴리는 문 앞에서 가게 안으로 들어갔다.

가게를 지정한 장본인은── 금세 발견했다.

주점 안쪽, 밝은 햇살이 스며드는 창가의 테이블 자리에서 주위의 잔물결 같은 술렁임과 시선을 한 몸에 받고 있었기 때문이다.

"──여어, 와줬구나."

조그만 파룸용 책을 읽던 핀 디무나도 다가온 릴리를 알아차리고 고개를 들었다.

변장용인지 장식인지는 알 수 없지만 핀은 안경을 끼고 있었다.

이지적인 외모와도 맞물려 상당히 어울렸으며──어린아이의 체격에서 풍겨나는 어른스러운 분위기에──많은 여성 모험자들의 절대적인 인기를 모으는 이유를 일말이나마 엿본 것 같았다.

그가 웃음을 건네자 가게가 갑자기 술렁거렸다. 명성이 자자한 제1급 모험자이자 무엇보다도 일족의 자긍심인 【브레이버】가 기다리던 존재, 릴리에게 경악의 눈길이 모여든 것이다. 험악한 표정을 짓고 있던 루안 또한 입을 쩍 벌리고 굳어버렸다.

주위의 반응에 바늘방석 같은 기분을 느끼고 있으려니, 핀은 신경 쓰는 기색도 없이 말을 이었다.

"설마 정말로 올 줄은 몰랐는걸. 그것도 본인이 직접."

"⋯⋯반신반의했다면, 애초에 말을 걸지 말았으면 됐잖아요."

벨과의 앙금도 있고 해서 마음이 무거운 탓인지, 요청에 응했는데도 자꾸만 빈정거리는 말이 나오고 말았다. 릴리가 눈에 띄게 아차 하는 태도를 보이고 있으려니 아득히 신분이 높은 제1급 모험자는 그런 실례되는 태도에도 쿡쿡 웃음을 지었다. 화창한 햇살을 받아 빛나는 황금색 머리카락이 출렁거렸다.

"앉지 그래?"

"……."

여유를 무너뜨리지 않는 상대에게 무어라 말하지도 못한 릴리는 그 권유에 순순히 따랐다.

입술을 꾹 다물며 핀의 맞은편, 테이블을 끼고 놓인 의자에 앉았다.

"이렇게 둘이서만 마주하는 건 처음이니 우선은 자기소개를 할까? 핀 디무나야. 오늘 와줘서 고마워."

"……릴리루카 아데예요."

서로 이름은 알고 있었지만 핀은 예의바르게 이름을 댔다. 릴리도 이름을 대, 본의 아니게 맞선 형식을 따르게 되었다.

마시다 만 음료가 담긴 컵 옆에 안경이 놓였다. 주문을 받은 루안이 매우 복잡한 표정으로 릴리의 홍차를 가져다 준 후, 핀은 천천히 입을 열었다.

"그러면, 와주었다는 건 좋은 대답을 들을 수 있다는 뜻일까?"

딱히 밀어붙이는 것도 아니고 유혹하는 것도 아닌, 그저 부드럽게 미소를 짓는 핀에게 릴리는 잠시 고개를 숙였다.

──그의 청혼을 받아들이는 편이 좋지 않을까, 하고 마음속의 삐딱한 릴리가 속삭였다.

소년에 대한 마음은 이루어질 수 없다. 그것은 이미 알아버렸다.

그렇다면 눈앞에 있는 일족의 용자를 받아들여버려도 될 것 같았다.

벨의 입으로 전해들은, '절대 불행하게는 하지 않는다'는 말은 진실일 것이다. 이렇게 본인 앞에만 있어도 그의 성실함이, 그리고 큰 그릇이 느껴졌다. 지위나 재력 같은 관점에서 봐도 핀 디무나의 반려가 되는 사람은 분명 행복해질 것이다.

이런 혼담은 앞으로 두 번 다시 오지 않는다. 단 한 번뿐인 기회. 헤스티아나 동료들에게 양해도 구하지 않고 자신의 판단만으로 파벌을 탈퇴할 수는 없겠지만, 그에게 몸을 맡기면 아마도, 분명, 고생하지 않고 편해질 수 있을 것이다.

소년에 대한 이 마음도, 언젠가 떨쳐낼 날이 올지 모른다.

"······한 가지만, 들려주세요."

그렇게 자문자답을 되풀이하던 릴리가 중얼거리듯 말했다. 천천히 고개를 들고, 밤색 눈으로 핀의 푸른 눈을 바라본다.

"왜 릴리를 선택했나요?"

그것은 순수한 의문이었다.

확실히 말해 자신은 출신이 좋지 못하다. 뒤가 구린 행위── 도적 일에 손을 대기도 했다.

자신은 핀의 반려로 도저히 어울리지 않는다고 생각한

릴리는 그의 진의를 물었다.

"벨 크라넬에게 듣지 못했어? 난 너의 '용기'에 반했어."

"'용기'야 다른 파룸도 가지고 있는걸요. 그거야말로 릴리보다 강한 분이."

"그럴지도 모르지. 하지만 강함과 '용기'는 반드시 동의어가 아니야. 너는 자신의 약함을 알면서도 곤란에 맞설 수 있는 의지력을 가졌어. 18계층에서 있었던 일도 나는 기억해. 너는 위대한 선조 피아나처럼 타인을 위해 몸을 바칠 수 있는 훌륭한 파룸이야."

꾸밀 마음도 없이 자신의 속내를 털어놓는 핀에게 릴리의 뺨이 한순간 붉어졌다.

에누리 없는 칭송에 한번은 동요했지만, 이내 그녀는 고개를 가로저었다.

"……과대평가예요. 릴리는 그렇게 대단한 파룸이 아닌걸요. 당신도 모험자라면 한번쯤 접하지 않았나요? '손버릇 나쁜 파룸'에게 모험자들이 금품을 빼앗겼다는 소문."

"들어본 적이 있지."

"그건 전부 릴리 짓이에요. 릴리는 모험자들을 함정에 빠뜨려 값나가는 물건을 빼앗았어요. 그래요, 마음에 안 드는 상대는 마음먹고 해치려고도 했어요. 그러니까 릴리는 못된──"

"소문이 나돌았다는 건 피해자들이 죽지 않고 정보를 발신했다는 뜻이지. 나도 동족의 사건을 조사해본 적이 있지만, 피해를 당한 모험자들은 모두 살아 있었어."

"⋯⋯."

자신의 악행을 자백한 릴리에게, 너는 아무도 죽이지 않았다고 핀은 단정했다.

릴리는 다시 고개를 숙였다. 아니라고 말해주고 싶었다. 온갖 것들을 착취당했던 릴리는 정말로 모험자들을 죽이려고 했던 때가 있었다.

다만, 모험자들은 정말로 끈덕져서.

그야말로 금품을 빼앗긴 모험자란 것들은 해충 같은 생명력을 발휘해서.

그래서 죽이지 못했을 뿐. 자신이 당해내지 못했을 뿐이다. 복수하려면 한껏 괴롭혀 분통함을 심어주어야지, 쉽게 죽여버리면 아깝다고, 그렇게 생각했을 뿐이었다.

릴리는── 과감하지 못했을 뿐이었다.

"목숨도 해치지 않고 금품만 빼앗았다니 착하네, 라고 생각해버리는 시점에서 나도 이 미궁도시에 상당히 물들어버린 거겠지만⋯⋯ 난 신이 아니야. 너를 심판할 생각도 없고, 그런 데는 관심도 없어."

핀은 내치는 듯한 어조로, 그러나 웃으며 말했다.

"내가 보고 있는 건 지금의 너야."

"⋯⋯."

"그리고 지금의 너는, 일족이 잃어버린 소중한 것을 가지고 있어."

릴리를 바라보는 핀은 그 푸른 눈에 또렷하게 경의를 드러내고 있었다.

✦

"릴리가…… 안 돌아와."

홈의 거실에서 나는 혼자 중얼거렸다.

어젯밤에 뛰쳐나간 릴리를 이리저리 찾아다닌 나는 결국 그녀를 발견하지 못한 채, 하는 수 없이 저택으로 돌아왔다.

일말의 희망에 매달리듯, 아침이 되면 분명 돌아올 거라고 자신을 타이르며 기다리고…… 쓸데없이 시간을 낭비해 지금에 이르렀다.

"정말로 핀 씨한테……?"

릴리는 핀 씨를 만나겠다고 했다. 그리고 오늘이 지정한 약속 날짜다.

벨프와 미코토 씨가 대식당에서 아침을 준비하는 동안…… 한참 고민한 끝에, 나는 주신님을 찾아갔다.

저택 3층에 있는 신실 문을 노크하자 들어와도 좋다는 목소리가 들렸다.

"아, 벨. 서포터 군이 없다고 하루히메 군에게 들었다만, 무언가 모르느냐?"

윽.

말문이 막혀버렸다.

감자돌이 알바를 나갈 준비를 하시던 주신님은 돌아보며 방에 들어온 나에게 물었다. 나는 시선을 이리저리 돌리다, 한심한 표정으로 어젯밤에 있었던 이야기를 털어놓았다.

의논하듯 모든 것을 털어놓자, 주신님은.

"……하아."

눈을 감은 채 크게 탄식했다.

"벨. 너는── 서포터 군이 행복해진다면, 하는 쓸데없는 생각으로 행동했던 것이겠지?"

"!"

그 지적에 나는 흠칫 고개를 들었다.

부정할 수 없었다. 【소마 파밀리아】의 경우도 있고 해서 불행한 인생을 살았던 릴리가, 동정이라고는 하고 싶지 않지만, 행복해졌으면 하는 생각이 있었다.

그리고 핀 씨라면…… '절대 불행하게는 하지 않는다'고 말했던 그 사람이라면, 릴리를 행복하게 해줄 거라고, 그렇게 생각해버렸다.

나보다도 강하고, 훨씬 대단한 제1급 모험자라면.

릴리도 말했다. 나 같은 것보다도 멋있고 훌륭한 그 파룸이라면, 이라고.

……나 같은 게 간섭해봤자 어쩔 수 없다.

"말해두겠다만, 나는 서포터 군…… 릴리루카 군이 퇴단

하고 싶다고 한다면 말리진 않을 거다."

"윽?!"

가슴속을 꿰뚫어본 것처럼 주신님은 말씀하셨다.

주신인 헤스티아 님이라면 릴리를 만류해줄 거라고, 마음속 깊은 곳에 의지할 생각을 품었던 나를 나무라듯.

"라이벌도 줄어들 테고……."

어물어물 중얼거리는 소리를 미처 듣지 못해 내가 멍청히 서 있으려니, 주신님은 고개를 들었다.

"벨, 너의 그런 공연한 배려가 서포터 군에게는 쓸데없는 참견이었을 게다. 그 아이는 분명 이렇게 말할걸. 자기 행복은 자기가 결정하겠다고."

"아……."

"만일 내가 서포터 군의 처지였다면…… 네가 그런 이야기를 가져왔다면, 충격을 받았겠지."

어딘가 비난하듯, 그리고 어딘가 즐거워하듯 주신님은 부드러운 표정으로 말했다.

"벨은 이대로 서포터 군이 없어져버려도 좋겠느냐?"

"저, 저는……."

"너는 말이다, 좀 더 이기적으로 굴어야 해."

미소를 띤 신비로운 푸른 눈에 비친, 멍청히 서 있던 나는.

다음 순간 주먹을 불끈 쥐고 있었다.

"——죄송합니다! 저 아침은 필요 없어요!"

주신님께 등을 돌리고 뛰쳐나갔다.

어깨 너머에 있을 그 부드러운 웃음에 배웅을 받으며, 나는 주신님의 방을, 홈을 힘차게 뛰쳐나갔다.

"……하아. 손해 보는 역할이라니깐, 신이란."
적을 도와주는 짓을 해버렸다고, 벨을 지켜보던 헤스티아는 탄식했다.
그리고 그런 말과는 달리 그녀는 얼굴에 활짝 웃음을 짓고 있었다.

"저기저기 아이즈, 들었어 들었어? 핀이 맞선 본대!"
그 목소리에 고개를 돌리자 등에 와락 안겨드는 감촉.
【로키 파밀리아】의 홈, 길쭉이 저택의 좁은 복도.
수많은 방문이 늘어선 통로에서 달려온 아마조네스 소녀 티오나가 한껏 들떠서 아이즈의 어깨에 두 팔을 감고 있었다.
"핀이……?"
금색 두 눈을 크게 뜨며 아이즈가 보기 드문 경악을 드러내자 티오나는 흥분한 기색으로 몇 번이나 고개를 끄덕였다.
"응응! 나 어제 핀이랑 리베리아가 집무실에서 얘기하는 거 복도에서 지나가다가 들었는데, 있지—?! 오늘 아침에 안경까지 끼고 나가는 거 봤다니깐?! 그거 분명 맞선 보러 간 거야! 아~ 핀이 대체 어떤 사람을 홈에 데려올까?!"

이야기를 비약시키며 들뜬 어조로 말하는 티오나. 그녀의 기세에 몸이 이리저리 흔들려 아이즈는 살짝 고개를 위로 들었다.

그 파룸 두령이 맞선이라니 의외라고, 그런 생각을 하고 있으려니——

"——지금 그 얘기, 무슨 소리야?"

차디찬 목소리가 울려 퍼졌다.

""아.""

등 뒤에 서 있던 여전사의 모습에, 아이즈와 티오나는 굳어버렸다.

❦

"이 【브레이버】라는 거창한 별명도, 내가 스스로 로키에게 억지를 부려서 그럴듯한 이름으로 받아냈던 거지."

'난장이의 은신처' 한구석.

북적거리는 수많은 파룸들 사이에서, 핀과 릴리는 대화를 나누고 있었다.

모험자의 별명 명명식, '신회'에서 주신에게 교섭해 '브레이버'라는 이름을 얻었다고 말하는 핀에게 릴리는 놀라움을 감추지 못했다.

그는 스스로 도주로를 차단하듯, 자신을 파룸의 기수로 몰아붙였던 것이다.

"난 어떻게든 일족의 부흥을 이루고 싶어. 앞으로 태어날 새로운 동포들을 위해서라도. 그러기 위해…… 후계자는 역시 필요해."

아연실색한 릴리에게 핀은 자신의 의지와 반려의 필요성을 말했다.

부모를 금세 잃고 어렸을 때부터 살아오는 데만 급급했던 릴리에게는 신앙할 피아나는 없었으며, 그녀에 대해 조예도 깊지 못하다. 그저 일족에게 피아나의 존재가 중요했다는, 다른 종족 사람들과 비슷한 정도의 지식이 있을 뿐이다.

하지만 그런 릴리도 피아나를 대신할 희망의 존재, '용기'의 중요성은 그의 설명을 통해 이해할 수 있었다.

그리고 그가, 얼마나 몸을 바치고 있는지도.

"……핀 님은, 마음에 드는 이성 분은 계시지 않았나요?"

릴리는 정신이 들고 보니 그런 질문을 하고 있었다.

어쩌면 일족을 위해 자신을 억누르고 죽이려는 것처럼 보이기까지 하는 핀에게, 도저히 물어보지 않을 수 없었다.

그런 릴리의 물음에 조금 놀란 표정을 지었던 핀은.

"……이런 나를 좋아해주는, 아주 성가신 아이가 있긴 해."

잠시 후 쓴웃음을 지었다.

"아주 골치가 아프고 아주 피곤하지만…… 그녀가 없으면 가끔 허전한 걸 보면 상당히 물들어버린 것 아닐까 몰라."

입술에 지은 것은 여전히 쓴웃음이었지만, 릴리에게는 그 웃음이 매우 부드럽게 보였다.

"──하지만 난 평범한 행복이라는 것에는 관심이 없어. 아니, 관심을 가져버린다면 이제까지 온 길이 모두 허사가 되고 말 거야."

그리고 핀은 표정을 다잡았다.

마치 맹세를 하는 기사처럼, 아름다운 푸른 눈이 호면(湖面)과도 같은 빛을 띠었다.

모든 것은 일족을 위해.

자신의 몸을 바쳐왔던 그의 삶에, 같은 파룸인 릴리는 감동을 받았다. 감동을 받지 않을 수 없었다.

자신은 흉내 낼 수도 없는 고상한 신념에, 일족에 대한 헌신에.

'아──'

그리고 릴리의 마음은 그런 핀의 삶을 앞에 두고 감화를 받았다.

아니, **떠올린 것이다.**

소년에 대한 마음을.

'맞아…….'

릴리를 구해주었던 것은 일족의 영웅 핀 디무나도 아니

거니와, 신도 아니었다.

벨이었다.

늪에 빠져 아무도 돌아봐주지 않던 자신을 구해주었던
것은, 그 소년이었다.

'맞아요, 릴리는……'

있을 수 없는 일이지만, 설령 헤스티아가 벨을 버린다
해도.

릴리만은 그를 버리지 않는다.

설령 세상이 소년에게 죄인의 낙인을 찍는다 해도, 소년
이 고독에 내몰린다 해도 릴리만은 소년의 곁에 있을 것
이다. 그를 계속 지탱해줄 것이다.

소년은 놀라울 정도로 빠르게 앞으로 나아가지만, 그래
도, 릴리는 평생 그를 따라갈 것이다.

모든 것을 허용하고, 받아들이고, 품고, 웃어주었던 그
날── 릴리는 그렇게 결심했던 것이다.

"……."

에이, 뭐야.

릴리는 웃었다.

결국, 자신도 핀과 마찬가지였던 것이다. 어쩌면 그는
자신의 거울이기도 했다.

자신을 바칠 만한 존재가 있다.

그 탓에 릴리는 어쩌면 행복을 손에 넣지 못하고, 오늘
날까지 괴로워했던 것처럼 이런저런 감정에 시달리게

될지도 모른다.

그러나 이미 결심한 일이다.

무슨 일이 있어도 소년의 곁에 있겠다고.

속죄만이 아니라, 자신의 마음도 포함해.

릴리는 그를 계속 지탱할 것이다.

일족에게 헌신을 다하는 눈앞의 그처럼.

"상관, 없었던 거네요……."

"?"

툭 새어 나온 중얼거림에 핀이 고개를 갸웃했다.

나쁘게 말하자면 맹목적이고, 곁에서 보자면 충성심, 젠체하는 표현을 허용한다면 대가 없는 사랑.

예쁘지는 않은 자신이 【헤스티아 파밀리아】의 단원들과 경쟁할 수 있을 만한, 시시한 마음은 분명히 있다.

아이즈 발렌슈타인이 됐든, 소년이 마음에 품은 사람이 됐든── 처음부터 상관이 없었던 것이다.

"……미안해요, 핀 님."

릴리는 자세를 바로잡고 핀을 똑바로 바라보았다.

"이 혼담은 거절하겠어요."

그리고 미소를 지으며 그에게 고개를 숙였다.

"이유를 물어봐도 될까?"

핀 또한 미소로 대답하며 물었다.

"핀 님이 일족을 위해 분골쇄신하듯, 릴리도 그분에게…… 벨 님에게 헌신하고 있어요. 그렇게 결심해버렸거든요."

당신과 자신은 같았다고 릴리는 말했다.

짊어진 것의 크기는 비할 바가 못 되지만, 그래도 근본
은 같다고.

잃어버릴 뻔했던 것을 떠올리게 해준 점에 대한 감사와
함께 설명하자, 알겠다며 핀은 고개를 끄덕였다.

"후우…… 역시 안 되는 거였구나."

금세 핀은 두 눈을 감더니 탄식과 함께 쓴웃음을 지
었다.

"가망이 없다는 건 어렴풋이 알았어. 분명 허사가 될 거
라고. 엄지손가락도…… 직감 같은 것도 그러더라고."

"그러면 왜 혼담을……?"

의아해하며 릴리가 묻자 핀은 외견에 어울리는 나이의
어린아이 같은 웃음을 지었다.

"말했잖아? 네 '용기'에 반했다고."

"아……."

"내 파룸의 마음은 네 '용기'에 감동을 받았던 거야."

도저히 말을 걸지 않고서는 배기지 못할 만큼은 말이지,
라고.

핀은 자신의 가슴에 오른손을 대며, 정말로 기쁜 것처럼
활짝 밝은 표정을 지었다.

【브레이버】인 그의 기준.

자신이 파룸들을 고무시키듯, 그도 또한 자신의 마음을

감동시켜줄 반려를 찾고 있었던 것이다.

"이거 참, 또 원점으로 돌아갔네."

등받이에 몸을 기대며 탄식하는 기색을 보이는 핀.

파벌 두령이 아닌 원래 그의 모습에 릴리는 자신도 모르게 웃음을 터뜨렸다.

"좋은 분을 발견하면 릴리도 소개해드릴까요?"

"부탁할게. 아무래도 난 이런 일에는 인연이 없달까, 영서툰 모양이야."

그 말에 핀은 쓴웃음으로 대답했다.

혼담 이야기는 멋들어지게 물 건너갔지만, 자신과 비슷한 동포의 존재에 어딘가 기뻐하듯, 흐뭇하게.

두 사람 사이에 조용한 분위기가 흐르기 시작했다.

『저, 저기요, 손님?!』

""?""

그때였다.

문이 힘차게 열리는 소리가 나더니 가게 안이 갑자기 소란에 휩싸인 것은.

릴리와 핀이 나란히 고개를 돌리자, 그곳에는 숨을 헐떡이며 가게로 뛰어든 백발 소년이 있었다.

"베, 벨 님?!"

너무나도 늦은 그의 등장에 릴리는 자기도 모르게 벌떡일어났다.

그녀의 고함에 반응한 벨은 눈을 크게 뜨고, 점원의

제지도 뿌리치며 서둘러 테이블로 달려왔다.

양피지에 적혀 있던 지도를 기억했는지——오기까지 한참 헤맨 모양이지만——자력으로 '난장이의 은신처'를 찾아온 소년은 놀라는 릴리를 내버려둔 채 핀에게 직접 하소연했다.

"핀 씨! 부탁이에요, 릴리를 데려가지 마세요!!"

"엇."

릴리는 선 채로 뻣뻣이 굳고, 핀은 앉은 채 어리둥절했다.

한번 눈을 깜빡인 핀. 그러나 비상한 머리로 이내 상황을 이해했는지 릴리를 재빠르게 쳐다보고.

다음 순간에는 무언가 장난을 떠올린 것 같은 표정을 지었다.

"유감이지만—— 나는 이미 그녀에게 긍정적인 대답을 받았어, 벨 크라넬."

"넥?!"

한순간 할 말을 잃은 릴리는 이내 무슨 말을 하느냐고 고함을 지르려 했지만.

기다려달라고 눈짓으로 신호하는 핀에게 제지당해 화낼 기회를 놓쳐버렸다.

한편 핏기가 가신 것처럼 새파랗게 질렸던 벨은 굴하지 않고 다시 호소했다.

"전 아직, 릴리랑 같이 있고 싶어요! 헤어지고 싶지 않아요!!"

벨의 고함에 릴리는 놀라고, 이내 뺨을 붉혔다.

유쾌하다는 듯 눈을 가늘게 뜬 핀은 아직도 장난을 계속하려는지 말을 이었다.

"두 사람 다 합의했다는데도, 찬물을 끼얹겠다고?"

"네!"

"상당히 집착하는 모양인데, 그럼 너에게 그녀는 뭐지?"

"【파밀리아】예요, 가족이에요!"

"그게 다야? 부족한걸."

"……저와 처음으로 파티를 짜주었던, 소중한, 소중한 파트너예요!!"

마치 핀에게 유도당한 것처럼 벨은 릴리에 대한 마음의 깊이를 외치고 있었다.

그의 말 한 마디 한 마디에 몸이 달아오르던 릴리는 심장이 벌컥벌컥 뛰는 기분이었다. 벨의 본심을 듣고 가슴이 애절할 정도로 아파왔다.

그리고 동시에 핀의 의도도 깨달았다. 소년에게서 릴리에 대한 마음을 끌어내, 그가 릴리를 얼마나 소중하게 생각하는지를 가르쳐주려는 것이다.

치사해. 비겁해.

그런 걸 어떻게 막을 수 있겠어.

가게에 쳐들어온 휴먼과 말의 응수를 벌이는 【브레이버】에게 주위 파룸들의 시선이 모여드는 가운데, 릴리는 새빨개진 얼굴로 갈팡질팡할 수밖에 없었다.

"그녀는 내가 간신히 찾아낸 신부 후보야. 그렇게 쉽게 돌려줄 수는 없지. ……아니면 힘으로 빼앗아가겠어? 나에게서?"

털썩 의자에 앉은 핀은 벨을 도전적으로 올려다보았다.

【이슈타르 파밀리아】의 거녀 프뤼네마저도 능가하는 Lv.6의 제1급 모험자를 보며 벨은 목을 꼴깍 울렸지만, 그래도 물러나지 않았다.

자신의 이기심을 관철하고자 정면으로 대치했다.

"좋은 각오야. 흥미로워…… 그렇다면 그녀를 걸고 결투하자!"

진심으로 재미있어하며 신이 난 【브레이버】.

자신의 나이도 잊고 동심으로 돌아간 것처럼, 소녀를 한 손으로 가리키며 소년의 루벨라이트색 눈을 바라본다.

점원 루안은 입을 딱 벌리고, 다른 파룸들도 자리에서 일어나 무슨 일이냐며 흥미진진하게 인파를 이루어나갔다.

그리고 릴리는, 완전히 새빨갛게 물들어버렸다.

'뭐, 뭐예요 이게에~~~~~~?!'

자신을 둘러싸고, 벨과 핀이 다투려 한다.

한 사람은 재미 때문이지만, 얼굴을 뻣뻣하게 굳힌 소년은 틀림없이 진심이다.

마치 동화에 나오는 한 장면——기사가 약혼자를 위해

싸우는, 마치 왕녀 같은 자신의 입장에 얼굴에서 불이 솟아날 정도로 부끄러워졌다.

나한테 그런 배역은 어울리지 않아요! 잘해봤자 성에서 일하는 하녀죠?! 그렇게 고함을 지르고 싶었다.

릴리가 잘 익은 사과처럼 얼굴을 물들이는 한편, 용기를 쥐어짜내고 자세를 잡는 벨에게 핀은 흐뭇하다는 듯 눈을 가늘게 떴다.

주위에서 부추겨대는 파룸들에 에워싸인 채 핀은 소년에게 말했다.

"만약 내게 한 방이라도 먹일 수 있다면 네가 이기는 거야. 하지만 내가 이긴다면 그녀를 아내로 맞겠어."

휘익~! 분위기에 편승해 들뜬 파룸 일동. 가게 한구석에서 천천히 고개를 끄덕인 벨은 겨우 세 걸음의 거리를 두고 핀과 대치했다.

아무리 그래도 이건 지나치다고, 릴리는 수치심을 떨치고 두 사람을 제지하려 했지만——

"——단 장 니 임?"

원념이 담긴 차디찬 목소리가 울려 퍼졌다.

""""?!""""

무시무시한 살기에 릴리도, 핀도, 벨도 음속으로 돌아보았다.

겁을 먹은 인파가 갈라진 곳에 서 있던 사람은, 시커먼 독기를 짊어진 아마조네스였다.

"티, 티오네……! 언제부터 거기에?!"

"단장님, 지금 그건, 무슨 말씀인가요? 결혼한다고요? 신부?"

얼굴을 실룩거리는 핀, 전혀 이야기를 듣지 않는 티오네. 눈에는 빛이 사라져 공허했다. 노출도가 높은 풍만한 가슴이 무거운 걸음에 맞춰 출렁였다. 한 걸음을 내디딜 때마다 주점의 바닥이 쩌적 불길한 소리를 냈다. 제1급 모험자의 엄청난 압박감에 벌렁 나자빠지며 거품을 무는 파룸이 속출했다.

"여기 있는 줄 어떻게 알았어……?!"

"냄새로 찾아왔지요."

"넌 무슨 짐승이야?!"

장난이었다고는 하지만, 가장 듣지 않았으면 하는 상대가 사랑의 말을 들어버리는 바람에 핀은 땀을 뻘뻘 흘렸다. 반면 단장을 무서울 정도로 한결같이 사모하는 아마조네스는 흐늘흐늘 몸을 흔들며 가게 한복판에서 테이블 자리로 다가왔다.

그리고 간격이 3M으로 들어선 순간, 티오네는 폭발했다.

"단장니이————————임!!"

"진정해티오네?!"

맹수가 달려든 것과 동시에 핀은 격주했다.

조그만 몸을 한계까지 바닥에 깔며 돌격을 피하고 쏜살같이 도주를 꾀했다. 괴이한 빛을 눈에 머금은 버서커는 휘릭 몸을 돌리더니 가게를 뛰쳐나가는 【브레이버】를 엄청난 속도로 쫓아갔다.

두두두두두두두······. 요란한 발소리가 이어진 후, 가게 안에는 정적만이 남았다.

릴리도 벨도, 파룸들도, 멍청히 입을 벌리고 서 있었다.

"······저기, 릴리."

"!"

무어라 형언할 수 없는 분위기가 흐르는 가운데, 벨이 쭈뼛쭈뼛 입을 열었다.

소름이 돋은 팔을 문지르는 파룸들이 우르르 자리로 돌아가는 가운데 어깨를 흠칫 떤 릴리는 황급히 돌아보았다.

눈앞에 있던 소년은 힘차게 고개를 숙였다.

"미안해!! 대답을 해버렸는데도 이야기를 엉망으로 만들어버려서······."

"아, 아니에요, 오해예요!! 그건 핀 씨가 멋대로······! 벨 님은 그냥 놀림 당한 거라구요!!"

"엑······ 그, 그랬어?"

"그랬어요!! 릴리는 혼담 같은 거 받아들이지 않았어요!!"

릴리가 필사적으로 오해를 풀자 벨은 진심으로 안도했다는 표정을 지었다.

가슴에 손을 얹고 어깨에서 힘을 뺀 소년은, 이윽고 민망한 얼굴을 했지만, 그래도 똑바로 릴리를 바라보며 목소리를 낮추었다.

"이것저것, 미안해. 그래도, 역시 난…… 뭐랄까, 아직 릴리랑 같이 있고 싶어……."

얼굴을 연분홍색으로 물들이며 가슴속의 말을 쥐어짜내는 벨의 모습에.

눈을 크게 뜬 릴리 또한 얼굴을 살짝 붉히고, 천천히 웃었다.

"……릴리도, 미안해요. 멋대로 화내고, 홈을 뛰쳐나가서……."

"아, 아냐, 따지고 보면 내가 잘못했고……."

"아뇨, 릴리가 잘못했어요! 벨 님에게 마음에도 없는 말을 잔뜩 해서, 난처하게 만들고!"

서로 자신이 나쁘다고 사과해대던 두 사람은.

이윽고, 누가 먼저랄 것도 없이 웃음을 터뜨렸다.

티 없는 웃음으로 뺨을 누그러뜨리고 시선을 나누었다.

"……갈까?"

"네!"

벨의 눈썹을 늘어뜨린 웃음에, 릴리는 만면의 미소로 대답했다.

파룸 전용 가게인데도 함부로 쳐들어온 점, 그 외에도 민폐를 끼쳐버린 점을 주인에게 사과하고 주위 손님들에게도 고개를 숙였다. 기절한 손님을 열심히 간호하느라 지친 루안의 두 번 다시 오지 말라는 고함에 등을 얻어맞으며 릴리와 벨은 '난장이의 은신처'를 나왔다.

기분 좋은 푸른 하늘과 햇살 밑에서, 데미휴먼들이 오가는 길을 따라 두 사람은 나란히 걸어 나갔다.

"저기 말야, 그리고, 뭐랄까……."

어젯밤까지 있었던 감정이 거짓말이었던 것처럼 홀가분해진 마음으로 돌아가고 있으려니, 벨이 입을 열었다.

고개를 갸웃하며 릴리가 쳐다보자 그는 뺨을 긁으며 쓴웃음을 지었다.

"릴리는, 여동생 같거든."

"윽……."

"난 가족이 할아버지뿐이라 형제도 없었으니까…… 아직 동생을 떼어놓고 싶지 않은 건지도."

멋쩍은 듯 속내를 토로하는 벨에게 릴리는 부루퉁해졌다.

동생 정도로밖에 보지 않는다는 거야 알았지만 역시 마음에 들지 않았다. 이젠 무슨 일이 있어도 곁에서 떠나지 않겠노라고 결심했지만 그것과 이건 별개다.

뺨을 부풀리고 다시 저기압이 될 뻔했던 릴리였지만——그때 어떤 생각을 떠올리고, 희미한 웃음을 지었다.

"벨 님, 벨 님. 귀 좀 빌려주세요."

"?"

여동생의 웃음을 가장하고 올려다보자, 벨은 고개를 갸웃하며 발을 멈추었다.

허리를 꺾어, 생각 없는 흰토끼는 시키는 대로 키가 작은 파룸에게 귀를 댔다.

릴리는 살짝 입을 가져갔다.

그리고 어른스러우며 어딘가 요염한 목소리로 속삭였다.

"——**내가** 너보다 연상이란다, **벨**?"

"?!"

벨은 흠칫 어깨를 떨며 황급히 몸을 일으켰다.

속삭임을 들었던 오른쪽 귀를 한 손으로 붙든 채 엑, 하고 얼빠진 표정을 짓는다.

이윽고 스멀스멀 붉어져가는 얼굴.

아연실색한 표정을 지켜보던 릴리는 눈을 가늘게 뜬 웃음을 짓는가 싶더니, 방긋.

다시 천진난만한 아이의 웃음을 꾸몄다.

"그러면 가볼까요, 벨 님."

"……자, 잠깐만, 릴리?! 거, 거짓말, 거짓말이지?!"

"글쎄요, 과연?"

혼자 성큼성큼 걸어 나가는 릴리를 열심히 쫓아가는 벨.

소년이 새빨개진 얼굴로 당황하는 모습에 릴리는 로브를 출렁이며 미소를 지었다.

알았다, 알았어.

© Suzuhito Yasuda

그렇구나. '누나'라면 소년이 자신을 의식해버리는구나.

좋은 걸 알았다.

등 뒤에서 쫓아오는 황급한 목소리에, 릴리는 뺨을 붉히고 기뻐하며 웃었다.

뒷짐을 진 채 즐거운 기분이 배나오는 신발 소리를 울렸다.

북적거리는 거리에 소년의 처량한 목소리가 울려 퍼진다.

따뜻한 햇살을 받는 파룸 소녀는, 보조개를 만들며 활짝 웃고 있었다.

3장

어떤 대장장이 신에게
바치는 연가

© Suzuhito Yasuda

"겨우 준비가 갖춰졌습니다."

마석등의 조그만 불빛이 일렁거렸다.

좁고 어두운 실내에서 두 사람, 외투를 뒤집어쓴 그림자가 목소리를 낮추며 마주 보고 있었다.

"병사들도 무사히 잠입했다 합니다. 상황이 종료되면 즉시 탈출하는 것도 가능합니다."

"그래……?"

한쪽은 흥분이 배어나는 남성의 목소리. 또 한쪽은 엄숙한 노인의 목소리로 밀담을 나눈다.

"녀석의 소재도 이미 조사했습니다. 조만간 제가 직접 접촉하죠."

"……."

입을 다문 상대에게 남성의 그림자가 물었다.

"망설이시는 겁니까?"

"……."

"이제 와서 왜 이러십니까. 우리는 중요한 임무를 받들어 주인께 직접 발탁되었습니다. 이것이 우리에게 남은 마지막 기회라고요."

"나도 안다."

몸을 내미는 상대에게 노인의 그림자가 고개를 끄덕였다.

그 반응에 웃음을 지은 남성의 그림자는 만감이 깃든 목소리로 말했다.

"반드시 데리고 돌아가죠. 그 힘은 우리 것입니다. 이런 곳에 있어봤자 좋을 것 없어요."

"……."

"잃어버린 영광이 바로 눈앞에 있습니다."

열기에 들뜬 목소리를 들으며 노인의 그림자는 입을 다물었다.

램프 형태의 마석등 불빛에 벽으로 뻗어나간 두 개의 시커먼 그림자가 일렁거렸다.

화로 안에서 불꽃이 요란히 솟아오른다.

자신의 머리카락과 같은 붉은색을 빛내며 타는 불을 헤파이스토스는 조용히 지켜보고 있었다.

모루를 비롯한 기구, 그리고 대형 화로가 구석에 놓인 대장간이었다.

작업복을 걸친 헤파이스토스는 망치를 든 손을 멈추고 있었다. 이미 형태가 잡힌 은빛 검신은 모루 위에서 지고의 광채를 띠고 있었다.

화로의 불꽃에 비친 옆얼굴과 커다란 검은색 안대.

쇠를 두드리는 소리는 끊어지고, 그저 불이 타는 소리만이 일터에 울려 퍼졌다.

"왜 넋을 놓고 계시나."

그때 문 열리는 소리와 함께 목소리가 들렸다.

충만했던 열기가 금세 흔들리고 방 밖에서 싸늘한 공기가 밀려드는 가운데 헤파이스토스는 뒤를 돌아보았다.

"츠바키."

"'공방'에 틀어박혔단 말을 듣고 와봤더니, 메도 치지 않고 무엇을 하시는지."

대장간── '공방'으로 들어온 것은 한데 묶은 흑발에 갈색 피부를 드러낸 키가 큰 여성이었다.

그녀 또한 왼쪽 눈에 헤파이스토스처럼 안대를 했으며, 오른쪽 눈을 가린 주신과는 그야말로 거울로 비춘 것처럼 반대였다. 붉은 하카마와도 맞물려 극동의 분위기를 풍기는 그녀, 츠바키라 불린 인물은 끊어진 해머 소리를 나무라듯 헤파이스토스에게 투덜거렸다.

【헤파이스토스 파밀리아】, 북서쪽 메인 스트리트 지점. 길드 본부가 존재하는 '모험자 거리'에 인접한 붉은색의 상점 1층에 마련된 '공방'에서 헤파이스토스는 자신의 【파밀리아】 아이에게 한숨을 쉬었다.

"아무것도."

"벨식이가 나간 후로는 사색에 잠기는 횟수가 많아지시지 않았나, 우리 주신님? 쓸쓸하신가?"

"……자식이 둥지를 떠날 때는 언제나 슬픈 법이야. 그게 누가 됐든. 벨프에만 한한 이야기가 아니고."

못난 꼴을 책망하고, 나아가서는 주신을 겁도 없이 마구

나무라는 츠바키에게 헤파이스토스는 얼버무리지도 않고 순순히 인정했다.

그리곤 권속이 지켜보는 가운데 무구 완성 공정을 단숨에 마치고, 사용한 기구를 정리하기 시작한다.

"그래, 무슨 일이라도 있었어?"

한데 묶었던 홍발을 풀고, 답답했는지 작업복을 퍼덕거리면서 묻자 권속 여성은 까만 장발을 출렁거리며 고개를 끄덕였다.

"길드와【로키 파밀리아】에서 메시지가 왔네. 이번에는 라키아 왕국이 무언가 꿍꿍이를 꾸미는 모양이야."

권속에게 자세한 이야기를 들은 헤파이스토스는 왼쪽 눈을 가늘게 떴다.

"헤스티아네를 미끼로 삼으려는 거구나……."

의미심장하게 절친신의 이름을 중얼거린 그녀는 알았다며 고개를 끄덕였다.

"길드 측의 지시대로 움직여줘. 지휘는 츠바키 네가 맡고."

"공방에 처박히고 싶었는데, 이것도 뭐 재미있을 것 같군. 알았네, 내가 하지."

입술을 틀어올리며 '공방'을 나가는 권속 여성.

그녀의 뒷모습을 지켜보던 헤파이스토스는 천천히 방 한구석으로 눈을 돌렸다.

그곳에 놓인 대형 화로 안에서는 아직도 불꽃이 새빨갛게 타오르고 있었다.

화로의 불꽃이 벨프의 옆얼굴을 달구었다.

이글거리는 화로에서 뿜어져 나오는 열기는 살인적이었다. 손수건을 감은 이마에서, 얼굴 전체에서 끊임없이 땀이 흘러내렸다. 어둠에 휩싸인 대장간 안, 바로 곁에서 커다란 화로가 으르렁거리거나 말거나 아랑곳 않고 그는 모루 위에서 시뻘겋게 달군 금속에 해머를 내리치고 있었다.

찢어지는 금속성. 눈부신 스파크.

단련이라는 이름의 진검승부.

자신의 전쟁에 임하는 벨프의 시선은 눈 아래의 존재만을 향했다. 어디까지나 올곧게, 어디까지나 우직하게. 원래는 조수가 앞메를 맡아줘야 하지만 그는 오로지 그 붉은 해머 한 자루만으로 금속을 두들겨나간다.

그의 손과 해머를 에워싸고 있는 것은 어스름한 붉은색 빛줄기였다. 그가 습득한 발전 어빌리티 '단야'의 작용 덕이다. 승화의 숨결을 불어넣어 두드린 쇠는 더욱 강건하고 날카로운 '무구'로 승화된다.

까앙, 까앙. 귀에 익은 친숙한 쇳소리. 해머를 내리칠 때마다 돌아오는 높은 금속의 외침 하나하나는 저마다 모두 달랐다.

쇠의 말에 귀를 기울이며 반응을 느끼는 청년은 알아차리지 못한 사이에 입가에 웃음을 짓고 있었다.

—— 쇠의 목소리를 들어라. 쇠의 울림에 귀를 기울여라. 메에 마음을 담아라.

뇌리를 가로지르는 녹슨 추억 속에서, 언젠가 들었던 나이 든 사내의 말이 되살아났다.

지금과 같은 어두운 대장간, 쇠의 향기, 조수 노릇을 맡았던 어린 자신.

당시의 정경을 아주 짧은 순간 상기하면서 벨프는 단조의 선율을 이어나갔다.

새빨갛게 달구어진 금속의 형상이 날카로운 검신을 그려나가는 가운데, 기염을 토하며 자신의 열과 마음을 두들겨나갔다.

"오래 기다렸지. 네가 주문했던 카타나야."

활짝 열린 덧문으로 스며드는 꼭두서니색 빛.

홈 뒤뜰에 마련된 석조 오두막—— '공방'을 저녁놀의 빛이 에워싸고 있었다.

벨프가 단련을 마쳤을 때는 이미 날이 저물어 저녁 시간이 되었다. 땀에 찌든 키나가시를 갈아입지도 않은 채 그는 저택으로 가, 던전에서 돌아온 동료들을 이곳으로 데려왔다.

무구 작업을 위해 오늘 하루 미궁탐색을 쉬었던 그에게 호출을 받은 릴리, 하루히메, 미코토는 오오 모여들어 눈을 크게 떴다.

"치수는 네가 전에 쓰던 카타나에 맞췄어. 재료는 '라이거 팽의 이빨'에다 27계층에서 나온 '흑은강(黑銀鋼)'을 섞은 복합금속. 막 써도 부러지지는 않을 거다."

"고맙습니다, 벨프 공! 정말 훌륭합니다……!"

검신 90C(셀티), 검은색과 은색을 띤 검신.

아다만트(금속 속성) 드롭 아이템과 '하층'에서 채굴된 광석으로 만든 한 자루의 카타나를 받아든 미코토는 흥분과 감탄에 몸을 떨었다. 모험자인 소녀는 검신의 아름다움에 반했을 뿐만 아니라 하이 스미스가 직접 만든 제3급 무장에 해당하는 무구의 성능을 정확히 꿰뚫어본 것이었다.

중견용 무장과 방어구——창이나 라이트아머——를 우선시하는 바람에 뒤로 미뤄졌던 자신의 무기에 뺨을 발갛게 물들인다.

"역시 【파밀리아】에 스미스가 한 분씩 있으면 편리하다니깐요."

"사람이 무슨 마석제품이냐, 릴리돌이."

옆에서 바라보며 '한 집에 한 대' 하는 식으로 말하는 릴리에게, 마모된 무기 정비에서 이러한 무장 제작까지 못하는 것이 없는 스미스는 눈을 흘기며 딴죽을 걸었다.

벨프는 미코토에게 시선을 되돌렸다. 카타나에 들뜬 그녀가 허리에 찬, 타케미카즈치에게 받은 송별 선물, 자웅쌍검 중 하나라는 단검 《지잔》——【고브뉴 파밀리아】의 뒤

어난 무장——에 대항의식을 불태웠던 작품인데, 제법 잘
만들어졌다.

호랑이 각인이 새겨진 검은색 칼집과 카타나에 만족스
럽게 고개를 끄덕인 벨프는 타이밍을 봐 미코토에게 몸을
내밀었다.

"좋아, 그러면 이름을 붙이도록 할까………… 코테츠(虎
鐵)………… 아냐아냐, 얼룩이."

"멈추십시오 벨프 고오오오오오오오오오오오옹?!"

턱에 손을 대고 씨익 웃으며 말하는 벨프에게 미코토가
진심 어린 포효를 터뜨렸다. 왈칵 땀을 뿜어내며 낯빛을
바꾸고 명명을 저지하기 위해 전력으로 나섰다.

"조, 좋은 이름 아니옵니까, '얼룩이 님'이라니. 소녀는
귀여운 것 같사옵니다……."

"오오! 넌 뭘 좀 아는구나!"

"제발 부탁이니 가만히 계십시오 하루히메 공!!"

세상 물정 모르는 아가씨 티를 역력히 드러낸 하루히메,
첫 찬동자에게 기뻐하는 벨프, 울부짖는 미코토.

릴리가 고개를 설레설레 흔드는 가운데 우여곡절을 거쳐—
—울며 오체투지를 시전한 미코토의 애원에 따라——새로운
무기의 이름은 《코테츠》가 되었다. 눈물을 머금고 안도하는
소녀가 소중히 카타나를 끌어안은 가운데, 자신의 붉은 머리
를 벅벅 긁으며 벨프는 유감스럽기 그지없다는 표정을 지
었다.

"……그리고 너희 방어구가 될 물건이 이거."

"망토이옵니까?"

"벨프 님, 설마 이건……."

하루히메와 릴리에게 건네준 것은 칠흑색 후디드 로브였다. 놀라는 릴리에게 벨프가 고개를 끄덕였다.

"응. 그 시커먼 골라이아스의 '드롭 아이템'으로 만들었어. 벨이랑 헤스티아 님께 양도받았지."

제18계층에서의 이상사태. 칠흑색 골라이아스와의 결전.

그때 '드롭 아이템'으로 발생해 벨이 받았던 '골라이아스의 경피' 중 절반을 벨프는 릴리와 하루히메의 방어구 소재로 사용했던 것이다. 참고로 경피는 판매할 틈도 없이 교회의 비밀방 밑에 묻혀버렸으나, 어찌어찌 발굴하는 데 성공했다.

수백에 이르는 상급 모험자들의 공격을 무효화했던 무시무시한 내구성을 가진 거인의 경피.

【스테이터스】가 낮은 서포터 소녀들을 위해 벨프는 이 가죽을 자기 방식으로 무두질하고 형상을 가공해 일급 방어구로 만들어낸 것이다.

당장 《골라이아스의 로브》를 입어본 릴리가 자신의 몸을 내려다보며 종알거렸다.

"굉장히 무겁네요……."

"뭐, 무게는 좀 봐줘. 황당한 계층 터주에게 나온 황당한 가죽이니까 무기든 마법이든 꿈쩍도 안 할 거야.”

　스킬 【아텔 어시스트】의 보조 덕에 지장이 없는 그녀에 비해, 힘이 별로 없는 하루히메는 매우 무거운 듯 낑낑거렸다.

　강습 스펙 골라이아스의 경피인 만큼 물리가 됐든 ‘마법’이 됐든 어떤 공격도 튕겨낸다. ‘중층’이나 ‘하층’ 몬스터의 기습을 받더라도 일격필살을 막아낼 만한 강건한 방어구에 릴리는 감탄의 한숨을 쉬었다.

　“하지만 공격은 튕겨내도 충격까지는 상쇄하지 못해. 엄청난 힘으로 얻어맞았다간 끝장이야. 조심해.”

　갑옷이나 마찬가지라며 릴리와 하루히메에게 설명했다.

　아무리 플레이트가 칼날을 막아낸다 해도 갑옷 안에는 공격의 충격이 전해진다. 강렬한 일격을 맞는다면 Lv.1인 릴리나 하루히메는 금세 날아가, 멀쩡한 로브 안에서 몸이 터져 죽음을 면치 못할 것이다.

　방어력을 절대 과신하지 말라는 제작자의 충고에 릴리와 하루히메는 진지한 표정으로 고개를 끄덕였다.

　“……하지만 이만한 방어구라면 그야말로 전열 담당인 벨 님께 드려야 하는 것 아닌가요?”

　전열이 몬스터의 격렬한 공격에 몸을 드러내는 것은 당연한 이치다. 우수한 방어구가 있다면 대미지의 위험성도 확 줄어들 것이다. 가장 먼저 제작했던 《깡총이》가 아니라 이 《골라이아스의 로브》야말로 소년에게 주는 것이 낫지 않겠느냐는 그 지극히 타당한 지적에, 벨프는.

입을 꾹 다물더니, 릴리에게서 눈을 돌렸다.

"……그 녀석 무구는 내 손으로 만들 거야. 몬스터의 소재만으로 만든 방어구라니, 그건 안 돼."

성능이 뛰어난 괴물의 드롭 아이템을 그저 유용하기만 하다니, 기술자의 이름이 운다. 스미스의 자긍심에 흠이 간다. 자신은 벨의 전속 스미스라고 당당하게 말한 벨프는 소년의 장비는 자신이 직접 만들겠다며 한사코 양보하려 들지 않았다.

팔짱을 끼며 자신들에게서 눈을 돌리는 청년에게 릴리는 어이없다는 표정을 짓고, 하루히메와 미코토는 키득키득 웃었다. 덧문 틈으로 스며드는 저녁놀 빛을 받은 벨프의 얼굴은 붉게 물들었다.

"……이제 됐지? 냉큼 나가. 뒷정리도 남았으니까."

벨프는 멋쩍음을 감추려는 듯 여성진을 공방에서 쫓아내려 했다.

"벨프 님~ 내일은 【타케미카즈치 파밀리아】 분들과 17계층에 가기로 했으니까 벨프 님 준비도 잊지 마세요."

뒤뜰로 나가며 놀리듯 주의를 주는 릴리에게 그는 견디지 못하고 고함을 질렀다.

"알았으니깐 얼른 가기나 해!"

절친한 사이인 【헤스티아 파밀리아】와 【타케미카즈치 파밀리아】 두 파벌이 함께 제17계층까지 내려가기로 결정했던 것은 이틀 전이었다.

이미 몇 번인가 공동으로 미궁탐색을 해 연계 플레이에 문제가 없음을 확인했던 두 파벌은 향후의 던전 공략도 내다보고 '소규모 원정'을 가기로 결정했던 것이다.

앞으로 더 깊은 계층, 특히 제20계층 이상의 층역에 들어가게 된다면 당일치기로는 도저히 감당할 수가 없다. 갔다가 돌아오기만 할 뿐 제대로 된 탐색을 하지 못하게 된다. 미궁 내에서의 캠핑이 필요하다. 이에 적응하기 위해 【헤스티아 파밀리아】와 【타케미카즈치 파밀리아】는 보초 같은 인원을 서로 제공해 던전 한곳에서 하루를 보내보기로 했던 것이다.

'원정'이라고 거창하게 말은 했지만, 말하자면 장기간의 던전 탐색을 고려한 미궁 체류 체험이다. 체류 기간은 하루.

모포나 식량을 준비하고, 적적한 이별을 아쉬워하는 헤스티아와 조심하라며 웃어주는 타케미카즈치, 그리고 빈 홈을 돌봐주기로 한 【미아흐 파밀리아】의 나자 일행에게 배웅을 받으며 합동 파티는 '화덕관'을 출발했다.

두 파벌의 단원, 총합 10명은 제17계층까지 진출해 한나절 꼬박 탐색을 했——어야 하는데.

"이 망할 놈의 수비수들아아아아아아아!! 그 지저분한 궁둥짝에 힘 팍 주고 버티지 못해!!"

울려 퍼지는 노성, 그 뒤를 잇는 거인의 포효와 막대한 충돌성.

빈틈없이 늘어선 대형 방패가 허공에서 내리꽂힌 거대한 주먹을 저지하며 쩌렁쩌렁 진동했다.

얼굴을 일그러뜨린 드워프나 수인 거한들이 발뒤꿈치로 지면을 깎으며 후퇴하는 가운데, 주위에서는 난폭한 기합성이며 마도사들의 영창이 끊임없이 울려 퍼졌다.

한참을 올려다봐야 할 정도로 거대한 몬스터를 수많은 모험자들이 공략하고자 나섰다.

"어쩌다 이렇게 된 거죠……?!"

"미, 미안해, 릴리……!"

인간과 괴물의 노성이 오가는 전장 한복판에서 핸드 보건으로 화살을 잇따라 쏘는 릴리가 비명을 지르고, 달려드는 헬 하운드며 라이거 팽을 베어버리는 벨이 사과했다.

벨 일행은 **대규모 전투**에 휘말려들었다.

장소는 제17계층, 거대 룸.

세이프티 포인트 진출 전에 앞길을 가로막는, 제18계층 직전의 최난관 에어리어였다.

폭과 깊이가 수백 미터나 되는 광대한 공간에서는 몬스터의 포효와 모험자들의 고함소리가 잇따라 교차했다. '통곡의 대벽'이 유유히 내려다보는 가운데 교전이 벌어진 전장에서 가장 큰 존재감을 뿜어내는 것은 키가 7M에 이르는 회갈색 거인이었다.

『―― 워어어어어어어어어어어어어어어어어어어어어어어어어어어어어어!!』

17계층의 몬스터렉스 '골라이아스'는 휘둘러대는 두 주먹과 함께 눈 아래의 모험자들을 위압했다. 지면을 분쇄하는 주먹의 어이없는 충격과 그 요란한 포효에, 전투로 내몰린 벨프와 미코토, 하루히메, 오우카 일행도 벌렁 몸을 젖혔다.

사태의 시작은 제17계층에 도달한 것과 함께 들려온 함성, 그리고 거인의 것으로 여겨지는 무시무시한 포효였다. 얼굴을 마주 본 벨 일행이 당초 예정을 포기하고 계층 내의 정규 루트를 하염없이 달려나가니…… 거대 통로 저편에서 기다리던 것은 골라이아스와 교전하는 모험자들의 도당이었다.

'소규모 원정'에 앞서 위험은 없는지 조사했던 벨 일행의 **지상** 정보망에 걸리지 않았던 **지하**의 정보―― 제18계층의 '리빌라 마을' 모험자들에 의한 계층 터주 토벌이, 하필이면 오늘 결행되었던 것이다.

2주간의 출산 인터벌을 두고 출현하는 골라이아스는 제18계층 이하로 내려가려는 상급 모험자들에게는 이따금 통행의 장애물이 될 수 있다. 이 때문에 세이프티 포인트로 가는 교통에 차질이 생긴다면 동종업자들에게서 돈을 뜯어내야 하는 리빌라 주민들의 벌이에 지장이 생긴다. 그러므로 미궁에서 숙박촌을 경영하는 무법자들은 일치단결해 제17계층과 제18계층의 연결통로를 막는 골라이아스를 정기적으로 토벌하는 것이다. 벨 일행이 맞닥뜨린 것도 바로 이 리빌라 연합부대가 거인을 격파하려는 전장이었다.

계층 터주가 일으키는 땅의 진동, 동종업자들의 비명을 무시하고 탐색을 계속할 만큼 일행은 뻔뻔하지 못했다. 무엇보다 착해빠진 소년이 비명을 질러대는 동종업자들을 그냥 지나치지 못했다.

은근히 불리한 기색을 보이는 모험자들이 도움을 청하기도 해, 벨 일행은 계층 터주 토벌에 가세하게 되었다.

전열 수비수들이 대형 방패로 공격을 막아내고 마도사들이 주문을 외우며 전열 공격수들이 과감하게 거인의 허벅지에 검을 내리꽂는 전장에는……

"우워어어어어어어어어어어어어?! 야, 토끼 꼬맹이! 좀 도와줘어어어어어어어!!"

"이보세요?!"

제3급 모험자 몰드 래트로와 그의 일당들도 있었다.

몰드는 처음 만났을 때의 해프닝 때문에 벨을 일방적으로 적대시하던 모험자다. 무법자들을 이끌고 '모험자의 세례'까지 벌였던 그가, 제18계층에서의 사건을 겪으면서 상처투성이 무서운 얼굴에 웃음을 지을 정도로 태도가 부드러워졌다. 리빌라의 모험자들과 마찬가지로 칠흑의 골라이아스와 싸우면서 기개와 분전을 보여준 벨을 몰드도 인정했던 것이다.

오랫동안 Lv.2인 제3급에 머물며 으스대기만 하던 사내는 어떤 심경의 변화를 겪었는지, 이렇게 계층 터주 토벌에 참가해서는 솔선해 '모험'에 나서고 있었다. 체면 가리지 않고 벨에게 도움을 청하는 모습이 그런 멋진 결의에 흠을 내고 있었지만.

대형 통로에서 나타난 대형급, 미노타우로스의 무리에 습격당한 몰드를, 벨은《헤스티아 나이프》와 벨프가 만들어준 단검을 구사해 구해주었다.

"토, 토벌은 언제나 이렇게 바쁜 겁니까……?"

"오늘은 잔챙이들이 너무 많아! 골라이아스에게 병력을 할애하질 못하겠어!"

"이젠 연계도 뭣도 없잖아……."

카타나를 휘두르는 미코토의 목소리에 이름 모를 리빌라 모험자가 대답하고, 그 말을 들은 치구사가 창을 내질러 헬하운드를 물리치며 중얼거렸다.

주요 전장, 거대 룸 한복판에서 약간 제18계층 연결통로 쪽으로 치우친 위치에서는 회갈색 거인이 여러 명의 전열 수비수와 공격수에게 포위당한 상태였다.

벨 일행의 기억에 존재하는 칠흑의 거인——강화 스펙 특별종——과 비교하면 능력은 훨씬 낮지만 '골라이아스'는 길드 추정 Lv.4의 괴물이다. 바위 같은 견갑골까지 늘어진 번쩍번쩍 빛나는 뻣뻣한 흑발을 이리저리 흔들며 회갈색 거인은 수비수의 방어를 몇 번씩 위협했다.

굴강한 사내들이 거인의 진격을 막아냈지만, 그 뒤로 공격이 이어지질 않았다. 살을 베고 이리저리 움직여 계층 터주를 교란해야 할 공격수들은 항상 많은 숫자의 일반 몬스터를 제거하느라 애를 먹었고, 습격을 당하는 마도사들도 마찬가지였다. 영창이 중단되는 사람, 기껏 완성한 '마법'을 어쩔 수 없이 일반 몬스터에게 날려버리는 사람 등등 각양각색이었다. 거대한 불덩어리며 빛의 폭우가 전장 여기저기서 오갔다.

원래 리빌라의 주민들은 같은 파벌이 아니다. 역시 무법자들이라고 해야 할까, 연계가 너무 엉성한 것이다.

드디어 Lv.2로 올라간 치구사와 미코토가 분신술을 펼치듯 호흡이 척척 맞는 움직임——타케미카즈치에게 익힌 극동의 연계술로 몬스터들을 쓰러뜨려나가는 반면, 상급 모험자들은 제각각 싸우고 있었다.

"모험자답다고 하면 답지만……."

의도하지 않았던 공동전선. 연계가 맞지 않는 무법자들의 급조 토벌대.

자신들도 가담하게 된 임시방편 파티에 아연실색하고 탄식하면서 오우카는 두 손에 든 거대 도끼를 풀스윙했다. 라이거 팽을 양단해 습격당할 뻔했던 전열 공격수 아마조네스를 구해냈다.

"——이 골라이아스, 평소에 보던 놈보다 좀 센데?!"

주요 전장에서 직접 거인을 상대하던 모험자 중 하나가 외쳤다.

미궁을 배회하는 동종 몬스터 사이에도 개체 차이가 존재하듯 '몬스터렉스'에도 출산 때마다 능력의 고저차가 발생한다. 이번 거인은 '당첨'인 모양이라고, 얼굴을 모래 먼지와 피로 지저분하게 물들인 공격수 수인이 침을 뱉으며 외쳤다.

안 좋은 소식에 내몰린 벨 일행이 놀라는 가운데, 몇 번이나 토벌을 경험했던 리빌라 모험자들은 용맹하게 공세에 나섰다.

"쯧, 숫자가 모자랐나⋯⋯. 야, 리빌라로 돌아가서 원군을 불러와!! 10분 안으로!!"

"말이 되는 소리를 해, 보르스!!"

리빌라의 모험자들을 통솔하는 거한 두령의 지시에 명령을 받은 휴먼이 비명을 질렀다.

"시끄러워, 까라면 까!!"

제18계층으로 이어지는 동굴로 달려가는 모험자에게 고함을 지르며 토벌대 두목은 그의 등을 걷어찼다.

벨 일행 10명의 원호를 더해 총원 40명의 파티.

전력을 아꼈거나 혹은 상대를 얕잡아보았던 것이라고 리빌라 마을 주민들은 원통해했지만 이미 엎질러진 물이었다.

어쩌면 이번 전황은 라키아 왕국군의 침공에도 원인이 있을지 모른다.

도시로 밀려든 군대 탓에 상위 파벌은 모조리 시벽 밖으로 끌려나갔다. 그 증거로 지금 이 파티에는 Lv.4 이상의 모험자가 한 명도 없었으며 Lv.3도 손으로 꼽을 정도였다. 동종업자들을 지탱하는 제2급 모험자의 분전이 전장에 필요했으므로 토끼처럼 이리저리 뛰어다녀야 하는 벨 또한 기사회생의 차지 공격 같은 것을 쓸 틈이 없었다── 따라서 강력한 중력결계를 펼치는 미코토의 '마법'도 폐쇄공간이면서 천장이 낮은 미궁 내에서는 기대할 수 없었다.

제18계층의 '리빌라 마을'에서 원군이 도달하려면, 무장 같은 것을 갖출 시간과 거리를 고려했을 때 빨라도 일각은 걸릴 것이다.

패전의 분위기가 떠돌기 시작해, 피폐해진 모험자들의 사기가 서서히 떨어져갔다.

그리고 마도사들의 제대로 된 포격이 터져나오지 않은 채, 마침내 거인을 막아내던 수비수들이 요란한 올려차기에 날아가버렸다.

『끼야아아아아아아아아아아아아아아아아아아아악?!』

"망할⋯⋯!!"

찌그러진 방패와 함께 허공으로 치솟는 수비수들을 올려다보며, 대도를 휘둘러대던 벨프가 신음소리를 냈다.

다음으로는 무기를 든 반대쪽 손을 등에 돌렸다.

대도 칼집과 함께 등에 비끄러맸던 장검. 오늘의 '소규모 원정'에서 만약의 사태와 맞닥뜨렸을 때를 위해 준비했던 '크로조의 마검'을 뽑았다.

솔직히 이름도 모르는 무뢰배들이 죽든 말든 알 바는 아니지만 이대로 거인의 공세에 밀리면 벨 일행까지 위험해진다. 오기와 동료를 저울질하지 않기로 했던 그는 투덜거리며 붉은 검을 겨누었다.

강력하기 그지없는 '마검'의 그립을 쥐고, 골라이아스를 향해 내리치려 했다.

"【——커져라 뚝딱】."

"!!"

하지만 그 직전, 아름다운 노랫소리가 벨프의 귀에 들렸다.

돌아보니 넓은 룸의 한구석, 몬스터나 모험자들의 시야 바깥쪽에서 주문을 외우는 서포터—— 하루히메의 모습이 있었다.

외투를 깊이 뒤집어써서 정체를 감춘 그녀를 어느샌가 미코토와 릴리가 에워싸고 있었다.

"【신찬을 먹어치운 이 몸. 신들께 바친 이 빛. 메에 이르러 뫼로 돌아가, 부디 그대에게 축복을】."

흠칫하는 벨프의 시선 너머에서, 옥구슬을 굴리는 듯한 목소리로 영창은 금세 마법명을 자아냈다.

"【도깨비 방망이】."

호위 위치에 있던 미코토를 금색 망치가 에워쌌다.

눈부신 부여광, '레벨 부스트'의 은혜를 입어 빛을 발하는 소녀의 몸.

대량의 빛 입자를 얻은 소녀에게 릴리가 즉시 자신의 칠흑색 외투——《골라이아스 로브》를 던져 주었다.

미코토는 하루히메와 마찬가지로 후드를 깊이 눌러쓰고 빛나는 온몸을 빠짐없이 감춘 후 달려나갔다.

"흐읍!!"

시커먼 화살이 전장을 일직선으로 종단했다.

진로 위에 존재하던 불행한 몬스터들은 단검 《지잔》의 먹이가 되어, 그녀가 휘두른 검신에 상반신을 허공으로 날렸다. 리빌라의 주민들, 그리고 몰드 일행이 지각하지도 못하는 가운데 창졸간에 소녀는 전열 수비수들을 밀쳐내고 설치려 하는 거인에게 약진했다.

그야말로 극동에 전해지는 보드게임 '장기'의 규칙 중 하나인 '승격'과도 같았다. Lv.2가 Lv.3으로 올라가면서 완벽한 복병이 되어 다른 제2급 모험자들이 지탱하던 전장을 혼자 자유로이 질주한다.

멀리 날아갔던 수비수들을 대신해 긴급대응하던 공격수들이 미끼가 되어 거인의 주의를 끈 직후, 그 틈새를 노리고 품으로 파고들었다.

빛의 입자가 주는 힘을 두 손에 모은 미코토는 단검을 칼집으로 되돌리고 은흑색으로 빛나는 장도 《코테츠》를 뽑아 들었다.

"——하아아아아아아아아아아아아아아아!!"

칼집에서 무시무시한 발도 소리가 울려 퍼지고, 육박하던 골라이아스의 발치에서 빛의 참격이 번뜩였다.

고속으로 밀려드는 미코토의 접근을 허용해버린 계층 터주는 그대로 혼신의 일격을 맞고 말았다.

『?!』

굵고 짧은 거인의 왼발이 선혈을 뿜었다.

베여 나간 회갈색 경피, 깊이 베인 거인의 혈육. 누가 보더라도 치명상이었다.

무릎에서 힘이 빠져나간 골라이아스가 휘청 균형을 잃고 지면에 굉음을 내며 쓰러졌다.

벨을 포함한 제2급 모험자나 주위의 오우카 일행이 눈을 크게 뜨는 가운데, 카타나를 든 칠흑의 후디드 로브는 화살 같은 속도로 전역을 이탈했다.

"반칙이지, 저건……."

거인을 땅에 눕힌 미코토의 참격—— 아니, 하루히메의 '레벨 부스트'에 벨프는 얼굴을 실룩거렸다. 계층 터주에게 유효타를 준 자신의 작품이 보인 강도와 예리함에 콧대를 높이기 전에 전율해버리고 말았다.

"짱이다!!"

"어디 소속이야?!"

멋들어진 일격이탈을 보인 수수께끼의 모험자에게 주위

에서 흥분 어린 목소리가 터졌다. 로브로 정체를 감춘 미코토는 그들의 시선을 받으며 다시 골라이아스에게 달려들었다. 그것은 마치 소녀가 스스로 선명한 기억을 따라가는 듯한, '질풍'과도 같은 움직임이었다.

크게 들끓는 모험자들 및 벨프의 등 뒤에서는 하루히메와 릴리가 쓸데없는 짐작의 대상이 되지 않도록 미코토의 스타트 지점에서 후다닥 황급히 도망치고 있었다.

"야, 공격수 놈들아! 쳐, 치라고ㅇㅇㅇㅇㅇㅇㅇㅇㅇㅇㅇㅇㅇㅇㅇㅇ!!"

천재일우의 기회에 두목 모험자가 이마의 혈관을 불룩거리며 고함을 질렀다.

다리를 노려 지면에 쓰러뜨린다. 대형급 및 계층 터주 공략의 정석.

지면에 쓰러져 발버둥을 치며 괴로워하는 거인의 모습에 공격수들은 입맛을 다시며 달려들었다. 대검, 해머, 배틀액스가 흉포한 은빛 광채를 끌며 골라이아스의 표피에 잇따라 꽂혔다.

그리고.

"——흐음, 소인도 한 수 거들게 해주시게."

그림자 하나가 느닷없이 전장을 달려나가 골라이아스의 오른팔을 **절단했다**.

『워어어어어어어어어어어어어어어어어어어어어어어어어어어어어억!!』

"엑……." 계층 터주 옆에 착지한 그 인물을 보고 벨프는 우뚝 몸을 멈춰버렸다.

태도를 들고 붉은 하카마를 출렁이는 흑발의 여성에게 중얼거렸다.

"츠바키……."

마치 그 목소리가 들리기라도 한 것처럼 그녀, 츠바키는 벨프를 돌아보며 씨익 웃었다.

거대한 팔이 허공으로 치솟았다가 피를 뿌리며 떨어져 다른 몬스터들을 짓이기는 가운데, 벨이며 미코토, 오우카를 포함한 모든 모험자들은 하나같이 놀랐다.

갈색 피부에 한데 묶은 장발. 방어구는 건틀릿을 비롯해 몇 군데의 라이트아머뿐. 섬나라의 의상과 한 자루의 태도도 포함해 극동의 검객을 방불케 했다.

무엇보다도 눈길을 끄는 것은 왼쪽 눈을 가린 커다란 안대였다.

"키, 【키클롭스】……."

"……Lv.5."

대장장이 신 헤파이스토스를 연상케 하는 그 모습에 모험자들이 숨을 멈추었다.

"돼, 됐다, 이젠 다 잡은 거다, 이놈들아아아아아아아!!"

스미스 파벌의 두령—— 스미스이면서 제1급 모험자의 실력을 가진 츠바키의 등장에 모험자들이 환성을 질렀다.

그것이 결정타가 되었다.

그녀의 참전에 사기는 최고조에 달해 전장을 휩쓸었다. 두목의 호령 아래, 일반 몬스터의 습격을 떨쳐낸 모험자들은 거인을 공략하고자 나섰다. 아연실색했던 벨 일행도 황급히 움직였다.

얼마 지나지 않아, Lv.5 스미스의 활약 덕에 무법자들의 파티는 계층 터주를 침묵에 빠뜨렸다.

계층 터주와의 전투를 마친 일행을 기다리고 있던 것은 추한 전리품 다툼이었다.

'몬스터렉스'의 거대한 '마석'은 물론, 드롭 아이템 '골라이아스의 송곳니'를 두고 누구나 자기 몫을 주장했던 것이다. 생각보다 많이 나타난 몬스터들의 '마석' 무더기도 분쟁의 기세에 박차를 가했다.

외야로 밀려난——임시 파티였다는 이유로 분배에 참가시켜주지 않았다——벨 일행은, 골라이아스를 물리친 후에도 출현하는 몬스터를 하급 모험자들에게 떠넘기고 경매까지 벌이기 시작한 리빌라 주민들에게 압도되거나 혹은 어이없어했지만, 억척스럽게 일반 몬스터들의 전리품을 확보해 돌아온 몰드 일행이 의기양양하게 "모험자란 원래 이런 거야"라고 말했을 때는 쓴웃음을 지었다.

보물 쟁탈전을 구경해봤자 득 될 것도 없었으니, 벨 일행은 기왕 여기까지 온 김에 제18계층까지 가보기로 했다.

풍요로운 대자연과 수정이 펼쳐진, 몬스터가 태어나지 않는 세이프티 포인트.

계층 천장에서 국화처럼 핀 흰색과 푸른색 수정이 빛을 뿜어, 지하인데도 '하늘'을 이루는 '언더 리조트'에서 벨 일행은 지친 몸의 긴장을 풀었다.

"의도하진 않았지만 18계층까지 와버리고 말았네요……."

태양처럼 빛나는 백수정의 빛을 받으며 릴리는 한쪽 눈을 감고 눈부시다는 듯 말했다.

약 한 달 반 만에 찾아온 세이프티 포인트에 벨 일행이나 【타케미카즈치 파밀리아】 멤버들은 흥분인지 감탄인지 알 수 없는 한숨을 쉬었다. 가장 최근에 컨버전한 하루히메도 굵은 여우 꼬리를 하늘하늘 흔들며 미코토나 치구사와 웃음을 나누었다. 오우카는 고향의 산자락에서 뛰어놀던 추억을 떠올리는지, 쓴웃음을 지으면서도 벨이나 일행에게 옛날로 돌아온 것 같다며 조용한 목소리로 말했다.

계층 남쪽에 펼쳐진 숲속의 냇가에서 맑은 물을 길어다목을 축이고 초원에 드러누웠다. 벨 일행이 계층 터주와싸워 지친 몸을 쉬고 있으려니, 그제야 제18계층으로 내려온 리빌라 주민들이 마을로 오지 않겠느냐고 제안했다. 그들의 말로는 격전을 함께 치른 같은 업계 동지들을 환영하고 싶다나.

분배의 '분' 자도 꺼내지 않았던 주제에 뻔뻔한 이야기지만, 사과하는 의미에서 식사와 술은 거저 제공하겠다니 욕구를 거스를 수는 없었다. 그만큼 일행은 지쳤던 것이다.

일행은 그들과 함께 계층 서쪽 호반의 거석 단애절벽 위에 세워진 '리빌라 마을'로 들어섰다.

"와아…… 이곳이 '리빌라 마을'이옵니까?"

"어, 하루히메 씨는 여기 와보는 게 처음인가요?"

"예. 이슈타르 님께 있을 때는 '원정'에 몇 번 참가해 이곳 18계층도 지나갔사오나…… 마을까지 들어간 적은 없었나이다."

'레벨 부스트'와 함께 존재가 은폐되어 최대한 남의 눈에 뜨이지 않도록 운용되었던 하루히메는 청수정과 백수정으로 장식된 촌락과도 같은 마을을 보고 흥분해 얼굴을 붉혔다. 꼬리도 귀도 쫑긋쫑긋 오르내리는 르나르 소녀의 모습에 벨도 얼굴에서 긴장을 풀고 웃음을 나누었다.

아름다운 호수와 계층 내의 절경을 어디서도 내다볼 수 있는 '리빌라 마을'은 오늘도 목조 오두막이며 천막으로 이루어진 간이 상점이 바가지 가격으로 물건들을 팔고 있었다. 던전의 지형을 이용해 동굴 안에 지은 주점에서는 술에 취한 웃음소리가 들렸다.

라키아군 침공의 영향인지 전에 왔을 때보다도 모험자들의 모습이 적은 것 같았지만, 어디선가 활달한 현악기며 관악기의 음색이 들려오는 미궁의 숙박촌은 지하의 푸른 하늘에 에워싸여 평화로운 분위기였다.

"아까는 고생 많았다, 【리틀 루키】! 정말 덕분에 살았지 뭐야!"

리빌라의 두령은 보르스라고 한다. 근골이 우락부락하며 오우카보다도 더 큰 거한 모험자다. 칠흑의 골라이아스와 맞서던 제18계층에서의 총력전 때에도 벨 일행은 그를 몇 번인가 본 적이 있었다. 너무나 흉악한 얼굴 때문에라도 인상에 강하게 남았다.

"【헤스티아 파밀리아】는 물론 '하층' 공략도 가겠지?"

"어, 네…… 그야 뭐."

"좋았어, '하층' 어택 때는 우리 마을에 들러달라고! 같은 모험자잖아?! 싸게 해줄게!"

몰드와 마찬가지로 함께 골라이아스와 싸웠던 벨 일행에게 리빌라의 두령은 비교적 우호적이었다. 힘을 인정한 모험자들도 앞으로 자주 이용해달라며 웃음을 터뜨렸다. 릴리는 소년의 어깨에 자못 친근하게 굵은 팔을 감는 뻔뻔한 사람들을 영하의 시선으로 노려보았지만.

"……그런데 【리틀 루키】, 긴히 상담할 게 좀 있다만."

"어, 네?"

어깨를 붙들려 겁먹은 웃음을 짓는 벨에게 보르스가 진지한 표정으로 속삭였다.

"너희 【파밀리아】에 그 마검 도공이 있지? 소개 좀 시켜다오!"

"――이봐, 부탁이야!! 나한테도 '마검'을 만들어줘!"

벨프는 미간에 주름을 짓고 있었다.

리빌라의 두령에게 들린 소년과는 따로 행동해 마을의 중심지, 거대한 푸른색과 흰색 쌍둥이 수정이 서 있는 광장에서 약속대로 식량 같은 것들을 제공받았을 때였다.

대도와 '마검'을 짊어진 그에게 고함을 지르는 모험자들이 쇄도했던 것이다.

"워 게임에서 봤어, 그 엄청난 '마검'!"

"너 그 유명한 '크로조' 맞지?!"

"그 가문은 저주받아서 더 이상은 '마검'을 못 만든다고 들었는데 헛소문이었던 거야?! 이거 굉장하구만!"

"돈은 얼마든지 낼게! 그러니까!!"

그의 곁에 몰려든 모험자들은 하나같이 같은 부탁을 했다.

'크로조의 마검'을 만들어달라고.

워 게임에서 보았던 전투의 광경이 '신의 거울'을 통해 온 오라리오에 흘러나가, 이제는 전설의 '마검'에 필적하는——사실상 진짜——벨프의 작품은 수많은 모험자들에게 알려졌다. 얼마 안 되는 시간 동안 두꺼운 성벽을 무너뜨려 잔해로 바꿔버렸던 강력한 '마검'을 누구나 탐냈던 것이다. 조사해보면 【헤스티아 파밀리아】에 무기를 마련해주는 것이 분명한 스미스 한 명이 있다는 사실도 쉽게 밝혀졌을 것이다.

"빌어먹을 것들……."

워 게임 이후로 이런 자들은 적잖이 있었지만…… 오늘은 한층 심했다. 모험자밖에 없는 '리빌라 마을'에 【헤스티아 파밀리아】가── 소문 자자한 마검 도공이 찾아왔다는 소식이 나돌아, 아마도 온 시내의 인간이 다 모여든 모양이었다.

눈빛을 바꾸며 '마검' 제작을 부탁하는 모험자들에게 벨프는 얼굴을 한껏 일그러뜨렸다.

"──시끄러워, 꺼져!! 난 '마검'은 절대 팔지도 않고 넘기지도 않아! 다른 놈들에게도 그렇게 전해!!"

노성을 터뜨린 벨프는 모험자들을 쫓아냈다. 애원과 빈축의 목소리가 쏟아졌지만 모두 내쳤다. 강철보다도 굳은 의지와 험악한 기세에 압도된 리빌라 주민들은 침을 뱉고 투덜거리며 떠나가버렸다.

하루히메나 치구사 같은 여성 단원들을 겁먹게 만들면서 다시 한 번 입속으로 욕설을 중얼거렸다.

"빌어먹을."

"……."

"……뭐야, 덩치. 왜 그렇게 쳐다봐."

"그냥. ……허니 클라우드, 먹겠나?"

"됐어!!"

너도 힘들겠다는 오우카의 연민 어린 눈빛과 속이 끓는 배려에 벨프는 고함을 질렀다. 겁을 먹게 만든 소녀들도 포함해 바늘방석에 앉은 것 같은 기분이 든 그는 동료들에게서 멀어져 걸어 나갔다.

평소의 맏형 같던 행동도 지금만큼은 잊어버리고 혼자 단독행동을 하고 말았다.

"벨프!"

"……벨."

그리고 시내에서도 경관이 좋은 전망대에 혼자 있으려니 벨이 찾아왔다.

인기척이 뜸한 곳에 머물던 벨프에게 백발 소년은 고개를 숙였다.

"미안해, 벨프. 리빌라 사람들이 몰려든 것 같던데…… 소개해달라는 부탁에, 거절은 했지만……."

"……네 탓이 아냐. 언젠가 이렇게 될 줄 알았어."

동료를 위해 '마검'을 휘두르기로 결심했던 그 순간부터 이번 사태는 충분히 각오했던 일이었다. 그래도 화를 내버린 것은 벨프가 미숙한 탓이었으며, 기술자 특유의 고집스러운 긍지 때문이었다.

미안해하는 벨에게 사과하지 말라고 씁쓸하게 웃으며, 눈을 감고 심호흡을 한다.

"나 원. 입만 열면 마검 마검……. 그놈들은 자존심 같은 게 없나? 모험자라면 자기 뚝심하고 칼 한 자루로 올라가 보란 말야."

"아하하……."

잔소리를 늘어놓을 정도로는 평소의 모습을 되찾은 벨

프에게 벨도 눈썹을 늘어뜨리며 웃었다.

"맞다, 검 얘기 하니 생각났는데. 단검 쪽은 쓰기 어때?"

"응, 좋아. 쓰기도 편하고, 아까 싸울 때도 많이 도움됐어."

새로 제작한 단검에 대해 묻자 벨은 검대에서 단검을 뽑았다. 왼손에 들린 무기는 나이프보다도 사정거리가 길어 견제용으로도 충분히 효과를 발휘했다. 머리 위의 수정 빛을 받아 반짝이든 검신에 벨프는 그러냐고 만족스레 고개를 끄덕였다.

그리고 둘이 웃음을 나눌 때…… 발소리를 내며 다가오는 그림자가 있었다. 둘이 나란히 돌아보고, 벨프는 눈을 크게 떴다.

"하하하. 인기 폭발이더군, 벨식이."

붉은 하카마에 대륙식 배틀클로스. 무기는 한 자루의 태도.

한데 동여맨 흑발을 출렁이는 스미스── 옛 파벌인 【헤파이스토스 파밀리아】의 두령이자, 조금 전의 계층 터주 토벌전에 갑자기 참전했던 츠바키가 다가오고 있었다.

"넌 또 뭐 하러……! 아니, 애초에 왜 여기 있는 거야?!"

"왜 이러시는가, 벨식이. 옛 동료인데 쌀쌀맞구먼. 얼마 전에도 그렇게 귀여워해줬건만."

"됐으니까 대답이나 해!"

"흐음. 우선 두 번째 질문부터 대답하지. 오랜만에 미궁에서 설치고 싶어졌거든. 그리고 첫 번째 질문은…… 그대를 놀려주러 왔다네."

"집어치워!"

씨익 웃는 츠바키에게 벨프는 진심으로 이를 가는 심정으로 대들었다.

【헤파이스토스 파밀리아】두령, 츠바키 콜브랜드.

170C나 되는 장신 때문에 휴먼으로 오해를 사기 쉽지만 극동 출신 휴먼 여성과 대륙의 드워프 남성을 부모로 둔 '하프드워프'다. 건강한 갈색 피부, 그리고 배틀클로스와 그 안에 감은 사라시를 밀어올린 커다란 가슴은 다소나마 여성적인 매력을 뿜어내고 있을 테지만 묘하게 유쾌하고 쾌할한 성격이 그런 것을 전부 지워버렸다.

Lv.5라는 제1급 모험자 수준의 실력을 가진 그녀는 벨프가 【헤파이스토스 파밀리아】에 입단했던 당초부터 무슨 일이 있을 때마다 챙겨주……었다기보다는 놀려댔다.

지금도 웃음거리로 삼은 '마검혈통'에 관심이 있는지 어린아이 취급하듯 쥐어박기도 하고 어깨에 팔을 감기도 하는 등 그녀가 집적거리는 방법은 예를 일일이 열거할 수 없을 정도였다. 옛 동료들이 자신을 두고 이따금 '단장의 장난감'이라 야유하던 것도 벨프는 알고 있었다.

예전에 결사행으로 이곳 제18계층에 도착해 【로키 파밀리아】의 신세를 졌을 때도, 그들의 '원정'에 동행했던 그녀는 자기 뒤를 쫓아왔냐고 헛소리를 지껄이며 달라붙었다. 벨프는 까놓고 말해 그런 그녀가 영 질색이었다.

그런 반면—— 츠바키는 오라리오에서 명실 공히 최고의 기술자로 인정을 받는다.

최상급 대장장이, '마스터 스미스'라는 직함을 가진 그녀에게 벨프는 기술자로서 대항심을 품었으며, 인간적으로도 대하기 어려운 부분도 있어 친숙하게 교류하지 않으려 했던 것이다.

벨프가 대놓고 얼굴을 찡그리거나 말거나, 면식이 있는 벨과 인사도 섞어가며 두세 마디를 나눈 츠바키는 다시 이쪽을 쳐다보았다.

"벨식이, 그대가 나간 후로 우리 주신님은 넋이 나가셨지 뭔가. 아주 쓸쓸해 하신다네."

"……거짓말 마."

갑작스런 말에 동요를 한껏 억누른 목소리를 내자 츠바키는 진짜라며 느긋하게 주억거렸다. 능글거리는 웃음과 함께.

그런 두 사람의 말을 듣던 벨이 의아하다는 표정을 지었다.

"어? 그게 무슨 말이에요?"

"요컨대 말일세, 둘은 서로 사랑하는 사이……인지는 모르겠지만 적어도 벨식이는 우리 주신님을 좋아한다네. 그렇지?"

"야, 관두…… 내가 알 게 뭐야?!"

능글거리는 츠바키에게 벨프는 마침내 거친 고함을 질

렀다. 슬쩍 얼굴까지 붉히며 벨에게 이상한 소리 하지 말라고 동요를 터뜨려댔다. 정작 벨은 어떤가 하면 처음 보는 벨프의 표정에, 그리고 순수한 존경과는 다른 감정을 여신에게 품었다는 사실에 아연실색한 모양이었다.

"젠장."

소년의 시선을 견디지 못하고 벨프는 뜨거워진 뺨을 한 손으로 붙들었다.

적당히 좀 하라는 그의 비난 섞인 시선에 재미난다는 듯 큭큭 어깨를 흔들던 츠바키는── 갑자기 분위기를 바꾸었다.

"그래── 우리 주신님에게는 어떤 스미스도 반해버리지."

얼굴의 안대와는 반대쪽, 붉은 오른쪽 눈을 가늘게 뜬다.

"신으로서도, 여자로서도……. 아울러 기술에도."

벨과 함께 놀라는 벨프에게, 츠바키는 말을 이었다.

"벨프, 조금 전에 싸울 때는 어째서 냉큼 '마검'을 뽑지 않았는가? 어째서 '마검' 제작을 거부하는가?"

"너, 처음부터……!!"

"그대는 아직도 '마검'을 치고 싶지 않다는 헛소리를 지껄이나?"

제17계층의 전투 때부터 자신을 지켜보았던 것 같은 발언에 벨프가 대들려 했지만, 츠바키는 이제 싸늘해진 목소리로 물을 뿐 대꾸하려 들지 않았다. 그를 놀리던 한 마디

한 마디는 이제 힐문으로 바뀌었다.

"재능이 됐든 '핏줄'이 됐든, 있는 것을 모조리 쏟아붓지 않고서는 우리는 지고의 무기에 이를 수 없네. 그대가 반했던 '괴물'의 영역 따위 헛된 꿈이지."

냉랭한 여성 스미스의 박력에 벨이 흠칫 숨을 멈추는 가운데, 벨프의 머리로 확 피가 솟구쳤다.

모든 스미스가 애타게 바라는 지고의 무구—— 여신 헤파이스토스가 보여준 '신의 영역'에 이르고 싶다면 그 저주받은 혈통조차 이용하라는 츠바키의 말에 강렬한 반발심을 드러냈다.

"멋대로 내 한계를 결정짓지 마!! 난 '마검'으로 지고에 도달하겠다는 생각은 털끝만큼도 한 적 없어! 난 '마검'이 싫단 말이다!!"

"......."

"나는 내 방식대로 그분의 영역을 추구하고 말겠어!"

'마검'을 한사코 기피하며 자신을 관철하려는 벨프에게 츠바키는 한껏 오른쪽 눈을 가늘게 떴다.

그리고 벨에게 눈을 돌리더니—— 순식간에 눈앞까지 육박했다.

눈으로 따라갈 수도 없어 뻣뻣이 서 있었던 벨프, 느닷없이 다가온 그녀에게 호흡을 빼앗긴 벨.

허리에 찬 칼집과 태도의 자루에 손을 대는 츠바키에게—— 바늘처럼 가느다란 살기에, 소년의 몸은 반사적으로 움직여 여전히 왼손에 들고 있던 단검을 쳐들었다.

지체하지 않고 칼집에서 뽑혀나간 츠바키의 태도가 단검에 명중해 검신을 꺾어버렸다.

"_____"

둔중한 소리를 내며 부서져나가는 자신의 작품을 보고, 벨프의 시간이 멈춰버렸다.

벤 것이 아니라, **부러뜨렸다.**

단순한 휘두르기. 공격 자체에 '기술' 따위 쓰지 않았으며, 충돌한 검신과 검신의 강도로, 무기로서의 우열로 부순 것이다.

은색 파편을 흩뿌리며 지면에서 굴러가는 단검에 벨은 할 말을 잃고, 벨프는 그대로 서 있었다.

그들을 내버려둔 채 무기를 파괴한 츠바키는 담담히 말했다.

"뭔가, 이 잡검은?"

푸른 미궁의 하늘, 평화로운 리빌라의 풍경.

그런 것들에서 통째로 격리된 것처럼, 스미스의 정점에 선 기술자는 싸늘한 목소리를 울렸다.

"'내 방식대로 하겠다'? 바보놈. 정점의 윤곽조차 보지 못한 채 수명을 다할 게다."

"……큭?!"

"하이 스미스가 되어 무언가 착각이라도 한 겐가?"

그녀의 말은 눈앞에 현실을 들이대며 벨프의 가슴을 후

벼팠다.

자만에 빠진 것은 아니었다. 그러나 마음 어디선가 품고 있었던 하이 스미스에 대한 달성감과 자신감에 자신도 모르게 '도취'를 느꼈던 것도 부정할 수는 없다.

그녀의 오른쪽 눈은 책망하듯 벨프를 노려보았다.

"이 정도 무기를 칠 줄 아는 자는 썩어 넘쳐날 정도로 있네."

그리고 츠바키는 마치 화를 내듯 말을 들이댔다.

"자신의 적성을 제대로 가늠하시게, 벨프 크로조."

그것은 어쩌면, 충고인 것 같기도 했다.

이윽고 그녀는 등을 돌리고, 한데 묶은 흑발을 출렁이며.

꼼짝도 못하는 벨프와 벨에게서 멀어져갔다.

"망가뜨린 무기는 나중에 변상하지."

돌아보지도 않고 그 말만을 남긴 채 떠나갔다.

벨프는 아직도 움직이지 못했다. 그저 부서진 채 지면에 떨어진 자신의 단검을 내려다보고만 있었다.

"베, 벨프……."

소년의 말도 지금만큼은 들리지 않았다.

이제까지 수없이 맛보고 넘어섰던 좌절, 그런 것들조차 우습게 여겨질 만한 충격에 휩쓸려 벨프는 실의의 밑바닥으로 가라앉았다.

천장의 수정에서 빛이 사라진 제18계층의 '밤'.

　벨 일행은 '리빌라 마을'에서 숙박하기로 했다.

　계층 터주와의 전투에서 무기도 아이템도 소모했던 그들은 만전을 기해——사실 정신력도 바닥을 쳤으므로——몬스터가 활개 치는 미궁 구석이나 제18계층의 숲 같은 곳에서는 캠핑하기가 저어됐던 것이다. 원래의 목적이었던 '소규모 원정'은 중지되어 그들은 숙소를 찾아다녔다.

　야영 장비는 쓸모가 없어졌다고 투덜거리던 릴리가 여러 후보 중에서 선택한 것은 어떤 동굴에 지어진 숙소였다.

　모험자들의 약점을 이용해 모든 물가를 비싸게 부르는 이 마을에서 그 여관만은 파격적이라 해도 좋을 정도로 값이 쌌다. 내부도 보아하니 별 문제는 없었고, 오히려 라이거 팽의 모피로 만든 융단이며 촛대 형태의 마석등, 침대까지도 개인실마다 완비되어 있었다. 틀림없이 마을 내에서도 고급에 속하는 부류일 것이다.

　그럼에도 왜 숙박비가 싼가 하면——

　"……듣자하니, 예전에 모험자가 무참한 주검으로 발견되었던 사연이 있는 여관이라고 해요……."

　"괘, 괜찮은 것이옵니까?!"

　"리, 릴리 공, 다른 여관으로 바꾸는 편이……!!"

"아뇨, 안 돼요. 다른 여관은 너무 비싸요. 사연이 있든 말든 싼 게 최고예요. 네, 그렇고말고요. 죽은 모험자의 귀신이니 저주 따위는 존재하지 않아요……!"

──처참한 사건으로 손님이 찾아오지 않게 된 것이 원인이었다.

겁을 먹은 하루히메, 미코토, 치구사 같은 사람들이 이의를 제기했지만 수전노 파룸에게 모조리 기각당했다. 불안을 억누르며 릴리가 숙박을 단행하자 여관 주인인 수인은 오랜만에 찾아온 손님에 눈물을 흘리며 기뻐했다.

주인의 호의로 가볍게나마 식사와 술까지 제공된 후한 대접을 받은 후 일행은 잠자리에 들었다. 당연히 남녀는 따로 나뉘었으며, 그중에서도 여성진은 한 방에 모여 공포를 얼버무리고자 침대 위에서 몸을 맞대고 잠들었다.

시내 곳곳에 있는 여관에서 빛이 사라져간다.

주점의 소란을 남긴 채, 미궁의 숙박촌은 푸르스름한 어둠에 휩싸였다.

"……."

혼자 여관을 빠져나온 벨프는 '낮'에 왔던 마을 전망대에 있었다.

난간 너머로 내다보이는 것은 푸른 어둠에 휩싸인 채 수정의 광채를 띤 마을의 풍경, 그리고 제18계층의 환상적인 경치였다. 섬을 에워싼 호수는 수정의 빛을 반사해 별의 바다처럼 빛났다.

지상에서는 볼 수 없는 광경을 그저 눈으로만 바라보던 벨프는, 천천히 그쪽을 돌아보았다.

여관을 빠져나가는 그를 알아차리고 쫓아온 벨이 계단을 올라 이곳 전망대로 다가왔다.

"무슨 일이냐, 벨?"

벨프는 슬며시 웃음을 지었다.

"벨프…… 저기."

"……."

"나는, 그때부터…… 지금도, 벨프의 무기가……."

소년은 입을 열었다가는 다물고, 필사적으로 무언가를 전하려 했지만.

이쪽을 바라보는 벨프의 눈에, 결국 루벨라이트색 눈을 내리깔고 입을 다물었다.

청년의 마음을 이해한 것처럼, 자기 자신에게도 경험이 있는 것처럼, 위로가 될 수도 있는 말을 내팽개쳤다.

그는 시선을 좌우로 이리저리 돌린 후, 벨프의 곁으로 다가왔다.

둘이 나란히, 아무 말도 하지 않고, 멀리 주점에서 들려오는 소소한 웃음소리를 들으며 리빌라의 경치를 바라보았다.

벨프의 검이 덧없이 부서져나갔던 이 장소에서.

"……야, 벨. 헤스티아 님 나이프 좀 빌려줘볼래?"

"어?"

"부탁이야."

벨프는 천천히 입을 열고 벨에게 애원했다.

곁에 서 있던 소년은 잠시 후 고개를 끄덕이고, 허리에서 칠흑의 나이프를 꺼내들었다.

그가 내민 《헤스티아 나이프》를 벨프가 받았다.

"아아, 망할…… 역시, 굉장하구만…….."

칼집에서 뽑아, 【히에로글리프】가 새겨진 검신을 내려다보며 감동과 분함, 안타까움이 뒤섞인 표정을 지었다.

처음 보았을 때부터 충격에 휩싸였던 신의 칼날.

벨의 손에서 떨어지면 금세 검신이 죽어버려 벨프를 몇 번이나 당혹케 했지만, 헤파이스토스의 작품임을 안 지금은 이해할 수 있었다.

이 무기의 진가를. 여기에 담긴 신의 기술을. 하염없이 높은 경지를.

나이프를 내려다보며 웃는 벨프의 얼굴에는 대장장이 신에 대한 경외가 드러났다.

"……【헤파이스토스 파밀리아】에 들어간 스미스들은, 어떤 의식을 치르게 돼."

"……의식?"

"그래. 예외 없이, 한 사람씩."

칠흑의 나이프를 돌려주며 벨프는 자신의 원점을 회고하듯 헤파이스토스와의 만남을 벨에게 들려주기 시작했다.

태어난 가문을, 라키아 왕국을 뛰쳐나와 여러 나라를 전전할 무렵이었다.

검을 만드는 어떤 도시의 대장장이에게 쳐들어가 수습 기술자가 되어 기거하며 일하고 있을 때, 우연히 가게를 찾아온 헤파이스토스의 눈에 들었다.

그리고 그녀의 제안을 받아들인 후, 어떤 방에 혼자 들어가 【파밀리아】 입단 의식을 치렀다.

"칼 한 자루를 보여주는 거야. 그리고 입단할지 말지를 결정해."

방 안에 단둘만 남아, 헤파이스토스는 말했다고 한다.

『**아니다** 싶으면 다른 파벌로 가렴.』

그리고 문을 열고, 가장 깊은 곳에 있는 방으로 들어가, 그것을 본다.

좌대 위에 장식된 한 자루의 검.

그 무구를 본 순간, 벨프의 몸에 전류가 내달렸다.

"——떨었어. 인간은, 대장장이는 이 정도 무기를 만들 수 있구나, 하고."

헤파이스토스가 직접 만든 검을 보고 벨프는 전율했던 것이다.

'아르카넘'은 물론이고 특별한 힘 따위 전혀 가지지 않은 여신이 만들어낸, 순수하면서도 극한의 기술이 담긴 집적체.

인간과 같은 능력만으로 만들어낸 시초의 검. 하계 사람의 한 가지 도달점.

그야말로 신업(神業)으로 만들어낸, 지고에 통하는 작품이었다고 한다.

"그건 궁극의 한 형태였어. 아무런 힘도 없는, 인간이 도달할 수 있는 가능성이야."

소년을 보지 않은 채 정면에 펼쳐진 시내의 광경으로 시선을 보내는 벨프의 말이 열기를 띠기 시작했다.

지금도 선명히 떠올릴 수 있는 당시의 광경에 자신도 모르게 웃음을 짓고 있었다.

"나는 그걸 넘어서는 무기를 만들고 싶어."

가슴 높이까지 든 오른손을 굳게 쥔다.

그 검을 본 사람은 누구나 헤파이스토스에게 반해, 그녀의 밑에서 실력을 갈고 닦으며 절차탁마한다. 위대한 신에게 손을 내밀려 한다. 넘어서고 싶다고, 지고의 영역 그 너머를 몽상한다.

그것은 상상을 초월하는 험한 길이다.

말하자면 아이즈 발렌슈타인을 쫓아가는 벨의 여정보다도 아득히 어려운 것.

소년이 【검희】── 모험자의 최고봉을 목표로 삼았다면, 벨프가 목표로 삼은 것은 바로 '신의 영역'이기 때문이다.

너무나도 무모하고, 또한 끝없이 높은 경지였다.

벨이 놀라움을 드러내는 동안 야망을 모두 털어놓은 벨

프는 자신의 주먹을 내려다보았다.

"……만들어보고 싶다고, 생각했는데 말이지."

그리고 그 얼굴에 그늘이 드리워졌다.

──있는 것을 모조리 쏟아붓지 않고서는 우리는 지고의 무기에 이를 수 없네.

──그대가 반했던 '괴물'의 영역 따위 헛된 꿈이지.

마스터 스미스에게 톡톡히 깨달았던 자신의 역량.

뭇 스미스의 정점에 군림하는 그녀조차 괴물이라 부르는 헤파이스토스의 영역.

목표가 하염없이 먼 곳에 있음은 알았다. 알고 있었다.

다만 오늘, 통감하고 말았다. 자신의 부족함과 함께.

기껏해야 일개 스미스에 불과한 자신이 신에게 도전하다니, 헛된 꿈이었단 말인가. 황당무계했단 말인가.

츠바키의 말대로, 기피해야 할 자신의 핏줄까지 쓰지 않고서는 건드릴 수조차 없단 말인가.

마검 도공이 아니고서는── 자신은 헤파이스토스의 곁에 도달할 수 없단 말인가.

"나는……."

소년이 지켜보는 가운데, 벨프는 미궁의 푸른 밤하늘을 올려다보았다.

🔥

이튿날.

【헤스티아 파밀리아】와 【타케미카즈치 파밀리아】는 제 18계층에서 귀환했다.

계층 터주와 전투하며 입은 손실, 그리고 리빌라 마을에서의 지출을 메우기 위해 탐색을 하면서 '중층'을 나아가, 지상에 도달했을 무렵에는 오라리오가 저녁놀에 휩싸여 있었다.

환전을 하러 가는 사람, 주신들에게 귀환 보고를 하러 가는 사람 등 센트럴 파크에서 각자 따로 행동을 하는 가운데, 벨프는 혼자 꼭두서니색으로 물든 시내를 걷고 있었다.

길은 어디나 붐볐다. 미궁에서 돌아온 모험자들이 벌써부터 술잔을 기울이면서 오늘의 무용담을 점원이나 다른 손님들에게 들려준다. 악기를 두 손에 든 음유시인이 활달한 선율을 자아내고, 그 노랫소리에 맞춰 춤을 추듯 주점 아가씨들이 손님을 끌고 웃음을 뿌린다.

북적거리는 길을 벨프는 말없이 지나갔다. 길 가장자리를 걷는 그에게 말을 거는 자는 없었으며, 아무도 알아보지 못한 것 같았다.

그 후 츠바키는 더 이상 벨프 앞에 나타나지 않았다.

그러나 그녀의 말은 귓전과 마음에 남아, 정신을 놓으면 번뇌의 소용돌이 속으로 끌려들어 갈 것 같았다.

"빌어먹을."

벨프는 고개를 가로저었다. 어젯밤부터 이어진 자신에

대한 문답의 수렁에서 빠져나올 수가 없었다.

결국 자신이 선택해야 할 대답 따위 하나밖에 없는데도.

짜증을 드러낸 채, 금세 의기소침한 표정으로 발치를 내려다본다. 걸음에 맞춰 시야의 포석이 움직인다.

그리고 서쪽 햇살에 키나가시를 받으며 나아가고 있으려니.

『──벨프.』

믿을 수 없는 목소리를 들었다.

"_____"

우뚝 걸음을 멈춘 벨프는 눈을 한껏 크게 뜨고 고개를 홱 들었다.

한순간 자신의 머리가 어떻게 된 것이 아닐까 생각했으며, 환청인가 의심했다. 목소리가 들려온 뒷골목을 쳐다보니 어스름에 뒤덮인 어두운 길 안쪽에 그림자가 서 있었다.

굳어버린 벨프를 놓아둔 채, 그림자는 까만 외투를 나부끼며 길 안쪽으로 들어갔다. 마치 이쪽을 유인하듯.

벨프는 두말 않고 쫓아갔다.

'이게 뭐야. 장난하나. 어떻게──'

가늘고 좁은 뒷골목을 달려나간다.

머릿속에서 수많은 의문이 떠올랐다가 터져 벨프를 혼란으로 몰아붙였다.

어떻게 저 남자가 여기 있느냐고.

빨라지는 심장. 가슴을 두드리는 고동 소리가 시끄러웠다. 여유를 잊은 채 벨프가 전방에 있는 외투를 계속 쫓아가자, 이윽고 그림자는 조용히 멈춰 섰다.

뒷골목에서도 가장 후미진 곳. 어둡고, 쓰레기가 어질러졌으며, 대로의 소란은 멀리서만 들려왔다.

전혀 인기척이 없는 좁은 길모퉁이에서, 그림자는 돌아서더니 머리에 썼던 후드를 벗었다.

"오랜만이구나…… 벨프."

나이가 들어 보이기도 하는 중년 사내. 실제 나이를 착각할 만큼 주름이 많았다. 남자치고는 긴 갈색 머리를 한데 묶었으며, 두 눈은 오랜 고생이 응어리진 것처럼 패기도 힘도 없었다.

미래의 거울을 보는 듯, 그야말로 자신이 늙은 것 같은 용모를 가진 휴먼에게 벨프는 목소리를 쥐어짜냈다.

"아버지……?!"

눈앞의 인물은 바로 벨프와 피가 이어진 친아버지였다.

빌 크로조.

7년 전, 벨프가 스스로 절연하고 과거의 기억이 되었어야 할 사내.

라키아 왕국에 속한, 몰락한 크로조의 현재 당주였다.

"어떻게…… 왜 당신이 여기 있는 거야?!"

"설명이 필요하겠느냐, 이 탕아 같으니."

동요를 억누르지 못해 저도 모르게 외친 벨프를, 빌은

힘없는 두 눈으로 바라보았다.

질끈 이를 악물었다.

그의 말대로 생각할 필요조차 없었다. 단순명쾌한 해답이 이 도시에, 시벽 밖에 굴러다니고 있다.

지금도 도시의 파벌 연합이 맞서 싸우고 있을 3만 군세.

서쪽에서 찾아온, 눈앞의 사내가 속한 왕권신수의 군국.

라키아 왕국의 침공과 함께 이곳 미궁도시에 침입한 것으로 여겨지는 빌을 보며, 벨프의 머릿속이 타들어가는 듯한 열기를 띠었다.

'설마······?!'

도시에 침입한 빌의 동기는, 그가 자신의 눈앞에 나타난 목적은, 애초에 이번 라키아 왕국의 출병은——

초조함과도 같은 벨프의 예측을 긍정하듯, 그의 친아버지는 말을 건넸다.

"벨프. 우리를 위해 마검을 만들어라."

"······!!"

"왕국이, 아레스 님께서 네 '마검'을 인정하셨다. 쓸데없는 신들의 유희에 썼던 일족의 힘을 말이다."

신들의 유희—— 워 게임.

도시나 리빌라의 모험자들과 마찬가지로, 워 게임에서 드러났던 '마검'의 존재를 라키아 왕국 또한 알았던 것이다. 그리고 강력한 힘을 가진 벨프의, '크로조의 마검'을 획득하기 위해 주신 아레스가 이끄는 라키아 왕국이 나섰다.

"지금도 계속되는 전쟁의 진짜 목적은 다른 것이 아니라, 바로 너다."

그가 눈앞에 들이댄 사실에 벨프는 말을 잃었다. 전율과 충격이 온몸을 휩쓸었다.

그 '마검'의 힘 덕에 불패신화라고까지 일컬어졌던 과거의 영예를 되찾고자, 라키아 왕국은 벨프를 노리고 오라리오로 쳐들어왔단 말인가.

'크로조의 마검'에 대한 왕국의 집착, 집념에 벨프는 굳어버렸다.

"물론 오라리오와의 전쟁 준비는 예전부터 추진하던 것이었다. 그러나 워 게임 소식이 들려와, 아레스 님과 왕은 급거 전략의 내용을 변경하셨지."

"큭……!"

"그리고 내가 너를 설득하러 찾아온 거다. ……나와 함께 가자, 벨프. '크로조의 마검'을 만들 수 있는 네가 돌아간다면 라키아 왕국의 영광은 되살아날 게다."

전쟁을 좋아하는 주신인 만큼 벨프만이 목적은 아니었을 것이다.

그러나 '마검'을 위해 만 단위의 병력을 동원하고 이처럼 거창한 작전을 실행한 라키아 왕국과 눈앞의 사내에게.

'이것들 정신이 나갔나?'

벨프는 어금니를 악물며 속으로 내뱉었다.

이미 도시 내 중견 세력의 단원이 되었으며 전력유출을 꺼리는 길드의 눈을 피해 벨프를 스카우트하기란——— 저 거대한 시벽을 넘기란 지극히 어려운 일이다. 용케 벨프와 접촉할 수 있었다 해도 상식을 초월하는 전투력을 자랑하는 모험자들이 앞을 가로막을 것이다.

3만이나 되는 병사를 끌고 와 전쟁을 벌여, 도시의 강대한 전력을 끌어들인 채 아직까지 싸움을 이어나가는 이유는 아마도 벨프를 오라리오에서 데리고 나갈 때까지 시간을 끌기 위해.

그렇게까지 해서, 라키아는 잃어버린 '마검'의 힘을 되찾으려 한다.

"웃기지 마!! 누가 따라간대?! 나는 이미 일족하고도 왕국하고도 연을 끊었어! 당신이 하는 말을 들을 이유는 없다고!!"

"어리석은 놈. 아비가 자비를 베풀어 조용히 끝내주겠다고 하건만……."

아버지와 자식은 험악한 시선을 나누었다.

긴장으로 팽팽해진 분위기와 빌의 불온한 발언에, 벨프는 입가를 틀어올리고 등에 짊어진 대도 자루에 손을 뻗었다.

"지금 당장 나를 힘으로 납치해 가시겠다?"

주위에 여러 사람의 기척이 숨을 죽이고 있음을 벨프는 이미 눈치채고 있었다. 건물 뒤나 어두운 골목 안으로 시선을 보내며 빌에게 도전적인 미소를 보냈다.

"이런 후미진 곳이라도 사람들이 달려올 만큼 신나게 발버둥을 쳐주지. 여긴 오라리오야. 한번 들켰다간 도망치지 못해."

벨프는 Lv.2다. 도시 밖이나 라키아의 기준에서 보자면 틀림없는 강자이며, 절대 호락호락하지 않다. 길드의 눈을 피해 침입할 수 있었던 것 자체는 놀랍지만 도시에 숨어들어온 인원은 소수일 것이다. 숫자로 밀어붙이기도 힘들 터.

오히려 상대를 쓰러뜨릴 기개로 대도를 뽑으려 하는 벨프에게, 빌은 표정 하나 바꾸지 않고 말했다.

"네가 함께 가지 않겠다면── 도시에 침입한 동지가 '마검'으로 시내에 불을 지르게 되어 있다. 물론 '크로조'의 마검으로 말이다."

"──────"

검신을 뽑던 손이 우뚝 멈추었다.

벨프는 눈에 경악을 담고, 다음으로는 입을 벌리며 외치고 있었다.

"거짓말 하지 마!! 왕국에 '크로조의 마검'은 남지 않았을 텐데?!"

"아니, 존재한다. '정령'에게 저주를 받았을 때 파괴를 면했던 50자루가."

일족의 말단이었던 네가 모르는 것도 무리는 아니라며, 빌은 그제야 처음으로 웃음을 지었다.

옛날, 라키아의 진군에 따라 거듭되는 승리와 파괴를 가져온 '크로조의 마검'은 전장 부근의 자연──샘이나 산, 엘프의 숲까지도──을 모조리 초토화시켰다. 그리고 엘프와 마찬가지로 터전을 잃은 '정령'의 분노를 사, 라키아 왕국의 '마검'은 그녀들의 힘에 산산이 박살이 났다. 제조에 관여한 일족의 대장장이들도 저주를 받아, 오늘날에는 '마검'을 만들 수 있는 사람은 벨프밖에 남지 않았다.

하지만 빌은 그런 '정령'의 저주를 면한 '마검'이 있다고 단언했다.

"왕국에 남은 선조의 '마검'을 잃을까 봐 쓰고 있지 않았다만⋯⋯."

여전히 웃음을 머금은 그는 한 손을 외투의 허리춤으로 돌리더니, 그것을 뽑아 들었다.

"그 증거로, 봐라."

"──?!"

아버지의 손에 들린 것은 검 형태의 '마검'이었다.

그 날카롭고 선명한 붉은 검신에 벨프는 경악했다. 그의 몸속에 흐르는 피가 술렁여, 저것이 틀림없는 '크로조의 마검'이라고 알려주었다.

"남은 '마검'은 동지들이 가지고 있다. 내가 신호를 보내거나, 혹은 돌아오지 않는다면 이 오라리오 곳곳에서 그 힘이 해방될 것이다."

온 도시에서 '크로조의 마검'이 사용된다── 그것은 대

파괴를 가져온다는 것과 같은 뜻이다.

불타버린 엘프의 숲이나 '정령'의 터전과 마찬가지로, 평화로운 시내는 불바다가 되고 건물은 폐허로 변한다. 그에 따라 헤아릴 수도 없는 일반인의 목숨이 위험에 빠질 것이다.

상황을 이해하고 굳어버린 친아들의 얼굴을 보며 빌은 눈을 가늘게 떴다.

"네가 우리에게 온다면 아무 문제도 없어. 아무 문제도 말이다."

그리고 이제까지 담담한 언동을 보이던 사내의 얼굴에 기분 나쁜 웃음이 떠올랐다.

그간 억눌렀던 희열을 발산시키듯 그는 역설하기 시작했다.

"벨프, 너만 오면 우리 왕국은 다시 흥할 수 있다!! 우리 '크로조' 또한 다시 영화의 극치를 누릴 수 있지!! 부도, 지위도, 명예도 말이다!!"

"……큭!!"

"아레스 님은 약속해주셨다. 왕국에 너와 '마검'이 온다면 일족을 다시 일으켜주시겠다고!! 찬란하던 일족의 영광이 되살아난단 말이다!! '크로조'의 비원이 이루어지는 거다. 아니, 내가 이루고 말 테다!!"

눈을 빛내고 한데 묶은 머리를 마구 흔들며 빌은 감정이 떠미는 대로 말을 이어나갔다.

패기 없던 눈동자에 모종의 광기를, 상궤를 벗어난 이글거리는 빛을 맺으며.

일족의 망집에 사로잡힌 사내의 모습에, 이때 벨프는 분명 압도되고 말았다.

얼굴에 새겨진 무수한 주름을 일그러뜨리며 빌은 웃었다.

"오라리오에서 탈출할 준비는 오늘 밤에 갖출 거다. 지금 네가 가진 '마검'을 모두 들고 자정에 도시 남서쪽, 변두리의 창고로 오거라……. 누군가에게 발설했다간, 알고 있겠지?"

빌은 눈앞의 아들을 향해 지시를 남기고 떠나갔다.

그에 따라 주위의 기척도 멀어져갔지만, 마치 감시하듯 떨어지지 않은 채 거리를 유지했다.

뻣뻣이 선 벨프는 어둠 속으로 모습을 감춘 아버지의 모습에 꽉 쥔 주먹을 부르르 떨었다.

홈으로 돌아간 벨프는 벨과 동료들에게 양해를 구하고 '공방'으로 돌아갔다.

일단 평정을 가장했지만 자신은 없었다.

헤스티아와 맞닥뜨려 무언가를 숨긴다는 사실을 간파당하고 싶지는 않았다.

뒤뜰에 세워진 오두막 안에서 홀로 얼굴에 붉은 빛을 받으며, 벨프는 불을 넣은 화로를 가만히 바라보았다. 좌대에 앉아 꼼짝도 하지 않고 의연히.

타오르는 불이 일렁일 때마다 생각이 돌고 돌았다.

불꽃의 광채를 앞에 두고, 아버지의 재회에 이끌려 나온 것처럼, 녹슬었던 추억이 되살아난다.

──쇠의 목소리를 들어라, 쇠의 울림에 귀를 기울여라, 메에 마음을 실어라.

정신이 들고 보니 벨프는 해머를 들어 쇠를 두드리고 있었다.

까앙, 까앙 소리를 내며 불꽃을 흩뿌린다. 쇠의 말에 자신의 목소리가 겹쳐지고, 흐트러졌던 마음이 잔잔해져가는 것을 알 수 있었다.

파직파직 화로의 불꽃이 소리를 내고, 꽉 닫힌 덧문밖에서 어둠이 짙어져간다.

그리고 출발 시각 직전, 한 자루의 검이 완성되었다.

'마검'도 무엇도 아닌, 투명한 광택이 깃든 은빛 검. 이제까지 만든 적이 없었던 맨 칼날.

벨프는 자신의 얼굴을 반사시키는, 마치 거울 같은 광채를 띤 무기를 가만히 바라보다가 모루 위에 놓았다. 그리고는 몇 자루나 되는 다른 무기를 천에 감싸 공방을 나섰다.

시간은 생각보다 빨리 지나갔다.

머리 위에는 이미 별이 가득 펼쳐졌으며, 고개를 들어보니 저택의 창문에서는 빛이 모두 꺼진 후였다.

벨프는 자신의 홈을 잠시 바라본 후, 뒷문을 통해 밖으로 나갔다.

약속한 시각이 다가왔다. 잠자코 길을 나아가, 벨프는 도시 변두리 쪽으로 향했다.

그리고 그때였다.

"앗…… 벨?!"

뒤에서 다가오는 기척에 흠칫 돌아보니, 그곳에는 백발 소년이 있었다.

마석 가로등 빛을 받으며 눈앞에 나타난 벨은 말하기 민망한 듯 어물거리더니, 중얼거렸다.

"벨프가, 마음에 걸려서…… 걱정이 돼서."

저택에서 스쳐 지나가면서, 벨은 청년의 분위기가 이상하다는 것을 혼자 알아차렸던 것이다.

홈을 빠져나오는 자신의 뒤를 따라온 소년에게 아연실색한 벨프는…… 미소를 지었다.

이게 몇 번째람.

제18계층에서 자신의 뒤를 총총 따라오던 외로움쟁이 토끼 같은 소년에게 따뜻한 감정이 솟아났다.

오른손을 내밀어 그의 백발을 마구 헤집어주었다.

눈을 껌뻑거리는 벨에게, 벨프는 활짝 웃었다.

그 표정을 보고 벨의 얼굴에도 웃음이 떠올랐다.

혼자서만 품으려 했던 벨프는, 오늘 저녁에 있었던 일을 동료 소년에게 모두 털어놓았다.

"라, 라키아가?! 아니 그보다도, 벨프의 아버지⋯⋯?!"

"그래. 그 나라는 정말 '크로조의 마검'을 좋아하나 봐."

길을 걸으며 설명을 들은 벨은 크게 동요했다.

벨프는 자신을 감시하는 밀정의 기척을 계속 느꼈지만 어차피 아무 짓도 못 할 거라고 예측했다. 어쩌면 벨 한 사람이라면 섣부른 짓은 못 할 거라고 눈을 감아주고 있는지도 모른다.

"⋯⋯벨프는, 어떻게 할 거야?"

당황하면서, 심각한 표정으로 벨은 그를 올려다보았다.

요구를 받아들여 도시를 떠나버리는 것 아닌가 두려워하는 소년에게 벨프는 웃음을 지어주었다.

"널⋯⋯ 너희를 놔두고 내가 어딜 가겠냐. 걱정하지 마."

자기에게 전부 맡겨달라고, 벨프는 벨에게 말했다.

한껏 긴장했던 마음이 소년 덕에 가벼워진 것을 느끼며, 한밤의 길을 나아가 목적지로 향했다.

지정된 도시 남서쪽, 도시 변두리의 창고지대는 교역소 안에 있었다.

육로나 해로를 통해 실려온 다른 나라나 지역의 물건이 이곳 남서쪽 지구에 한번 도착했다가, 거래를 튼 상회나 상인들의 손에 의해 온 오라리오로 유통되는 것이다. 도시 주민들이 직접 찾아와 진귀한 외국의 물건들을 구입하는 경우도 많다.

벨프와 벨은 크고 작은 다양한 창고가 다수 존재하는 일대로 발을 들였다. 점점이 보이는 마석등 불빛이 그물눈 형태의 길을 전부 비춰주지는 못해 어스름해지는 곳도 있고, 그늘이나 사각도 많다. 우뚝 솟은 거대한 시벽은 이제 매우 가까운 곳에 있었다.

이윽고 주위에서 이쪽을 감시하던 밀정 하나가 전방에 나타나더니, 따라오라는 양 외투를 펄럭였다. 꼴깍 목을 울리는 벨을 옆에 데리고 벨프는 뒤를 따랐다.

인기척이 없는 길을 나아가기를 한동안, 직사각형을 그리는 낡은 창고 하나로 안내를 받았다.

"──혼자 오라고 했을 텐데, 벨프."

"나도 모르는 사이에 멋대로 따라온 거야. 어쩔 수 없잖아."

벽면 높은 곳의 창유리에서 달빛이 스며드는 창고 중앙에 빌 크로조가 서 있었다.

눈살을 찡그리는 그에게 벨프는 벨의 머리를 오른손으로 잡고 이리저리 흔들었다.

"으아, 왜 그래?!"

얼굴을 붉히는 소년과 친아들의 모습을 보고, 빌은 됐다며 짐짓 웃음을 지었다.

"기껏 같이 왔지만 그 소년과는 이곳에서 작별해야겠다."

허리에서 '마검'을 꺼내는 빌의 움직임에 맞춰 주위에서 속속 사람의 모습이 나타났다.

그 수는 대략 50. 생각했던 것보다도 훨씬 많다.

그 인원에 동요하는 벨을 옆에 두고 벨프는 얼굴을 딱딱하게 굳혔다.

"오라리오로는 어떻게 들어온 거야? 도시의 검문은 어떻게 하고?"

"관리기구인 길드가 있다지만 미궁도시도 반석처럼 일치단결한 건 아니거든. 상회도 있고, 【파밀리아】도 있고, 샛길은 얼마든지 존재해."

내통자의 존재를 내비치는 빌. 길드의 경비체계는 구멍투성이냐고 벨프는 투덜거렸다.

푸른 달빛을 받는 빌의 동료들——【아레스 파밀리아】의 병사들은 모두 로브며 망토를 착용해 마치 여행자처럼 꾸며 정체를 숨기고 있었다. 품에서 나이프와 단검을 꺼내 장비하더니, 벨과 벨프를 에워싼 포위망을 서서히 좁혀나갔다.

"자, 아들아. 나와 함께 가자꾸나!!"

자세를 잡은 벨프와 벨에게 빌은 찢어지는 웃음소리를 냈다.

그 직후.

창고의 어스름을 무수한 눈부신 마석등 불빛이 갈랐다.

"?!"

빌과 병사들은 물론, 벨프와 벨도 놀랐다.

적의 포위망보다도 바깥쪽, 병사들을 웃도는 수의 데미

휴먼들이 창고를 통째로 포위하고 있었다.

휴대용 마석등이 수많은 광채를 뿜어내는 가운데, 가늘게 뜬 벨프의 눈에 그들의 제복과 그곳에 새겨진 휘장이 들어왔다.

교차하는 두 자루의 해머와 화산의 엠블럼.

수많은 하이 스미스를 보유한, 전 세계에 이름을 떨치는 스미스 파벌.

"헤, 【헤파이스토스 파밀리아】?!"

벨의 외침과 함께 데미휴먼들 속에서 한 여성이 걸어 나왔다.

"핀의 말이 맞았군."

"츠바키?!"

흑발을 출렁이며 나타난 안대 차림의 애꾸눈 여성 스미스를 보고 고함을 지르는 벨프.

오라리오 내에서도 손꼽히는 전투력을 자랑하는 츠바키와 그녀가 데려온 단원들에게 빌 또한 전율하며 고함을 질렀다.

"어, 어떻게 너희가 여기 있는 거냐?!"

"그대들의 잔꾀는 이미 간파했다네. 소인은 그자의 주변을 줄곧 감시하고 있었지."

얼굴에 경련을 일으키는 빌에게 츠바키는 입술을 틀어 올리며 말해주었다.

전장에서 이해할 수 없는 전선을 유지하는 라키아 왕국

군의 노림수를 【로키 파밀리아】가 알아차려, 길드의 지시에 따라 자신들에게 【헤스티아 파밀리아】를── 벨프를 감시하도록 명령했다는 것이다.

"나를 미끼로 삼았구나⋯⋯!!"

손쉽게 아버지와 라키아 왕국 병사들을 낚은 츠바키에게 벨프가 으르렁거렸다. 얼마 전부터 가는 곳마다 그녀가──던전에까지──나타난 것도 이런 이유 때문이었단 말인가.

벨프가 노려보자 어깨를 움츠리는 츠바키 옆에서 여신이 걸어 나왔다.

"창고 밖에서 대기하던 너희 동료들도 우리 아이들이 체포했어. 포기하시지."

"시, 신 헤파이스토스⋯⋯?!"

츠바키와는 반대쪽, 오른쪽 눈에 칠흑색 안대를 한 헤파이스토스의 모습에 빌이 당황했다.

안대를 포함한 특징 있는 외견과 홍발홍안의 미모는 그녀의 이름을 세계에 떨쳤다. 대형 스미스 파벌의 주신에게 병사들이 당황하는 가운데, 빌은 이성을 잃은 것처럼 고함을 질러댔다.

"아직 멀었다!! 아직 우리에게는 '마검'이 있다, '크로조의 마검'이!!"

오른손에 들린 붉은 검── 진짜 '크로조의 마검'을 든 사내에게 벨과 【헤파이스토스 파밀리아】의 단원들은 긴장했다.

'바다를 불태웠다'고까지 일컬어지는 전설의 '마검'. 전쟁에 사용할 병기로는 틀림없이 최상위에 속할 무장을 보고 츠바키도 오른쪽 눈을 가늘게 떴다.

헤파이스토스는 태연했으며, 그저 입을 다물고 있는 벨프를 흘끔 쳐다보았을 뿐이었다.

빌의 절규에 호응하듯 병사들도 각각 '마검'을 뽑아 들었다.

"도시가 불바다가 되는 꼴을 보고 싶지 않거든 이쪽으로 와라, 벨프!!"

힘이 없던 눈과 얼굴에 귀기 어린 표정을 지으며 빌은 자신의 자식에게 외쳤다.

"이건 계산 밖이구먼. 그러면 어떻게 할지…… 어라? 이보게, 벨식이?"

"너희는 손대지 마."

"벨프!"

"너도 날 믿어."

시선 너머에서 빌에게 다가가는 벨프를 보고 츠바키가 목소리를 높였지만 그는 돌아보지도 않고 주위 사람들에게 그렇게만 말했다. 창졸간에 몸을 내밀었던 벨에게는 어깨 너머로 웃음을 지어주었다.

자신에게 다가오는 아들의 모습을 보고 빌은 안도와 기쁨을 띠었다.

"그래야지, 벨프!! 자, 오너라! 우선 네 '마검'을 이리 넘겨!!"

환희에 들뜬 아버지에게 다가간 벨프는 열 걸음 정도의 거리를 두고 멈추었다.

마른침을 삼키는 주위 사람들의 시선을 받으며, 등에 짊어졌던 흰 천에 손을 댔다.

천에 싸인 몇 자루나 되는 검 중에서, 벨프는 장검 하나를 뽑아 들고 들어보였다.

"이게 다야."

"뭐……?"

"그러니까, '마검'은 이것밖에 안 만들었다고."

홈에도 공방에도, '크로조의 마검'은 이것 한 자루밖에 없다고 말한 것이다.

단 한 자루뿐, 흰 천에 싸 왔던 다른 무기들은 자신들을 속이기 위한 가짜임을 알아차린 빌은 아연실색했던 얼굴을 순식간에 시뻘겋게 물들였다.

그런 친아버지를 어이없다는 투로 노려보며, 자신이 마검을 왜 만들겠냐고 아들은 탄식과 함께 어깨를 으쓱했다.

"네 이놈, 내가 한 말을 잊었느냐……?! 도시를 불바다로……!"

이어지는 말을 벨프는 자신의 목소리로 가로막았다.

"'크로조의 마검'은 댁이 지금 가진 **한 자루 말고는** 없지?"

"_____"

그 지적에 벨도, 츠바키를 비롯한【헤파이스토스 파밀리아】도 눈을 크게 떴다.

헤파이스토스만이 변함없이 상황의 추이를 지켜보았다.

"공방에 틀어박혀 있으려니 머리가 좀 식더라. 설령 파괴를 면했다 해도 그놈의 왕국이 일족의 '마검'을 모조리 내놓았을 리가 없지."

일족과 마찬가지로 과거의 영광에 매달리는 라키아 왕국이 '크로조의 마검'에 얼마나 집착하는지 벨프는 잘 안다. 성공할지 어떨지도 모르는 계획에 현재 보유한 '마검'을 모조리 투입하다니, 말도 안 된다. 벨프더러 지금 가진 '크로조의 마검'을 모두 가지고 오도록 명령했던 이유도 이 때문이었을 것이다.

아마 벨프를 데리고 나간 후, 도시 밖에 있던 파벌 연합을 '마검'의 힘으로 협공할 계획이었을 터.

자신을 데리고 나갈 교섭재료로, 아버지가 가져온 한 자루가 유일한 마검임을 벨프는 간파했다.

예상이 멋들어지게 적중했는지 빌은 아연실색 서 있었다. '크로조'와는 아무 상관도 없는 '마검'을 들이대던 병사들도 동요하는 기색을 띠었다.

정면으로 대치한 아들의 날카로운 눈빛에 빌의 발이 한 걸음 후퇴했다.

"큭—— 으아아아아아아아아아아아아아아아아아아아아

아아아아아아아아아아아아아?!"

다음 순간, 빌은 눈꼬리를 치켜세우며 고함을 질러댔다.

"다가오지 마!! 이것 한 자루면 너희를 다 날려버릴 수도 있어!!"

자포자기해 당장이라도 붉은 검을 내리치려 하는 사내의 모습에 다시 그 자리의 긴장감이 드높아졌다.

일촉즉발의 분위기. 벨이 언제든 마법을 쏠 수 있도록 오른손을 꽉 쥐고, 태도 자루에 손을 가져간 츠바키가 입술을 핥으며 한순간 후에 육박하고자 했다.

그런 가운데, 벨프는, 말했다.

"쏴."

뻣뻣하게 굳은 친아버지에게 그는 붉은 머리카락을 흔들며, 냉담한 눈빛으로 채근했다.

"쏴보라고."

빌은 이를 한껏 악물었다.

친아들의 도발적인 시선에 분노가 비등점을 넘어섰는지, 술렁이는 주위 병사들의 제지도 듣지 않은 채 '크로조의 마검'을 머리 위로 높이 쳐들었다.

"이, 이놈이이이이이이이이이이이이이이이이이이이이!!"

그리고 붉은 검을 내려치기도 전에.

벨이나 다른 스미스들의 행동보다도, 츠바키의 질주보다도 빨리.

번쩍 눈을 부릅뜬 벨프는 손에 든 붉은 검을 아무렇게나 휘둘렀다.

"──렛신(裂進)!!"

뿜어져 나가는 대폭염.

빌의 붉은 검에서 동시에 솟아난 거대한 화염의 분류와 단숨에 충돌했다.

모든 권속이 눈을 크게 뜨는 가운데, 왼쪽 눈을 가늘게 뜬 헤파이스토스의 시선 너머에서 미친 듯이 날뛰는 다홍색 불꽃은 붉은 불꽃을 순식간에 집어삼키고── 상쇄했다.

방대한 불똥과 열기, 폭풍이 발생했다.

격렬한 상쇄의 여파에 어떤 자는 뒤로 날아가고, 또 어떤 자는 팔다리에 힘을 주어 그 자리에서 버텼다. 붉은 하카마를 펄럭이며 여성 스미스는 주신의 앞으로 이동해 폭풍을 막아주었다.

그리고 새빨갛게 덧칠되었던 시야에 다시 색이 돌아오기 시작했을 무렵.

벨 일행이 고개를 들자…… 창고의 중심부에는 시커멓게 그을린 흔적, 그리고 두 다리로 서 있는 벨프와 엉덩방아를 찧은 빌의 모습이 있었다.

아연실색한 빌의 손에서 붉은 검이 소리를 내며 부서지고, 벨프의 오른손 안에서는 여전히 건재한 다홍색 검이 광택을 뿜어냈다.

사용 한계, 강도의 차이. 혹은 단순한 출력의 차이.

피를 토해가며 심신을 승화시켰던 청년의 '마검'이, 핏줄에만 의존했던 선조의 '마검'을 웃돌았다. 그뿐이었다.

"……어째서냐."

부서진 '마검'을 내려다보며 망연자실하던 빌은.

몸을 서서히 크게 떨더니, 다음으로는 봇물이 터진 것처럼 격정을 뿌려댔다.

"어째서 그만한 힘을 가졌으면서 '마검'을 만들려 하지 않느냐?!"

"…… ."

"왜 일족을 위해, 국가를 위해 헌신하려 하지 않느냐?!"

아버지의 외침에 벨프는 아무 대꾸도 없었다.

벨, 헤파이스토스, 그리고 츠바키가 지켜보는 가운데, 그는 강대한 '마검'의 자루를 움켜쥐었다.

"왜 마검을 칠 수 있는 놈이 너였단 말이냐!! 나였다면, 내가 할 수 있었다면, 지금쯤……! 이, 이 불초 자식놈!!"

벨프를 규탄하는 빌은 벌떡 일어났다.

외투를 펄럭이며, 눈에 짐승처럼 핏발을 세우며 격정을 폭발시킨다.

"아직도 부서지는 '마검'을 보고 싶지 않다는 헛소리를 하는 게냐, 네놈은?! 무기 따위 소모품이다! 새로 만들면 그만이야!!"

벨프의 두 눈이 치켜 올라갔다.

그런 그의 기미를 알아차리지도 못한 빌은 계속 말했다.

"'많은 무기를 낳고 많은 영예를 얻는다'── '마검'과 함께 번영했던 대장장이 귀족의 가르침을 잊었느냐!!"

그 말에── 마침내 벨프도 폭발했다.

"대장장이 귀족은 개뿔이!! 영예는 개뿔이!!"

창고를 쩌렁쩌렁 뒤흔드는 고함에 빌이 할 말을 잃은 가운데, 벨프는 저벅저벅 큰 걸음으로 다가갔다.

다음으로는 꽉 쥔 주먹을, 아버지의 얼굴에 꽂고 있었다.

"크억?!"

뒤로 나자빠지는 빌의 모습에, 아연실색하던 병사들이 검을 뽑으려 했지만.

"어디서 꿈질거려!!"

다시 터져나온 벨프의 노성이 그들의 움직임을 저지했다. 하이 스미스의 포효에 병사들이 벌벌 떨고, 그 목소리는 눈을 크게 뜬 벨이나 츠바키, 헤파이스토스에게까지 전해졌다.

"일어나!! 일어나라고!!"

"……윽?!"

'마검'이며 모든 무장을 버리고, 두 손으로 빌의 멱살을 움켜쥔다.

입가에서 피를 흘리는 아버지를 억지로 일으켜 세운 벨프는 다시 주먹을 날렸다.

"커억?!"

"귀족의 긍지라고?! 댁이야말로 대장장이의 본분을 잊어버렸잖아!!"

말과 주먹에 얻어맞아 빌은 후퇴하더니, 이내 시뻘겋게 물든 얼굴을 쳐들었다.

분노한 그는 두 손을 내린 벨프의 얼굴에 주먹을 날렸다.

"영예 앞에 우리의 본분 따위는 하잘 것 없는 티끌이다!!"

변명과 함께 날아든 빌의 주먹을 고스란히 받아낸 벨프는 즉시 되받아쳤다.

둔중한 구타음. 왼뺨에 파고드는 철권. 무시무시한 위력에 발이 비틀거리며 아연실색하는 상대에게 벨프는 부르짖었다.

"뭐가 티끌이라고오?! 안 들리는데? 말씀 다 끝나셨나아?!"

"이, 이놈의, 이놈의 자식이~~~~~~~~~~~~~~~!!"

분노를 떨치며 빌이 두 주먹을 휘둘러댔다.

아버지의 주먹이 자신의 얼굴을 때릴 때마다 벨프도 또한 상대에게 팔을 휘둘렀다.

벨을 포함한 주위 사람들이 얼굴을 실룩거리며 아연실색하는 가운데.

상황도 체면도, 모든 것을 잊고 요란한 부자 싸움이 시작되었다.

"무기에 필요한 것은 힘이다!! 그럴듯한 소리 늘어놓지 마라!!"

갈색 머리카락과 붉은 머리카락을 흐트러뜨리며 두 사람은 서로를 두들겨팼다.

상대의 안면에 숱한 타박상을 새기고, 찢어진 피부에서는 피가 튀었다.

빌의 주먹을 관자놀이로 받은 벨프는 타격을 입은 기색도 보이지 않고 통렬한 일격으로 되받아쳤다.

"컥……!!"

뒤로 날아가는 그를 보며 벨프는 팔로 난폭하게 피투성이 뺨을 닦았다.

"지금 나는 '마검'을 들먹거리는 놈들하고 아무것도 다를 게 없어!!"

"으……?"

"이게 진짜 힘이야?! 이딴 게 우리가 만들어야만 하는 거야?!"

한쪽은 Lv.2의 하이 스미스, 한쪽은 Lv.1의 몰락한 대장장이 귀족.

부조리라고도 할 수 있는 자신의 힘을 주먹과 함께 꽂으며 벨프는 속내를 터뜨려댔다.

"아니잖아! 그게 아니잖아!!"

눈을 크게 뜨는 아버지에게 다시 한 발 주먹을 날린다.

"무기는 사용자의 반신이라고!! 고락을 함께해주는, 길을 열어주는 영혼의 반쪽이라고!!"

"그런, 헛소리를······!"

"우리는 긍지를 가지고 사용자에게 무기를 줘야 해!!"

시야 한구석으로, 가만히 서 있는 소년을 흘끔 살피며 벨프는 두 차례 세 차례 주먹을 날려댔다.

피투성이가 된 주먹에 자신의 의지를 담아.

"크윽······ 왕국에서 쫓겨나면 우리에게 갈 곳이 어디 있단 말이냐?! 귀족의 영광을 잃으면 크로조 일족에게는 아무것도 남지 않아! 살아갈 수가 없어······! 왜 그걸 모르느냐?!"

핏줄에 의존했던 일족은 귀족의 긍지를 잃고 황야로 쫓겨난 순간 더 이상 살 방법을 찾지 못해 죽을 것이다. 그것을 어떻게든 하기 위해서라도 '마검'이 필요하다고, 핏줄로 만들어낼 수 있는 '마검'이 아니고서는 일족을 구제할 수단이 없다고, 빌은 이제 힘도 들어가지 않는 주먹으로 호소했다.

뺨을 얻어맞은 벨프는 눈꼬리를 치켜세우며 두 손을 내밀었다.

"남아 있잖아, 당신들한테는!! 메를 휘두를 손이, 쇠를 쥘 수 있는 손이!!"

"윽······?!"

멱살을 쥐고 바짝 끌어당긴다.

눈앞에서 빌의 눈을 노려보며 벨프는 목을 쩌렁쩌렁 울

렸다.

"메와 쇠, 그리고 불타는 열정만 있으면 무기는 어디서 든 만들 수 있어! 귀족 따위, 왕국 따위 엿이나 먹으라고 해!!"

멍청히 서 있는 아버지에게 고함을 지르며,

"이제 정신 좀 차려."

헤파이스토스가 지켜보는 가운데 벨프는, 녹슬었던 추억의 목소리를 자신의 입에 실었다.

"──쇠의 목소리를 들어라, 쇠의 울림에 귀를 기울여라, 메에 마음을 실어라!! 전부 댁이 나한테 가르쳐줬던 말이잖아?!"

그을음투성이의 낡은 공방.

할아버지와, 아버지, 자신이 쇠를 우직하게 두드려대던 어린 나날.

'마검'을 대신할 무기에 몰두하던, 일족을 다시 일으키고자, 자식에게 타고난 재능이 발현될 때까지 쇠를 두드려대던 부자 3대에 걸친 대장간 풍경.

분명히 존재했던 대장장이의 나날.

당시의 광경을 환기시켜준 자식의 외침에 빌의 눈이 흔들렸다.

멱살을 쥔 두 손에 힘을 주며, 자칫하면 눈물을 쏟을 것 같은 얼굴로 벨프는 고함을 질렀다.

"대장장이의 자긍심은 어디다 팔아먹었어!!"

온 창고에 울려 퍼졌다.

라키아 왕국의 병사들도, 스미스들도, 벨도, 귓전을 두드리는 그 말에 그 자리에서 움직일 줄을 몰랐다.

어깨를 씨근덕거리며, 벨프는 멱살을 쥔 채 고개를 숙여 버렸다.

너덜너덜해진 얼굴로 눈을 크게 뜬 빌의 몸에서 힘이 빠져나가고, 팔이 축 늘어졌다.

많은 이들이 지켜보는 가운데 정적이 찾아왔다.

"그만 됐다."

잠시 후, 그 정적을 깨뜨린 것은 한 노인이었다.

병사들 사이에서 걸어 나와, 벨프와 빌에게 다가서더니, 머리에 쓴 후드를 벗었다.

하얀 머리카락과 수염이 난 엄숙한 얼굴의 남성에게 벨프는 흠칫 어깨를 떨었다.

"영감……?!"

"아버지……!"

빌과 함께 돌아보며, 벨프는 자신의 할아버지에게 시선을 고정했다.

가론 크로조.

노년의 나이에 접어들었으면서도 다부진 몸에 쭉 뻗은 둥. 키는 벨프와 비슷해 170C 이상은 됐다. 빌과 자신에게 대장장이의 기초를 가르쳐준 크로조 가문의 선대 당주였다.

벨프는 묵묵히 쇠를 두드리던 그의 뒷모습에서 대장장이란 무엇인가를 배웠다고 해도 과언이 아니었다.

——아버지와 같이 오라리오에 왔었구나.

벨프는 애써 동요를 감추었다.

"……영감, 당신도 아버지하고 같은 이유로……."

"그래. 너를 설득하라는 임무를 맡았지."

빌을 내려놓고 몇 걸음 물러나 긴장했다.

아버지가 땅바닥에 무릎을 꿇은 가운데, 할아버지가 눈을 가늘게 떴다.

"하지만, 관두겠다."

"……!"

"네 의지는 너무 단단해. 그야말로 쇠 같구나."

슬쩍 웃는 가론에게 벨프는 그저 놀랐다. 그가 웃는 모습은 이제까지 한 번도 본 적이 없었기 때문이다.

"어린 네게 '마검'을 강요하게 했던 걸 고민했지……. 그리고 지금 너를 보고 확실히 후회했다."

나직한 음성이 후회를 들려주었다.

7년 전, 빌을 비롯한 가족에게 '크로조의 마검' 제작을 강요당한 벨프가 도움을 청하듯 시선을 보냈을 때, 가론은 가면 같은 얼굴로 마검을 만들라고 말했던 것이다.

어린 벨프에게 스미스란 가론이었으며, 그런 그가 내린 명령에 엄청난 충격과 실망을 느꼈다. 그리고 그것은 집과 왕국을 뛰쳐나간 직접적인 계기가 되었다.

본심을 들려주는 할아버지에게 벨프는 놀랐으나, 가론은 다시 날카로운 표정을 지었다.

　"그러나 네 몸에 흐르는 피는 평생 너를 따라다닐 게다. 크로조의 저주는 너를 '마검'의 길로 끌고들어 갈 테지."

　나이를 먹었어도 쇠하지 않는 안광을 띠며 가론은 물었다.

　"그래도 너는 신념을 굽히지 않겠느냐?"

　그 말은 공교롭게도 츠바키가 묻고 책망했던 내용과 같았다.

　마검 도공의 자질. 피에 얽힌 힘을 쓸 것이냐, 말 것이냐.

　츠바키에게는 한 마디도 받아치지 못했다. 자신의 무력감에 사로잡혀 의지가 흔들리고 말았다.

　그러나 지금은 다르다.

　아버지와 할아버지 —— '크로조'의 악연과 대면하면서, 절대로 굽힐 수 없는 신념을 떠올렸다.

　"안 굽혀!!"

　지체하지 않고 벨프는 가론에게 외쳤다.

　그 자리에 있는 츠바키에게도 표명하듯, 자신의 대답과 각오를 상대에게 내던졌다.

　"'마검'을 넘어서는 무기를 만들고 말겠어!! 핏줄이라는 놈에게 본때를 보여주지!! 난 '크로조'가 아니야 —— 나는, 나다!!"

　'크로조의 마검'이 아닌 '나의 무기'를 만들고 말겠노라고.

지고를 추구하며 피해갈 수는 없는 자신의 야망을 내뱉었다.

"……이 건방진 애송이."

벨프의 대답에 가론이 눈을 가늘게 떴다.

마치 손자의 성장을 기뻐하듯.

"우린 너에게서 손을 떼겠다."

"아버지, 그래서는……! 왕국에 저희가 있을 곳은……!"

가론이 내린 결정에, 땅에 무릎을 꿇고 손을 짚고 있던 빌이 입을 열었다.

피투성이가 된 얼굴을 일그러뜨리는 그에게 노인은 담담히 말했다.

"처음부터 다시 하면 된다. 대장장이 귀족이 아니라 '대장장이'로서."

빌은 아무 대답도 못했다. 그저 고개를 숙인 채, 떨리는 손으로 질끈 주먹을 쥐었다.

가론은 그대로 손자의 얼굴을 바라보고만 있었다.

"메와 쇠, 불타는 열정만 있으면 무기는 어디서든 칠 수 있다……라고 했느냐? 그야말로 지당한 말이로고."

벨프에게서 시선을 뗀 가론은 그 가르침을 손자에게 전해주었을 여신을 바라보았다.

그는 존귀한 것을 바라보듯 눈을 가늘게 뜨고 그녀에게 고개를 숙였다.

"투항하겠습니다, 신이시여. 책임은 이 늙은이에게 있으니, 부디 다른 자들에게는 선처를."

"……알았어. 받아들이지."

사실상의 항복 선언에 헤파이스토스는 천천히 고개를 끄덕였다.

병사들 중 이의를 제기하는 자는 없었다. 승패는 빌의 '마검'이 부서진 시점에서 이미 갈라졌으며, 하이 스미스들에게 포위당한 이 상황에서는 저항할 의지조차 사라졌다. 털썩 무릎을 꿇고 지면에 잇따라 무기를 떨어뜨리는 그들을 【헤파이스토스 파밀리아】 단원들이 포박하기 시작했다.

병사들이 잡혀가는 가운데, 곁을 지나치던 츠바키가 얼굴도 보지 않고 한마디를 던졌다.

"바보놈."

"……."

실망한 것처럼 자신에게서 멀어져가는 그녀의 뒷모습에 벨프는 아무 대꾸도 하지 않았다. 그저 상처투성이 얼굴로 말없이 창고 한복판에 서 있을 뿐.

이윽고 병사들은 스미스들의 손에 길드로 연행되어갔다.

두 손을 밧줄에 묶인 채 고개를 숙인 빌, 그리고 가론. 창고 출구를 나가며 옆얼굴을 향하고 슬쩍 웃음을 짓는 할아버지를 벨프는 눈에 단단히 새겨두었다.

그들의 뒷모습이 사라진 후에도 그 자리에서 움직이지 않은 채 바라보고 있었다.

"벨프……."

그 자리에 남은 벨과 헤파이스토스가 지켜보는 가운데.

벨프는 달빛이 스며드는 창고 안에서 그저 서 있었다.

❖

한밤이 지나, 도시에서 빛이 사라져가고, 달밤이 뿌옇게 흐려지고, 동쪽 산에 여명의 기운이 밀려들었다.

밤에서 이른 아침 시간으로 접어드는 가운데, 하얗게 터오는 하늘 아래에서 벨프는 책상다리를 하고 있었다.

창고 지붕 위. 지면으로부터 떨어진 높은 곳에서 석상처럼 꼼짝도 않은 채, 입도 열지 않고 혼자 그 자리에 앉아만 있었다.

"……."

그런 뒷모습을 벨 또한 혼자 바라보았다.

'크로조'의 악연과 결판을 낸 후, 벨프는 남의 눈을 피하듯 창고로 올라가 아무것도 하지 않고 지붕 끄트머리에서 가만히 있었다. 거리를 두고 바라보는 벨도 마찬가지였다.

밤새도록 밤공기에 에워싸여 몸이 완전히 식어버렸다. 그러나 소년은 청년을 두고 돌아갈 수는 없었다.

무어라 말을 걸지 알 수 없어, 그저 멍하니 서서 그의 등만을 바라보았다.

"여기 있었구나."

"헤파이스토스 님……."

부츠 소리를 울리며 헤파이스토스가 벨의 뒤에서 다가
왔다.

돌아본 소년의 옆에 선 여신은 희뿌연 하늘과 주저앉은
청년을 보며 왼쪽 눈을 가늘게 떴다.

"벨 크라넬. 여긴 나에게 맡겨주지 않겠니?"

저 스미스와 단둘이 있게 해달라고.

그렇게 말하는 헤파이스토스에게 벨은 눈을 살짝 크게
뜬 다음, 고개를 끄덕였다.

신의 말을 받아들여 그 자리를 양보하고, 고개를 숙인
다음 지붕에서 내려갔다.

소년의 발소리가 멀어져가는 가운데, 헤파이스토스는
벨프의 뒤로 다가갔다.

"라키아 병사들은 길드에 넘겼어."

"……."

"지금은 침입 경로 같은 걸 묻는 중이야. 내통자는 전쟁
을 일으키는 것을 조건으로 그들을 도시에 들여보낸 모양
이야. 전쟁 특수가 목적이었는지, 달리 노림수가 있었는지
는 모르겠지만……."

책상다리를 하고 앉은 벨프의 곁에 서서 사무적으로 보
고하는 헤파이스토스.

청년에게 얼굴을 돌리지도 않은 채, 전방에 펼쳐진 도시
의 하늘만을 바라보며 그녀는 말했다.

"길드는 왕국에 몸값을 요구한다고 해. 응하지 않는다고

해도 한동안 잡아두었다가 병사들은 풀어줄 모양이야."

"……그렇군요."

병사들과 아버지와 할아버지의 전말에 대해 벨프는 그 저 그렇게만 중얼거렸다.

"……제가 잘못 생각하는 겁니까?"

동쪽 하늘이 서서히 밝아지는 가운데, 벨프는 천천히 입 을 열었다.

몸에 흐르는 핏줄을 버리고 '크로조의 마검'을 넘어서는 무기를, 지고를 추구하겠다는 자신의 결단.

얼굴을 들지 않고 그저 푹 숙인 채 여신에게 물었다.

"글쎄, 어떨지."

"……."

"츠바키 말이 틀리진 않아. 유한한 시간밖에 살아갈 수 없는 너희 아이들이 우리 신들의 영역에 도달하려면, 그야 말로 무슨 대가든 치러야만 해."

헤파이스토스는 사실을 있는 그대로 말했다.

입을 꾹 다문 벨프에게,

"그래도."

그녀는 말을 이었다.

"벨프에게는 벨프의 신념이 있잖아?"

"……예."

"그럼 자신을 의심하면 안 돼. 속이 텅 빈 쇠만큼 무른 것도 없으니까."

그리고 대장장이 여신은 벨프를 보며 웃었다.

"우리 신들은 너희들의 의지력이 불가능을 뒤집는 모습을 언제나 기대하고 있어. 영웅이라 불리는 아이들이 절망을 극복해나가던 그 순간처럼."

진리와 신의 지혜조차 넘어서, 신들이 모르는 광경을 보여주기를 고대한다고.

벨프를 비롯한 아이들의 가능성을 자신들은 알고 있다고, 여신은 부드러운 음성으로 전했다.

신의 말을 들은 벨프는, 잠시 후 그 자리에서 일어났다.

"……저는, 제 방식으로 당신을 따라잡고 말 겁니다."

헤파이스토스의 얼굴을 바라보며, 이제는 흔들리지 않는 결의를 전했다.

"따라잡기만 하면 되겠어?"

"……뛰어넘고 말 겁니다."

칠흑의 안대와는 반대쪽의 왼쪽 눈을 재미나다는 듯 가늘게 뜨는 대장장이 신에게, 벨프도 웃었다.

자식의 성장을 기뻐하는 어머니처럼 헤파이스토스는 미소를 짓고, 다음으로는 팔을 뻗었다.

벨프의 머리에 손을 대고, 그 붉은 머리카락을 쓰다듬는다.

"──뭐, 뭐 하시는 겁니까?!"

갑작스런 행위에 한순간 굳어버린 벨프는 얼굴을 붉히며 즉시 그 손을 뿌리쳤다.

"어머, 싫어?"

"저는 이미 그럴 나이가 아닙니다! 이런 건 벨이나 뭐 그런 놈들에게 해 주십쇼!!"

"후후. 그렇게 형님 행세를 하려는 벨프의 귀여운 면을, 나는 좋아하는걸?"

"~~~~~~~~~~~~~~~~~~~~~~~~~~~크윽?!"

쿡쿡 웃는 헤파이스토스를 보며 벨프는 귀까지 시뻘겋게 물들었다.

"망할."

벨프는 벌겋게 달아오른 얼굴을 한 손으로 가렸다. 홍발홍안의 여신이 지은 고운 미소에 한순간이라도 넋을 잃었던 자신에게 투덜거리면서.

무엇보다, 한 마디도 받아치지 못하는 꼬락서니로 그녀에 대한 자신의 감정을 재확인하고 말았다.

츠바키의 말대로, 벨프는 헤파이스토스를 신으로서, 스미스로서—— 그리고 한 명의 여성으로서 동경했다.

처음에는 이 대장장이를 반드시 따라잡고 말겠다는 야망, 그리고 목표였다. 그녀가 만들어내는 지고의 무기에 이르겠다고, 아니, 넘어서고 말겠다고.

그리고 그녀와 몇 번이나 접하는 동안 감정은 서서히 형태를 바꾸어나갔다.

사실 별것 아니다. 벨프도 벨과 마찬가지다.

외경이 동경으로, 동경이 사모로 바뀌는 것은 빨랐다.

우선은 헤파이스토스의 무기에 반했고, 이어서 무기를 만드는 그녀의 신격에 끌렸던 것이다.

연애감정이라 하기에는 달콤하지 않고, 그렇다고 그 이상의 지고지순한 무엇이냐고 하면, 또 그렇게 거창하지도 않다.

좀 더 유치하며, 동경을 수반한, 불꽃과도 같은 뜨거운 무언가다.

'숫제…….'

직업병 같은 것인지도 모르겠다고.

아직도 후끈거리는 이마를 손바닥으로 누른 채, 스미스 청년은 미소를 짓고 있는 여신의 옆얼굴을 바라보았다.

"……그런 당신은 어떻습니까?"

"?"

동이 트기 시작하려는 하늘 아래에서, 벨프는 당하고만은 못 있겠다고, 팔짱을 끼며 애먼 방향을 본 채 내뱉었다.

"그 여자가…… 츠바키가 말하길, 제가 없어진 후로 당신이 쓸쓸해한다더군요."

어리둥절하던 헤파이스토스는.

이내 하아 한숨을 쉬었다.

"……나 원, 그 아이는 정말 입이 가볍다니깐."

헤파이스토스는 멋쩍어하지도 당황하지도 않고, 파벌 최고의 장난꾸러기에 대해 불평했다. 너무나 선선히 인정해버리는 점에서, 앙갚음을 하려던 자신의 입장이 말이 아니랄까 분하달까…… 아무튼 자신을 그런 대상으로 보지 않는다는 사실에 속이 뒤틀렸다.

애초에 츠바키의 말을 듣고 약간이나마 어깨가 으쓱해졌던 사실을 깨닫고 벨프는 죽고 싶어졌다.

"그래. 벨프가 없어져서 조금 침울했어. 아아, 또 아이들이 떠나가는구나, 하고."

"그랬습니까……."

조용한 목소리로 말하는 곁의 헤파이스토스를 부끄러움 때문에 똑바로 쳐다보지는 못하고, 벨프는 정면으로 몸을 돌리면서 오른손으로 미간을 문질러댔다.

"파벌 아이들에게는 절대 안 하는 말이지만…… 이미 벨프는 우리 【파밀리아】가 아니니, 좋아, 가르쳐줄게. 난 너를 눈여겨보고 있었어. 앞으로의 성장이 기대됐지."

그리고 그렇게, 기대했다는 본심을 듣는 바람에 다시 당황했다.

그것은 아마도 대장장이 신인 그녀의 가장 큰 칭찬일 것이다. 일개 기술자라면 분에 넘치는 영광에 몸이 떨려올 정도로.

붉어진 얼굴로 돌아보는 벨프의 심정을 아는지 모르는지, 헤파이스토스는 심술궂은 눈빛을 띠었다.

"만약 내가 인정할 만한 작품을 가져온다면 무언가 상이라도 줘야겠다고 생각했는데…… 아쉽게 됐지 뭐야."

놀리듯 왼쪽 눈으로 곁눈질하는 홍발홍안의 여신을 보

고, 이번에야말로 화가 치밀었다.

온갖 감정이 폭주해, 벨프는 소리를 질렀다.

"그거 지금도 유효합니까?!"

"어?"

"당신이 울상을 지을 만한 작품을 가져가면 상을 받을 수 있냐고 묻는 겁니다!"

"그, 그래, 할 수 있다면."

얼굴을 머리카락과 똑같은 색으로 물들이는 벨프의 기세에 헤파이스토스는 보기 드물게 압도당해 고개를 끄덕였다.

다른 파벌의 주신에게 약속을 맺게 만드는 폭거를 저질러놓고 벨프는 그대로, 얼굴에 더욱 열기를 띠며 말했다.

"그렇다면! 당신이 인정할 무구를 만들 수 있다면, 저하고 사귀어주십쇼!!"

그렇게 말하고 말았다.

가슴을 흔들어대는 고동 소리를 진심으로 성가시게 생각하며 벨프는 수치를 꾹 참고 눈앞의 헤파이스토스를 바라보았다.

일생일대의 고백에 아연실색하던 여신은—— 입을 막고 웃음을 터뜨렸다.

"사, 사람의 결의를······!!"

"푸흡, 푸후후흡······!! 미아, 미안해, 그치만, 웃겨서······!"

배를 움켜쥐고 몸을 떠는 여신에게 이제는 부끄러워 죽을 것 같아 신음하고 있으려니.

헤파이스토스는 왼쪽 눈에 고인 눈물을 손끝으로 닦아 내며 웃음을 지어주었다.

"오랜만에 들었는걸, 그 말."

"네?"

벨프가 우뚝 움직임을 멈추자 헤파이스토스가 말을 이었다.

"옛날 단원들…… 대장장이들도, 너랑 같은 말을 하면서 내게 구애했으니까."

그 말을 듣고 완벽히 굳어버린 벨프에게, 대장장이 여신은 눈을 가늘게 떴다.

"선배들에게 이미 추월당한 거야, 넌."

죽고 싶었다. 이번에야말로 정말로 죽고 싶어졌다.

이 지붕에서 뛰어내리고 싶다는 충동에 사로잡혔다.

'이러니까 대장장이란 것들은……!!'

매우 성가시며, 빙빙 에둘러 말하는 기술자 스타일의 고백밖에 할 수 없는, 자신을 포함한 대장장이란 존재들에게 벨프는 얼굴을 시뻘겋게 물들이며 머리를 쥐어뜯었다.

끙끙거리는 아이에게 키득키득 즐거운 웃음을 짓는 헤파이스토스.

그리고 그녀는 조용히 표정을 다잡았다.

"그래도 그걸 이룬 아이는 이제까지 한 명도 없었어."

그 발언에 벨프는 고개를 들었다.

눈앞에는 도전적인 미소를 지은 여신의 모습이 있었다.

"네가 할 수 있을까?"

홍발을 출렁이며 바라보는 대장장이 신의 말에, 숨을 멈추었다.

그리고 다음으로는 정면에서 받아들이고, 벨프는 대담하게 웃음을 지었다.

"어디 두고 봅시다."

'마검'을 넘어서는 무기를 만들어, 지고에 이르러, 그리고 눈앞의 여신을 돌아보게 만들 테다.

또 목표가 늘어났다.

아침놀이 시작된 하늘에 얼굴을 비추며, 청년과 여신은 웃음을 나누었다.

"뭐…… 나와 사귄다는 운운은 떠나서라도, 너도 어서 좋은 반려를 찾도록 해."

벨프의 기색이 완전히 원래대로 돌아와 만족했는지 헤파이스토스는 한 팔을 들며 기지개를 켰다. 벨프는 그 발언에 흠칫 굳어버렸다.

"네?"

"머리가 좀 굳은 게 흠이지만, 너라면 분명 좋은 아이를 찾을 수 있을 거야."

"자, 잠깐 기다려주십쇼. 저는 농담으로 한 말이……!"

"벨프, 영원을 살아가는 우리에게 달라붙어봤자 손해만

볼 뿐이야. 가정은 만들지도 못해."

당황하는 벨프를 웃음으로 흘려 넘기며 헤파이스토스는 말했다.

"게다가 나는 여자로서 실격인걸."

비하하는 것도 자조하는 것도 아니고, 헤파이스토스는 담담한 말과 함께 자신의 오른쪽 눈—— 칠흑의 안대를 매만졌다.

"이 아래에는 말이지, 네가 깜짝 놀랄 만큼 추악한 얼굴이 있어."

"……!"

"이상하지? 신인데도. 나도 한참 생각했어. 천계에서는 다른 신들이 혐오하고 비웃기까지 했다니까."

그녀는 얼굴의 오른쪽 절반을 가린 안대에 손을 대며 쓴웃음을 지었다.

대장장이 신 헤파이스토스.

불과 단조를 관장하는 신은, 신에게는 있을 수 없는 추한 용모를 가졌다.

완전하고 완벽해야 할 신이 가진 결함. '아르카넘'으로도 어떻게 할 수 없는, 그녀를 헤파이스토스로 있게 한 맨얼굴.

남신 여신을 불문하고 다른 신들에게는 '추한 얼굴'이라 비웃음을 사고 매도당했으며, 처참한 기분을 맛보았다.

"이 안대 안쪽을 보고 웃거나 기분 나빠하지 않았던 건 헤스티아 정도밖에는."

그렇기에 그 어린 여신과는 지금도 질긴 인연이 이어지고 있으며, 둘도 없는 절친신이라고 헤파이스토스는 부드러운 얼굴로 털어놓았다.

　"옛날 그 아이들도 겁을 먹었지. 그러니 나 같은 건 관두도록 해."

　웃음을 지으며 헤파이스토스는 등을 돌렸다.

　걸음을 옮겨 멀어지려 하는 여신의 뒷모습.

　가만히 서 있던 벨프는, 두 눈을 한껏 치켜세우더니 큰 걸음으로 그녀를 뒤쫓았다.

　무례하다는 것을 알면서도 오른팔로 헤파이스토스의 어깨를 움켜쥐고, 억지로 돌려세웠다.

　놀란 표정을 짓는 여신과 마주서서, 그 칠흑의 안대에 왼손을 뻗었다.

　"자, 잠깐!"

　동요하는 목소리를 무시하고, 매끄러운 홍발을 만지며 순식간에 안대를 벗겨냈다.

　뻣뻣이 굳어버린 헤파이스토스. 처음으로 함께 보는 그녀의 두 눈.

　그리고 시야에 들어온 여신의 맨얼굴.

　자신보다도 키가 작은, 눈이 이리저리 흔들리는 그녀를 빤히 바라보던 벨프는―― 낯빛 하나 바꾸지 않고.

　"헹!"

　요란하게 코웃음을 치며 입가를 틀어올렸다.

"거 맥 빠지네요, 헤파이스토스 님. 이 정도 가지고 내가 멀어질 거라고 생각했습니까?"

아연실색한 여신의 손에 안대를 돌려주며, 벨프는 의연히 웃었다.

"당신이 단련해준 내 열기는 이 정도로 식지 않습니다."

한동안 벨프를 올려다보던 대장장이 신은, 천천히 웃음을 짓더니, 오른쪽 눈에 안대를 다시 고쳐 썼다.

얼굴 오른쪽 절반을 가린 그녀는 고개를 가로저어 홍발을 흔든 후, 그를 바라보았다.

"말은 제법이야."

"이제 비긴 겁니다."

"정말 대장장이란 것들은 다들 고집쟁이에 지기 싫어한다니깐."

웃음을 짓는 헤파이스토스에게 웃음으로 대답하면서 농담을 나눈다.

겨우 한 방 먹여준 벨프는 속이 후련해진 것과 동시에, 어딘가 홀가분해진 표정을 짓는 여신의 모습에 자랑스러워졌다.

일출의 빛이 두 사람을 비추었다.

아침이 시작되는 공기에 에워싸여, 여신과 청년은 얼굴에 웃음을 짓고 있었다.

며칠 후.

라키아 왕국의 병사가 침입했던 사실은 관계자를 제외하고 길드 직원들에게조차 비밀로 처리되었다. 쓸데없는 혼란을 막기 위한 길드 상부의 조치였으며, 사로잡힌 병사들은 한동안 판테온 안에 갇히게 되었다.

사건의 존재조차 모르는 채, 오라리오는 여느 때와 같은 일상을 보내고 있었다.

그런 가운데.

"그래서 말야, 벨프가 있지, 벨프가 있지!"

어떤 무구점의 집무실.

들뜬 여신의 목소리가 톡톡 튀듯 울려 퍼지고 있었다.

"벌써 일곱 번이나 들었소, 주신님……."

집무용 책상에 턱을 괸 채 웃음을 짓는 헤파이스토스에게, 서류더미를 끌어안고 잡무를 도와주던 츠바키가 진저리난다는 표정으로 지적했다.

그 사건 이후 헤파이스토스는 틈만 나면 자신을 붙잡아 놓고는 벨프와 나누었던 대화를 들려주는 것이다. 말하자면 염장질이었다. 벨프 본인 앞에서는 물론이고 단원들에게는 늠름한 주신의 얼굴을 보이며 절대 티를 내지 않지만, 한번 방에 틀어박히면 이 꼬락서니였다.

긴장감이라고는 하나도 없이 헤실거리며 발갛게 물든 얼굴로 여덟 번째가 되는 이야기를 들려주는 자신의 주신에게 츠바키는 크게 탄식했다.

"나잇살이나 드셔서는 소녀 같은 표정 하고는……."

츠바키는 일도 손대지 않고 들뜬 여신을 곁눈질하며 다시 한 번 한숨을 쉬었다.

'한 방 먹었군.'

그리고 이런 식으로 앙갚음을 한 스미스 청년에게 투덜거렸다.

그로부터 얼마가 지나.

츠바키와 마찬가지로 대장장이 신의 입을 통해, 청년과의 염장질은 눈 깜짝할 사이에 신들 사이에도 퍼져나갔다. 특히 청년이 마지막에 날린 한마디는,

""""""닭살——!!""""""

이라고 대호평을 받았으며, 오락에 굶주린 신들에게 한동안 웃음거리, 가 아니라 이야깃거리를 제공해주었다.

그런 경위를 거쳐, 이후에 열린 '신회'의 명명식에서 청년의 호칭은 잽싸게 결정되었다.

벨프 크로조. 별명은——【이그니스(불랭不冷)】

훗날, 능글능글 웃는 헤스티아와 릴리, 흥분하고 감탄하는 미코토와 하루히메, 그리고 쓴웃음을 짓는 벨의 눈빛을 받게 된 청년은.

너무나도 너무한 별명과 유래에 얼굴을 붉히며 머리를 쥐어뜯게 된다.

© Suzuhito Yasuda

4 장

사랑스러운 보디가드

© Suzuhito Yasuda

"어서 오십시오, 모험자님. 오늘은 어떤 용건이신지요?"

앞으로의 미궁탐색에 대해 의논하러 왔다고 말하면 그녀들은 흔쾌히 응해준다.

"알겠습니다. 지금 담당관을 부르겠습니다. 부스에서 기다려주십시오."

【랭크 업】신청을 하고 싶다고 하면 눈을 가늘게 뜨며 축하해준다.

"축하드립니다. Lv.2…… 제3급 모험자 승급을 오늘부로 승인했습니다. 앞으로 더 큰 활약을 기대하겠습니다."

오늘 저녁 식사라도 함께하면 어떻겠냐는 흑심 어린 제안을 하면 만면의 미소와 함께 즉시 대답한다.

"볼일이 없다면 돌아가주시기 바랍니다."

그리고 새로운 모험자가 미궁 입구에 설 때, 그녀들은 미소와 함께 환영한다.

"미궁도시 오라리오에 잘 오셨습니다. 저희 길드는 당신을 환영합니다."

길드 본부, 창구 접수원.

모험자들의 대응을 한 몸에 맡은, 길드의 꽃이다.

오늘도 길드 본부에는 인파가 끊이질 않는다.

넓은 백대리석 로비는 모험자들로 들끓어 답답할 지경

이며, 그들의 등이며 허리에 장착된 검이나 방패가 절그럭 절그럭 금속구와 맞부딪치는 금속성을 낸다. 엘프라면 지 팡이나 활, 드워프라면 도끼나 해머 등 수많은 데미휴먼으로 이루어진 집단은 각자의 종족에 맞춰 무기나 방어구를 장비하고 있다.

모험자들이 향하는 곳은 대부분 안내판이나 거대 게시판, 그리고 접수원이 대기하는 창구 앞이다.

"안녕하세요, 모험자님."

"네, 그 건에 관해서는——"

"던전 내에서의 습득물은 발견하신 분께 권리가 발생한다는 전제가 있으므로 분실물의 행방은 별로 기대하지 않으시는 편이……."

카운터에 나란히 앉은 접수원들은 자신의 정면에 줄을 선 모험자들에게 대응해나갔다.

야무진 태도를 보이는 그녀들에게도 역시 종족의 통일성은 없다. 휴먼도 있고 시앙스로프, 캣 피플, 엘프도 있다. 공통된 점이라면 어느 접수원이나 용모가 뛰어나다는 점이다.

길드의 접수원은 예외 없이 미인이 뽑힌다.

길드 본부 내에서도 창구는 모험자들이 처음으로 찾아오는 곳이며, 이를 대응하는 접수원들은 그들에게 길드의 첫인상을 준다 해도 과언이 아니다. 모험자가 품은 길드에 대한 호감은 많든 적든 미궁탐색——나아가서는 '마석'의

회수——의 공헌도에 반영되므로 접수원의 발탁에는 태도나 실력은 말할 것도 없지만 특히 용모를 우선시하는 경향이 있었다.

따라서 자연스럽게, 대부분이 야수처럼 무섭게 생긴 모험자들에게 미소를 보내는 것은 미녀 혹은 미소녀라 해도 지장이 없을 만큼 미목수려한 자들이었다.

"퀘스트 수행을 확인했습니다. 수고하셨습니다. 클라이언트께는 의뢰를 달성하셨다고 연락하겠습니다."

하프엘프인 에이나도 그런 길드 접수원 중 하나다.

어깨에 걸린 갈색 머리카락에 에메랄드색 눈동자와 안경. 몸에 절반 흐르는 엘프의 피를 드러내듯 귀는 쫑긋하다.

길드가 중개한 퀘스트를 완수한 수인 여성모험자들에게 그녀는 보관해두었던 클라이언트의 보수를 전해주었다.

"그러면 보수를 전해드리겠습니다. 받아주십시오."

아이템 박스를 보며 손뼉을 치는 모험자들에게 에이나는 미소와 함께 찬사를 보냈다. 돌아가는 그녀들을 지켜본 것도 찰나, 이내 다음 순서를 기다리던 사람을 상대한다.

에이나는 5년쯤 전부터 길드에서 근무하고 있다. 학구를 졸업한 후, 가정 사정도 있고 해서 직장으로 고른 곳이 길드이기는 했지만 상당히 자신의 기질에 잘 맞는 것이 아닌가 그녀 자신도 생각했다. 물론 힘든 일이 없는 것은 아니어도 그 이상으로 보람이 있었으며, 스스로도 남들 챙겨주기 좋아하는 성격임을 자각했던 에이나는 매일 던전에 드나드는 모험자들을 돕는 데 힘을 쏟았다.

오늘도 정신없이 오가는 그들의 요구를 처리해나간다.

이윽고 시간이 흘러 점심 무렵.

그렇게나 많던 모험자들의 파도도 싹 빠져나가, 햇살이 스며드는 로비는 잠시 평온을 얻었다.

"에이나~ 밥 먹으러 가자~."

"응, 그래."

끊임없이 모험자들의 용건을 처리해나가던 접수원들이 두 팔을 들며 기지개를 켜는 가운데, 옆 창구에 있던 휴먼 소녀가 에이나에게 말을 걸었다.

찰랑거리는 핑크색 머리카락.

귀여운 동안은 표정이 풍부해 아주 애교가 있다.

같은 접수원이자 학생 시절부터 알고 지낸 친구, 미샤 플로트는 못 기다리겠다는 양 에이나를 채근했다.

"나 엄청 배고파~. 배랑 등이 붙어버리겠어~."

"미샤, 너무 잡아당기지 마."

팔을 붙들려 일어나며 다른 접수원들에게 휴식하고 오겠다고 전했다. 창구를 맡아준 동료가 다녀오라고 손을 흔들어주었다.

에이나와 미샤는 자리에서 일어났다.

"얼마 전에 밥이 맛있는 가게를 찾았거든~. 서쪽 지구에 있어."

"미샤, 그거 휴식시간 내에 돌아올 수 있는 거야?"

"음~ 괜찮지 않을까?"

"너도 참…….."

매사를 태평하게 가늠하는 미샤에게 에이나는 어이없음과 쓴웃음이 반씩 섞인 표정을 지었다.

야무진 에이나와 약간 덤벙거리는 미샤는 처음 알고 지냈을 무렵부터 직장에 이르기까지 세트로 취급되는 경우가 많았다. 옛날부터 변함이 없는 친구와 대화로 꽃을 피우며, 그녀는 길드 본부 뒷문을 빠져나가 대로와는 반대 방향으로 나아갔다.

"에――에이나~!"

"아…… 도르무르 씨?"

큰 목소리가 에이나의 쫑긋한 귀에 들렸다.

그 방향으로 돌아보니 그곳에는 드워프 청년이 있었다.

바로 곁에서 미샤가 어리둥절하는 가운데 그는 손을 들며 이쪽으로 달려왔다.

"우, 우연이네에, 이런 데서 만나다니. 나, 마침 지나가던 중이었는데…….."

거짓말임이 뻔히 들여다보이는 목소리에 에이나는 쓴웃음을 지었다.

드워프답게 도르무르는 다부진 체격의 장한이었다. 그의 종족 내에서 봐도 키는 170C 정도로 크고 팔이나 다리는 굵다.

수염은 기르지 않았으며 두 눈은 항상 활처럼 구부러졌다. 독특한 억양이 있는 어조와 맞물려 시골에서 막 올라온 촌뜨기 같은 인상이 느껴졌다.

커다란 코를 긁으며 도르무르는 긴장된 웃음을 띠었다.

"에이나, 혹시 점심 먹으러 가는 거야? 사실은 나도 그런데…… 괘, 괜찮으면 같이 어때? 무, 물론 돈은 내가 낼게!"

"아뇨, 그렇게 할 수는……. 오늘은 동료도 있으니……."

이미 몇 번째인지 알 수 없는, 어디까지나 우연을 가장하고 점심식사를 제안하는 도르무르가 에이나는 솔직히 말해 감당하기 힘들었다.

다부진 체구를 감싼 갑옷으로도 알 수 있듯 그도 모험자다. Lv.3── 상급 모험자의 일원인 만큼 실력도 뛰어나며, 전에 미궁 탐색 어드바이저로 담당을 맡았던 에이나와는 나름 알고 지낸 지 오래 되었다.

자신에게 마음이 있으리라 눈치도 채고 있다.

자만에 빠지고 싶지는 않지만, 둔감하다고 생각하지도 않았다.

'나쁜 사람은 아닌데…….'

모험자들이 이런 식으로 다가오는 일은 길드 접수원들이라면 일상다반사다.

하지만 도르무르의 경우 흑심이 뻔히 보이는 다른 모험자들과는 달리 어중간하게 진지한 마음이 엿보이는 만큼,

그야말로 접수원으로서 대응하듯 강하게 거절할 수가 없었다. 에둘러 완곡하게 거절해도 그의 태도는 변함이 없었다.

"……에이나~ 방해되면 나 혼자 밥 먹으러 갈까?"

"자, 잠깐, 미샤……?!"

"으, 으하하하! 아무리 우리가 잘 어울릴 것 같다고, 방해라니, 무슨 말을!"

생글생글 웃으며 재미있어하는 미샤에게는 당황하며 화를 내고, 이 기회를 놓칠세라 흥분하는 도르무르에게는 이제 눈물과 웃음이 같이 나올 것 같은 심정이었다.

연상이기도 한 도르무르를 어떻게 다뤄야 할지 몰라 에이나가 갈팡질팡할 때.

"그쯤 해둬라, 천박한 드워프. 에이나 씨가 난처해하시는 것을 보고도 모르겠나."

"윽?!"

어디선가 날카로운 목소리가 날아들었다.

도르무르가 등 뒤를 돌아보니, 그곳에 서 있던 것은 미목수려하다는 말이 잘 어울리는 엘프 모험자였다.

금발에, 에이나보다도 뾰족한 귀. 가죽갑옷을 걸쳤으며 등에는 화살통과 활을 장비했다. 키는 도르무르와 거의 비슷했지만 체형은 그와 정반대로 늘씬하고 가늘다.

가시 돋친 태도를 숨기려고도 하지 않는 엘프 청년은 비키라고 난폭하게 말하며 도르무르의 옆을 지나쳐 에이나의 눈앞까지 다가왔다.

"루, 루비스 씨……."

"무사하십니까, 에이나 씨. 이자의 지저분한 손에 닿지는 않으셨는지요?"

"뭐라고오~?!"

지나친 말에 분화하는 도르무르에게 엘프 루비스는 코웃음을 쳤다.

그도 에이나와 면식이 있는 상급 모험자이며, Lv.3의 일원이다. 관계는 도르무르와 완전히 똑같아 과거에 어드바이저를 맡은 적이 있다. 아무래도 그때 에이나가 마음에 들어버렸던 모양이다.

전형적인 엘프라고 할 만큼 거만한 태도로 도르무르를 대하던 루비스는 에이나를 돌아보더니 짐짓 헛기침을 했다.

"조금 전 지나가던 가게에서 아름다운 랄레 꽃을 보았지요. 에이나 씨에게 잘 어울릴 거라 생각해…… 괜찮으시다면 받아주시지 않겠습니까?"

"이, 이러시면 곤란해요, 루비스 씨……."

루비스가 두 손으로 끌어안은 꽃다발을 내밀었다. 형형색색의 꽃에 에이나가 완전히 당혹감에 빠져 있으려니 옆에서 튀어나온 굵은 팔이 꽃다발을 홱 빼앗았다.

"네, 네놈, 무슨 짓이냐!"

"흥! 너야말로 에이나를 난처하게 만들고 있잖아! 이런

데서 집요하게 꽃을 들이밀다니, 에이나 입장에서 한번 생
각해봐!"

"꽃을 찬미할 줄도 모르는 야만스러운 드워프 같으
니……! 고결한 엘프인 우리에게 다가오지 마라!"

"에이나는 하프야! 아니꼬운 너하고 똑같이 취급하지 마!"

일반적인 엘프와 드워프의 사이를 상징하듯 서로 헐뜯
고 고함을 질러대는 두 사람.

이제까지 몇 번이나 보았던 광경에 에이나는 완전히 중
재를 포기하고 고개를 숙였다.

"시, 실례합니다."

말다툼이 격화된 그들은 그 사실조차 알아차리지 못
했다.

미샤의 등을 떠밀며, 어찌 보면 재빨리 도망치듯 그 자
리를 떠나갔다.

"괜찮겠어?"

"괜찮지는 않지만…… 내가 있으면 더 꼬이니까……."

흘끔 뒤를 돌아보고, 이마가 닿을 것 같은 거리에서
말다툼을 벌이는 도르무르와 루비스를 쳐다보았다.

보면 알 수 있듯 두 사람은 서로 매우 성격이 맞지 않
았다. 서로를 연적(?)이라 인식한 후로는 그 관계가 한층
심해진 것 같았다.

실제로 지난 며칠 동안 두 사람의 행동은 차마 눈 뜨고
볼 수 없을 정도……라고 하면 과장일지도 모르지만, 아무

튼 격렬하다고 말하지 않을 수 없었다.

전부터 호의의 편린을 보이기는 했어도, 최근 들어서 그들은 직장을 떠난 사적인 시간을 노린 것처럼 에이나의 앞에 나타나게 되었다. 조금 전 도르무르가 그랬듯 길드 뒷문에 진을 치고 기다리는 일도 흔했다. 행위 그 자체가 점점 심해지는 것 같기도 했다.

마치 서로 경쟁하듯, 이런 수단 저런 수단을 써서 에이나에게 접근한다.

'정말로, 나쁜 사람들은 아닌데……'

말다툼을 끝낸 도르무르와 루비스가 똑같은 움직임으로 고개를 돌렸다. 빤히 바라보는 두 쌍의 눈에서 황급히 몸을 돌려 앞을 보았다.

등으로 두 사람의 시선을 느끼며, 에이나는 난처한 듯 안경 위치를 고쳤다.

길드 본부, 자료실.

도시며 주변 지역의 역사, 몬스터 및 던전의 정보가 축적된 광대한 서고는 로비를 지나 평소에는 개방되지 않는 직원용 복도를 나아간 곳에 있다. 도서관을 연상케 하는 공간은 2층까지 있어 높은 목조 책장이 마치 미로처럼 얽혀 있다.

책장이며 바닥, 기둥은 중후하고 차분한 암갈색이며, 까만 정장을 입은 직원들이 책을 들고 조용히 오갔다.

"끄, 끝났어요…….."

"그래, 수고했어. 어디 보자…….."

각자 원하는 자료를 찾는 동료들 사이에서, 에이나는 여러 개의 책상이 배치된 열람소에 있었다. 의자에 앉아, 정면의 책상 위에 놓은 도감 무더기에 에워싸인 백발 소년, 벨에게서 양피지를 받아들었다.

정기적으로 열리는 던전 이론 개인교습.

에이나는 현재 담당관을 맡고 있는 벨과 단둘이 공부를 하는 중이었다.

어드바이저라는 역직(役職)이 있다.

모험자가 원할 경우 길드에서 제공하는, 미궁탐색을 지원하기 위한 담당관이다.

최대한 모험자의 희망——성별이나 종족 등——에 따라 배정되기 때문에 창구에서 접할 기회가 많으며, 또한 용모가 준수한 접수원은 이래저래 지정받는 경우가 많다. 사실 지명은 100퍼센트 이루어지지 못한다는 숨은 법칙이 있지만——아무튼 에이나도 이제까지 모험자 몇 명의 어드바이저를 맡았다.

하지만 윗사람들에게 업무 속도를 인정받은 그녀에게는 사무 업무나 중요한 안건도 쇄도해, 작업량 문제 때문에 이제까지 담당했던 모험자들은 후임에게 인계되었다. 지금 에이나가 어드바이저로 담당하는 모험자는 벨뿐이다.

"……응, '중층'까지 있는 몬스터들은 거의 완벽하게 암기했는걸."

"저, 정말요?"

"응, 그러니까—— 자, 기습 쪽지시험. 각 몬스터의 구체적인 대처법을 적어봐. 계층별 지형의 특징도. 틀린 부분은 복습해서 다시 외울 거야."

"……네헥."

눈앞에 나온 새 양피지에 벨은 얼굴을 절망으로 물들인 후, 턱에 질끈 힘을 주고 고개를 끄덕였다.

머리를 싸쥐면서도 열심히 깃털펜을 놀리기 시작하는 소년의 모습을, 에이나는 에메랄드색 두 눈을 가늘게 뜨고 어딘가 부드럽게 바라보았다.

어드바이저로서 보이는 에이나의 자세는 독자적인 것이었다.

통상업무인 미궁탐색에 대한 상담이나 협의 외에도, 이렇게 담당 모험자를 불러내선 공부 모임을 가지고—— 막대한 던전의 지식을 주입시키는 것이다.

아름다운 용모에 어울리지 않게 그녀의 가르침은 스파르타여서, 일련의 지도는 담당 모험자들에게 큰 두려움의 대상이 되었다. 누구나 한 번은 견디지 못하고 도망쳐, 도르무르와 루비스조차 두 손을 들었을 정도였다.

벨은 아직까지 아슬아슬한 선에서 버티고 있다. 루벨라

이트색 눈에 때로는 눈물을 머금으면서도 어떻게든 책상 앞에 앉아 있다.

그의 원동력은, 동경이다.

목표의 높이 때문에 에이나의 호된 가르침도 필사적으로 따라오려 한다.

때로는 위태롭게조차 여겨지는 그 우직함이.

휘청거리고 넘어져도, 몇 번이나 일어나려 하는 그 한결같은 모습이.

에이나는 싫지 않았다.

최소한 소년을 밀어주고 응원하고 싶어지는 요인이 되었다.

'슬슬 시간이 됐네……'

벨의 얼굴을 조용히 지켜보던 에이나는 시선을 들어 기둥에 달린 시계를 보았다.

짧은 바늘이 가리키는 것은 숫자 10. 사전에 연락해두었으므로【헤스티아 파밀리아】에도 벨 본인이 사정을 전달했을 테지만, 아무리 그래도 이 이상 그를 붙잡아놓을 수는 없다.

이미 밤이기도 했으므로 자료실에는 직원들의 모습도 별로 없었다. 에이나와 벨이 있는 실내 중앙의 열람소에는 글씨를 써나가는 깃털펜 소리만이 들렸다.

잠시 후, 완전히 하얗게 불태운 벨이 양피지를 제출했다.

아니나 다를까 마무리가 허술해 틀린 부분이 몇 군데 있기는 했지만, 쓴웃음을 지으며 이번에는 넘어가주기로 했다.

이 과제는 다음에 다시.

"수고했어, 벨. 오늘은 이만 끝내기로 하자."

"……수, 수고하셨습니다. 고맙습니다."

책상에 엎어져 있던 고개를 들고, 벨도 비실비실 웃음을 지었다.

그냥 기다려도 된다고 했지만 그는 뒷정리를 거들고, 가져왔던 참고자료들을 에이나와 함께 책장에 꽂아놓았다.

미궁탐색을 마치고 돌아온 다음이기도 해서 벗어놓았던 장비를 다시 걸치더니, 자료실을 나가 직원용 복도를 경유해 로비로 돌아간다.

작별인사를 하고, 어딘가 비틀거리는 발걸음으로 떠나가는 벨의 모습을 에이나는 마지막까지 지켜보았다.

"수고했어, 에이나~."

"미샤…… 그리고 다른 분들까지."

에이나가 사무실로 돌아가자 여성 동료들이 맞아주었다.

이렇게 밤 늦은 시간까지 웬일로 접수원들이 모두 모여 있었다.

"넌 참 잘도 모험자를 그렇게 챙겨준다. 수당이 나오는 것도 아닌데."

"아하하⋯⋯."

연장자 접수원의 말에 쓴웃음을 지으면서, 도자기 컵에 따라주는 홍차를 받아들었다.

같은 여성끼리 책상이나 의자에 앉아 둥그렇게 모여선, 아주 잠깐 동안 업무 사이의 담소를 나누었다.

"맞아, 튤. 듣자하니 오늘 또 모험자들이 달라붙었다며?"

"⋯⋯미샤."

"그치만 그치만~ 말하고 싶어서 참을 수가 없었단 말야~."

밀고자인 친구를 가볍게 노려보자 전혀 주눅 드는 기색도 없이 웃으며 대꾸한다. 한숨을 꾹 참고 있으려니 조금 전의 연장자 접수원이 언짢은 투로 팔짱을 끼었다.

"나 원, 내가 있는데도 튤에게만⋯⋯ 모험자들은 눈을 장식으로 달고 다니나?"

"하지만 로즈, 모험자 남자는 싫어하잖아?"

"당연하지. 모험자 같은 건 사양하겠어."

로즈라 불린 웨어울프 여성은 장발을 만지작거리며 말을 이었다.

"죽지 못해 안달인 것들과 맺어져봤자 좋은 일이라곤 하나도 없는걸."

그 자리의 분위기가 바뀌었다.

마치 그녀의 말에 동조하듯 접수원들은 시선을 늘어뜨리거나 혹은 눈을 돌리고, 어떤 사람은 찻잔에 입을 가져가며 침묵했다.

"좋아한다느니 사랑한다느니 그럴듯한 말을 늘어놓고는, 결국 돌아오지 않는걸, 그것들은. 모험자 따위 어차피 여자보다 몬스터를 더 좋아한다니까."

혀를 내밀며 비아냥거리듯 말하는 그녀의 태도는, 어떻게 보면 허세인 것 같기도 했다.

정도의 차이는 있지만 접수원들은—— 아니, 길드 관계자들은 모험자에게서 거리를 둔다.

그어놓은 선을 넘으려 하는 사람은 없다. 아니, 없어졌다고 하는 편이 옳을 것이다.

조금 전에 말했듯, 모두들 사라져가는 것이다.

이 오라리오의 지하에 펼쳐진 미궁 안에서.

분명 이 중에도 진심으로 그들을 사랑하고, 또한 베개를 눈물로 적셨던 자도 있을 것이다. 에이나도 담당했던 모험자가 주검이 되어 던전에서 돌아왔을 때는 저절로 무릎에서 힘이 빠져나간 경험이 있다. 곁을 살피자 미샤조차 평소의 활달함이 자취를 감추었다.

모험자는, 내일이라도 갑자기 사라져버릴지 모르는 위태로운 존재다.

그렇기에 아무도 그들에게 깊이 관여하려 들지 않는다.

표면상으로는 웃음과 부드러운 태도를 꾸미지만, 접수원들의 태도에 담긴 본질은 어디까지나 사무적이었다.

"튤, 새삼스레 네 방식에 간섭할 마음은 없지만…… 그

렇게 아무나 다 챙겨주다간 후회하고, 혼쭐이 나게 될 수
도 있어."

"……예."

그런 접수원들 중에서 에이나만이 일부러 모험자들과의
거리를 좁히고 있었다.

모험자들의 희망에 부응하여 세삼한 면담과 자발적인
공부 모임을 진행한다. 하다못해 자신이 그들에게 할 수
있는 일을 해주고자. 무사히 던전에서 귀환하도록.

아마도, 죽으면 달관하는 것이 아니라, 죽지 않게 하고
싶다는 일념 때문에.

몸이 찢어지는 것 같은 심정을 몇 번이나 맛보았기에 에
이나는 모험자들에게 다가서고 있었다.

"너희도 모험자에게는 걸려들지 않는 게 좋을 거야. 소
속【파밀리아】의 주머니만 채워주지, 돈도 안 남겨주니까.
꽝이라고, 꽝. ……혹시 사귀게 된다면 가버리기 전에 뜯
어먹을 수 있을 만큼 뜯어먹어!"

마지막에 나온 심하다 싶은 말에 그녀들은 웃음을 터뜨
렸다.

농담처럼 마무리를 짓기는 했지만, 연장자 접수원의 이
번 발언은 아마도 경고 겸 조언일 것이다.

에이나는 물론 다른 후배들에게도 보내주는.

길드의 꽃이라 불리면서도 선을 명확히 긋지 않고서는
일을 계속해나갈 수 없는 접수원은 가혹한 직업이기도

했다.

❧

동료들과 이야기를 마친 에이나는 혼자 집으로 돌아가
고 있었다.

길드 본부가 인접한 북서쪽 메인 스트리트를 가로질러
오라리오 북쪽 지구로 향한다.

북쪽 지구에는 길드 관계자도 많이 사는 고급 주택가가
있으며, 접수원 전용 연립주택도 이곳에 존재한다. 길드는
직원을 위해 많은 건물을 관리하며 주거지로 제공했다.

'아무나 다 챙겨준다…… 한 마디도 받아치지 못했어.'

심야를 맞은 시각이었지만 에이나가 나아가는 길은 북
적거렸다. 대로에 비해 인적이 뜸하기는 해도 길가에 이어
진 주점에서는 따뜻한 빛과 웃음소리가 새어 나온다. 마석
가로등이 배치되어 깊숙한 곳까지 시야가 탁 트였다.

에이나는 조금 전 들었던 선배 접수원의 말을 떠올리며
살짝 풀이 죽었다.

"……혹시 아양 떠는 것처럼 보이나."

본인에게는 그런 마음이 없지만, 제삼자가 보면 그렇게
받아들이게 되는지도 모른다.

모험자에게 조금이나마 도움이 되었으면 하는 이 마음
에 거짓은 없다. 그들을 대하는 태도나 자세를 바꾸고

싶지 않았다. 하지만 동시에 복잡한 심정도 분명히 있었다.

실제로, 그렇게 친근하게 대하는 에이나를 의식해버리는 모험자들도 적잖이 있는 것이다. 도르무르나 루비스처럼.

아마 다른 접수원들이 선을 긋고 대하기 때문에 더욱 주목을 끌기 쉬운 것이리라.

혼잣말을 중얼거리던 에이나는 조용히 한숨을 내쉬고, 어깨에 걸친 백을 고쳐 멨다.

"……?"

문득 에이나는 시선을 느끼고 뒤를 돌아보았다.

포석이 깔린 길에는 딱히 에이나를 쳐다보는 사람은 없었다.

아는 사람이 있는 것도 아니었으므로 그녀는 고개를 갸웃하며 앞을 보았다.

그리고 다시 걸어가다, 금세 또.

"……!"

수수께끼의 시선이 다시 목덜미를 훑었다.

틀림없다. 분명히 **보고 있다**.

호흡을 한순간 빼앗긴 에이나는 자신의 심장을 가라앉히며 한동안 걷다가, 잽싸게 돌아보았다.

비취색 눈에 비친, 쭉 뻗은 길.

늘 걸어 익숙한 귀갓길의 광경 속에, 재빨리 옆길로 뛰어드는 까만 그림자가 있었다.

그 인물은 후디드 로브를 썼으며, 그늘 속에서 슬쩍 고개를 내밀어 이쪽을 보았다.

오싹. 에이나의 등줄기에 서늘한 것이 내달렸다.

"흑……!"

빠른 걸음으로 서둘러 길을 갔다.

혼란에 빠져들려 하는 가운데 자신의 집으로 향한다.

길을 오가는 사람들은 헤아릴 수 있을 정도밖에 없었다. 주위의 주점은 북적거리는 소란을 뿌려댔지만 마석등 불빛만이 비치는 길은 매우 불안했다.

'따라오잖아——?!'

누군가의 시선은 전혀 떨어질 줄을 몰랐다. 집요하게 에이나의 뒤를 따라왔다.

이윽고 고급 주택가로 이어지는 조용한 거리로 나왔다. 같은 간격으로 가로등이 늘어선 길에는 인적이 전혀 없었으며, 또한 이를 내다보았던 것처럼 수상쩍은 기척은 단숨에 부풀어올랐다.

정신이 들고 보니 에이나는 뛰고 있었다. 백을 끌어안은 채 정신없이 포석을 박차며, 무한히 느껴지는 거리를 넘어, 연립주택 문 앞에 도달했다.

부지 내로 서둘러 들어가 기둥에 손을 짚고, 숨을 헐떡이며 돌아보니 그곳에는 어둠만이 펼쳐져 있을 뿐이었다. 수상한 그림자는 어디에도 보이지 않았다.

쿵쾅거리는 심장 고동을 안은 채 에이나는 그 자리에 서 있었다.

❦

"뭐어~?! 밤에 돌아가다가 미행을 당했다고오~?!"

"모, 목소리가 너무 커, 미샤!"

아침의 접수 로비.

모험자들의 모습이 하나 둘 나타나기 시작하는 가운데, 에이나에게 이야기를 들은 미샤가 큰 소리를 질렀다. 황급히 목소리를 낮추라고 하자 그녀는 조그만 두 손으로 입을 막으며 사과했다.

"미, 미안. 그런데 이상한 짓 당하거나 하진 않았어? 얼굴은 못 봤어?"

"피해를 당한 건 아니고, 얼굴도 전혀 모르겠어…… 후드를 썼으니까."

에이나는 동료에게 어젯밤 있었던 일을 털어놓았다.

그녀들의 자리인 서로 인접한 창구에 앉으며 미샤는 슬쩍 몸을 내밀었다.

"위험해, 에이나~! 윗분들에게 상담해서 보디가드라도 고용하자!! 도시에 남아 있는 【가네샤 파밀리아】분들이라면 분명 도와줄 거야!"

"그, 그건 좀 오버지……. 어쩌면 내 착각이었을지도 모르고."

친구의 큰 목소리에 에이나는 슬쩍 몸을 젖히며 당황했다.

길드와 밀접한 관계를 맺은 파벌까지 끌어들이는 건 아무리 그래도 이야기가 너무 커지는 것 같았다. 그녀도 말했듯 큰 착각이었을 가능성도 부정할 수는 없다.

무엇보다 자기만이 특별대접을 받는 데 큰 거부감이 들었다.

"오버는 무슨 오버야~! 얼마 전에도 그런 이상한 얘기가 잔뜩 있었다구! 어떤 여자가 계속 미행을 당하다가, 결국 도시 밖으로 끌려갔다잖아!"

"설마…… 여긴 오라리오인걸? 검문은 안 그래도 빡빡하고, 게다가 길드에 손을 댈 사람이…….'

"그래도 그래도, 소문에 따르면 창관에 팔려나간 사람도 있고, 게다가 요즘엔 라키아 왕국 기사들이 침입했다는 소문도……!"

잇따라 튀어나오는 뜬금없는 이야기에 에이나는 수상쩍다는 표정을 지었다.

미샤는 가십을 좋아한다. 어디서 들은 뜬소문을 그야말로 닥치는 대로 들려주는 것이 분명하다.

그 외에도 무언가를 말하려 하다가, 모험자들이 창구에 줄을 서기 시작했으므로 유감스럽다는 표정으로 업무를 시작했다. 에이나도 자기 일에 들어갔다.

'하지만…… 쫓겼던 건 사실이니까.'

어젯밤의 광경을 떠올리니 금세 온몸에 한기가 돌았다. 무시하기에는 너무나 큰 불안에 가슴이 술렁거렸다.

미샤의 이야기를 그대로 받아들일 마음은 결코 없지만…….

에이나는 무의식적으로 몸을 떨고 있었다.

"에이나 누나?"

"!"

앞에서 들려온 목소리에 에이나는 흠칫 고개를 들었다

눈앞에는 의아한 표정을 지은 벨이 있었다. 보아하니 자기 창구 앞에 서 있다가 이제 막 순서가 돌아온 모양이다.

──이런, 업무 중인데.

에이나는 정신을 딴 데 팔았던 자신을 책망하고는 이내 웃음을 지었다.

"미안해, 벨. 잠깐 정신 놓았지 뭐야. 오늘은 무슨 일일까?"

"어, 던전 탐색에 대해 의논드리고 싶은 게 있는데요……."

그의 용건에 고개를 끄덕인 에이나는 자리에서 일어났다.

그녀의 뒤를 봐줄 직원과 미샤에게 창구를 떠난다고 말하고, 준비를 마친 후 벨과 면담용 부스로 들어갔다.

"뭐? 벌써 17계층을 돌파했어?"

"네, 【타케미카즈치 파밀리아】분들이 여러모로 도와주신 덕에……. 그래서 본격적으로 19계층에도 가볼까 하는데요."

비치된 의자에 앉아 책상 너머로 벨과 이야기를 나누었다.

겨우 며칠 전, 그는 두 번째 【랭크 업】을 거쳤다.

Lv.3이 되었다고는 하지만 너무나도 빠른 계층 공략 페이스에 에이나는 내심 경탄했다.

레코드 홀더인 것도 그렇고, 눈앞의 소년에게는 언제나 놀라기만 한다고 새삼 생각했다.

"저기…… 에이나 누나."

"왜, 벨?"

"무슨 일, 있었어요?"

그 질문에 에이나는 눈을 크게 뜨고 말았다.

"어쩐지 기운이 없는 것 같아서요……."

평소의 자신을 가장했다고 생각했지만, 보아하니 의식했던 것보다도 정신적으로 타격을 입은 모양이었다.

적어도 이 소년에게 간파당할 정도로는.

"제가 도와드릴 수 있을지는 모르겠지만…… 얘기를 듣는 정도라면, 어, 그러니까……."

말꼬리를 흐린 벨은 얼굴을 붉히며 뒷머리를 긁더니 말했다.

"……에이나 누나는, 늘 제 말을 들어주니까요."

불안에 사로잡혀 마음이 약해진 탓인지는 모르겠지만, 그 서툴고도 다정한 마음 씀씀이에 가슴이 아주 살짝, 달콤하게 시큰거렸다.

자신도 모르게 웃음을 지었던 에이나는, 자신의 입장도 한순간 잊고 벨에게 매달려버렸다.

　"어제 있었던 일인데……."

　내용을 털어놓자, 벨은 낯빛을 이리저리 바꾸더니, 마지막에는 말문이 콱 막힌 것 같았다. 그 반응에 한바탕 쓴웃음을 짓고 에이나는 멍하니 벨의 얼굴을 바라보았다.

　만약.

　만약 벨이 돌아가는 길에 같이 있어준다면.

　미샤가 말했던 것처럼 보디가드로 자신을 지켜준다면.

　그렇게 잠깐이나마 떠올려보고, 무슨 바보 같은 생각이냐며 고개를 가로저었다.

　이기적이고 얄팍한 자신을 부끄러워했다.

　"미안해. 지금 했던 말은 잊어줘, 벨."

　"네……? 그, 그치만."

　"내 개인적인 문제고, 그렇게까지 심각한 것도 아니니까. 내가 알아서 할게."

　벨의 입장에서는 민폐가 될 거라고 발언을 취소했다.

　길드 직원으로서의 체면을 재장비한 에이나는 괜찮다고 웃음을 지으려 했다.

　하지만 그 전에 벨이 매달렸다.

　"시, 심각하죠, 그거, 아마도, 분명!! 지금은 라키아 왕국이 쳐들어와서, 시벽 안에까지……!"

　"베, 벨?"

무언가 아는 것이 있는 것처럼 몸을 내밀던 벨은 어안이 벙벙해진 에이나를 보고 아차 하는 표정을 지었다. 말해서는 안 될 비밀에 시달리는 것처럼 몸을 꼼질거리더니, 어쨌든 기세에 몸을 맡기고 말을 이었다.

　"저라도 괜찮다면 써주세요! 도움이 될지는 모르겠지만, 보디가드든 뭐든 해드릴게요!"

　벨이 입에 담은 보디가드라는 말에 에이나는 안경 안에서 두 눈을 크게 떴다.

　"에이나 누나한테는 맨날 도움만 받았고, 그러니까……!"

　"……고마워, 벨. 하지만 그건 내 일이니까, 보답을 받을 만한 일은 아닌걸?"

　조금 냉정해진 에이나는 타이르듯 말을 걸었다. 에이나가 벨에게서 의논을 받는 것은 길드 직원으로서의 업무이기 때문이다. 어디까지나 직무의 일환이니 마음에 둘 필요는 없다고 고집을 부리며, 그녀는 벨의 청을 기쁘게 생각하면서도 거절하려 했다.

　"──바, 방어구!"

　"어?"

　벨이 느닷없이 말했다.

　"방어구, 프로텍터요! 에이나 누나가 저한테, 주셨던 거! 그 빚을 갚게 해주세요!"

　아주 한참 지난 이야기다. 에이나의 제안으로 벨의 방어구를 둘이 함께 조달하러 간 일이 있었다. 그때 에이나는 그에게 방패삼아 프로텍터를 선물했다.

분명 그것은 직무가 아니었다. 에이나의 개인적인 참견이었으며, 또한 보답을 바라지 않은 호의였다.

"……정말 못 말리겠어."

정면으로 빤히 응시한 채 물러나지 않으려는 벨에게 에이나는 결국 지고 말았다. 말과는 달리 얼굴에 웃음을 지으며 눈앞의 소년을 보았다.

"그렇게까지 말한다면, 맡겨볼게. 잘 부탁해, 벨."

"아, 네!"

태양이 시벽 너머로 사라지고 어둠이 서서히 얼굴을 드러냈다.

평소처럼 접수원 업무를 위해 창구에 앉아 있던 에이나는 미궁탐색에서 돌아온 벨이 환전소로 가는 것을 보고 자리에서 일어났다. 살짝 두 사람 사이에서만 시선을 나눈다.

"실례합니다. 그만 퇴근할게요."

"어머나, 오늘은 일찍 가네. 수고했어."

직원들과 한두 마디 대화를 나누며 짐을 정리한다. 서류 무더기와 씨름하던 미샤가 불안한 표정으로 바라봤지만 걱정하지 말라고 미소로 손을 흔들어주었다.

"기다렸지, 벨."

"아, 아뇨. 그러면⋯⋯."

"응, 가자. 어⋯⋯ 돌아갈 때까지만이지만, 잘 부탁해."

"네, 넷."

본부 뒷문 바로 근처에 있던 소년과 합류해, 에이나는 출발했다.

아침에 이야기를 나눈 후, 에이나는 오늘부터 보디가드로 벨에게 동반해줄 것을 의뢰했다. 에이나가 집에 돌아갈 때까지, 미궁에서 귀환해 동료들과 헤어진 그가 함께해주는 것이다.

"미안해, 벨. 던전에서 막 돌아온 참인데."

"아뇨, 오늘은 일찍 돌아오기도 했으니까 여유 있어요. 괜찮아요."

"⋯⋯고마워."

평소와는 다른, 곁에 있는 타인의 발소리에 자신의 발소리를 겹친다.

꼭두서니색으로 물든 거리는 벨과 마찬가지로 던전에서 돌아온 모험자들로 붐볐다. 길은 여기저기 존재하는 주점을 찾는 데미휴먼들로 넘쳐나 왕래가 많았다.

에이나와 벨은 다른 사람들과 어깨가 부딪히지 않도록 조심하며 인파를 나아갔다.

'⋯⋯어쩐지 좀 긴장되네.'

별로 대단한 것은 아니지만, 바로 곁에 있는 벨을 자꾸만 의식하게 됐다.

기한을 정해두지 않았다고는 해도 앞으로 매일 벨과 돌아가는 길을 함께한다고 생각하니 몸이 움찔거렸다. 수수께끼의 추적자도 잊어서는 안 되겠지만 나란히 걷는 서로의 거리를 무시할 수는 없었다.

남들에게는 어떻게 보일까 싶어 주위의 시선도 조금 신경을 쓰며.

에이나는 흘끔, 처음 지나온 길을 근심스레 바라보는 벨의 옆얼굴을 몰래 살폈다.

"——!"

그 직후.

벨이 날카롭게 후방을 돌아보았다.

돌변한 그의 분위기에 에이나는 놀라버렸다.

"베, 벨?"

"……감시당하고 있어요, 아마도."

"뭐…….."

어젯밤과는 달리, 전혀 알아차리지 못했다.

에이나가 멍청히 서 있는 동안 시선을 느꼈는지 벨은 진지한 표정을 지었다.

빈틈없는 눈빛으로 주위를 둘러보는 루벨라이트색 눈동자.

가슴이 두근 뛰었다.

한순간에 모험자의 얼굴이 된 벨을, 까닭 모를 위화감과 함께, 아주 잠깐이지만, 넋을 놓고 바라보았다.

'이런 표정도, 짓는구나…….'

워 게임을 관전했을 때도 목격했지만…… 완전히 모험자의 일면을 갖추게 된 벨에게 가슴이 싱숭생숭해졌다.

한동안 에이나가 눈을 떼지 못하고 있으려니, 그는 조용히 긴장을 풀었다.

"사라진 것, 같아요. 잠깐 숨은 것뿐인지도 모르지만……."

"그, 그런 것도 알아, 벨?"

"네. 누가 자꾸 쳐다보곤 해서 민감해지는 바람에……."

"뭐?"

"아, 아무것도 아니에요!"

가차 없는 수수께끼의 은빛 시선 덕에 단련된 감지능력을 숨기는 벨에게 에이나는 고개를 갸웃했다.

아무튼 따라오는 사람이 있다는 것은 거의 확실해졌다. 어젯밤의 사건도 역시 착각이 아니었으며, 누군가가 자신을 노린다는 뜻이리라.

오싹해지는 한기를 느끼고 있으려니 —— 갑자기 주위의 인파가 흐름을 바꾸었다.

아, 하고 중얼거릴 틈도 없이 인파에 휩쓸려 벨을 놓칠 뻔한 에이나. 그러나.

재빨리 튀어나온 손이 그녀의 손을 잡았다.

"괘, 괜찮아요?"

"……으, 응."

어떻게든 인파를 헤치고 다가온 벨에게 에이나는 건성으로 대답했다.

놓치지 않겠노라 꽉 쥐는 손가락의 감촉.

여전히 붙잡힌 손에 자신도 모르게 뺨을 붉히고 말았다.

"아…… 죄, 죄송합니다!"

에이나의 상태를 알아차린 벨이 황급히 손을 뺐다.

멀어져가는 온기에 아쉬움을 느끼면서도 얼굴을 붉히고 당황하는 벨의 모습이 우스워져 에이나는 웃음을 흘렸다.

"갈까?"

"어, 네."

멋쩍음을 감추면서 어딘가 뻣뻣하게, 그래도 바로 곁에서 에이나만은 지키겠노라고 함께 걸어가주는 보디가드에게 다시 한 번 웃음을 지었다.

처음에는 신경이 쓰이던 어깨의 거리는, 이제 에이나를 안심시켜주는 것이 되었다.

🔥

"저기, 에이나. 요즘 어쩐지 기분이 좋아 보이는데, 무슨 일 있어?"

"……어?"

이틀이 지난 아침.

일을 하다 옆에서 날아든 미샤의 말에 에이나는 우뚝 몸을 멈추었다.

"어째 평소보다 생글생글하잖아. 우후후~ 하고."

"거, 거짓말."

"정말~."

창구 밑에서 접수원용으로 상비된 손거울을 꺼내 황급히 살펴보았다.

안경을 낀 얼굴은, 지금은 살짝 발그레하게 물들었을 뿐이었다. 부끄러워하는 에이나의 몸짓에 따라 거울 속의 자신도 손가락으로 앞머리를 매만졌다.

"전에 누구한테 쫓기는 것 같다고 그러더니, 그건 괜찮아?"

"어, 구체적으로 해결된 건 아니지만……."

"그럼 왜? 좋은 일이라도 있었어?"

읔.

말문이 막혀버렸다.

에이나 자신도 미샤의 의문에 대한 대답을 말로 표현할 수는 없었다.

짐작 가는 구석은 하나. 스스로도 알아차리지 못한 사이에——그야말로 기분이 좋아질 정도로는——귀가를 함께 해주는 벨과의 시간을 즐거워했던 것이 아닐까.

에이나가 대답에 궁색해지자 미샤는 무언가를 알아차렸다는 것처럼 "아" 소리와 함께 앞을 보았다.

"그때 그 드워프 모험자다. 뭐였더라, 도도메루 씨?"

"뭐?"

이름을 제대로 틀려버린 친구의 시선을 따라가보니, 정말 로비 안쪽에 도르무르가 있었다.

그는 입을 꾹 다문 채 에이나만을 바라보는가 싶더니, 이내 몸을 돌려 걸어갔다.

평소 같으면 무언가 용건을 만들어내 말을 걸었을 텐데…… 출입구로 멀어져가는 뒷모습을 에이나는 의아한 표정으로 바라보았다.

"가버렸네. 그러고 보니 엘프 모험자도 저러고 있었던 것 같고."

"그건 혹시…… 루비스 씨?"

"응. 에이나를 흘끔흘끔 보고 있었어."

루비스 또한 길드를 방문하면 거의 꼬박꼬박 에이나에게 말을 걸었다. 한두 번 말을 걸지 않았다고 해서 의문으로 여기는 것도 이상하겠지만, 고개가 갸웃거려졌다.

조금 전의 화제를 다시 꺼내며 친구가 여전히 달라붙으려 했지만, 에이나는 그들이 떠나간 방향만을 바라보았다.

"그래서 오늘은 파티랑 같이 미노타우로스 떼에게 포위당하는 바람에 황급히 도망쳐서……."

"후후. ……정말, 위험하게."

그날 밤. 이제까지처럼 에이나는 벨을 데리고 귀갓길에 나섰다.

시간은 이미 늦었다. 오래 걸린 미궁탐색에서 돌아온 벨은 오늘 던전에서 있었던 일을 들려주었고, 에이나도 미소를 지으며 맞장구를 쳤다.

벨과 행동을 함께하게 되면서 수상쩍은 그림자는 한 번도 보지 못했다. 벨의 말로는 여전히 시선은 느껴진다고 하니, 아마 눈치를 살피는 중일 것이다.

'계속 이대로 갈 수는 없을 테고…… 어떻게든 수를 써야 할 텐데.'

자기 탓에 벨을 속박할 수는 없다. 지금의 관계는 일시적인 것으로 그쳐야 한다고, 에이나는 대화를 나누며 생각했다.

문득 지금의 이런 시간을 놓친다는 데에 서운함을 느낀 것을 자각하고, 에이나는 당혹감과 함께 자신에게 물어보았다.

'……나는 벨을, 어떻게 생각하는 걸까.'

아침에 있었던 미샤의 이야기도 떠올라 가슴속으로 눈을 돌렸다.

에이나에게 벨은…… 남동생 같은 존재. 이 한마디로 표현할 수 있을 것이다.

그 이상도 이하도 아니다. 여기에 이성의 감정이 개입될 여지는 없을 터.

자신의 취향은 어디까지나, 그래, 벨 같은 남자인 것이다.

——라고 생각한 에이나는 고개를 숙인 채 속절없이 얼굴을 붉혀버렸다.

　　순환논법처럼 되돌아온 사고의 귀결. 속으로 자신을 바보라고 한없이 나무랐다.

　　그런 그녀의 바로 곁에서, 혼자 자폭하고 얼굴이 새빨개진 하프엘프에게 벨은 어리둥절한 표정을 지었다.

　　"에, 에이나 누나, 다 왔는데요?"

　　"……! 고, 고마워, 벨."

　　어느새 길드의 연립주택에 도착했다. 달아오른 얼굴을 들고 황급히 인사를 한 에이나는 문득 벨의 얼굴에서 스며나오는 피로감을 알아보았다.

　　당연하다면 당연하다. 미궁탐색이 끝나고 매일같이 함께 해주었으니까.

　　"그럼 에이나 누나, 저는 그만 가볼게요."

　　자신을 무사히 바래다주고 등을 돌리려 하는 벨에게.

　　에이나는 미안함도 한몫해서, 정신이 들고 보니 이렇게 말하고 있었다.

　　"……벨, 들렀다 갈래?"

　　"네?"

　　말한 후에야 에이나는 흠칫했지만.

　　피로가 짙게 배어 나오는 소년의 얼굴을 보고, 마음이 시키는 대로 말을 이었다.

　　"그게, 늘 바래다주니까…… 차라도, 대접할까 하고."

긴장하지 않도록 고심하며 그렇게 전했다. 가느다란 귀까지 붉어지는 것이 느껴졌다.

어리둥절하던 벨은 그녀의 마음 씀씀이를 알아차렸는지 눈썹을 늘어뜨리며 활짝 웃고, 사양했다.

"고마워요, 에이나 누나. 그래도 괜찮아요. 홈에서 주신님이랑 동료들도 기다리고."

잘 자라는 인사를 남기고, 벨은 이번에야말로 등을 돌렸다.

그의 하얀 머리카락이 에이나의 눈앞에서 멀어져간다.

"……우웅."

자신도 모르게, 그런 볼멘 목소리가 새어 나왔다.

하지만 이내 웃음을 짓고 그 뒷모습을 바라보았다.

벨이 시야에서 사라질 때까지 지켜본 후, 에이나는 방으로 들어갔다.

🐱

그리고 이튿날.

벨에게 보디가드를 부탁하고 나흘째가 되던 날.

상황에 변화가 찾아왔다.

"베, 벨. 왜 그래? 땀을 뻘뻘 흘리는데……."

"시, 시선에 살기가……."

저녁 무렵, 이제까지처럼 길드 본부 뒷문에서 만나 길을 나아가고 있을 때였다.

벨은 연신 고개를 돌려 주위를 살폈다.

"트, 틀림없니?"

"네…… . 우리, 라기보다는 저한테만 향하는 것 같지만요."

상당한 압박감을 느끼는지 벨은 우려를 감추려고도 하지 않았다.

사태의 심각성을 깨달은 에이나는 주위를 잘 둘러본 후, 가만히 벨에게 귀띔했다.

"벨, 저쪽 뒷길로 가자."

"네?"

"사람이 없는 곳으로 상대를 유인하는 거야. 분명 쫓아올 테니까."

살기를 흘린다는 것은 아마도 슬슬 인내심이 한계에 이르렀다는 뜻이리라.

상대가 그런 상태라면 혈안이 되어 두 사람을 추적할 것이다. 사람 눈에 뜨이지 않는 곳이라면 더더욱.

그리고 동시에, 상대와 맞닥뜨린다면 다툼이 벌어질 확률은 매우 높다.

에이나가 말하려는 바를 이해한 벨은, 위험을 고려하고도 보디가드로서의 책무를 다하고자 고개를 끄덕였다.

두 사람은 북적거리는 길을 벗어나 뒷길로 들어섰다. 한동안 나아가다가 건물과 건물 틈으로 숨어들었다.

이윽고 들려오는 거친 발소리. 벨과 밀착한 에이나는 쿵

쾅거리는 자신의 심장 소리를 들으며 필사적으로 숨을 고르고 있었다.

그리고 까만 그림자가 자신들이 숨은 곳을 지나쳐, 그 너머의 막다른 골목으로 들어간 순간 벨은 단숨에 뛰쳐나갔다.

"아니—— 도르무르 씨?!"

뒤를 따라간 에이나는 벨과 마주 선 인물을 보고 그렇게 외치고 있었다.

후디드 로브를 답답하게 걸친 드워프 청년은 에이나가 눈에 들어오지 않는지 얼굴을 시뻘겋게 물들이며 벨을 노려보았다.

"너, 너너, 에이나를 이런 데로 끌고 들어와서, 대체 뭘 하려고 그랬어——!!"

고함을 터뜨리며 도르무르는 등에 짊어졌던 워해머를 손에 들었다. 그리고 벨이 입을 열기도 전에 다짜고짜 덤벼든다.

"베, 벨! 도르무르 씨! 기다——!!"

에이나의 저지는 도르무르가 내리친 해머 소리에 가로막혔다. 포석을 분쇄하는 요란한 굉음. 돌 조각이 튀는 가운데, 적당히 봐주면서 싸울 상대가 아님을 깨달았는지 벨도 두 자루의 나이프를 장비했다. 재빨리 몸을 돌리며 응전한다.

"휴먼, 하얀 머리에 빨간 눈…… 그렇구나, 너【리틀 루키】구나!"

"!"

"하지만 나한테는 못 이겨!"

벨의 공격을 손쉽게 해머로 막아낸 도르무르는 입가를 틀어올리며 그대로 밀어붙였다.

수평으로 휘두른 해머에 벨은 후퇴할 수밖에 없었다. 근육으로 뭉친 굵은 팔이 거대 무기를 휘둘러대 마치 작은 폭풍처럼 맹공을 펼쳤다.

에이나는 아차 했다. 벨과 도르무르, 같은 제2급 모험자라고는 하지만, 겨우 얼마 전에【랭크 업】한 벨과 달리 도르무르는 이미 3년도 전에 Lv.3에 이르러 착실하게 실력을 쌓았던, 말하자면 베테랑이다. 전투경험은 도르무르가 훨씬 많다.

벨이 위험하다고 판단한 그녀의 예상은—— 금세 배신당했다.

"——흡!!"

"으에악?!"

벽으로 몰려 도망칠 곳을 잃었던 벨은 도르무르가 마지막 일격으로 날린 해머를 칠흑의 나이프로 공격했다. 허공에 자청색 궤적을 그리는 참격이 옆에서 해머를 후려쳐 공격의 궤도를 지면으로 떨구었다.

경악하는 도르무르 앞에서, 벨의 움직임이 단숨에 가속했다.

'빠, 빠르다——!!'

에이나도 눈을 크게 떴다.

벨의 움직임을 따라갈 수가 없었다. 세 곳이 벽에 에워 싸인 작은 공간 사이를 토끼의 도약처럼 연속으로 이동하며 상대의 사각—— 측면이며 배후로 돌아가서는 공격을 가한다. 도르무르가 간신히 막는가 싶으면 눈 깜짝할 사이에 그 자리에서 이탈해 다시 눈부시게 주위를 돈다.

에이나가 놀란 것은 벨의 움직임이 매우 그럴듯했다는 점이었다.

숙달된 도르무르와 비교해도 손색없는 절도 있는 동작. 그저 【스테이터스】만을 믿고 밀어붙이는 것이 아니라, 누군가에게 배우지 않았을까 짐작케 하는 어엿한 모험자의 움직임.

설령 상대에게 포착당해 발을 멈추게 되더라도 체술과 몸놀림을 구사해 호각의 백병전을 펼쳤다.

그러고 보니 워 게임에서의 광경이 떠올랐다. 레벨이 높은 히아킨토스를 상대하면서도 '자이언트 킬링'을 이끌어냈던 흰토끼의 격전—— 검처럼 날카로운 '기술'과 '허허실실'.

소년에게 싸우는 방법을 가르쳐준 존재가 어마어마하게 크다는 사실은 에이나가 봐도 알 수 있었다.

"쪼, 쫄랑쫄랑 설치고 앉았어!!"

도르무르의 반응은 점점 벨을 따라가지 못하고 있었다.

워해머를 휘두르면 그곳에서는 이미 모습이 사라진 후였으며, 반대로 공격을 당하는 횟수가 늘어만갔다.

흰토끼의 히트 앤 어웨이가 도르무르를 교란하고 희롱한다. '민첩'은 소년 쪽이 훨씬 높다.

힘을 자랑하는 드워프에게 최속토끼와의 상성은 너무나도 좋지 못했다.

"이게에~?! 이건 절대 못 피할 거다!"

견디다 못한 도르무르는 등에 손을 내밀더니, 또 한 자루의 거대한 해머를 장비했다.

——'마검'?!

과도한 장식이 가미된 노란색 무기의 정체를 에이나는 한눈에 간파했다.

즉석에서 마법효과를 발동시키는 희귀하면서도 강력한 무기. 이 한정된 공간에서 터뜨린다면 도르무르의 말대로 그것은 절대 피할 수 없다.

한순간 숨을 멈춘 에이나가 그 자리에 뛰어들려 했을 때.

눈을 크게 뜬 벨이 정면으로 도르무르에게 돌격했다.

'벨?!'

에이나가 '마검'의 여파에 말려들지 않도록 자신의 몸을 표적으로 삼았던 것이다. 그녀가 그 사실을 알아차리기까지는 시간이 필요했다.

도르무르는 정면에서 뛰어든 소년을 보고 입가를 틀어올리더니, 해머 형태의 '마검'을 쳐들었다.

땅을 기듯 질주하는 소년을 향해 혼신의 힘을 다해 내리
쳤다.

"받아라아아아아!!"

"——흐읍!!"

육박하는 해머를 향해 벨은 왼손에 든 붉은 단도를 휘둘
렀다.

선명한 다홍색 원호가 이어지더니, 전기를 띤 해머의 바
로 아래쪽, **자루**를 깔끔하게 베어버렸다.

"——"

잘려나가 허공을 춤추는 쇳덩어리.

머리를 잃은 해머는, 자루만이 허공을 그어, 불발로 그
쳤다.

도르무르와 엇갈려 지나간 벨은 놀란 에이나 앞에서 재
빨리 몸을 돌려 그녀를 등으로 감쌌다.

'마검'의 일격을 헛스윙으로 끝낸 도르무르는 잠깐 굳어
버린 후.

이내 몸을 돌리더니 원래 무기인 워해머를 들고 벨과 마
주 섰다.

"아, 아직 멀었어!!"

그러나.

허공으로 날아올랐던 거대 해머의 머리 부분이, 바로 아
래에 있던 도르무르를 향해 떨어졌다.

""아.""

에이나와 벨이 눈을 동그랗게 뜨고 보는 가운데, 도르무르의 정수리에 직격.

"──끄와아아아아아아아아아아아아아아아아악!!"

절규와 함께 어마어마한 번갯불이 솟구쳤다.

번개 속성의 '마검'이 자신의 위력을 해방시켜 도르무르를 벼락의 소용돌이에 가둬버렸다.

에이나와 벨까지 뒤로 날아가 사이좋게 땅바닥에 쓰러졌다.

"베, 벨?! 괜찮니?!"

"저, 저는 괜찮지만…… 그보다도 저 사람이."

벨에게 떠밀린 꼴로 쓰러진 에이나가 몸을 일으키자, 등과 뒷머리가 살짝 그을린 벨이 피해의 중심지를 비틀비틀 가리켰다.

흠칫 놀란 에이나는 망설인 후, 자리에서 일어나 도르무르에게 향했다.

"윽……."

뒷골목 일대는 '마검'에 완전히 파괴되었고, 그 중심에서 도르무르는 시커멓게 타버렸다. 연기를 뿜어내는 그의 곁에서 거대 해머의 머리 부분이 반짝 빛을 냈다.

"괘, 괜찮나요……?"

"응…… 숨은 붙어있어."

다가온 벨에게 도르무르가 무사함을 확인시켜주자 소년은 어깨에서 힘을 쭉 뺐다.

한편 에이나의 표정은 밝지 못했다.

믿을 수 없었다. 도르무르가 이번 사건의 범인이었다니.

에이나는 길드 접수원을 지내며 여러 사람을, 모험자를 지켜봤기 때문에 이래봬도 사람 보는 눈은 있는 편이라고 생각했다. 조금 분위기 파악을 못하기는 해도 기본은 착한 드워프였던 그가 이런 일을 하리라고는 도저히 생각할 수 없었는데…….

에이나는 고개를 숙인 채 서글픈 시선을 떨구었다.

"……."

그런 그녀의 곁에서 벨은, 벽에 에워싸인 주위를 천천히 올려다보고 있었다.

어딘가 위화감이 남은 것처럼 그는 도르무르와 위쪽 방향으로 번갈아 시선을 돌리고 있었다.

정신을 잃은 도르무르는 어제 벨이 직접 길드 본부로 옮겨주었다.

눈을 뜨면 심문을 받게 되겠지만, '마검'의 일격이 어지간히 강렬했는지 그는 아직도 정신을 차리지 못했다.

에이나는 충격에서 벗어나지 못해 일이 제대로 손에 들어오질 않았다.

"에이나, 괜찮아?"

"응, 아무것도 아냐. 미안해."

마음속에 응어리를 남긴 채 시간만이 흐르고, 밤을 맞았다.

걱정하는 미샤와 동료들에게 힘없이 웃어주고 에이나는 길드 본부를 나왔다.

당연히 곁에 벨은 없다. 어쨌거나 사건이 결판났으니 이이상 그와 행동을 함께할 이유는 없었다.

완전히 밤이 깊은 가운데, 평소와 똑같은 길을 또 혼자서 걸어갔다.

"――어?"

아무 조짐도 없이.

그저 갑자기, 문득 뒤를 돌아본 에이나의 시야에 무시할 수 없는 존재가 들어왔다.

새까만 후디드 로브. 추적자의 존재를 자각했던 첫날 봤던 것과 같은 의상.

에이나의 얼굴에서 핏기가 빠져나갔다.

"흐윽?!"

거짓말.

아연실색하며 달렸다. 뒤를 보니 후디드 로브를 걸친 인물도 쫓아온다.

'역시 도르무르 씨는……!!'

달리 진범이 있었던 거야. 역시 그는 이 사건과는 무관했어.

에이나는 안색이 창백해졌다. 도르무르는 우연히 그 자리에 있었을 뿐, 아마 정말로 벨이 에이나를 뒷골목으로 끌고 들어갔다고 생각했던 것이다.

고급 주택가로 이어지는 조용한 외길. 주위에 사람은 아무도 없었다. 꺼져가는 마석등 불빛이 절박한 에이나의 옆얼굴을 비추었다.

상대가 더 빠르다. 붙잡히겠다.

바로 근처까지 다가오는 기척에, 에이나는 누구에게 닿을지도 알 수 없는 비명을 지르려 했다.

"【파이어볼트】!"

그러나 그 직전, 염뢰가 쩌렁쩌렁 울려 퍼졌다.

에이나의 등 뒤, 그리고 후디드 로브를 뒤집어쓴 인물의 후방. 마치 견제했던 것처럼 '마법'은 포석에 꽂혔다. 그 폭음에 놀란 에이나와 후드의 인물은 발을 멈추었다.

다음 순간, 길가에 늘어선 건물들의 옥상을 타고 두 사람을 쫓아오는—— 격주하는 하얀 그림자가 허공으로 몸을 날렸다.

급강하와 함께 머리 위에서 후디드 로브를 뒤집어쓴 인물에게 검을 내리친다.

"하앗!"

"윽?!"

"——베, 벨!!"

창졸간에 단검을 뽑은 후디드 로브 차림의 인물은 날카

로운 일격에 뒤로 튕겨나갔다.

에이나는 자신의 눈앞에 떨어진 백발 소년에게 놀랐다.

"죄, 죄송해요! 역시 마음에 걸려서…… 느, 늦었죠."

숨을 헐떡이며 말하는 벨에게, 공포에서 해방된 에이나는 진심으로 안도하고 자신도 모르게 끌어안고 싶어졌다. 눈물이 나오려 하는 눈을 황급히 비비며 그에게 물었다.

"마, 마음에 걸렸다니, 무슨 뜻이니?"

"괜히 누나가 무서워할 것 같아서 말은 안 했지만…… 에이나 누나랑 돌아갈 때 여러 명의 시선을 느낀 적이 있거든요……."

도르무르와 교전할 때에도 다른 시선을 어렴풋이 느꼈다고 벨은 설명했다.

그것을 착각으로 넘길 수가 없어서 오늘도 에이나와 함께 돌아갈 생각이었다고 한다. 그리고 풀이 죽은 그녀가 먼저 귀가해버렸다는 사실을 길드 본부에서 듣고, 뒤도 돌아보지 않은 채 달려왔다는 것이다.

"——에이야아아아아아아아아아아아아아압!"

"""?!"""

그리고 또 다시 상황이 바뀌었다. 옆길에서 커다란 드워프가 전차와도 같이 약진해 나타난 것이다. 그 자리에 있던 세 사람이 나란히 굳어버린 동안 그는 높이 쳐들었던 주먹을 후디드 로브의 인물에게 꽂았다. 당황하면서도 아슬아슬하게 회피하는 상대.

"무사해, 에이나?!"

"도르무르 씨까지……?! 어떻게 여기에, 아니, 어떻게 길드에서?!"

"벽을 부수고 빠져나왔지!"

휘청. 에이나는 이마에 손을 짚고 비틀거렸다.

그녀와, 식은땀을 흘리는 벨의 기색은 알아차리지도 못한 채 도르무르는 수수께끼의 인물을 노려보았다.

"너냐아?! 에이나를 쫓아다녔던 변태가!"

"네?"

어째서인지 이쪽의 사정을 알고 있는 도르무르에게 에이나가 눈을 크게 뜨고 있으려니.

부들부들 떨던 후디드 로브 차림의 인물은, 뒤집어썼던 후드에 손을 댔다.

"벼, 변태라니, 나를 그런 저열한 호칭으로 부르지 마라, 드워프놈!!"

"루, 루비스 씨?!"

이젠 몇 번째인지도 알 수 없는 경악이 에이나를 엄습했다.

금발을 드러낸 엘프 청년은 버들잎처럼 모양 좋은 눈썹을 치켜세우며 도르무르를 노려보았다.

"변태는 변태지, 이 음험한 엘프놈아! 이 상황을 어떻게 설명하려고!"

"윽…… 나, 나는 그저 에이나 씨에게, 마, 마음을 전하고자…….”

붉어진 얼굴로 에이나를 쳐다보는 루비스는 무언가 말을 더듬거리더니, 이내 고개를 가로저었다.

“에잇, 아, 아무튼! 이제까지처럼 성가신 짓은 역시 성미에 맞지 않는다고 생각했을 뿐이다! 어디서 착각을 하고 있나!!”

“아앙? 내가 뭘 착각했다는 거야?!”

완전히 외야로 밀려나버린 벨이 처량하게 우왕좌왕하는 동안, 에이나는 무언가 이야기가 치명적으로 엇나간다는 사실을 느꼈다.

업무로 함양했던 의연한 태도로 그들 사이에 끼어들었다.

“기다려주세요, 두 분! 제대로 이야기를 나누어야 하니 우선 침착하세요!”

에이나의 말에 도르무르와 루비스는 움찔 입을 다물더니 서로를 째릿 노려보았다.

잠시 침묵이 찾아와 한숨을 돌린 에이나는, 우선 루비스를 마주 보았다.

“사정을 말씀해주시겠어요, 루비스 씨? 지금에 이르기까지의 경위를, 모두.”

“네, 네에…….”

에이나의 시선에 루비스는 뻣뻣하게 고개를 끄덕였다.

“며칠 전, 길드 로비에 찾아갔을 때…… 에이나 씨가 누군가에게 미행을 당한다는 이야기를 듣고, 어떻게든 해야겠다고 생각했습니다."

살짝 눈을 크게 뜨면서도, 당연히 창구에서 미샤가 소리를 질렀던 그때였을 거라고 추측했다. 아마 도르무르도 같은 경위로 에이나의 사정을 알았을 것이다.

"으아? 거짓말 치지 마, 분명 네가 처음부터……!"

"도르무르 씨, 지금은 조용히 하세요. 그래서요, 루비스 씨?"

"예…… 그래서 저희 【파밀리아】의 주신님께 상담을 청했습니다."

……응?

에이나의 움직임이 멈추었다.

"남자라면 조용히 지켜주어야 한다는 말씀에, 에이나 씨에게는 비밀로 하고, 몰래 지켜보기로……."

"……어, 나도 우리 주신님한테 같은 말을 들었는데? 뒤에서 지켜봐주는 게 멋진 남자의 조건이라고."

"뭐, 뭐라고요?"

……무언가, 불길한 예감이 들었다.

"다시 말해 두 분 모두 저를 걱정해서…… 몰래 감시하셨다는 말씀인가요?"

"그, 그치."

"그, 그렇게 되겠지요."

그래서야 추적자하고 다를 게 뭐냐는 말을, 에이나는 간신히 집어삼켰다.

더 이야기를 들어보니, 아무래도 최근 에이나를 몰래 기다렸던 것을 비롯한 그 격렬한 구애 또한 그들의 주신이 귀띔한 지혜인 모양이었다. 어떻게든 에이나의 마음을 끌고 싶은 나머지 신들에게 조언을 청했다는 것이다.

참고로 보디가드로 고용되었던 벨에게는 적잖은 적의를 느꼈으며, 에이나와 친근하게 지내는 모습을 계속 보이는 바람에 마지막에는 살기를 품을 정도에까지 이르렀다고 한다.

이건, 설마——

에이나는 무엇이 원흉인지 슬슬 확신이 들었다.

"도르무르 씨도 입고 계셨던 것 같은데…… 루비스 씨, 그 로브는……?"

"예. 저희 주신님께서, 이 모습이 최근의 '트렌드'……? 라나, 영문 모를 말씀을 하셔서…….."

"저, 저기요…… 그래선 오히려 에이나 누나가 무서워하지 않겠어요……?"

"뭐야?"

누가 아니라나.

쭈뼛쭈뼛 손을 든 벨의 말마따나, 그 수상쩍은 복장으로는 공포만 자극할 뿐이라 사실상 에이나는 그들을 오해할 뻔했다. 도르무르와 루비스도 그제야 겨우 깨달았는지 무겁게 입을 다물었다.

네 사람 사이에 침묵이 찾아왔을 때——

""낄낄낄낄!""

매우 귀에 거슬리는 웃음소리가 어디서랄 것도 없이 들려왔다.

'여, 역시……'

루비스와 도르무르가 홱 돌아보니, 건물 옥상에 이쪽을 손가락질하며 포복절도하는 **두 명의 신**이 있었다.

——다들 놀아났던 거야.

지루함을 때우려는 신들의 소행 탓에. 그야말로 신의 손바닥 위에서 놀아났다.

아마 처음에 후디드 로브를 뒤집어쓰고 에이나를 쫓아왔던 사람이 그들일 것이다. 사랑에 맹목적이었던 도르무르와 루비스를 처음부터 자폭시킬 생각으로, 그들의 의논을 받아들이는 척하고는 우스꽝스러운 모습을 구경했던 것이다.

결국 신의 '오락'이었다.

하계에서 종종 빈발하는, 사람을 놀리는 '신의 장난'에 휘말려들었다.

"아~ 아. 둘 다 에이나한테 찍혀서 호되게 차일 줄 알았더니."

"오케이, 내기는 내 승리!"

달을 등지고 여전히 낄낄 웃어대는 주신들을 보며 도르무르와 루비스는 뿌드드드득 이를 악물었다. 자존심이 강한 엘프인 루비스는 전신이 시뻘겋다. 꽉 쥔 주먹을 부들두불 떨며 굴욕을 견디고 있었다.

"루비스~ 아빠 대박쳤다~. 뭐 맛있는 거 사줄게."

"도르무르~ 돈 잃었으니까 좀 빌려줄래? 부탁해~."

""──죽어버려어어어어어어어어어어어어어어!!""

쇼트 보(Short bow)를 꺼내 쏘거나, 혹은 주위에 떨어진 돌을 닥치는 대로 집어던진다.

화살과 돌팔매가 닿기도 전에 재빨리 뒤로 물러난 신들은 높은 웃음소리를 울리며 달밤 속으로 모습을 감추었다.

"……."

"……저어."

벨과 함께 입을 다물었던 에이나가 침통하게 말을 걸려 하자.

어깨를 씨근덕거리던 루비스와 도르무르는 이젠 자포자기했다는 양 휙 고개를 들었다.

"에잇, 이대로는 끝낼 수 없다아! 에이나 씨, 저는 당신을 좋아합니다! 반려의 언약을 맺고 싶습니다!!"

"나, 나도 에이나를 사랑해!! 내 색시가 돼줘!!"

"네……네에에에?!"

아직도 파란이 끝나지 않았음을 알고 에이나는 비명을 질렀다.

얼굴을 벌겋게 물들이고 불쑥 다가서는 루비스와 도르무르에게 그녀 자신도 새빨개졌다.

이성에게 고백을 받은 적은 있지만 구혼을 받은 경험 따위 겨우 19년 인생 속에서 처음이었다. 게다가 상대는 확인을 하지 않아도 알 수 있을 만큼 진지하고, 진심이었다.

방치당한 벨도 눈을 크게 뜨며 주춤거리고 있었다.

"에이나를 너 같은 놈한테 어떻게 맡겨! 숲속으로 꺼져!"

"헛소리 마라! 애초에 드워프인 네놈은 그녀와 자식을 만들 수도 없지 않나!"

"크억——?! 너, 너, 에이나한테 무슨 짓을 하려고오오오오오오?!"

"머, 멍청한 놈, 음흉한 생각 하지 마라!! 나는 어디까지나 종족으로서의 관점을……!"

도르무르와 루비스는 말다툼을 벌이는가 싶더니, 이내 똑같은 움직임으로 에이나 쪽을 돌아보았다.

할 말을 잃은 그녀는 흠칫 어깨를 떨었다.

"대답을 들려주십시오, 에이나 씨!"

"각오는 됐으니까!"

결단을 강요당해 에이나는 그녀답지 않게 냉정함을 잃었다.

승낙한 순간 즉시 결혼이라니, 아무리 뭐라 해도 받아들일 수 없었다. 하지만 거절한다 해도 그들이라면 명확한 이유가 없이는 그 열정으로 이제까지처럼 또 접근할 것이다.

숫제 울음을 터뜨리고 싶어진 에이나는 매달리듯 옆을 보았다.

곁에 있던 벨은 쭈뼛거리면서 세 사람의 대화를 지켜볼

뿐이었다.

'아이참, 뭐라고 말 좀 해……!!'

아무 말도 못하는 소년의 모습에 어째서인지 화가 치밀었다.

불만이란 불만이 있는 대로 부풀어오른 에이나는, 눈물 어린 눈으로 벨을 노려보다시피 했지만 그는 속이 끓을 정도로 어리둥절 얼빠진 표정을 지을 뿐이었다.

에이나의 뺨이 화악 달아올랐다.

벨이 있어서인지 아닌지는 모르겠지만.

냉정함을 잃고, 노기를 있는 대로 담은 에이나는, 에메랄드색 눈을 한번 감았다.

"——두 분께는 대답을 드릴 수가 없습니다."

다음으로는 팔과 팔을 얽으며, 벨을 휙 끌어당겼다.

"저는 이 사람과 사귀고 있으니까요!!"

""'네에에에에———————————?!'""

세 개의 절규가 겹쳐졌다.

""'잠깐, 왜 너까지 놀라고 그래?!'""

"죄, 죄송합니다!!"

무시무시한 기세로 고함을 지르는 도르무르와 루비스에게 벨은 겁을 먹으며 사과했다.

그들은 여전히 벨과 팔짱을 낀 에이나에게 다가섰다.

"저, 정말이야, 에이나?!"

"그냥 생각나는 대로 한 말씀 아닙니까?!"

"아~뇨, 사귀고 있어요! 전 그에게 고백을 받았으니까요!!"

두 눈을 감은 채 분연히 단언하는 에이나에게 벨은 깜짝 놀라 두 눈을 크게 떴다.

뺨을 사과처럼 물들인 에이나는 팔짱을 풀더니 소년의 두 어깨를 붙잡고 정면으로 바라보았다.

"벨, 5계층에서 무사히 돌아왔던 **그때**, 나한테 고백해 줬지?!"

"?!"

이미 까마득히 오래 전, '미노타우로스'에게 습격을 당하고, 아이즈 덕에 목숨을 건져 벨이 생환했던 그때.

분명히 언질을 받았다는 양 에이나는 얼굴을 들이밀었다.

지금, 여기서, 다시 한 번—— 말해줘.

에메랄드색 눈동자에 힘을 주어, 서로의 코가 맞닿을 정도의 거리에서, 그렇게 말했다.

뻐끔뻐끔, 벨은 입을 열었다 닫았다 할 뿐이었다.

"다시 한 번 들려줘, 벨! **그때 했던 그 말!**"

홍조를 띤 에이나의 필사적인 애원에, 벨은 눈을 이리저리 굴린 후.

체념한 듯 입을 움직였다.

"조……좋아, 해요……."

얼굴이 새빨개져 소년은 고개를 숙였다.

"——이거, 이거예요?! 오히려 이쪽이 지켜주고 싶어지는 느낌! 이런 사람이—— 벨이, 저는, 좋단 말이에요!!"

결정타였다.

벼락을 맞은 듯 쫘광——!! 충격을 받는 도르무르와 루비스.

에이나의 말과 태도에서 거짓을 찾아낼 수 없었는지, 그들은 그 자리에서 한동안 굳어버렸다가, 크게 고개를 꺾으며 비척비척 걸어 나갔다.

"……."

"……."

드워프와 엘프가 떠나가고, 시원한 바람이 벨과 에이나 사이를 지나갔다.

두 사람 모두 서로에게 꿀리지 않을 만큼 얼굴이 새빨갛다.

잠시 후, 반쯤 울상을 지은 벨이 무언가를 호소하듯 이쪽을 바라보았다.

그와 마주 선 에이나는 두 손을 짝 마주하며 눈을 질끈 감고 고개를 숙였다.

"미안해……!"

한심한 사죄를 핑크색 입술로 쥐어짜냈다.

아침 하늘이 푸르게 밝아왔다.

따뜻한 햇살이 창가에 내리쬐이는 가운데, 오늘도 길드 본부는 북적거렸다.

수많은 모험자들이 오가고, 여느 때처럼 창구에 줄을 선다.

에이나 또한, 내면은 그렇다 쳐도 외견은 접수원의 분위기를 완벽하게 유지하고 있었다.

'벨이랑 얼굴을 마주하기가 민망해…….'

어젯밤의 사건을 떠올리기만 해도 얼굴로 불을 뿜을 것 같았다.

이성을 잃었다고는 하지만, 기세에 편승했다고는 하지만, 뭐가 뭔지 알 수 없었다고는 하지만.

자신의 사정 때문에 소년을 끌어들여버린 것이 한없이 찜찜했다.

자신이 연상인데…… 하고, 속으로 몇 번째인지 알 수 없는 한숨을 쉬고 있으려니.

""아…….""

벨이 눈앞에 나타났다.

"……."

"……."

침묵을 나눈다.

주위에서 의아해하는 시선이 집중되는 가운데, 얼굴을 붉히며 눈을 돌렸다.

민망해. 어쩜 좋아. 에이나는 무어라 말을 걸어야 좋을지 열심히 머리를 굴리고 있었지만.

벨이 부끄러움을 참듯, 쓴웃음을 지으며 먼저 입을 열었다.

"저기, 의논드리고 싶은 일이 있는데, 괜찮을까요?"

열심히 평소의 분위기로 말을 걸어주는 벨에게 에이나는 눈을 크게 떴다.

그리고, 천천히, 입술에 조그만 웃음을 지었다.

"응…… 괜찮아."

바라보던 두 사람은 시선을 나누고, 금세 이제까지의 두 사람으로 돌아갔다.

어드바이저와 모험자. 혹은, 누나와 동생.

의논을 위해 부스로 향해, 어깨를 나란히 하고 잡담을 나누며, 이러면 되는 거라고. 이러면 되는 거라고.

에이나는 그렇게 생각했다.

두 사람의 관계는, 아직은 이대로.

"미안해…… 고마워, 벨."

"……."

"또 좋아한다고 말해줘서…… 기뻤어."

"…………."

속삭이는 듯한 자신의 말을, 벨은 들리지 않는 척했다. 고개를 숙이고 얼굴을 붉히면서도.

에이나는 간지러운 것처럼 만면의 미소를 지었다.

© Suzuhito Yasuda

5장 마을 소녀의 비밀

© Suzuhito Yasuda

"――다 됐다!"

좁은 주방에서 시커먼 연기가 피어났다.

온갖 식재료, 온갖 조리기구가 새까맣게 그을린 그 광경은 조리의 혼돈이 어느 정도인지를 말해주고 있었다.

에이프런을 걸친 소녀, 회색 머리카락을 찰랑거리는 시르는 주방에서 혼자 만면의 미소를 짓고 있었다.

동료 점원들이나 여주인도 없는 주방에서 그녀는 완성된 음식――참으로 기묘한 색채를 띤 미트파이와 위험한 향이 감도는 샌드위치를 맛도 보지 않은 채 용기에 담았다.

다 담은 것을 이번에는 큼지막한 광주리 안에 담았다.

콧노래와 함께 시르는 옷을 다 갈아입은 후 그 광주리를 들고 방에서 나갔다.

"오늘은 기뻐해줄까?"

부드러운 웃음을 지으며 밖으로 나가는 것이었다.

저녁놀이 지는 길드 본부.

서쪽으로 기운 태양의 햇살이 스며드는 넓은 백대리석 로비는 미궁에서 돌아온 모험자들로 붐볐다.

"그럼 난 에이나 누나한테 다녀올게."

"알았어요. 릴리네는 환전하고 있을게요."

"난 적당히 어슬렁거리고 있으련다."

나는 담당관인 에이나 누나에게 보고하러. 오늘도 빵빵하게 찬 백팩을 흔들어 보이는 릴리, 마찬가지로 내용물이 그득한 통 형태의 백팩을 끌어안은 하루히메 씨, 그리고 미코토 씨 셋은 '마석'과 '드롭 아이템'을 환전하러. 마지막으로 벨프는 시간을 때우겠다고 말하고, 우리 일행은 저마다 로비 여기저기로 흩어졌다.

주위의 모험자들과 마찬가지로 던전에서 돌아온 【헤스티아 파밀리아】는 길드 본부에 있었다.

보통 때 같으면 바벨에서 환전 같은 것을 끝내놓겠지만…… 오늘은 길드에 납부할 【파밀리아】의 세금 관련 문제도 있고 해서 파티 전원이 찾아온 것이다. 마침내 이날이 오고야 말았다고 긴장하면서, 오늘의 수입을 결산한 다음에 처리하기로 했다.

카운터 앞에 줄을 선 모험자들을 보니 접수원들도 바쁠 것 같아, 에이나 누나에게는 간단한 보고만 하고 넘어갔다. 잡담은 나누지 않고 곧장 그 자리를 떠났다. 이래서는 분명 시간이 남을 테니 로비에 있는 거대 게시판으로 발을 돌렸다.

길드 본부에는 던전을 포함해 모험자들에게 유익한 정보가 모여들기 때문에, 어드바이저에게 듣는 이야기도 포함해 자주 정보를 수집해두면 절대 손해는 보지 않는다.

퀘스트 내용이 적힌 양피지나 각 상업계 파벌의 신상품

공지 소식이 붙은 게시판 앞에는 많은 모험자들이 인파를 이루고 있었다.

'라키아 왕국이 쳐들어왔다고 해도…… 역시 여느 때랑 다를 게 없어 보여.'

지금도 시벽 밖에서는 라키아군의 공격이 이어진다고 한다. 하지만 평소와 다를 바 없는 이곳 길드 본부의 광경——북적거리는 데미휴먼의 인파와 소란을 보고 듣자면, 모험자 일을 생업으로 삼는 우리에게는 별다른 영향이 없는 것 같았다.

물론 상위 파벌쯤 되면 동원령이 떨어지지만, 중견 이하 파벌에는 전쟁에 참가하라는 명령이 내려오지 않는 것 같다. '마석' 수집이 늦어지면 그만큼 마석제품 수출량이 감소해 오라리오의——미궁도시를 관리하는 길드의——이익이 줄어들게 되므로, 길드 측은 모험자들이 평소대로 탐색을 계속해주기를 바랄지도 모른다.

온갖 장비로 무장한 모험자들의 인파를 보며 나는 그런 생각을 했다.

"허이구야, 또?"

"뭔가 수상하구만~."

……응?

머리 한구석으로 라키아 왕국군 침공에 대해 생각하고 있으려니, 귀가 술렁거리는 소리를 포착했다.

게시판 앞의 인파 제일 앞줄에서 들려오는 소란에 뭘까

싶어 발돋움을 되풀이했다.

사람들 너머에 나붙은 양피지를 보려고 나는 몇 번이나 목을 뺐다.

"모험자의 장비를 빼앗는 몬스터가 출몰한댄다."

"아, 벨프."

바로 옆에 벨프가 다가왔다. 나보다도 키가 크니 인파의 머리 너머로 게시판의 정보가 보이는 모양이다.

"근데, 빼앗는다고……?"

"그래. 시체에서 갑옷을 벗겨내는 몬스터도 있고, 쓰러 뜨린 모험자의 장비를 가져가버리는 놈들도 있다는데."

벨프의 말에 나는 그저 놀랐다.

몬스터가, 모험자의 장비를 뺏아간다니.

가만히 생각해보면 몬스터도 천연무기인 '랜드 폼'을 다 룰 수 있으니까 딱히 이상한 일은 아닐지도 모르지만……
갑옷 같은 걸 가져간다는 건 좀 충격적이다. 사실이라면 모험자들에게는 눈물 나는 이야기다. 피땀 흘려 마련한 장 비를 빼앗긴다니…… 솔직히 말해 나 같으면 울 것 같다. 손에 익은 무기라면 더더욱.

게다가 명품인 모험자들의 장비를 착용하고 덤벼드는 괴물. 가공할 노릇이다.

——갑자기 뇌리를 스친 기억은, 대검을 든 외뿔 미노 타우로스.

무, 무서워.

몸소 체험했던 만큼 부르르 등을 떨었다. 쓸데없는 상상력을 굴리던 나는 황급히 벨프에게 물었다.

"모, 목격정보는 어디서 나왔어?"

"주로 '하층'이래. 적어도 20계층보다 위쪽 층역에서는 확인되지 않았다나 봐."

모두 제2급 이상의 모험자가 가져온 정보라는 사실도 들려주었다.

재미나다는 듯 이야기하는 걸 보면 벨프도 회의적인 자세를 보이는 주위 사람들과 마찬가지로 별로 신용하지 않는 눈치인 것 같았다. 기껏해야 신기해하거나, 반쯤 농담 정도로 받아들이는 모양이다.

"그거 말고도 재미난 정보가 있어."

벨프는 내게 씨익 입가를 틀어올리는 웃음을 지었다.

"이건 상당히 전에 나돌았던 이야기인데, 갑옷을 입은 '까만 미노타우로스'가 나타난대."

"까만, 미노타우로스……?"

"그래. 한때 떠돌다가 금방 안 들리게 된, 그냥 소문 정도였지만."

미노타우로스의 가죽은 보통 적동색이다. 까만 개체라니, 들어본 적이 없다.

"그거 혹시 '아종(亞種)'?"

"글쎄다. 출처도 전혀 알 수 없으니, 그거야말로 헛소문일지도."

'아종'── 보기 드물게 관측되는 몬스터의 돌연변이체가 아니냐고 묻자 벨프는 별로 진지하게 받아들이지 않는 게 좋을 거라고 피식 웃으며 어깨를 으쓱했다.

미노타우로스라는 말에 아무래도 자꾸 반응을 하게 되는 나는 질문을 거듭했다.

"벨프가 그 이야기를 들은 건 언제였어?"

"아마 딱 두 달쯤 전이었지?"

두 달 전…… 내가 Lv.2【랭크 업】을 했던 것과 같은 시기다. 우리와 파티를 짜기 시작했던 무렵이라 기억이 난다고 벨프도 말했다.

"……"

모험자들의 소란에 휩싸이며 게시판을 바라보았다.

릴리네가 찾아올 때까지, 나는 갑옷과 검을 장비한 괴물의 그림이 그려진 양피지를 바라보고 있었다.

"네? 시르 씨는 오늘도 안 나왔나요?"

【파밀리아】의 이달치 세금을 납부한 다음 날.

화창한 아침 햇살을 받으며 나는 주점 '풍요의 여주인' 앞에 서 있었다.

"맞아냥. 시르는 오늘도 땡땡이냥!!"

내 눈앞에서 캣 피플 아냐 씨는 가느다란 꼬리를 휘저으며 버럭버럭 화를 냈다.

홈을 옮긴 후로도 나는 던전에 갈 때면 시르 씨에게 점심을 받고 있다.

단원도 늘어나서, 라기보다는 요리를 잘하는 미코토 씨가 솔선해 주먹밥 도시락을 마련해주므로 시르 씨에게 폐를 끼치지 않아도 되겠다고 생각했지만…… 류 씨와 점원분들이 홈에 직접 찾아와서는, 부디 앞으로도 이제까지처럼 점심을 받아달라고 부탁, 아니, 애원을 했던 것이다.

『쓸데없는 위기의식을 발휘하는 바람에……!!』

『시식을 해야 하는 우리 생각도 좀 해봐라옹……!!』

그렇게 말하는 루노아 씨나 클로에 씨와 함께, 류 씨는 창백해진 얼굴로 어째서인지 배를 붙들고 있었다.

아무튼 그렇게 되어 나는 변함없이 시르 씨에게 신세를 지고 있는데…… 요즘 한동안은 점심을 받지 못했다.

이상하다 싶어 '풍요의 여주인'을 찾아가보니 시르 씨는 오늘도 결근이라고 한다.

"시르는 지금처럼 투캉 사라지는 경우가 있다니깐."

"흐흥, 애젊은 소녀에게는 비밀이 따르는 법이다옹…….
하지만 우리 부담도 늘어냐니까 역시 돌아오란 말이야옹─?!
장부는 대체 어떻게 적는 거냐옹?!"

아냐 씨 말고도 휴식시간 사이에 나를 맞이해준 점원들,
휴먼 루노아 씨와 캣 피플 클로에 씨가 입을 모아 떠들어댔다.

미코토 씨와 함께 케이크 레시피를 배우러 왔을 때도 들었지만, 그 후로 시르 씨는 계속 나오지 않고 있다고 하니…… 벌써 열흘도 넘게 지난 것 아닐까.

"그러니까 시르는 우리와는 달리 가게에 거주하면서 일하는 것이 아니잖습니까. 시르에게도 사정이 있고, 이럴 때도 있는 것이지요."

세 사람이 꽥꽥 소란을 떠는 동안 엘프 류 씨는 냉정히 말했다. 입술을 비죽거리는 다른 점원분들과는 달리 그녀의 하늘색 눈은 태연했다.

"어…… 시르 씨네 집에 가서 사정을 물어보거나 하지는……?"

"……."

본인에게 직접 이유를 물어보러 가면 어떻겠느냐고 내가 말하자…… 류 씨는 입을 다물었다.

어라?

그 모습에 고개를 갸웃거리자, 아냐 씨네도 서로 얼굴을 마주 보았다.

"듣고 보니 우리냥……."

"시르가 어디 사는지 아무도 모르는 거 아니야?"

"그렇다기보단 시르의 사생활은 하나도 모른다옹."

아냐 씨, 루노아 씨, 클로에 씨의 말에 나는 의외라는 생각을 감추지 못했다. 요컨대 주점에서 일할 때 이외의 시르 씨에 대해서는 아는 사람이 아무도 없다는 소리였으니까.

놀라는 내 곁에서 류 씨도 입을 다문 채 동료들의 말을 암암리에 긍정하고 있었다.

"물어본 적은 있습니다만…… 웃으며 비밀이라고 얼버무리고 말더군요."

시선을 살짝 흔들면서 류 씨는 그렇게 말했다.

"이렇게 된 이상—— 소년, 퀘스트다옹! 시르를 찾아 미행해서 그 여자의 비밀을 가지고 오는 거다옹!"

"네에에?!"

"오, 그거 좋은데!! 시르의 약점도 찾을 수 있을지 모르고 일석이조야!"

야, 약점이라니…….

완전히 신이 난 클로에 씨와 루노아 씨가 의뢰를 들이미는 바람에 나는 식은땀을 흘렸다.

"그만두십시오. 크라넬 씨에게 폐가 되지 않습니까."

류 씨는 혼자 눈썹을 치켜세우며 나무랐지만 점원분들의 폭주는 좀처럼 멈출 줄을 몰랐다.

"보수도 확실하게 줄 테니 투덜거리지 마라냥! 바로바로…… 노래를 불러주겠냥!!"

"어? 아냐 씨는 노래 잘 하세요?"

"뉴후후, 잠깐 들어볼 테냥? 오늘은 목의 컨디션이——"

의기양양 입을 벌리려는 아냐 씨에게 루노아 씨와 클로에 씨가 달려들었다.

"그만둬, 재해음치!!"

"손님 끊어지니까 관두라고 몇 번 말해야 알아듣냐옹!!"

두 사람에게 붙들려 뿌갸악 비명을 지른다. 다시 식은땀을 흘리는 나.

아냐 씨, 노래 못하나 보다…….

"크라넬 씨, 진지하게 받아들이지 마십시오."

"아하하…… 알았어요."

딱 잘라 말하는 류 씨에게 나는 헛웃음을 지었다.

곧 작별인사를 하고 주점을 떠났다.

"그러면 뭘 한다…….."

쾌청한 하늘 아래, 데미휴먼들로 붐비는 서쪽 메인 스트리트를 걸어 나갔다.

오늘은 던전 탐색을 쉬는 날이다.

정확하게 말하자면, 주신님이나 벨프네에게 요즘은 매일같이 내려갔으니 가끔은 쉬어야 한다고 주의를 듣고 억지로 휴가 명령을 받은 것이었다.

스미스 일을 하는 벨프나, 착실하게 휴가를 내 이따금 탐색을 쉬는 미코토 씨 같은 사람들과는 달리 나는 매번 던전에 내려가기만 했으니 야단을 맞아버린 것이다.

동경의 대상을 따라잡기 위해서라도 노력해야 하는데…….

"……뭐, 이런 날도 있어야지."

따끈따끈한 초여름 햇살에 눈을 가늘게 뜨며 웃음을 지었다.

주신님이나 동료들 말마따나 잘 쉬어야 던전 공략도 잘 풀리는 법이다. 에이나 누나도 휴식은 중요하다고 그랬고.

모든 것을 잊고 쉴 수는 없겠지만, 이렇게 기분전환 겸해 하루 종일 시내를 어슬렁거리는 것도 좋을 것 같다. 나는 발길 가는 대로 산책을 하기로 했다.

'하지만 정말, 살고 있는데도 모르는 곳이 많구나…….'

뒷골목에 있는 수상쩍은 점술가의 노점, 무소속 데미휴먼 소녀들이 운영하는 조그만 꽃집, 의외의 장소에 서 있는 감자돌이 가게. 탐색을 나가 모험자들이 별로 없는 길모퉁이의 경치에 고개를 돌려가며, 아직 오라리오에 대해 아무것도 모른다는 사실을 통감했다.

미궁도시는 넓다.

공방 구역, 번화가, 최근 알게 된 환락가 등등 수많은 구역이 거대 시벽 안에 존재한다.

오라리오에 온 지 석 달이 지났지만 아직도 본 적 없는 광경이 더 많아, 이렇게 시내를 산책하기만 해도 새로운 발견이 얼마든지 나온다. 뭐, 늘 던전만 다니는 것도 원인이겠지만.

맑게 갠 날씨 덕분에도 대로나 뒷골목을 중심으로 걷는 내 마음도 즐거웠다.

모르는 사람, 모르는 장소, 모르는 냄새.

어쩐지 들썩거리는 감정도 품으며, 오늘의 휴가를 만끽했다.

조금 사치를 부려 길가에서 고기 꼬치구이를 사버렸더니, 가게의 주인인 수인이 "너 【리틀 루키】 아니냐?!"라고 좋아하면서 덤으로 하나를 더 주었다.

멋쩍기도 하고 기쁘기도 해 꼬치를 두 손에 들고 부끄러움에 사로잡혔다.

"후우……."

입가에 육즙이 좀 묻기는 했지만 배를 채운 나는 센트럴 파크 구석에 있는 벤치에 앉았다.

식재와 분수가 있는 도시 중심지에서 많은 사람들이 오가는 가운데, 내 눈은 정면에 우뚝 솟은 바벨을 올려다보고 있었다. 맑게 갠 창공을 찌르는 백색 거탑, 하늘 높이 뻗은 신들의 탑이 연출하는 장관에 새삼 감탄했다.

눈에 익은 광경일 텐데도 오늘은 어딘가 다르게 보인다.

"……응?"

한동안 있다가 따뜻한 햇살에 벤치 위에서 꾸벅꾸벅 졸던 때였다.

멍하니 넋을 놓았던 내 시야에, 수많은 데미휴먼 틈에서 한 소녀의 모습이 보였다. 찰랑거리는 회색 머리카락에 내 눈은 즉시 반응해버렸다.

"시르 씨?"

몇 시간 전에 주점에서 들었던 이야기도 있고 해서 나는 몸을 앞으로 내밀었다.

청결한 흰색 원피스에 밀짚모자.

평소 보는 점원 제복이 아니라 초여름다운 시원한 차림은 말을 잊어버릴 정도로 신선하고 귀여운 인상을 주었다.

도시 남서쪽, 남쪽 방향에서 걸어온 시르 씨는 그대로 센트럴 파크 구석을 스쳐 지나가 정면, 동쪽 메인 스트리트로 향했다. 광장 북쪽의 벤치에 있던 나는 대로로 모습을 감춘 그 사람에게 빨려 들어가듯 자리에서 일어났다.

아냐 씨, 클로에 씨, 루노아 씨, 류 씨의 대화가 머리를 가로질렀다.

망설이던 나는 결국 호기심에 굴복해, 시르 씨의 뒤를 따라갔다.

졸음은 완전히 달아나, 동쪽 메인 스트리트로 발을 들였다.

"시르 씨가 어디로 가는 걸까⋯⋯?"

길 한복판을 달리는 마차와 엇갈려 지나가면서 흰색 원피스와 회색 머리카락의 뒷모습을 쫓았다.

도시 동쪽 지구는 길드가 관리하는 시설이나 여관이 많은 것이 특징이다. 암피테아트룸(원형경기장)을 비롯한 거대한 건물이나 붉은 벽돌로 지은 호화로운 호텔이 시야 저 멀리 보였다. 이벤트를 위한 관광객이나 여행자들의 구역이라는 측면이 강할지도 모르겠다.

시르 씨는 광주리를 두 손으로 들고 있었다. 뚜껑도 달렸고 꽤 큼지막하다.

무언가를 어딘가로 옮기는 도중일까⋯⋯ 그런 생각을

하고 있으려니, 시르 씨가 대로에서 옆길로 접어들었다.

남동쪽 방향으로 가는 그녀를 따라, 너무 멀어지거나 가까워지지 않도록 거리를 유지하던 나는 황급히 같은 길로 뛰어들었다.

'어라, 이 길은⋯⋯.'

본 적이 있는 좁은 뒷골목을 나아가기를 한동안.

몇 번인가 길을 꺾은 내 예감은 적중했다.

"'다이달로스 거리'⋯⋯?"

골목을 거쳐 단숨에 넓어진 미궁거리의 광경에 나는 눈을 크게 떴다.

'다이달로스 거리'. 기인이라고까지 불렸던 설계자의 손에 몇 번이나 구획이 정리되면서 질서를 잃어버린 광역주택가. 석조 건물과 계단, 골목이 가로세로 상관없이 교차하는 다층적인 위용은 그야말로 지상에 존재하는 던전이라 해도 과언이 아니었다.

놀라고 있으려니, 앞에 있던 시르 씨는 금세 미궁거리 입구로 들어가버리고 말았다.

여기까지 온 이상⋯⋯ 돌아갈 수는 없지.

별로 좋은 기억이 없는 만큼 당황했지만 나는 결심했다.

다이달로스 거리로 들어가면서, 《주신님 나이프》가 허리춤에 잘 있는지를 단단히 확인했다.

어쨌거나 이곳은 도시의 빈민층이 모여드는 슬럼이므로──그리고 개인적으로도 별별 일이 다 있었고──호신용 무기의 감촉을 확인한 나는 거무스름한 벽돌과 포석이 깔린 미궁거리로 발을 들였다.

'시르 씨는 이런 데서 뭘······?'

계단이 위로 이어지는가 싶으면 건물에서 불쑥 튀어나온 방이 길을 가로막는다. 복잡하게 얽혀 햇살이 들지 않는 골목에는 낡은 마석등이 켜져 있다. 조금 차림새가 남루한 거리 주민들——우물 옆에서 빨래를 하거나 길가에서 체스를 두기도 하는——을 복잡한 길 곳곳에서 발견했다.

시선 너머, 아주 익숙한 분위기로 복잡한 길을 꺾어나가는 시르 씨에게 의문을 품었다. 무법자에 속하는 모험자들도 출몰한다는 이 슬럼은 도시 내에서도 치안이 꽤 나쁜 곳에 속할 텐데. 신의 권속도 아닌 여성이 혼자 다니다니 위험하달까, 경솔한 것 같기도······.

내 의문에도 아랑곳 않고 시르 씨는 광주리를 든 채 쑥쑥 나아갔다.

이곳 미궁거리는 몬스터 필리아나 환락가 소동 때 한참을 헤맸던 곳이다. 장담하건대 이제 혼자서는 밖으로 나가지 못할 거다. 새빨간 화살표로 벽에 그려진 아리아드네(이정표)를 꼼꼼히 확인하면서도 불안을 감출 수 없었던 나는 절대 시르 씨를 놓쳐서는 안 되겠다고 얼굴을 실룩거리며 필사적으로 따라갔다.

그리고 위로 아래로, 왼쪽으로 오른쪽으로 몇 번이나 나아갔을 때.

시르 씨는 마침내 어떤 건물 앞에서 발을 멈추었다.

'——교회?'

미궁거리 깊숙한 곳에 있던 추레한 건물은 그야말로 예전에 헤스티아 님과 내가 둘이 살던 홈이 떠오르는 '교회'였다.

목조이며 굉장히 크다. 정면에는 물이 나오지 않는 망가진 분수가 설치된 탁 트인 광장이 있고, 교회 자체는 주위의 건물에 묻히다시피 지어졌다. 골목길 출구에 도착해 내가 고개를 내밀고 있으려니 시르 씨는 나무가 삐걱거리는 소리를 내며 문을 열고 안으로 들어가버렸다.

"……."

이런 데에도 교회가 있다니……. 건물 앞으로 나온 나는 멍청히 입을 벌린 채 고개를 들었다. 높은 층에는 깨진 유리창이 몇 개씩 보인다.

나는 한참 망설여 시간을 낭비한 후, 마음을 굳게 먹고 문에 손을 댔다.

"실례합니다……."

낡은 나무문을 열고 안으로 들어갔다.

"우왁, 넓다!!"

외관보다도 훨씬 넓고 멀리까지 펼쳐진 교회 내부에 놀라버렸다.

폭이 10M은 될 것 같은 좌우의 벽에는 방으로 이어지는 수많은 문, 정면의 한참 깊숙한 곳에 보이는 것은 제단. 바닥의 타일은 여기저기 깨져 잡초가 마구 돋아났다. 천장도 높다. 역시 다이달로스 거리라고 멋대로 수긍해버릴 정도였다.

주위에는 길쭉한 나무 의자가 마치 나무 블록처럼 쌓여 있었다.

"어쩐지……."

애들 비밀기지 같아.

성처럼 켜켜이 쌓인 의자들을 곁눈질하며 그런 생각을 하던 나는 걸으면서 시르 씨가 어디로 갔을까 고개를 이리저리 돌리다…… 기척을 느꼈다.

나름대로 던전에서 단련된 모험자의 감각이 그 사실을 알아차리고, 소리가 나기도 전에 먼저 반응해 돌아보았다.

제단 방향으로 이동하던 내 오른쪽, 벽에 달린 문 하나에서 고개를 내민 것은.

"……누구?"

멍한 표정을 한, 금발의 엘프 아이였다.

"어…… 으, 음, 난 수상한 사람은 아니고, 사, 사람을 찾아왔는데……."

"사람……?"

불법침입이란 사실을 깨닫고 아이를 상대로 당황해 갈팡질팡 변명을 하고 있으려니 엘프 아이가 문에서 나왔다.

조금 거무스름한 금발에 쫑긋 튀어나온 귀.

엘프가 아니라 하프였구나.

빤히 내 얼굴을 바라보는가 싶더니, 다음에는 경계심 없이 터덜터덜 다가왔다.

하프엘프 사내아이…… 아니, 여자아이인가? 아, 아무튼 아이는 눈앞에서 나를 올려다보았다.

여전히 멍한 표정이라 어떻게 대응하면 좋을지 몰라 난감해졌지만, 나는 이참에 눈앞의 아이에게 시르 씨에 대해 아는지 물어보려고 했다.

"야, 루! 밖에 나오면 시르 누나한테 들키…… 넌 누구야?!"

"라이, 왜 그래?!"

그리고 다른 아이들의 목소리가 내게 날아들었다.

시선을 돌려보니 조금 전의 문에서 아이 두 명이 달려와선 하프엘프 아이를 나에게서 보호하듯 끌어안았다. 갈색 머리를 한 휴먼 사내아이와 꼬리를 움츠린 시앙스로프 여자아이였다.

적의의 눈빛으로, 그리고 그 이상으로 긴장한 표정을 짓는 두 사람에게 이거 안 되겠다고 당황해 수상쩍은 사람이 아니라는 점을 설명했다.

"미안해, 난 이상한 짓을 하러 온 게 아니고 사람을 찾으러 온……건데잠깐, 너희 지금 시르 씨라고 하지 않았어?!"

"……했는데."

"그 사람을 찾고 있었어! 어디 있는지 알아?"

아까 들린 시르 씨의 이름에 반응하자 사내아이와 여자아이는 얼굴을 마주 보았다.

난처해하는 두 사람에게, 뒤에 있던 하프엘프 아이가 자신을 끌어안은 손을 툭툭 두드렸다.

"라이, 피나…… 괜찮아, 이 사람."

초면일 텐데 아무 근거도 없이 그렇게 말하는 하프엘프 아이.

그 말에 휴먼 사내아이와 수인 여자아이는 쭈뼛쭈뼛 경계심을 풀었다.

"……시르 언니랑, 아는 사이야?"

"아, 응. 미안해, 놀라게 해서. 그런데 너희는? 그리고 이 교회는……."

주신님이나 릴리 정도 키를 가진 아이들에게 눈높이를 맞추며 물었다.

세 아이가 나왔던 문에서는 그 외에도 많은 아이들이 얼굴을 내밀어 나를 몰래 쳐다보고 있었다.

내 질문을 받은 수인 여자아이 대신 하프엘프 아이가 질문에 대답해주었다.

"라이, 피나, 루……. 여긴 우리랑 마리아 엄마 집."

사내아이, 여자아이, 그리고 자신을 순서대로 가리키고, 마지막에는 이 교회에 대해 말해주었다.

마리아 엄마…… 아니, 그보다도, '집'이라니.

아직도 이 교회에 대해서 잘 모르겠다.

"어…… 뭘 하고 있었어?"

"……시르 언니 도시락에서, 도망쳤어."

아직도 완전히는 긴장이 풀리지 않은 그들에게 질문하자 피나라 불렸던 여자아이가 대답했다. 나는 그 내용에 "응?" 하고 고개를 갸웃했다.

그리고 내가 멍청히 있으려니 ── 조금 전부터 수상쩍다는 투로 나를 올려다보던 사내아이가 무언가를 알아차린 것처럼 흠칫하더니 불쑥 손가락을 들이댔다.

"하얀 머리에 빨간 눈 ── 벨 크라넬, 제2급 모험자다!!"

"【리틀 루키】?!"

"워 게임때 봤던?!"

사내아이가 외치자, 이제까지 문에서 눈치를 보던 다른 아이들도 우르르 튀어나왔다. 깜짝 놀라 눈을 크게 뜬 나는, 다음 순간 내게 달려드는 아이들의 파도에 휩쓸렸다.

"우와~ 진짜다!!"

"흠 바니(토끼 수인)도 아닌데 토끼 같아!"

"저기저기, 무기 좀 보여줘─!!"

돌격에 이은 돌격. 잇따라 밀려드는 아이들의 육탄공세. 그중에서도 복부에 직격한 박치기에 나는 커흑 비명을 지르며 몸을 꺾었다. 높고도 볼륨이 큰 아이들의 목소리가 귀를 관통했다.

라이라 불렸던 사내아이를 필두로 형성된 포위망. 수인

여자아이도 흥분한 기색으로 끼어들고, 하프엘프 아이는 여전히 멍한 표정으로 혼자 한 발 떨어져 쳐다본다.

사방팔방에서 밀려드는 손에 황급히 나이프만은 지키려 했지만 아이들을 상대로 힘을 쓸 수도 없어, 마침내——

"잠깐만, 얘들——으아아아아아아아아아아아아아아아악?!"

뒤로 요란하게 넘어져버렸다.

"뭐, 뭐죠? 무슨 일인가요?!"

"얘들아?!"

내 비명과 아이들의 환호성을 듣고 제단 안쪽의 방에서 두 여성이 달려나왔다.

나이 지긋한 휴먼 여성분과…… 시르 씨였다.

아이들에게 에워싸여 바닥에 드러누운 채 《주신님 나이프》를 두 손으로 끌어안은 한심한 꼬락서니의 나를 시르 씨는 놀란 얼굴로 내려다보았다.

머리카락이며 온몸을 붙들린 나는 헛웃음을 지을 수밖에 없었다.

⊡

"아이참, 그럼 제 뒤를 따라왔던 거예요?"

"죄, 죄송합니다……."

교회 안쪽에 위치한 식당.

커다란 원탁에 앉은 나는 옆 의자의 시르 씨에게 야단을 맞아 고개를 축 늘어뜨리고 사과했다.

탑 공략처럼 수많은 아이들에게 함락당한 후, 우리는 이 식당으로 이동했다.

칠이 벗겨진 벽이나 기둥 등 낡은 흔적은 있지만, 세월의 흔적이 느껴지는 마석등이나 촛대에서는 생활감이 느껴졌다. 나와 시르 씨 주위에는 스무 명은 되는 조금 전의 아이들이 흥미진진한 투로 우리를 바라보았다.

"어— 그래서 말인데요, 결국 이 교회는…….."

"예, 크라넬 씨. 여기는 고아원입니다."

우리 맞은편에 있던 여성…… 자기소개를 막 마친 마리아 마텔 씨가 웃음을 지어주셨다. 그녀의 두 팔에는 아까 봤던 '루'라는 하프엘프 아이와 다른 아이가 안겨 있었다.

버림받아 빈집이 되었던 이 교회를 이용해, 마리아 씨와 지금 식당에 모인 아이들은 이미 오랫동안 함께 살았다고 한다. 경영이라 할 만한 일은 하지 않으며 그저 매일 아이들과 떠들썩하게, 굳건히 살아간다고 나이 지긋한 여성은 웃으며 말해주었다.

머리 위에서 한데 묶은 흑발, 조금 마른 것 같지만 온화한 표정. 갈 곳 없는 아이들에게 '엄마'라 불리며 흠모를 받는 것도 이 다정한 눈빛을 보면 고개가 끄덕여졌다. 분명 아이들을 굉장히 좋아하는 분일 것이다.

"하지만, 어…… 고아원이라면."

"'다이달로스 거리'에는 이런 곳이 적지 않아요, 벨 씨."

고아원이라는 말의 의미에 내가 어물거리고 있으려니 곁에 앉은 시르 씨가 설명해주었다.

　오라리오에는 헤아릴 수 없이 많은 모험자들이 있고, 그들 사이에서 태어난 아이들도 많다. 그것은 반드시 장래를 약속한 사람들이 얻은 사랑의 결정체만은 아니어서, 한때의 쾌락에 몸을 맡긴 결과, 혹은 창부들이 의도치 않게…… 아무튼 온갖 이유 때문에 여성은 아이를 가지고 만다고 한다.

　그리고 때로는 여성과 아이를 둔 채 던전에서 돌아오지 못하는 모험자도 있다.

　그중에서도 모험자가 속한 【파밀리아】에서 부양을 받지 못한 사람들, 또는 부모의 책임을 내팽개쳐버린 어머니는 놀랍게도 슬럼가인 이곳 '다이달로스 거리'에 갓난아기를 버린다는 것이다.

　"처음에는 동정심이었지요. 그러나 부모가 두고 간 아이들을 내버려둘 수가 없어서…… 이 교회를 무단으로 빌려 이름뿐인 고아원을 열게 되었답니다."

　내가 적잖은 충격을 받은 동안 마리아 씨는 아이들의 머리를 쓰다듬으며 말해주었다.

　이분도 모험자였던 반려를 잃은 일반인이라고 한다. 서로 사랑하던 사람과의 사이에서는 아이를 얻을 수 없었지만, 이곳 슬럼에서 한밤의 비에 젖은 갓난아기를 발견하고 남의 일처럼 생각할 수 없어 거두었다고 한다.

그리고 버림받은 아이들을 보호하고 다니는 사이에, 지금처럼 규모가 커진 것이다.

"……."

이 교회의 경위를 들은 나는 주위 아이들의 얼굴을 둘러보았다.

이 아이들 하나하나가 부모에게 버림받은 고아……. 오라리오의 일면을 또 한 가지 알게 된 나는 흐린 표정을 짓고 말았다.

"뭐야, 【리틀 루키】. 우린 엄마랑 같이 살고 있어서 행복하다고. 그딴 눈으로 보지 마."

"미, 미안."

얼굴에 온통 생채기가 가득한 걸 보면 매우 개구쟁이인 것 같은 휴먼 소년 라이가 눈을 날카롭게 세우며 말했다. 마리아 씨가 그를 나무랐지만 나는 황급히 사과했다.

라이의 말대로…… 연민은 관두자. 마리아 씨를 어머니라 흠모하며 웃는 이 아이들은 절대 자신들을 불행하다고는 생각하지 않을 테니까.

"어, 하지만 돈 같은 건 괜찮나요……?"

"네, 어떻게든 해나가고 있답니다. 자비로운 여신님들이 원조를 해주시니까요."

돈이 없으면 이렇게 많은 아이들을 양육하지 못하는 것 아니냐는 의문에 마리아 씨는 미소를 지으며 대답해주었다. 듣자하니 그녀가 경영하는 이곳 '마리아 고아원' 외에도 다이달로스 거리에는 몇몇 고아원이 존재한다고 한다. 그리고 일부 【파밀리아】의 주신님들은 파벌의 자금을 그러한 시설에 기부해준다는 것이다.

여성의 몸 하나로는 아이들을 돌보는 것만도 벅차니 매우 고마운 일이며, 어떻게든 먹고살 수 있다고 조용히 웃는 마리아 씨 앞에서 나는 생각에 잠겼다.

주신님께 부탁해 우리도 무언가를 해줄 수는 없을까. 아니, 그야 【파밀리아】에 결코 여유가 있는 건 아니지만…….

고민하기 시작하는 내 마음을 아는지 모르는지 곁에 있던 시르 씨는 킥킥 어깨를 흔들며 웃었다.

"시르 씨는 처음 만난 후로 곧잘 놀러와주고 있답니다. 아이들도 잘 돌봐주어서 매우 도움이 많이 되지요."

"아, 그랬던 거였군요……."

"우후후. 수수께끼는 풀렸나요, 벨 탐정님?"

"네, 네에…….."

시르 씨에게 놀림을 받은 나는 슬쩍 얼굴을 붉혔다.

그녀는 틈만 나면 이 고아원에 들른다고 한다. 그렇다기보다는 주점 일이 없는 날은 대개 이곳에서 아이들을 상대한다나.

"시르 언니는 가게에서 음식 가지고 와주기도 해~."

"요즘은 매일 와…….."

시앙스로프 여자아이 피나가 웃으며, 하프엘프 사내아이(?) 루가 멍하니 가르쳐주었다.

즐겁게 떠들어대는 아이들의 반응을 보면 시르 씨도 사랑을 받는 모양이다. 지난 며칠 동안 계속 다녔다는 말에 '풍요의 여주인'을 쉬었던 원인도 이해가 갔다.

"류랑 다른 사람들에게는 비밀이에요."

사정을 안 나에게, 시르 씨는 입가에 손가락을 세워 보였다. 그녀의 말에 따르면 가게를 빼먹고 아이들과 놀고 있다는 사실이 들통 나면 야단을 맞기 때문이라나.

으음. 사정을 설명하면 그래도 용서해주지 않을까 싶은데…….

'하지만…….'

왜 시르 씨는 이 고아원에 다니는 걸까.

까놓고 말해, 마리아 씨네하고는 어떤 경위로 알게 된 걸까?

첫 만남이나 그런 과정이 궁금해진 내가 그 점을 물어보려 하자.

"저기저기, 그보다 던전에서 있었던 일 좀 들려줘!!"

라이가 두근두근하는 표정으로 자기 의자에서 몸을 내밀었다. 다른 아이들도 흥분한 얼굴로 나에게 다가와 이제까지의 모험담을 졸라댔다.

당황한 내가 옆을 보자 시르 씨는 들려주라며 미소를 지었다.

어쩌다 보니 이렇게 되었다지만 일이 희한하게 돌아간다고 생각하고, 나는 더듬더듬, 그리고 멋쩍어하며 이제까지 있었던 던전 탐색에 대해 들려주었다.

길드에서 함구령이 내려진 까만 골라이아스 이야기 같은 건 역시 들려줄 수 없었지만, 아름다운 석영이 솟아난 팬트리나, 제17계층에서 골라이아스에게 쫓겼던 이야기는 특히 호평이었다.

모두 얼굴을 빛내주니 나도 그만 신이 나서 조르는 대로 뒷이야기를 들려줬는데…… 그때 문득 마리아 씨의 표정이 보였다.

조금 떨떠름한 표정을 짓던 그녀는 내 시선을 알아차리고는 황급히 사과했다.

"죄송합니다. 이곳에서 자란 아이들도 모두 모험자가 되었기에……."

마리아 씨는 눈썹을 늘어뜨리며, 어딘가 서글프게 웃었다.

"아이들 대부분이【파밀리아】에 입단해, 던전에 가서, 이 고아원을 지탱해주고자 돈을 기부했답니다……. 그리고 아무도 돌아오지 못했지요."

"아……."

"이 아이들은 모험자가 되지 않았으면 좋겠다고…… 그렇게 생각해서."

모험자는 하이 리스크 하이 리턴, 목숨을 건 직업이다.

돈을 빠르게 벌려면 이 이상의 직업도 없지만, 그 대가로 모험자는 항상 자신의 목숨을 걸게 된다. 그리고 마리아 씨의 손에 자라난 착한 아이들은 그녀의 만류도 듣지 않고 고아원을 위해 던전에 가서, 돌아오지 않은 모험자들과 마찬가지로……

내가 경솔했다. 아이들이 졸라댄다고 던전 탐색에 대해 흥미 위주로 들려주다니. 아이들의 호기심을 자극하는 짓을 해버렸다.

아이들의 장래를 탄식하는 마리아 씨를 앞에 두고 내가 미안한 표정을 짓고 있을 때, 갑자기 라이가 벌떡 일어났다.

"괜찮아, 엄마! 난 '학구'에 갈 거니까!"

아이들 중에서도 연장자인 그는 웃으며 그렇게 말했다.

"거기서 많이 공부해서, 몸도 머리도 강해져서, 돈을 많이 벌어올 거야!"

"음…… '학구'라면 나도 물론 말리지 않겠다만……."

"학비도 괜찮아. '장학금'이란 게 있잖아!! 올해 학구는 오라리오에 돌아오니까 마침 잘됐지 뭐야!"

"라이 나이에도 입학할 수 있으려나……?"

쓴웃음을 짓는 마리아 씨에게 짧은 갈색 머리를 출렁거리며 라이는 활짝 미소를 지었다. 피나나 다른 아이들도 덩달아 손을 들며 "나도, 나도!"를 외쳤다. 금세 식당이 시끌벅적해졌다.

시르 씨도 흐뭇하게 아이들을 지켜보는 가운데 나는 혼자 고개를 갸웃하고 있었다.

"'학구'……?"

"오빠는 몰라?"

"뭐야, 【리틀 루키】. 그러고도 모험자야?"

피나와 라이를 중심으로 아이들은 기회를 놓칠 세라 으스댔으며 아무것도 모르는 나를 놀려댔다. 부끄러워진 나는 헛웃음을 지었다.

"이 녀석들, 나이 많은 사람을 놀리면 못써! 그리고 【리틀 루키】가 아니라 벨 형이라고 불러야지?"

"네~."

시르 씨가 일어나 아이들을 나무랐다. 그녀에게 주의를 받은 라이와 다른 아이들은 멋쩍은 표정을 지으며 대답했다. 어쩐지 의외였다.

시르 씨가 누나 노릇을 하고 있어.

말투 같은 것도 포함해, 이제까지 본 적이 없는 시르 씨가 있어서 나도 모르게 놀랐다.

눈을 깜빡거리며 그녀의 옆얼굴을 바라보고 있으려니……

뎅그렁, 뎅그렁.

도시 동쪽 방향에서 정오를 알리는 커다란 종소리가 울려 퍼졌다.

"아, 점심시간이네요. 그러면 점심을 먹죠."

그렇게 말하며 시르 씨가 원탁 위에 광주리를 놓았다. 올 때도 봤던 그 커다란 광주리다.

안에서 나온 것은 용기에 든 수많은 음식이었다. 고기며 샌드위치, 형형색색의 야채…… 없는 것이 없다. 보아하니 시르 씨가 들고 있던 광주리는 생활이 어려운 아이들에게 줄 선물이었던 모양이다.

아이들을 위해 웃는 얼굴로 음식을 늘어놓는 그녀의 모습에 나도 흐뭇해져 웃음을 지었다.

'학구'에 대해서는 물어보지 못하고 넘어가버렸지만, 뭐, 다음번에 에이나 누나한테 물어보면 되겠지.

내가 그런 생각을 하고 있으려니…… 주위에 있던 아이들은 하나같이 입을 다물어버렸다.

"어, 어라? 왜들 그러니?"

"시르 언니, 도시락……."

근처에 있던 피나에게 묻자, 어른 뺨치는 쓸쓸함에 가득 찬 표정으로 음식을 바라본다. 다른 아이들도 마찬가지다. 항상 멍하던 루마저 말없이 고개를 숙였다.

어라, 그러고 보니 아까 시르 씨의 도시락에서 도망쳤다고…… 어?

"그럼 다 같이 먹자!"

마리아 씨가 쓴웃음을 짓고 내가 당황하는 동안 시르 씨의 여신 같은 미소와 함께 호령이 떨어졌다.

아이들은 시르 씨가 직접 만든 것으로 보이는 도시락을 앞에 두고 갈등하더니, 결국 굶주림에는 견딜 수 없다는 양 귀중한 식량에 손을 뻗기 시작했다.

"우, 우욱~."

"오늘은, 또, 굉장해……."

"안 먹으면, 안 먹으면 아까워……!!"

아이들의 고통 어린 신음이 온 식당에 울려 퍼지기 시작
했다.

피나, 루, 라이를 비롯해 야채며 고기를 한 입 먹은 아이
들은 얼굴을 어둡게 물들였다. 고아원을 위해 부업을 한다
는 마리아 씨를 생각해서인지 시르 씨가 내놓은 음식을 남
김없이, 괴로워하며 먹는다.

……생각해보면, 시르 씨에게 받는 점심은, 언제나 맛이
참 애매하긴 했지만.

생글생글 웃는 시르 씨를 곁눈질하며, 그렇게까지 괴로
워할 물건은 아니지 않았나 생각한 나는 시험 삼아 샌드위
치에 손을 뻗었지만──

시르 씨가 도시락을 홱 치워버렸다.

"벨 씨는 안 돼요."

"네? 하지만……."

"안 돼요."

"아, 네."

어째서인지 만면의 미소에 압도당해버린 나는 얌전히
물러났다.

"이 아이들을 위해 지은 거니까 벨 씨가 먹으면 안 돼요."

도시락을 두 손에 든 시르 씨는 얼굴을 붉히며 부끄러워

했다. 그리곤 이내 차를 끓여오겠다고, 광주리를 든 채 식당 안쪽으로 탁탁탁 들어가버렸다.

"시르 언니, 여자의 얼굴이었어⋯⋯."

"분명 이 도시락을 맛있다고 해주는 사람이 있는 거야⋯⋯."

시르 씨가 없는 동안 아이들은 무언가를 속닥거리며 식은땀을 삐질삐질 흘리는 나를 노려보았다.

"시르 누나가 도시락을 만들어주게 된 게 전부 형 때문이었구나⋯⋯!"

"그 전까지는 맛있는 가게 음식이었는데에⋯⋯!"

"우린, 실험대⋯⋯."

라이가 눈물을 지으며 노려보고, 피나도 탄식하고, 루는 무표정하게 중얼거렸다.

눈치가 나쁜 나도 대충 이해할 수 있었다.

내 배는 이 아이들의 존엄한 희생 속에 지켜졌던 것임을.

눈앞에 펼쳐진 비극의 전모를 어렴풋이 알아차렸지만, 그래도 무서워서 아무 말도 할 수가 없었다.

마리아 씨 쪽을 보니⋯⋯ 슬쩍 눈길을 피해버린다.

"아뇨, **도저히 먹지 못할 정도는 아니고**, 아주, 매우, 고마운 일이지만요⋯⋯."

나는 얼굴을 실룩거릴 수밖에 없었다.

그 후로도 식당에서는 아이들의 비명이 사라지지 않았다.

"혹시 괜찮으시다면 아이들과 좀 놀아주실 수 있을까요?"

아이들이 배를 문지르며 식사를 마친 후 마리아 씨가 내게 그렇게 말했다.

"이 아이들도 크라넬 씨를 잘 따르는 것 같으니……."

조심스럽게 웃는 그녀의 청을 거절할 이유도 없었다. 나는 웃으며 흔쾌히 승낙했다.

나는 들떠 떠드는 아이들에게 손을 붙들려 시르 씨와 함께 그 넓은 교회 안으로 향했다.

"시르 언니, 올라르 다리 놀이 하자!"

"형, 모험자 놀이!"

여자아이들은 시르 씨와 함께 동요를 부르며 흔히 말하는 관문 놀이를.

사내아이들은 나를 불러다 모험자 역할놀이를 했다. 참고로 내 배역은 몬스터 살인토끼였다.

깨진 창문에서 햇살이 새어 들어오는 교회 안. 타일에서 잡초가 무성하게 돋아난 바닥 위에서 씩씩한 아이들이 신나게 뛰논다.

나와 시르 씨는 아이들에게 손을 붙들려 여기저기로 휘둘렸다.

"어, 라이 군은⋯⋯."

"그냥 라이라고 불러, 형. 모험자면서. 그렇게 부르면 징그럽다고. 다른 애들도 그냥 편하게 부르면 돼!"

웃음소리로 와자지껄한 가운데, 나는 기회를 봐 아이들과 이야기를 나눠보았다.

휴먼인 라이는 고아원에서 가장 연장자라고 한다. 올해로 열한 살이 된다고 한다.

얼굴이 생채기투성이라, 뭐랄까, 개구쟁이 벨프 같은 느낌이다. 나에게 던전에 대해 이것저것 물어보는 것이, 마리아 씨에게는 그렇게 말했지만 역시 모험자를 동경하는지도 모르겠다.

"저기, 벨 오빠는 시르 언니 애인이야?"

"아, 아니야!!"

"왜에~? 시르 언니 미인인데? 요리 실력은, 뭐, 응⋯⋯ 그래도 언니 은근 글래머다? 사실은 가슴도 꽤 크고──"

"으악, 야⋯⋯!!"

시앙스로프인 피나는 쾌활한 여자아이였다. 라이와 동갑이어서 연장자 축에 속한다. 스트레이트인 머리는 나와 비슷한 크림색. 이목구비가 고운 걸 보면 자라서 분명 미인이 될 것이다. 처음 만났을 때는 경계심을 보였지만 지금은 친근하게 매달린다. 너무 친근해서⋯⋯ 내가 얼굴을 붉힐 만한 언동을 연발했지만.

"어, 루는 남자애니? 아니면⋯⋯."

"……졸려."

"어, 그래."

하프엘프 루는 라이나 피나보다도 한 살 어렸으며, 좀 신비한 애였다.

엘프의 피를 물려받은 만큼 아이들 중에서 가장 얼굴이 예쁘다. 금색 머리카락은 짧고, 말수는 상당히 적으며, 목소리는 중성적. 도저히 성별을 알아볼 수가 없다. 언제나 멍해서 성격을 종잡을 수 없기도 하고.

세 사람 이외의 아이들은 하프가 많았으며, 휴먼이나 수인, 파룸, 쮀뺏거리는 아마조네스 아이도 있었다. 하나같이 호기심이 왕성하고 기운이 넘쳤다.

"시르 누나, 놀자~."

"우리도―!!"

"그래그래, 다 같이 놀 테니까 싸우지 말렴."

여기저기서 놀며 한바탕 아이들과 대화를 마쳤을 때쯤, 저쪽에서는 시르 씨를 두고 쟁탈전이 벌어졌다. 남자아이에게도 여자아이에게도 인기가 좋다.

아까도 생각했지만…… 의외였다.

나는 주점에서 일하는 '점원 시르 씨'밖에 몰랐으니, 이런 식으로 웃고, 쪼그려 앉아 아이들을 달래며 부드럽게 안아주는 모습이 신선하게 느껴졌다.

아이들을 좋아한다는 것을 한눈에 알 수 있는 웃음과 눈빛. 눈길을 빼앗기고 있으려니, 그 시선을 알아차린 시르 씨는 나를 돌아보며 멋쩍은 듯 웃음을 지었다.

그 귀엽고도 아름다운 웃음에 나도 모르게 얼굴을 붉혀 버렸다.

"……응?"

그때였다. 좌우에 있던 아이들과 두 손을 맞잡고 웃음을 나누며 빙글빙글 도는 시르 씨에게, 사악한 웃음을 머금은 라이가 다가간다.

등 뒤에서 몰래 접근한 소년을 시르 씨는 알아보지 못했다. 그리고 무방비한 그녀의 뒤에서, 라이는 천재일우의 기회라는 양── 기합성과 함께 스커트 들추기를 감행했다.

"?!"

"꺄악?!"

허리까지 들춰진 하얀 원피스 스커트에 눈을 한껏 크게 떠버렸다.

저, 저것은 할아버지가 말했던 전가의 보도(寶刀)──가 아니라?!

똑똑히 보인, 옷과 똑같은 색의 속옷에 나는 얼굴을 새빨갛게 물들였다.

귀여운 비명을 지르며 황급히 스커트를 붙든 시르 씨가 돌아보고, 뻣뻣하게 굳은 나와 시선이 딱 마주쳤다.

시르 씨는 뺨을 붉히더니, 다음에는 나에게 똑바로 다가왔다.

"봤어요?!"

"아뇨, 저기, 딱히, 그게……?!"

"봤죠?!"

"봐, 봤어요, 그치만……!!"

"너무해요, 벨 씨!!"

"제 탓인가요?!"

새빨갛게 물든 얼굴을 코앞까지 들이미는 시르 씨에게 나도 얼굴을 붉히며 외쳤다.

"남자에게 속옷을 보이다니…… 벨 씨, 이렇게 된 이상 벌로 제 청을 한 가지 들어줘야겠어요!!"

"네에에에에에에?!"

"안 들어준다면…… 류랑 다른 사람들에게 벨 씨가 제 속옷을 훔쳐봤다고 일러버릴 거예요!!"

"비겁하잖아요?!"

그랬다간 난 죽어요!!

억울함을 하소연하는 나는 얼굴이 붉어진 시르 씨의 요구에 울부짖었다.

"……시르 누나 스커트 들추기, 처음 성공했어…….."

"설마…… 시르 언니, 일부러?"

"기술과, 허허실실…….."

우리가 얼굴을 마주하고 있는 동안 시야 한구석에서는 라이, 피나, 루 3인조가 한 덩어리가 되어 아연실색했다. 어째서인지 두려움의 눈빛이 시르 씨에게 향하는 가운데,

나는 어떻게 보면 재미있어하는 것처럼 다가서는 이 사람에게…… 결국 꼼짝도 할 수 없었다.

스커트 안을 목격해버린 대가로 부탁을 한 가지 들어주게 되었다.

"그러면…… 벨 씨, 저에게 무릎베개를 하게 해주세요."

"?!"

"벨 씨는 【검희】…… 아이즈 발렌슈타인 씨에게, 무릎베개를 받은 적이 있다면서요?"

웬 무릎베개?!

아니아니 그보다도, 어떻게 아이즈 씨의 그걸……!

"사실 【로키 파밀리아】는 '풍요의 여주인' 단골이거든요. 주신이신 로키 님이 우리 가게를 마음에 들어하셔서…… 그래서 귀를 기울이고 있으려니, 신기하게도 【검희】 님과 다른 분들의 말소리가…… ."

"알았어요! 알았으니까 그만!!"

까마득한 옛날에 들은 기억이 있는 말과 함께 꼼꼼히 설명해주는 시르 씨에게 나는 다시 얼굴을 붉히며 절규했다.

역시 이 사람은 마녀야!

"그러면…… ."

기뻐하며 냉큼 그 자리에 앉아 무릎을 꿇는 시르 씨. 주위의 아이들이 빤히 쳐다보는 것도 아랑곳 않고 당당히 무릎을 내민다. 귀까지 붉히며 망설이는 나를, 재미있다는 듯 올려다보며 기다리던 그녀는── 문득.

무언가를 알아차렸다는 듯 웃음을 거두더니, 조용한 표정을 지으며 생각에 잠기기 시작했다.

"……벨 씨, 참고로【검희】씨에게 무릎베개를 해준 적은……."

"어, 없어요!"

그런 일을 누가 할 수 있겠느냐고 당황하며 대꾸했다.

그 대답을 듣고 나를 올려다보던 시르 씨의 눈이, 분명히 번뜩 빛난 것 같았다.

몇 분 후.

"에헤헤~."

어째서인지 내가 앉고, 드러누운 시르 씨에게 무릎베개를 해주는 광경이 완성되었다.

내 허벅지를 베개 대신 삼은 시르 씨는 뺨을 붉히며 다리에 얼굴을 묻었다.

"저기, 이제, 됐나요……?"

"안~ 돼요."

말없이, 부럽다는 듯 바라보는 아이들의 시선을 견딜 수 없어, 나는 얼굴을 수치로 불태우며 시르 씨와 교섭해봤지만 기각당했다.

더할 나위 없는 벌을 받은 나는 다리가 마비될 때까지 싱글벙글하는 시르 씨에게 무릎을 대주고 있어야 했다.

교회에서 한바탕 논 후.

　놀다 완전히 지쳐버렸는지, 아니면 무릎베개를 받는 시르 씨를 보고 감화되었는지 아이들은 졸린 눈을 비비기 시작했다.

　연장자인 라이와 피나도 하품을 하는 모습을 보고, 우리는 낮잠을 자자고 고아원 위층에 있는 침실로 향하게 되었다.

　"푹 잠들었네요……."

　"그러게요……."

　2층에 있는 침실은 아래층의 식당과 비슷한 정도로 넓었다. 몇 장이나 되는 모포가 바닥에 깔려 있었다. 닳아 해진 얇은 그림책이며 나무 블록 같은 것도 굴러다녀서, 아이들의 방이라는 단어가 떠올랐다.

　잠을 재워줄 필요도 없이, 아이들은 꿈나라로 빠져들었다.

　조그만 몸을 맞대고 새우잠을 자며, 곳곳에서 조용한 숨소리를 낸다.

　"……."

　쿨쿨 잠든 루의 얼굴을 시르 씨가 부드럽게 쓰다듬었다.

　무릎을 꿇고 자애로 가득 찬 눈빛으로 아이들을 바라보는 그 모습은, 나보다도 약간 연상일 텐데도 어머니라는 단어를 떠오르게 했다. 그 외에도 성녀라든가, 여신이라는 말도.

사르륵, 부드러운 회색 머리카락이 목덜미에서 미끄러졌다.

"벨 씨도 재워드릴까요?"

"사양할래요."

무릎베개 때문에 완전히 애들처럼 삐쳐버린 나는 뺨을 붉히고 눈을 감으며 딱 잘라 거절했다. 시르 씨는 그런 내 모습에 웃음을 흘렸다.

"크라넬 씨, 시르 씨, 피곤하지요? 제게 맡기고 그만 쉬세요."

마리아 씨가 조용히 문을 열고 침실로 들어왔다.

우리는 그 말을 받아들여 아이들을 그녀에게 맡겼다. 놀아주어서 고맙다고 고개를 숙이는 그녀에게 웃음으로 대답하고 방을 나왔다.

"벨 씨, 조금 걷지 않겠어요?"

시르 씨의 제안에 반대할 이유도 없어 선선히 고개를 끄덕였다.

그녀의 안내를 받아, 나는 넓은 고아원 안을 지나 교회 뒤뜰로 나갔다.

"밭이……."

"마리아 씨가 아이들과 함께 채소를 재배한대요."

건물 뒤쪽에는 우물과 함께 소규모지만 채소밭이 있

었다. 일조량 문제도 있는지 별로 잘 자라지는 않는 것 같지만, 손질이 잘되어서 마리아 씨와 아이들이 얼마나 공을 들이는지를 알 수 있었다.

머리 위를 올려다보니 수없이 겹쳐진 건물에 에워싸인 미궁거리의 푸른 하늘이 보였다.

"시르 씨는…… 어떻게 마리아 씨나 아이들과 알게 됐나요?"

"우연이었어요. 제가 어느 날 문득 이곳 '다이달로스 거리'에 들어왔다가……."

교회 뒤뜰은 그대로 미궁거리의 넓은 길로 이어져 있었다.

이곳도 다른 곳처럼 복잡해, 아래나 위로 뻗은 계단이 곳곳에 보였다. 동시에 폐허 같기도 해서 주위에는 무너진 흔적이 있는 건물이 수없이 보였다.

맑은 하늘이 보이는 덕인지 답답하다는 기분은 전혀 들지 않았다. 나와 시르 씨 말고는 인기척이 없다 보니 시간이 느리게 느껴질 정도였다.

탑처럼 높고 우툴두툴한 복합주택의 그림자 아래에서, 우리는 조용한 폐허 사이의 길을 걸어 나갔다.

"사실은…… 저도 슬럼 출신이에요."

"!"

"어머니도 아버지도 안 계시고……. 그래서인지, 그 아이들을 그냥 내버려둘 수가 없었어요."

고개를 돌려 옆을 보자, 시르 씨의 얼굴은 전방만을 향한 채 눈을 가늘게 뜨며 웃고 있었다.

　시르 씨도 슬럼 출신이고, 고아였다――

　처음 접한 이 사람의 비밀에 멍해졌다.

　그런 나를 곁눈질하며, 이곳 '다이달로스 거리'에 찾아온 것은 마리아 씨와 비슷한 이유였다고 시르 씨는 말했다.

　고아원의 존재를 알고, 스스로 찾아와, 교류를 가지게 되었다고.

　'부모님이라…….'

　나도 어머니와 아버지의 얼굴을 모른다. 나를 낳은 후 두 분 모두 돌아가셨다는 이야기는 들었다.

　쓸쓸하다고 생각했던 적은, 아마도 없었을 것이다. 나를 길러준 분…… 그 유쾌한 할아버지 덕에 한 번도 부족함을 느끼지 못했으니까.

　하지만…… 보고 싶다고, 어리광을 부리고 싶다고 생각하는 마음은 역시 어딘가에 있는 것 같다.

　마리아 씨나 시르 씨 덕에 구제를 받은, 그 아이들과 마찬가지로.

　"하지만 전―― 사실은 벨 씨가 몰랐으면 했는걸요?"

　"네?"

　고개를 들자, 시르 씨는 길가에서 뻗어나가는 계단을 오종종 몇 단 올라가더니 옆쪽으로 펼쳐진 폐가 위로 내려섰다.

길이 아니라 일부러 폐허의 바다를 걷는다. 위험하다고 말했지만 원피스 자락을 팔랑거리며 통통 뛰듯 걸어가는 그녀를 나는 체념하고 폐가에 뛰어올라 쫓아갔다.

"몰랐으면 했다니, 뭘요?"

"오늘의 저를요. 도시락을 만드느라 애를 쓰고, 아이들과 신나게 뛰어놀고…… 부끄럽잖아요."

뒤에서 따라오는 내 목소리에 시르 씨는 돌아보려 하지 않고 가녀린 등으로 대답했다. 무너진 건물의 잔해나 튀어나온 석재에 걸려 은근히 악전고투하면서도 폐허의 바다를 나아갔다.

"딱히, 저는 그렇게……."

"제가 부끄럽다고 생각하게 되는 거예요. ……이런 일은 이제까지 없었는데."

"네?"

문득 중얼거린 마지막 말에 어리둥절 되물으려 했을 때.

"꺅?!"

폐허 더미에 발이 걸려 시르 씨의 몸이 앞으로 쓰러지려 했다.

그러게 내가 뭐랬어요?!

나는 황급히 발을 박찼다. 가속해 눈 깜짝할 사이에 시르 씨의 손목을 붙잡고 몸과 함께 내 쪽으로 끌어당겼다.

"……."

"……."

그리고 휴우 안도의 한숨을 내쉴 겨를도 없이.

내 가슴에 달려들듯 몸을 기댄 시르 씨와, 숨이 닿을 것 같은 거리에서, 시선을 마주했다. 맑디맑은 회색 눈동자 속에는 내 붉은 눈과, 또한 붉게 물든 얼굴이 비치고 있었다.

밀착한 자세에 화악 얼굴이 뜨거워졌다. 시르 씨의 얼굴도 발그레해졌다.

교회 안에서 봤던 것과는 다른, 어딘가 당황한, 이 사람의 맨얼굴 같은 표정으로.

"지⋯⋯지금 그건, 연기 아니었거든요?!"

"당연한 말을?!"

무슨 말을 하는 거람, 이 사람이?! 연기로 굴러떨어져서 어쩌겠다고요?!

"차, 창피해라⋯⋯."

몸을 떼고 붉어진 얼굴을 두 손으로 감춘다. 그런 시르 씨의 모습을 보고, 나도 겨우 깨달았다.

일부러 폐허를 걸었던 것도, 아마 무릎베개를 해주었던 것도, 이 사람의 '창피하다'는 마음을, 멋쩍음을 감추기 위한 행동이었던 것이다.

시치미를 떼거나, 일부러 장난을 치지 않고서는 견딜 수 없을 만큼, 계속 부끄러움을 품고 있었다.

"⋯⋯."

연상이라는 것을 알고 있었던 이 사람의, 여자아이 같은 행동을 보고 나는 신비한 기분이 들었다.

방심할 수 없으며, 조금 억척스럽기도 하고, 행동거지도 꼼꼼했던 이 사람의 인상이 또 변해간다.

새로운 일면을 너무 많이 보게 되면서.

잘못하면 가슴이 뛸 것 같았다.

귀엽게 부끄러워하는 이 사람의 모습에 나도 덩달아 얼굴을 붉혀버렸다.

"……다행이었을지도요."

"네?"

폐허의 바다에서 아무 말도 없이 마주 서 있으려니, 시선을 떨구고만 있던 시르 씨가 고개를 들었다.

두 뺨을 연분홍색으로 물들인 그녀는 티 없는 미소를 지었다.

"역시, 벨 씨에게 보여줄 수 있어서…… 다행이었을지도 모르겠네요."

──달콤한 추억이 생겼으니까.

시르 씨는 그렇게 부끄러운 대사를 망설이지도 않고 말했다.

반대로 내가 얼굴을 붉혀버린 가운데, 그녀는 입가에 손을 대고 정말로 기뻐하는 것처럼 웃었다.

아름다운 푸른 하늘이 내려다보는 가운데, 나는 입을 어물거릴 수밖에 없었다.

문득.

"———?"

시선을 느꼈다.

누군가가 쳐다보는 데에 민감해지고 있는 나는 그 시선에 반응해 돌아보았다.

탑처럼 높은 복합주택의 상층 위치.

불쑥 튀어나온 발판 위에, 까만색과 회색 털결을 가진 캣 피플 청년이 서 있었다.

'저 사람…… 어디선가 봤는데.'

조그만 수인의 모습에 기억이 자극을 받았다.

시간도 장소도 확실치 않지만, 그래도 분명히 만났던 것 같다고 머릿속이 속삭였다.

"벨 씨?"

"!"

뒤를 올려다보던 내게 시르 씨가 말을 걸었다.

"왜 그러세요?"

고개를 갸웃하는 그녀에게서 다시 시선을 돌려 돌아보자, 캣 피플 청년은 홀연히 사라지고 없었다.

"누가 있었나요?"

"어, 네…… 아마도."

떨떠름한 목소리로 대답하며, 다시 한 번 청년이 있던 곳을 올려다보았다.

마치 백일몽이었던 것처럼, 그곳에는 햇살에 젖은 건물밖에 존재하지 않았다.

해가 저물어갈 무렵.

우리가 '마리아 고아원'으로 돌아가자, 반짝 눈을 뜬 아이들의 돌격을 받았다.

"둘이 어디 갔던 거야~?!"

그런 피나의 추궁을 간신히 피하고 있으려니, 마리아 씨가 오늘은 저녁까지 먹고 가지 않겠느냐고 제안했다.

주신님이나 동료들에게 걱정을 끼치는 것이 조금 무섭지만…… 아이들의 열망과 시르 씨의 애원도 있고 해서 일찌감치 얻어먹고 홈에 얼른 돌아가기로 결심했다.

하루 휴가를 얻어 마음이 따뜻해지는 이 고아원과 교류를 가질 줄은 생각도 못했다고, 기뻐하는 아이들의 모습에 웃음을 지으면서 나는 저녁이 될 때까지 조금 시간을 때우게 되었다.

"……있지."

마리아 씨와 여자아이들이 주방에서 요리를 하는 동안, 누군가가 내 뒤를 콕콕 잡아당겼다.

뒤를 돌아보니 하프엘프 루가 멍한 얼굴로 옷깃을 잡아당기고 있었다.

"왜 그러니?"

"이거……."

몸을 숙인 내게 루는 손에 쥐고 있던 금속 덩어리……
금화를 내밀었다.

"어, 야, 루."

"정말 부탁하게?"

"너희도, 마음에 걸린다고 했잖아……."

우리가 대화하는 모습을 본 라이와 피나도 당황해 달려
왔다.

밋밋한 목소리로 휴먼 사내아이와 수인 여자아이의 입
을 다물게 한 루는, 내게 시선을 돌렸다.

"어, 이게 뭐니……?"

"우리, 쌈짓돈……."

싸, 쌈짓돈…….

조그만 금화 세 닢, 3발리스를 보고 나는 땀을 삐질삐질
흘렸다.

"이거, 보수……. 적어서, 미안."

그 말에 내가 놀라고 있으려니, 중성적인 하프엘프 아이
가 말했다.

"퀘스트, 부탁할게……."

머리 위쪽이 저녁놀 색으로 물들고 있었다.

꼭두서니색 하늘 아래에서, 나와 세 아이는 바깥의 거리
를 걷고 있었다.

"어, 여기야?"

"응…… 이 근처."

아이들이 요청한 퀘스트…… 아무튼 '부탁'을 듣고, 나는 교회 뒤뜰을 나와 시르 씨와 함께 걸었던 그 폐허의 바다로 가고 있었다.

의뢰 내용, 그러니까 그들이 알아봐주었으면 한다는 것은…… 어디선가 들려오는 '수수께끼의 목소리'.

"이 근처에서, 우~ 우~ 하는 신음소리 같은 게 들려!!"

"처음에는 개나 뭐 그런 건줄 알았는데…… 아무 데도 없지 뭐야."

최근에 담력시험으로 밤마다 이 근처를 지나다닐 때 들려왔다고 피나와 라이가 말했다.

그 후로는 지나갈 때마다 계속 들려서, 무섭고 마음에 걸린다고 했다.

나는 세 아이가 쳐다보는 폐허의 바다를 바라보았다.

시야가 닿는 곳마다 이어진 잔해나 목재의 주변에서는 동물의 모습은 물론이고 기척조차 느껴지지 않았지만…….

『…………우…………우.』

……들린다. 정말로.

아이들이 말하는 수수께끼의 신음소리를 나도 똑똑히 느꼈다.

세 아이가 내 등 뒤로 재빨리 숨는 동안 나는 귀에 신경을 집중했다.

【스테이터스】로 강화된 청각을 따라가다가, 잠시 후에는 폐허의 바다에 들어서서 소리의 출처 쪽으로 향했다. 마치 울음소리처럼 들리기도 하는 정체불명의 신음소리에 긴장하면서, 잔해의 밀집지대에서 발을 멈추었다.

단순한 건물 붕괴 흔적으로 보이지만…… 목소리의 출처는 틀림없이 **이 아래다.**

"흐읍, 끄그그그극……?!"

나는 두 손을 써서 잔해를 치우기 시작했다.

뒤에서 아이들이 놀라 소리를 지르는 것을 들으며, Lv.3의 '힘'으로 큰 돌기둥이나 목재를 철거하기 시작했다.

그리고 몇 분에 걸쳐 파내려가니, 길과 같은 구조의 포석이 드러났다.

'……아니야, 이건.'

주위의 포석과 녹아든 한 장의 '석판'을 나는 본 적이 있었다.

벌써 며칠도 전, 환락가—— 이슈타르 님의 홈에서 탈출할 때 하루히메 씨가 안내해주었던 비밀 지하도. 그곳의 출구를 가로막고 있던 돌문과 재질이며 형상이 흡사했다.

그 증거로, 석판은 약간 엇나가 살짝 떠 있었으며, 그렇게 생긴 틈새로 예의 신음소리가 들려왔다.

나는 손가락을 걸어 단숨에 '석판' 문을 지면에서 떼어냈다.

"우와, 굉장해……!!"

"이, 이거, 지하통로?"

"오빠 대단하다……."

뭉게뭉게 피어나는 모래먼지와 함께 열린 돌문에 아이들이 황급히 폐허의 바다를 건너 달려왔다.

흥분과 동요와 감탄. 세 종류의 목소리를 등 너머로 들으며 나는 생각에 잠겼다.

환락가에 펼쳐진 비밀통로와 아마 같은 종류의 지하도 너머에, '무언가'가 있다.

얼굴이 조용히 긴장을 머금는 것을 알 수 있었다.

숨을 죽이며 던전을 탐색해나가는 그 감각.

내 의식은 완전히 모험자의 것으로 바뀌고 있었다.

"애들아! 벨 씨까지! 아이참, 이런 곳에 와서 뭘 하는 거예요?"

그때 고아원 방향에서 시르 씨가 달려왔다.

푸르스름한 어둠이 동쪽 하늘에서 밀려드는 가운데, 손에 휴대용 마석등을 들고 있다.

뒤뜰에서 멋대로 나온 우리를 야단치던 시르 씨는 네 사람이 내려다보는 지하로 가는 구멍을 알아차리고 회색 눈을 동그랗게 떴다.

"저기, 이건……."

"지하로 통하는 입구인 것 같아요. 시르 씨, 죄송하지만 저 좀 다녀올게요."

여기 온 경위를 설명하고 이 아래를 조사해보겠다고 말

했다.

물론 무슨 일이 생길지 알 수 없으므로 혼자 가……려 했지만.

"나도 갈래, 나도!!" "나도……." "나, 나도! 무섭지만!"

아이들이 따라오겠다고 나섰다. 나는 난감한 표정으로 시르 씨에게 도움을 청했지만,

"이런 걸 보여줘놓고는 기다리라니, 그건 어려운 일이잖 아요? 저도 갈래요."

웃으며 그렇게 말해버린다.

아니, 그 마음은 모를 것도 없지만…… 눈을 흘기며 헛 웃음을 지어버린 나는 새어 나올 것 같은 한숨을 삼켰다. 이렇게 되면 어쩔 수 없지.

멋대로 행동하지 말고, 곁에서 떠나지 말라고 신신당부 하고 우리는 행동을 함께하기로 했다.

"""""네~에!""""""

아이들과 함께 시르 씨의 목소리가 울려 퍼졌다. 어쩐지 소풍 같다.

다시 긴장감을 띤 나는, 마석등을 받아들고 지하로 이 어지는 계단을 내려가기 시작했다.

"굉장하다…… 뭐야 이거. 던전 같아……."

"어, 어둡다, 그치."

"먼지투성이……."

지하계단을 지배하는 어둠을 램프형 마석등의 불빛이

갈랐다.

석재 계단, 석재 벽, 석재 천장…… 질서정연하게 설계된 통로는 역시 하루히메 씨와 함께 걸었던 비밀통로와 구조가 흡사했다. 역시 이 통로도 기인이라 불렸던 미궁거리의 설계자가 만든 것일까?

들썩거리는 라이, 겁을 먹은 피나, 이제까지와 다를 바 없는 루, 세 사람의 목소리를 옆에서 들으며 아래로 아래로 향한다. 신중하게 계단을 내려가자 벽에 묻힌 소형 장치가 보였다. 내가 응시하자 시르 씨도 그것을 알아보고 손을 뻗었다. '피잉' 하는 가느다란 소리를 내며 돌이 작동했다. 설치된 마석등이 작동해, 새까만 어둠이 어느 정도는 내다볼 수 있는 어스름으로 바뀌었다.

같은 간격으로 벽에 묻힌 것으로 보이는 마석등을 보고, 나는 점점 더 이 통로의 정체가 환락가의 지하도와 같은 것이라는 확신을 다졌다.

그리고 재미있어하는 아이들이 잇따라 장치를 작동시키는 가운데…… 아래에서 점점 똑똑히 들려오는 수수께끼의 신음소리에, 나는 호흡을 가다듬었다.

"조용히."

드디어 목소리의 기척이 다가와, 그렇게 중얼거렸다.

처음 듣는 나의 절박한 목소리에 아이들은 숨을 멈추고 입을 다물었다. 태연한 표정을 무너뜨리지 않는 시르 씨와 고개를 마주 끄덕이고, 그녀에게 아이들을 맡겼다.

던전에 있을 때는 동료들이 있으니 더할 나위 없이 든든하지만…… 지금 싸울 수 있는 사람은 나뿐이다. 무슨 일이 생긴다면 시르 씨와 아이들을 지켜야만 한다.

허리에 찬 《주신님 나이프》를 확인했다. 방어구는 물론 착용하지 않았다. 허리춤에는…… 선불로 받았던 아이들의 금화 세 닢. 다시 말해 장비는 매우 불안하다.

위대한 선구자들이 공략을 마쳤던 던전에서는 맛볼 수 없는 '미지' 한복판을, 대열의 선두에서 헤치고 나아간다는 사실을 자각하면서, 계단을 마침내 다 내려갔다.

『<u>으으</u>…… <u>으</u>…… <u>으으으</u>.』

어둠이 가득 찬 탁 트인 공간. 넓은 장소로 나왔음을 느낀 내게, 안쪽에서 신음소리가 들렸다.

——인간의 것도, 동물의 것도 아니다.

얼굴을 한껏 긴장시킨 나는 시르 씨와 아이들을 계단 바로 앞에 대기시키고, 몸 뒤에 숨겨놓았던 마석등을 내밀었다.

어둠을 떨쳐낸 빛이, 탄식 같기도 흐느낌 같기도 한 목소리의 주인을, 비추었다.

『——————<u>오오오</u>.』

어스름 안에 떠오른 것은—— 뒤틀린 두 개의 거대한 뿔, 시커먼 가죽, 붉은 털, 그리고 거대한 체구.

빛에 반응한 그 황옥 같은 안광을 돌리는 상대에게 나는 숨을 멈추었다.

미노타우로스와 비슷한 두 팔다리의 구조, 대형급에 필적하는 육체의 소유자—— 아니, 몬스터는 두 무릎을 꿇었던 지면에서 힘차게 일어났다.

"귀 막아요!!"

내 호령이 떨어진 것과 동시에 몬스터는 고함을 터뜨렸다.

『오오오오오오오오오오오오오오오오오오오오오오오오!!』

강렬한 '하울'에 피부가 찌릿찌릿 떨렸다.

등 뒤에 있던 시르 씨네를 신경 쓸 여유도 없이 나는 상대의 차원이 다른 위압감에 움츠러들었다.

하늘이 뒤집어져도 이런 슬럼 지하에서 만나서는 안 될 존재는 안광을 번들번들 빛내며 임전태세에 들어가—— 포효와 함께 짓쳐들었다.

밀려드는 거대한 괴물에게 나는 오른팔을 내밀었다.

"【파이어볼트】!!"

뿜어져 나간 염뢰의 창이 적의 몸에 작렬했다.

재빨리 뿜어낸 '속공마법'에 경악과 신음성을 지르는 몬스터. 붉은 불꽃에 돌격이 저지당해 후퇴하는 상대에게 나는 《주신님 나이프》를 뽑으며 질주했다.

마석등을 방 입구에 남겨놓고, 마법으로 횃불처럼 불빛을 뿜어내는 몬스터에게 육박했다.

『오오, 오오오오오오오오오오오오오오오오오오오오?!』

"흡!"

동공이 없는 두 눈에 살기를 피우며 휘두르는 몬스터의 굵은 팔을 회피하며 거기에 담긴 속도와 위력에 전율하는 한편, 엇갈려 지나가며 자청색 검광을 번뜩였다.

발을 끌며 종이 한 장 차이로 회피한 상대에게 눈을 크게 뜬 나는 짓쳐드는 상대에게 응전했다.

'이 몬스터는—— '바바리안'?! '심층' 몬스터?!'

지금도【파이어볼트】의 불꽃에 타는 털 때문에 형태를 또렷이 알아본 나는 몇 번째인지 모를 경악에 휩싸였다.

2M이 넘는 대형급 몬스터 '바바리안'.

제37계층 부근의 층역에서 출현하며, 길드 추청 레벨은 3~4!

어떻게 이런 곳에?!

'설마—— 몬스터 필리아에서 살아남은 놈이!?'

이 미궁거리에서 한껏 나를 쫓아다녔던 '실버백'과의 기억이 가차 없이 떠올랐다.

길드와 모험자들의 추적을 벗어나 토벌되지 않고, 그동안 인식을 피했던 몬스터가 이 지하공간에 숨어든 걸까?!

충격에서 벗어나지 못한 채 흉포한 몬스터와 전투를 벌였다.

옆을 스치고 지나가는 굵은 팔을 피하면서 동시에 날리는 칠흑의 나이프. 제2급 모험자나 그 이상의 완력으로 날뛰어대니 좀처럼 품으로 파고들 수가 없어 공격이 맞질 않는다.

애초에 이 몬스터는 강하다. 내 공격을 모조리 받아치거나 회피한다.

마치 폭풍 같은 적에게 어떻게 공격을 해야 좋을지 알 수 없었던 나는, 그때 문득 어떤 사실을 깨달았다.

'피투성이?'

내가 입힌 상처가 아니다.

이미 응고된 피딱지와 흉터가 불빛에 드러나 한순간의 의구심이 생겨났다.

'바바리안'은 누런 눈에 핏발이 서 있었다. 마치 자신에게 피해를 입힐 존재를 제거하려는 듯——어쩌면 겁을 먹은 듯——온 힘을 다해 나를 죽이려 했다.

명확한 적의, 그리고 회피와 반격을 비롯한 확실한 전법을 가지고.

'이, 느낌은——'

마치 모험자와 싸우는 것과 같은—— 아니, 그게 아니다.

가장 비슷한 존재는—— 그 외뿔 '미노타우로스'.

본능이나 파괴충동에 몸을 맡기고 날뛰어대는 것이 아니라, 싸우기 위한 '자아'를 가진 듯한——

악연 속의 적을 연상케 하는 몬스터에게 시선이 흔들린 나는 동요를 떨치고 질주했다.

팔로 크게 헛스윙을 한 후의 빈틈을 노리고 바바리안의 허리를 스치며 나이프를 휘둘렀다.

『─────────────────?!』

솟구치는 피보라에 몬스터의 절규가 울려 퍼졌다.

"해냈다!!"

시간과 함께 '하울'의 영향에서 벗어났는지 이쪽으로 얼굴을 드러낸 라이와 아이들이 환호성을 질렀다.

"───"

흥분한 아이들을 내버려둔 채 나는 상처를 부여잡고 괴로워하는 바바리안의 앞을 가로막았다.

귀를 흔드는 몬스터의 비명.

짐승과 흡사한 그 절규에 담긴 분노, 괴로움, 그리고 슬픔의 감정.

이제까지 들어본 적이 없는 괴물의 '통곡'에 할 말을 잃고 말았다.

'이 몬스터는, 대체…….'

몬스터를 상대로 공격의 기피감이 생겨난다는 사태에 내가 동요하고 있으려니.

고통에 신음하던 바바리안은 번쩍 눈을 크게 뜨더니 입을 크게 벌리고 긴 혀를 사출했다.

"으윽?!"

아연실색해 멍하니 서 있던 내 몸에 혀 공격이 직격했다.

긴급회피가 한 발 늦어 방어구가 없는 가슴을 얻어맞은 나는 싸늘한 포석 위를 굴러갔다.

무시무시한 아픔에 가슴을 태우며, 얼빠진 모습을 보인 자신에게 머릿속으로 정신 차리라고 야단쳤다. 계단 입구에서 반대 방향, 실내 안쪽까지 날아갔던 나는 힘차게 뒤로 몸을 굴려 간신히 일어났다.

"이 자식, 멈추지 못해—!"

하지만 그때.

계단 입구에서 튀어나온 라이가, 멀리 날아간 나를 걱정하고 몬스터에게 돌을 던져버렸다.

『——오오?』

등에 명중한 돌멩이에 바바리안은 뒤를 돌아보았다.

괴물의 안광에 굳어버린 휴먼 아이에—— 적의에 반응한 몬스터는 라이를 노려보고, 돌진했다.

"멈춰——!!"

『오오오오오오오오오오오오오오오오오오오오오오오!!』

경악과 함께 몬스터를 전속력으로 쫓아갔지만, 때가 늦었다.

겁을 먹은 라이를 창졸간에 뛰어나온 시르 씨와 아이들이 끌어안고 지키려 했다.

오른팔을 내민 나는 기피감 따위 내팽개치고 온 힘을 다해 포성을 지르려 했다.

『————꺼억?!』

하지만 염뢰가 울려 퍼지는 일은 없었다.

유성처럼 날아든 창 한 자루가 바바리안의 몸 한복판을

관통했다.

『——아.』

단말마의 비명조차 허용하지 않고 가슴과 함께 '마석'을 꿰뚫린 몬스터는 잿더미로 변했다.

쏴아아악, 잿더미가 스러져가는 소리가 흐른 후, 이제까지의 소음이 환각이었던 것처럼 넓은 공간에 정적이 찾아왔다. 드롭 아이템 '바바리안의 체모'가 아직까지도 불타고 있었다.

바닥에 주저앉아 서로를 끌어안은 시르 씨와 아이들이 조심스레 고개를 드는 가운데, 나는 그녀들의 바로 뒤, 다시 말해 룸의 계단 입구에 서 있는 그 인물에 아연실색했다.

검은색과 회색 털결을 가진 조그만 청년.

저녁때 보았던 그 캣 피플이다.

"……저, 저기!"

가벼운 점프 소리와 함께 시르 씨와 아이들을 뛰어넘어 잿더미 위에 굴러다니던 창을 회수하는 캣 피플 청년에게 황급히 달려갔다.

도와줘서 고맙습니다, 그렇게 말하려 했을 때.

"여자와 애들도 제대로 못 지키냐, 망할 놈의 토끼."

그 너무나도 날카로운 눈빛과 조용한 매도에 목소리가 뚝 끊겼다.

"죄……죄송합니다."

"……."

너무나도 날카로운 지적에 고개를 푹 숙여버린 나는 사과할 수밖에 없었다.

이 사람이 없었다면 시르 씨와 아이들에게 돌이킬 수 없는 일이 일어나버렸을지도 모른다. 일반인을 위험에 빠뜨려버린 시점에서 모험자 실격이다.

무력감과 부끄러움에 시달리는 나를 캣 피플 청년은 무시하고 등을 돌려버렸다.

그는 아무 말도 하지 않은 채 계단 입구로 향했다.

"【바나 프레이아】…… 제1급 모험자다!!"

자신들의 옆을 지나치려 하는 청년에게, 넋이 나가 있던 라이가 오늘 최대급의 흥분을 보였다.

【바나 프레이아】── 분명 【프레이야 파밀리아】의?

얼마 전에 있던 【이슈타르 파밀리아】궤멸 소동. 나도 말려들었던 그 사건에서 그 대형 파벌을 섬멸시켰던 모험자 중 한 사람에게 경악해버렸다.

그리고 동시에, 생각이 났다.

지금 들은 목소리는…… 시벽 위에서 특훈을 하고 돌아갔을 때, 【로키 파밀리아】의 간부인 아이즈 씨를 노렸던 것으로 짐작되는, 그 캣 피플 습격자의 목소리와 같았다.

"……."

내가 놀라는 동안 청년은 스쳐 지나가려 하다, 시르 씨 앞에서 발을 멈추었다.

말없이 슬쩍 고개를 숙인 그는, 이번에야말로 방을 나갔다.

　가만히 앉아 있던 시르 씨는 사라져가는 그 뒷모습을 미소와 함께 바라보고 있었다.

　"시, 시르 씨, 괜찮으세요?!"

　"벨 씨."

　놀라움에서 채 벗어나지도 못하고 달려가 시르 씨와 아이들의 안부를 확인했다.

　위험에 빠뜨리고 말았다는 사실을 몇 번이나 사과하자 그녀는 웃으며 괜찮다고 말해주었다.

　"뭐야, 형. 【바나 프레이아】한테 도움이나 받고!"

　전혀 반성하는 기색을 보이지 않는 라이에게는 노성을 터뜨렸지만.

　시르 씨의 꾸지람에 너덜너덜하게 혼이 난 후에는 피나와 루에게 두 뺨을 신나게 꼬집혀 울음을 터뜨리는 라이를 보며 나는 식은땀을 삐질삐질 흘렸다.

　"어, 【바나 프레이아】…… 그분과 아는 사이세요?"

　"예. 우리 주점에 가끔 들리는 모험자님이세요."

　재가 된 몬스터의 시체를 한동안 바라본 후 내가 큰맘 먹고 묻자 시르 씨는 기쁜 웃음을 지으며 단골손님 중 하나라 얼굴을 아는 사이라고 가르쳐주었다.

　"조금, 아니, 상당히 무섭달까…… 다가가기 힘든 분위기던데, 시르 씨는 대단하네요……."

"그렇지도 않은걸요? 사실은 그분은 혀가 약해서요, 뜨거운 음식이 나오면 몰래 후후 불어 드신답니다. 귀여운 면도 있는걸요?"

조심스레 묻는 나에게 시르 씨는 쿡쿡 웃음을 지었다. 제1급 모험자를 두고 '귀엽다'니…… 시르 씨가 거물인 걸까, 야무진 걸까. 나는 나도 모르게 쓴웃음을 짓고 말았다.

"이제, 퀘스트, 끝났어……?"

"아, 응. 그렇게 되려나? 달리 이상한 기척은 없고……."

"무서웠어~."

루우가 손을 꾹꾹 잡아당겨, 나는 안쪽까지는 내다볼 수 없는 넓은 방을 둘러보며 대답했다. 피나는 어깨에서 힘을 빼며 크게 숨을 내쉬었다.

혹시나 몰라 마석등을 들고 구석구석 비춰보니, 안쪽 깊은 곳에 무너져 막힌 통로가 있었다. 계단 입구도 포함하면 길이라고는 이 두 곳뿐일 테니, 아마도 '바바리안'은 이 방에 온 후 어디로도 가지 못하게 되었던 것이리라. 길이 막혀서 신음소리를 냈던 것일까, 아니면…….

쓸데없는 생각을 떨친 나는 뒷일은 길드에 통보해 맡기기로 결심했다.

아이들에게도 이 지하도에는 절대 다가오지 않겠다고 다짐을 받고——시르 씨가 말없는 미소로 겁먹은 아이들을 위압했으니 아마 괜찮을 것이다——출입문인 석판을 단단히 닫아두었다.

수수께끼의 지하통로에서 겨우 지상으로 귀환한 우리를, 완전히 어두워진 밤하늘이 감쌌다.

이거 지금쯤 마리아 씨와 아이들이 걱정할지도…….

'어라? 하지만…….'

약간의 모험을 경험한 아이들이 들떠서 돌아가는 동안, 시르 씨와 나란히 걸으며 문득 의문이 떠올랐다.

【바나 프레이아】…… 【프레이야 파밀리아】라면 지금, 시벽 밖에서 전쟁을 하고 있지 않나?

나는 의문에 이끌린 것처럼 머리 위의 달을 올려다보았다.

"전황은 어때?"

마석등 빛에 에워싸인 천막 안을 걸으며 은발 여신이 물었다.

오라리오에서 정동향으로 30K 지점. 그곳에 설치된【프레이야 파밀리아】의 진영은 온 하늘에 가득한 아름다운 별 아래 펼쳐져 있었다.

과묵한 단원들이 뜨거운 솥에서 묵묵히 식사를 덜어가는 가운데, 진영 중앙의 거대한 본영에서 주신 프레이야의 로브를 휴먼 소녀 단원이 받아들었다.

"고마워, 회른."

소녀 단원은 깊이 고개를 숙인 후 그 자리를 떠나갔다.

프레이야가 신좌에 앉자 곁에 있던 보어즈 무인 오탈이 입을 열었다.

"적의 전선은 완전히 와해되었습니다. 뿔뿔이 흩어진 부대를 헤딘과 그레일이 단독으로 추격하는 중입니다. 봉화도 올라왔으니 금방 사로잡을 수 있을 것으로 보입니다."

"처음부터 이렇게 할 걸 그랬어."

쫓아낼 것이 아니라 한꺼번에 포획할 걸 그랬다고 말하며, 프레이야는 등받이에 깊이 몸을 기댔다.

시간낭비였다고, 얼마 전의 막대한 페널티로 길드에 전장 대기 의무를 받았던 미의 여신은 께느른하게 중얼거렸다.

"그리고 사소한 일입니다만, 적군에 동요가 엿보입니다. 무슨 일이 있었던 듯합니다."

"전부 나한테 떠넘기고 도시로 돌아간 로키네 소행이야. 겨우 끝날 것 같네."

오탈의 보고에 프레이야는 담담히 대꾸했다.

테이블에 놓인 잔을 들어 입가에 가져갔을 때, 본영 출입구에서 캣 피플 청년이 모습을 나타냈다.

"실례합니다."

"수고했어, 아렌. 전장을 잠깐 떠나서 숨통이 좀 트였으려나?"

예를 취하는 【바나 프레이아】 아렌 프로멜에게 프레이야가 치하하는 말을 보냈다.

오탈의 옆, 주신의 앞까지 다가온 캣 피플 청년은 공손하면서도 가시 돋친 어조로 대답했다.

"예, 덕분에. 하오나 그녀가 주점을 떠나…… 24시간 호위하는 꼴이 되었습니다."

어딘가 시비처럼 들리기도 하는 목소리로 아렌은 프레이야에게 호소했다.

"엄명을 내리셔서 제멋대로 행동하지 못하도록 해주신다면…… 좋겠습니다."

포도주를 내려놓은 프레이야는 키득 웃음을 지었다.

"후후, 네가 도와주어서 시르도 감사할 거라고 생각하는데?"

"……"

"시르가 웃지 않았어?"

프레이야의 말에 아렌은 입을 다문 채 침묵했다.

하지만 그 무뚝뚝한 얼굴은 슬쩍 불그레해졌다. 허리에서 뻗어나온 꼬리도 몇 차례 흔들려버렸다.

마치 몰래 마음에 둔 이성을 들켜버린 아이처럼, 청년은 수치심을 견디고 있었다.

그리고 그렇게 놀림을 당한 동료의 반응을, 보어즈 무인은 말없이 지켜보았다.

"오탈 넌 뭘 보고 앉았어?!"

"……"

"구경거리 아니니까 꺼져!!"

얼굴을 시뻘겋게 물들이며 외치는 아렌, 자신보다 조그 만 그의 매도를 담담히 듣는 오탈.

2M이 넘는 체격의 파벌 단장은 신경을 써주듯 본영을 나갔다.

장막을 젖히고 사라진 보어즈의 등을 아렌은 이를 드러 내며 노려보았다.

"후후후."

그런 두 사람의 대화에 프레이야는 재미있다는 듯 입을 가리고 웃고, 새빨개진 아렌은 견디지 못한 채 다른 곳을 쳐다보았다.

이윽고 웃음소리를 죽이고, 프레이야는 포도주 잔에 입 을 댔다.

"얼른 돌아가고 싶은걸, 오라리오로. 하지만 기왕 왔으 니 이대로 어딘가 가볼까?"

"……당신을 위해서라면 저는 언제까지고 전차가 될 것 입니다. 당신을 어디로든 모시겠습니다."

"어머, 든든한걸."

도시를 나온 김에 여행이라도 할까 말하는 프레이야에 게, 정면에 선 아렌은 여신의 발이 되겠노라 맹세했다. 아 끼는 단원의 충심 어린 말에, 프레이야는 미의 신만이 머 금을 수 있는 미소를 지었다.

"아렌, 아냐와는 만나고 왔어?"

"그 굼벵이와는 이미 인연을 끊었습니다."

"못써. 하나뿐인 여동생인데. 나는 심술을 부리려고 그 아이에게서 너를 데려온 게 아니야."

"…………알겠습니다."

주신의 말에 아렌은 잠시 간격을 두었다가 부득불 고개를 끄덕였다.

못 말리는 아이라며 프레이야는 웃음과 함께 포도주를 들이켰다.

밤하늘에 뜬 달처럼 여신의 은발이 반짝였다.

"아, 드디어 돌아왔다냥?!"

문을 들어서자 캣 피플 소녀 아냐가 고함을 질렀다.

햇빛이 시벽을 넘어 도시를 비추기 시작한 가운데 주점 제복을 입은 시르는 모여드는 단원들에게 웃음을 지었다.

"다녀왔어."

"냐아~ 오랫동안 가게 땡땡이쳐 일이 밀렸다웅?! 오늘부터 짐말처럼 부려먹을 거다웅!"

"클로에, 그럼 땡땡이를 쳤던 당신도 벌을 받아야겠군요."

"아이참~ 계속 오질 않으니까 걱정했잖아. 어디 갔던 거야?"

"미안해, 루노아. 그래도 비밀."

클로에와 류의 목소리가 울려 퍼지는 옆에서 루노아에게 손가락을 내미는 시르.

기쁨 어린 미소를 짓는 마을 아가씨의 모습에 다시 한 번 "아이참~"이라는 말이 날아들었다.

"……뇨? 시르, 소년이랑 무슨 일 있었냐옹?"

"응?"

"뉴후후, 완전히 기분 좋아졌구냐옹. 소녀의 얼굴을 하고 있다옹~."

이 클로에의 눈은 속이지 못한다며 가느다란 꼬리를 이리저리 흔드는 캣 피플 소녀가 다가왔다.

아주 살짝 열기를 띤 뺨을 손으로 만지던 시르는 자신도 모르게 쓴웃음을 지었다.

그리고 음흉한 웃음을 짓는 점원들의 언급을 회피하고 있으려니, 드워프 여주인 미아가 카운터 안쪽의 방에서 모습을 나타냈다.

"다 된 거냐?"

"네…… 이젠 괜찮아요."

자신을 올려다보는 회색 눈동자를 보고,

"그럼 냉큼 일이나 해."

미아는 코웃음을 치며 등을 돌렸다.

"너희도 놀고 있지 말고!"

일갈을 뒤집어쓴 점원들은 개점 준비를 재개했다.

그녀들에게서 떨어져 웃음을 지은 시르는 개점 시간에
맞춰 'Open' 팻말을 걸었다.

"——어서 오세요. '풍요의 여주인'에 잘 오셨습니다."

입점하는 손님들에게, 마을 아가씨는 웃음을 지으며 맞
이해주었다.

© Suzuhito Yasuda

6장 어떤 여신의 애가(愛歌)

© Suzuhito Yasuda

"대체 어떻게 된 게냐!!"

콰앙! 천막 안에 설치된 테이블이 거센 소리를 냈다.

부르쥔 주먹을 건틀릿째 내리친 남신, 찬란하게 빛나는 금발을 출렁거리는 아레스의 고함에 주위의 부하들이 한껏 움츠러들었다.

"그러니까, 병사들이 오라리오의 모험자들에게 잡혀갔단 말입니다. 3만 있던 병사들 중 이제는 한 1만 명쯤 될까 하는 정도의 숫자가."

"그건 나도 안다앗?! 왜 이런 사태가 벌어졌느냐고 묻는 게 아니냐, 마리우스?!"

"오라리오 모험자들이 괴물처럼 강하니까 그렇죠."

분노하는 아레스에게, 그의 옆에 서 있던 부관, 마리우스라 불린 휴먼은 탄식과 함께 단순명쾌한 해답을 제시했다.

【아레스 파밀리아】의 진지 내, 본영.

전선을 끼고 마주한 오라리오의 【파밀리아】 연합군에게서 멀리 떨어진 '세오로 밀림' 부근에 세워진, 라키아 왕국군 본진에서는 작전회의가 벌어지고 있었다.

이제는 너덜너덜해진 아군의 상황에 주신 아레스가 분노해 고함을 지른다는, 무익하기만 한 회의가.

"나포된 병사들에 부상자까지 포함하면, 전선은 더 이상 유지할 수 없습니다. 아니나 다를까 군자금도 상인 놈들에게 전부 뜯겨서 텅 비었고……."

"이놈드으으으을~~~~~~!! 오라리오오오오오오오!!"

포효하는 아레스에게 한숨만 쉬는 마리우스는, 겁을 먹은 주위 사람들과는 달리 주신에게 움츠러드는 기색도 없이 간언할 수 있는 귀중한 인물이었다.

사자의 갈기처럼 찬연하게 빛나는 주신과는 다른, 벌꿀 같은 황금색 머리카락. 너무 가녀리지도 굵지도 않게 단련된 몸은 180C의 신장을 가졌으며 미청년이나 귀공자라는 말이 잘 어울렸다. 나이도 아직 젊은 스무 살. 안면에 딱딱하게 응어리진 피로만 없다면 갑옷 차림까지 맞물려 매우 늠름한 전사의 분위기를 풍기는 장교였다.

몇 차례나 오라리오에 패배해 군신으로서의 체면은 완전히 뭉개졌던──묵은 원한을 풀고자 아등바등하는 난감한 주신에게 다시 한숨을 쉬었다.

"네, 이로써 더 이상의 전쟁은 불가능하겠군요. 그만 돌아가죠, 아레스 님. 혼이 좀 났다면 앞으로 오라리오 침공은 관두시고요."

"끄으윽…… 마리우스, 건방지구나!! 네놈의 아비인 마르티누스는 어떤 명령이든 따르거늘!"

"──댁의 말을 번번이 들어주니 우리 아버지가 못난 왕이란 소릴 듣는 거 아뇨, 빌어먹을!!"

"그, 그게 무슨 말버릇이냐!! 이렇게 되면 네놈의 왕위계승권을 박탈해버리겠다!"

"아, 거 좋죠! 돌려드립죠! 그럼 나도 나라를 떠나 염원

하던 오라리오에 가서 모험자가 되어도 괜찮겠죠?!"

"안 된다, 허락 못 한다!!"

"어쩌라고?!"

"왕자님?! 왕자님?!"

얼굴을 시뻘겋게 물들이고 고함을 질러대는 젊은 부관을 주위 사람들이 황급히 뜯어말렸다.

경험을 쌓기 위해 주신 전속 부관으로 동행했던 라키아 왕국의 제1왕자——【아레스 파밀리아】의 젊은 부단장은 여성들이 동경해 마지않는 미모를 한껏 일그러뜨리며, 이미 파벌 내에서는 익숙해진 주신과의 말다툼을 벌였다.

왕비가 부정을 저지른 것이 아닌가 의심이 갈 정도로 유능한 왕자는 오늘도 닥치고 돌격만 부르짖는 주신에게 자신의 고충과 분노를 터뜨려댔다.

"나 원……! 아무튼 가론을 비롯한 크로조 놈들은 벨프 크로조를 설득하는 데 실패했습니다. 조금 전 길드에서 몸값 요구가 도착했고요. 우리의 희망은 사라진 거죠. 전투를 오래 끌어봤자 의미는 없습니다."

"끄으윽……!"

겨우 마음을 가라앉힌 마리우스의 싸늘한 녹색 시선에 아레스가 으르렁거렸다.

그의 말대로 작전의 핵심이었던 '크로조의 마검' 획득이 실패로 끝난 이상 전쟁을 지속할 의미는 없었다. 아레스가 구상했던, 벨프의 능력을 이용한 마검부대와 전군의 협공

따위 헛된 꿈이었다.

애초에 작전이 성공하리라 믿지 않았던 마리우스, 그리고 철수하기를 바라는 장교들의 시선에 사로잡힌 전쟁의 신은…… '지고 싶지 않다'는 그 마음 하나만으로 붉은 두 눈을 번쩍 부릅떴다.

"이렇게 된 이상—— 내가 직접 오라리오에 쳐들어가겠다!!"

"아앙?!"

"못난 네놈들이 할 수 없다면 내가 '크로조의 마검'을 손에 넣어주마!! 그 '마검'만 있다면 과거의 영광을 다시 한 번……!"

"벨프 크로조를 납치하겠다고요?! Lv.2라니깐요?! 댁이 덤볐다간 한 방이에요, 한 방!!"

"한 방 한 방 시끄럽다아!! 내가 납치할 자는 크로조의 아들놈이 아니야! 놈의 주신인—— 헤스티아다아!!"

여신 납치를 선언한 아레스에게 마리우스를 비롯한 장교들이 눈을 크게 떴다.

"어차피 너희는 여신이라고 그 땅꼬마 신을 잡아오지 못할 테지!! 그렇다면 내가 직접 가서 그 계집애를 잡아다 벨프 크로조와 인질……이 아니라 신질을 교환하자고 오라리오에 들이밀 테다! 흐하하하하하, 내가 생각해도 완벽하군!!"

"당신 지금 엄청 저질스러운 소리 한 거 알아요?! 애초에 어떻게 도시로 침입할 생각——"

"그렇다, 처음부터 이렇게 했으면 됐던 것이다! 왕, 아니, 신이 직접 앞에 나서지 않고선 병사들도 따라오지 않는 법! 마리우스으, 말을 준비해라!! 얄미운 프레이야에게 들키지 않도록 밤에 떠나겠다아!!"

"아, 젠장. 이 멍청한 신이……!!"

한번 결심하면 뒤집지 않는 야만스러운 신왕의 지시에 장교들이 당황했다. 얼굴을 일그러뜨린 젊은 부관도 천막을 나가는 금발 남신을 따라 뛰어나갔다.

주신의 한마디로 라키아군의 최종작전이 발동되었다.

승패의 행방이 정해진 전장에서 오라리오 연합군은 완전히 상대를 깔보고 경계망도 치워놓은 가운데, 아무도 예기치 못했던 무모하고도 얼빠진 기습이 오라리오를 향해 단행되었던 것이다.

시벽 안은 오늘도 변함없이 평화롭다.

여느 때와 달리 오래 버티고 있다는 라키아군과의 전쟁이 도시 밖에서 이어지는 가운데, 아침 햇살이 푸른 하늘을 밝게 비추었다.

작은 새들이 지저귀는 소리를 들으며, 나는 종종걸음으로 홈의 복도를 걷던 인물을 불러 세웠다.

"하루히메 씨."

까만 메이드복 뒷모습에, 허리에서 늘어져 하늘하늘 흔들리는 굵은 금색 꼬리. 의복이 담긴 광주리를 두 손으로 끌어안은 르나르 하루히메 씨가 이쪽을 돌아보았다.

"벨 님, 안녕히 주무셨사옵니까."

가련한 외모에 예쁜 웃음이 꽃피었다. 하루히메 씨는 여우귀까지 까닥까닥 눕히며 인사했다.

아직 아침도 먹기 전인 이른 시각. 주방에서 향기로운 냄새가 피어나 배를 자극하는 가운데, 하루히메 씨는 던전으로 나가기 전에 메이드 일을 해주고 있었다. 빨래를 마친【파밀리아】전원의 의복을 끌어안고 널러 가는 중이다.

나도 아침 인사를 하고, 걸어가는 그녀의 곁에 나란히 섰다.

"괜찮아요? 저도 거들게요."

"아, 아니옵니다! 이것은 소녀의 일이온지라, 벨 님께 수고를 끼칠 수는……."

"괜찮아요, 거들게 해주세요."

광주리에 산처럼 쌓인 의복을 절반 홱 빼앗아버렸다. 두 손을 움직일 수 없는 하루히메 씨는 물론 저항하지 못했다.

하루히메 씨에게도【스테이터스】가 있다고는 하지만 물을 머금은 이만한 양의 세탁물은 당연히 무거울 것이다. 황송해하는 그녀에게 정말 괜찮다고 쓴웃음을 지어 대답하고, 우리는 나란히 햇살 아래에 빨래를 널기 시작했다.

복도에 인접한 저택의 안뜰 위쪽에, 벽에서 벽으로 빨랫줄을 걸쳐, 낮이 되면 따뜻한 햇살이 내리쬐이는 공간에 옷을 널어나간다.

주신님이나 릴리, 미코토 씨, 하루히메 씨 자신의 몫은 그녀에게 맡기고 나는 내 것과 벨프 것을 담당했다. 성별이나 종족에 관계없이 한 지붕 아래에서 공동생활을 하는 【파밀리아】의 특성상 어쩔 수 없다고는 하지만 빨랫줄에 걸린 여성진의 의류는 최대한 보지 않으려 했다. 얼굴을 붉히는 하루히메 씨도 역시 속옷만은 여기에 널지 않았다.

뺨의 홍조가 전염된 나는 조금 민망한 공기를 털어내고자 대화를 시도했다.

"저기, 하루히메 씨. 생활은 좀 익숙해졌어요?"

"예. 헤스티아 님도, 릴리 님도, 벨프 님도, 미코토 님도 소녀를 잘 챙겨주시옵니다."

물론 벨 님도, 라고 덧붙이며 티 없는 웃음을 짓는 하루히메 씨.

환락가에 있을 때의 덧없던 웃음이 아니다. 따뜻한 햇빛을 받는 듯 명랑한 미소였다.

이 사람의 진짜 웃음을 볼 수 있어서 다행이라고, 나는 눈을 가늘게 뜨고 말았다.

"그러나…… 재주가 서툰 소녀는 여러분께 폐만 끼칠 뿐이라…… 지금도 이렇게 벨 님께."

그리고 하루히메 씨는 갑자기 어두운 표정을 지었다.

"하루히메 씨, 저는 딱히…… 다른 사람들도."

"아니옵니다. 소녀는 이 정도 일이 아니고서는 여러분께 힘이 되어드리지 못하는 바. 더욱 열심히 일하고 더욱 노력해야 하옵니다."

내 말을 가로막고 하루히메 씨는 미안하다는 듯 안뜰의 잔디를 바라보았다. 까만 메이드복을 살짝 쓰다듬으며 그 굵은 꼬리를 축 늘어뜨린다.

하루히메 씨는 이렇게 말하지만, 사실 이 사람은 좀 심하다 싶을 정도로 열심이다.

빨래, 취사, 청소, 그리고 미궁탐색. 홈에서는 가사에 전념하고, 던전에 가면 서포터 겸 요술사로 우리를 도와준다. 특히 후자는 탐색에 익숙하지 않은 그녀에게는 강한 스트레스가 될 텐데도.

빨랫감을 다 넌 하루히메 씨와 마주선 나는 머리를 긁은 다음 입을 열었다.

"저기, 하루히메 씨. ……무리해선 안 된다고 생각해요."

"예?"

"저도 【파밀리아】에 처음 들어왔을 무렵에, 주신님의 수고를 덜어드리겠다고 집안일도 열심히 했거든요……."

【헤스티아 파밀리아】 결성 당초, 주신님과 단둘만 있었을 때.

하루하루의 벌이를 얻기 위한 던전 탐색과 홈에서의 가

사. 딱 지금의 하루히메 씨와 똑같이 두 가지 일을 억지로 해나가던 나는 아니나 다를까, 몸이 축나 결과적으로 주신 님을 난처하게 만들어드리고 말았다.

환경이 확 바뀌면 의외로 몸이 따라오지 못하는 경우가 있다. 【스테이터스】라는 은혜를 입었어도 마찬가지다. 내 체험담에 하루히메 씨는 놀란 표정을 지었다.

"어, 그러니까요…… 뭐랄까."

오우카 씨나 핀 씨 같은 사람이었다면 단장으로서 필요한 말을 척척 해줬을 텐데. 그렇게 자신을 한심하게 생각하면서도…… 어떻게든 속에 품은 생각을 말로 바꾸었다.

"……무리하지 말고, 의지해주면…… 우리도, 기쁘지 않을까 해서요."

얼굴에 열기를 모으며 웃었다. 참으로 못미더운 느낌으로 뺨을 긁으며.

내 말에 눈을 동그랗게 떴던 하루히메 씨는 메이드복 너머로 부풀어오른 가슴을 꾹 눌렀다.

마치 마음이 녹아나온 것처럼 눈을 글썽거리고…… 뺨을 핑크색으로 화악 물들였다.

"그, 그러면…… 지금, 벨 님의 힘을 빌려도, 괜찮겠사옵니까?"

조심스레 윗눈질로 이쪽을 바라보는 하루히메 씨는 무언가 한참 망설이더니 물었다.

기뻐진 내가 물론이라고 쾌히 승낙하자, 스윽 오른손을

내민다.

"하루히메의 손을, 잡아주실 수 있겠나이까……?"

"엑."

예상도 못했던 주문에 나는 눈을 껌뻑거렸다.

난감해한 후, 얼굴이 화끈거린다는 것을 알았다. 이마에 살짝 땀이 배어 나오는 것을 느끼며, 아니 그건 좀, 이라고 말하려 했지만…… 하루히메 씨는 새빨갛게 물든 얼굴로 손을 계속 내민 채 기다리고만 있었다.

부들부들 떨리는 여우 꼬리와 귀에 연민을 느껴버린 나는 뭐가 뭔지 알 수 없는 채로, 완전히 쭈뼛거리며, 그 가녀린 손을 잡았다.

"아……."

차갑다.

하루히메 씨의 오른손이 놀라울 정도로 차가웠다.

이미 초여름인데도…… 아마 이른 아침부터 수많은 옷을 빨래하느라 이렇게 차가워진 것이리라.

반사적으로 내가 그 차가운 손을 쥐자 어깨를 흠칫 떤 하루히메 씨는 몸과 꼬리를 우물쭈물 떨었다.

"두, 두 손으로, 감싸주실 수 있겠나이까……?"

"네, 네에……."

애원에 선선히 따르는 나.

두 손으로 하루히메 씨의 차가운 오른손을 감쌌다. 그녀는 왼손도 내 손등에 겹치고, 마치 두 손으로 악수하는 자세가 되었다.

……뭐지 이거.

여전히 꼼질거리는 하루히메 씨는 눈을 감고 내 손의 체온을 느끼듯 꽈악 쥐었다. 그 얼굴은——이라기보다 내 얼굴도——새빨갛다.

가슴속의 고동 소리가 가속되어 나는 비유가 아니라 정말로 몸을 휘청거렸다.

"——무엇을 하고 있는 게냐아, 하루히메 구운?"

"흐야악?!"

손을 맞잡고 1분 정도가 지났을 때, 갑자기 지근거리에서 무섭도록 나직한 목소리로 이름을 불리는 바람에 하루히메 씨가 펄쩍 뛰어올랐다. 나도 놀라 쳐다보니, 두 사람의 바로 옆, 맞잡은 손 바로 앞에 우뚝 선 주신님이 있었다.

칠흑의 트윈테일을 파도처럼 출렁거리는 주신님은 수도로 우리의 손을 내리쳤다.

"토옷!"

"아야앗?!"

나와 하루히메 씨의 손이 떨어졌다.

"벨도 위태롭다만, 너도 정말 난처한 아이로구나아아, 하루히메 구운~. 나는 도저히 걱정이 되어 너에게서 눈을 뗄 수가 없단다아~."

"헤, 헤스티아 님?! 아, 아니옵니다! 여기에는 깊은 사정이……!"

"그렇게 얼굴을 새빨갛게 물들이고 깊은 사저엉~?"

양갓집 규수이자 세상 물정을 잘 모르는 하루히메 씨의 엉뚱한 행위에 주신님이 발끈하신 모양이다. 날카로워진 푸른 눈이 지금만큼은 나의 존재도 잊고 르나르 소녀를 꿰뚫어본다. 꿈틀거리는 트윈테일에 견제당해 땀투성이가 된 내가──그렇게 창피한 광경을 보여 수치심이 극에 달한 내가──움직이지 못하고 있으려니, 당황한 하루히메 씨는 손짓발짓을 섞어가며 상황을 설명해주었다.

동료에게 의지 어쩌고 하는 부분에서 나를 째릿 쳐다본 주신님은 설명을 다 듣더니 의외로 조용히 팔짱을 끼었다.

"흐음, 그랬구나. 그랬다면 어쩔 수가 없지──"

"그, 그러면……!"

"──이라고 말할 것 같더냐아아아아아아아아아아아!!"

"며, 면목 없사옵니다아!!"

천천히 고개를 끄덕이시는가 싶더니 두 팔을 치켜들며 대폭발하는 주신님의 페인트 공격에 하루히메 씨는 히이익 비명과 함께 머리를 두 손으로 끌어안으며 움츠러들었다. 팔을 휘저어대는 주신님의 움직임에 맞춰 하루히메 씨보다도 커다란 가슴 또한 출렁거렸다.

귀족 출신 소녀와 분노하는 여신님의 어딘가 얼빠진 대화에 나는 얼굴을 실룩거리고 있었다.

"하루히메 군! 깜빡 말하지 않았다만 내 【파밀리아】에서는 불순 이성교제는 물론 남자와 여자가 손을 잡는 것도 금지다!!"

"네에?!"

디디잉─! 하루히메 씨가 충격을 받았다.

어라? 그거 저도 금시초문인데요……?

애초에 손을 잡는 것도 금지라면 던전 탐색에 지장이 올 것 같은데…….

"나는 이래봬도 천계의 쓰리 톱, 3대 처녀신이라 불렸던 몸이라 풍기에는 까다롭단 말이다!!"

그렇게 주장하는 주신님. 굳어버렸던 하루히메 씨는 나와 헤스티아 님 사이에서 시선을 왕복시키다, 추욱 어깨를 늘어뜨렸다.

"송구스럽사옵니다, 헤스티아 님……. 앞으로 주의하겠나이다."

"음, 이해했다면 됐다."

눈에 띄게 풀이 죽은 하루히메 씨에게 엄숙히 고개를 끄덕이는 주신님.

몸을 한껏 움츠린 하루히메 씨는 파벌의 규칙에 따르고자 내게 등을 돌리──는가 싶더니.

허리에서 뻗어나온 굵은 꼬리를 하늘하늘 흔들다가, 사르륵.

마치 제멋대로 움직인 것처럼 내 왼손 손목에 감겼다.

"……."

"……."

"……."

칭칭 감기는 보드라운 꼬리, 말이 없어진 나와 주신님.

여전히 추욱 늘어져 등을 보이고 있는 하루히메 씨의 여우귀가 꼼질꼼질 움직인다.

"에잇."

"캐앵?!"

다시 날아든 주신님의 수도가 하루히메 씨의 꼬리를 후려쳤다. 르나르 소녀는 여우 비명을 질렀다.

다시 열화처럼 화를 내는 여신님과 꾸벅꾸벅 필사적으로 사죄하는 소녀의 모습에, 초여름 햇살 속에서 나는 땀을 삐질삐질 흘리고 있었다.

🔥

"모두들 잘 듣거라. 연애를 하지 말라고는 안 하겠다만 풍기를 문란하게 해서는 안 된다."

아침식사가 끝난 후, 주신님은 모두의 앞에서 그렇게 말씀을 꺼내셨다.

저택 1층의 넓은 거실. 던전 탐색을 가기 전에 소집된 우리는 테이블 주위에 앉아 있었다.

오늘 오랜만에 알바도 쉬는 주신님은 각자의 얼굴을 둘러보았다.

"그런고로 내 【파밀리아】 내에서는 남자와 여자의 접촉은 금단이다. 손을 잡는 것도 안 된다."

"그건 횡포예요!!"

눈을 감고 그렇게 선언해버린 주신님에게 릴리가 기세 좋게 대들었다.

이번 이야기의 거의 원흉이 된 하루히메 씨는 매우 미안해하는 것 같았다. 메이드복 차림으로 모두에게 차를 대접한 후 몸을 조그맣게 웅크린 채 의자에 앉아 있다.

으음, 이것도 주신님이 관장하는 사물이나 속성에 좌우되는 【파밀리아】의 규칙 같은 거겠지만…… 아무리 그래도 접촉금지란 건 현실적으로 생각해 무모한 것 같은데…….

"그렇게 따지면 헤스티아 님도 예외는 아니라는 뜻이겠지요?! 벨 님이나 벨프 님에게 절대 접촉해선 안 되겠네요?!"

"나, 나는 주신이다!!"

"상관없어요! 주신이 모범을 보이지 않는데 권속이 따를 것 같아요?!"

그렇게 따지면 【스테이터스】 갱신은! 그럴 거면 처음부터 이상한 규칙을 만들지 마세요! 등등 테이블을 사이에 두고 주신님과 릴리의 격렬한 말다툼이 펼쳐졌다.

"아, 아무튼! 과도한 접촉은 안 된다. 다른 파벌 아이와의 연애 따위 절대 용납하지 않겠다!"

"네?!"

주신님의 뒷말에 나도 모르게 반응해버렸다.

"뭐냐, 벨. 당연한 것 아니냐? 아니면 너는 가까워지고 싶은 다른 파벌 아이가 있다는 게냐? 설마 사귀고 싶다~ 같은 소리를 하지는 않겠지?"

"아뇨, 그건, 그게…… 그런 건……."

상당히 가시 돋친 주신님의 목소리에 나는 한 마디도 대꾸할 수 없었다.

친하지도 않은 다른 파벌 사람들과의 교류, 나아가서는 금단의 사랑이라니, 【파밀리아】에 피해를 가져다준다. 주신님이 하려는 말씀은 지당하며, 지극히 당연하다. 당연, 하지만…….

내가 테이블을 둘러보자 그렇게나 주신님에게 반항하던 릴리는 눈을 감고 새침한 얼굴로 입을 다물어버렸다. 하루히메 씨는 나와 주신님을 흘끔흘끔 쳐다보고, 벨프도 그것만큼은 어쩔 수가 없다며 목을 긁적거린다.

그야, 그렇겠지…….

나는 고개를 푹 꺾을 뿐 주신님에게 거역하려 들지는 않았다.

그때 미토코 씨가 조심스레 손을 들었다.

"저어, 이번 규칙은 상대가 신이어도…… 그 뭐냐, 사모를 품어서는, 안 되는 것입니까?"

얼굴을 살짝 발그레 물들인 그녀에게 주신님을 비롯한 우리는 어리둥절해졌다.

"아, 그렇군. 미코토 군은 타케를⋯⋯."

"아, 아뇨! 타케미카즈치 님에 한한 이야기가 아니오라, 저, 저는⋯⋯!!"

"그런 거라면 나는 방해하지 않겠다! 아니―― 그래!!"

그리고 무언가를 떠올렸다는 듯 주신님의 트윈테일이 쫑긋 튀었다.

"오히려 나는 바람직하다고 생각한다, 신과 아이들의 커플은! 이상한 신에게는 절대 속아서는 안 되겠지만 타케 같은 신격자라면 전혀 문제없고말고!"

"커⋯⋯플?"

갑작스러운 선언, 그리고 단숨에 비약하는 이야기에 우리는 당황했다. 익숙하지 않은 신들의 언어에 하루히메 씨가 고개를 갸웃거리는 가운데 헤스티아 님은 나에게 환히 빛나는 웃음을 들이댔다.

"마치 우리가 강림하기 전에 유행했던 '정령'과 아이들의 로맨스 같지 않으냐! 안 그러냐, 벨?! 너도 꿈이 있어 좋다고 생각하지 않느냐?!"

"어, 그, 뭐⋯⋯."

느닷없이 화살이 날아와 나는 애매하게 고개를 끄덕였다.,

'정령'과 휴먼 혹은 데미휴먼의 연가는 분명 오래 전부터 전해져오는 이야기의 주제 중 하나다. 하지만 민화, 라기보다는 영웅담에서는 비애로 끝나버리는 경우가 의외로

많은데.

당황하는 나를 내버려둔 채 릴리가 흠칫 무언가를 깨달았다는 듯 몸을 내밀었다.

"안 돼요, 벨 님! 신을 상대로 연애라니 속으시면 안 돼요! 나이가 몇 살인지도 모를 신의 사랑은 분명 무거엄고 끈저억끈저억할 거예요! 한번 들러붙었다간 끝장, 죽을 때까지 부양해야만 한다고요!!"

"네 이노옴―?! 우리를 뭐라고 생각하는 게냐아―?!"

초월존재인 신과의 연가(戀歌) 따위 언어도단이라고 부정하는 릴리에게 고함을 지른 후, 헤스티아 님은 벨프도 쳐다보았다.

"벨프 군은 어찌 생각하느냐?!"

"나야…… 헤스티아 님이 하는 말이 옳다고 생각하죠."

"제정신이세요, 벨프 님?!"

"금단의 사랑이니 뭐니 단정 지을 필요는 없잖아? 총애를 얻어 귀여움 받는 놈들도 얼마든지 있고, 신들이 원한다면야 대등한 관계가 돼도 이상할 거 없지. 적어도 난 그런 관계가 되고 싶어."

벨프의 대답에 릴리가 고함을 질러대고 나도 놀란 표정을 지었다.

"엑, 벨프는, 여신님을……?"

"난 헤파이스토스 님 일편단심이야."

제18계층에서 츠바키 씨와 이야기를 할 때도 분명 듣기는 했지만…… 내가 충격을 받고 있으려니 헤스티아 님은 의기양양해져 자신의 곁에 앉은 벨프를 철썩철썩 두드려 댔다.

"오—?! 으음, 이렇게 올곧은 아이는 요즘 세상에 없도다! 벨프 군, 나는 너를 응원하겠다!"

"아, 네에……."

자기보다도 훨씬 키가 작은 주신님께 어깨를 연타당해 벨프는 당황한 표정을 지었다.

"들었느냐, 벨?! 연애에 종족이나 신의 벽 따위 상관없는 게다!!"

기뻐서 어찌할 줄을 모르는 주신님께 나는 쩔쩔맸다. 어느샌가 신들과의 연애관으로 이야기가 발전하고 말았다.

주신님의 의견에 대해, 침착한 벨프와 얼굴을 붉히는 미코토 씨는 찬성파.

꽥꽥 소리를 질러대는 릴리는 물론 부정파이며, 쭈뼛거리는 하루히메 씨는 중립이지만 굳이 비교하자면 부정 쪽으로 기울어졌다고나 할까.

의견의 시비가 둘로 갈라진 가운데 주신님은 기대에 찬 눈빛을 내게 돌렸다.

"벨은 어떻게 생각하느냐?!"

"어떻, 게냐뇨……."

"그, 그래…… 만일 내가 다른 파벌의 주신이라고 한다면, 이 아니아니아니아니고!"

새빨개진 얼굴을 좌우로 붕붕 저어댄 주신님은 어흠 헛기침을 했다.

그리고 빤히 나를 바라본다.

"만일, 만일 다른 여신에게 구애를 받는다면…… 너는 어떻게 할 테냐?"

주신님의 그 질문에 한순간 거실이 조용해졌다.

누구나가 내 대답을 기다렸다. 릴리는 마른침을 삼키며 이쪽을 바라보고, 벨프와 미코토 씨도 흥미를 보이는 것 같았으며, 하루히메 씨는 바쁘게 꼬리를 흔들거렸다. 릴리와 마찬가지로 숨을 죽인 주신님의 파르스름하고 신비로운 눈을 바라보았다.

그런 분위기에 당황하면서도 말했다.

"아뇨, 거절할건데요……."

딱히 망설이지도 않고 대답했다.

주신님은 굳어버렸다.

릴리와 하루히메 씨는 입을 딱 벌리고, 벨프와 미코토 씨도 어쩐지 놀라는 것 같았다.

모두의 반응에 바늘방석 같은 기분을 느끼면서, 나는 자신의 생각을 입에 담았다.

"여신님을 상대로, 어떻게……. 기쁘기야 하지만, 당치도 않죠. 너무 황송해요."

상대는 초월존재 데우스데아, 우리와는 차원이 다른 '신'이다.

벨프나 미코토 씨의 가치관은 솔직히 충격적이지만……
그래도 역시, 그렇다.

신들은 존엄하고, 숭고하고, 경외해야 할 존재다.

권속으로서, 아이로서, 가족으로서 받들기는 하지
만…… 선을 넘어서는 안 된다고 생각한다.

"……베, 벨은."

디―잉 소리가 들려올 것처럼 아연실색하던 주신님은.

몸을 숙인 채 파들파들 떠는가 싶더니―― 힘차게 의자
에서 일어났다.

"벨은 바보오――――――――――!!"

"주, 주신님――?!"

고함을 지르며 거실 문으로 전력질주하는 주신님. 눈을
한 손으로 가리고 문을 활짝 열며 뛰쳐나간다. 그리고 저
택 정문 현관에서도 뛰쳐나가버리고 말았다.

의자에서 몸을 반쯤 일으킨 채 경악하는 나의 절규가 허
무하게 울려 퍼졌다.

"벨…… 너, 의외로 머리가 굳었구나."

"뭐? 그, 그치만! 신은, 신이고……!"

홈을 뛰쳐나가는 주신님의 모습을 창가에서 확인하고
따라가야 할지 망설이는 동안 테이블에서 벨프가 다가
왔다.

릴리나 다른 사람들도 다가와, 나는 당황해 목소리를
냈다.

"그야 벨 공처럼 신을 공경하는 분도 계시지만……."

"예. 그렇기에 그러한 분들은 경건한 신도 중에 많은 것 같사옵니다……."

미코토 씨는 복잡한 감정이 묻어나는 목소리로 말하고, 하루히메 씨도 곤란한 표정을 지었다. 벨프와 마찬가지로 의외였다고——왜 그렇게까지 거부하느냐고——신에 대한 나의 태도를 의아하게 여기듯.

비난과는 다르지만, 지적을 받은 나는 역시 당황할 수밖에 없었다. 그리고 뻣뻣하게 서 있으려니.

"만약, 말이지만요…… 정말로 만약이지만요."

릴리가 그렇게 말하며 내 얼굴을 올려다보았다.

"만에 하나라도 있을 수 없는 일이라고 치고요, 만약, 헤스티아 님이 몰래 마음을 품은 하계 사람이 있다고 치면…… 벨 님의 지금 그 말에 헤스티아 님은 상처를 입지 않았을까요?"

긴 전제를 깐 후, 눈썹을 늘어뜨리며 그렇게 말하는 릴리에게 나는 눈을 크게 뜨고 말았다.

"……야, 벨."

그런 내 옆얼굴을 빤히 바라보던 벨프가 입을 열었다.

"넌 뭘 그렇게 겁내?"

"……!"

숨이 멎었다.

나를 바라보는 벨프의 물음에, 내 손은 무의식적으로 굳어버렸다.

시간이 잠시 흐른 후, 아무 대답도 하지 못한 채 벨프와 동료들에게서 눈을 돌렸다.

"……주신님, 찾아올게."

그 자리에서 도망치듯 거실을 나갔다.

내 등에 시선을 모으면서도 아무도 나를 말리려고는 하지 않았다.

"……릴리돌이, 괜찮은 거냐? 그런 소릴 해도."

벨이 헤스티아를 따라 방을 나간 후.

거실 문을 바라보던 단원들 중 벨프가 릴리를 내려다보며 말했다.

"……뭐 어때서요. 헤스티아 님은 릴리네 주신인데, 계속 삐치기만 하면 곤란하잖아요. ……게다가 그분에게는 언제나 쓸데없는 참견만 받았으니까요. 요전에도."

적을 도와주는 짓을 해도 되겠느냐는 벨프의 물음에, 마지막 말을 툭 중얼거린 릴리는 다른 곳을 보며 대꾸했다.

그녀의 솔직하지 못한 태도에 미코토와 하루히메는 쓴 웃음을, 어떻게 보면 흐뭇하다는 표정을 지었다.

벨프도 씨익 웃었다.

"오늘 미궁탐색은 중지겠지?"

"그렇겠군요."

벨프의 말에 미코토가 고개를 끄덕였다. 아무도 이의를 제기하지 않았다.

화해하고 돌아올 여신과 소년을 맞이하기 위해 그들은 홈에 남기로 했다.

🐾

주신님을 찾아 시내로 나갔다.

길은 던전으로 가는 수많은 모험자들로 이미 북적거렸다. 무소속 일반인이 상점 오픈을 준비하고, 마차도 자주 오갔다.

오라리오의 하늘은 오늘도 화창하다. 다만 북쪽 방향에 회색 구름떼가 보인다. 오라리오 북쪽에 존재하는 산지에는 비가 한바탕 쏟아질지도 모르겠다고 나는 달려가며 생각했다.

홈을 나간 주신님이 어디로 갔는지는 감도 잡히지 않았다. 정처 없이 넓은 도시를 찾아 헤매는 것은 역시 무모한 짓이다.

릴리나 다른 동료들의 말과 뛰쳐나간 주신님의 표정이 되살아나 가슴에 욱신거리는 아픔을 느끼면서, 나는 길을 가는 사람들에게 말을 걸어 어린 여신님의 모습을 보지 못했느냐고 물었다.

"음……? 오오, 벨 아니냐."

"정말이네. 여어, 벨."

"아…… 미아흐 님, 헤르메스 님."

도시 서쪽 대로를 따라 나아가고 있으려니 남신 두 분과 맞닥뜨렸다.

포션 같은 상품이 담긴 네 바퀴 손수레를 끄는 미아흐 님과, 깃털 장식이 달린 챙 넓은 모자를 쓴 헤르메스 님이었다. 헤르메스 님은 오늘도 아스피 씨를 따돌렸는지 호위가 없었다.

군청색 장발과 등황색 머리를 출렁이는 멋진 외모의 신들에게 아침 인사를 한 나는 보기 드문 조합이라는 생각을 해버렸다.

"어, 이런 데서 뭐 하세요?"

"그게, 바로 조금 전에 시비가 붙었지 뭐냐. 우리 파벌의 상품을 이용해 이런 수 저런 수로 검은 돈을 벌어들이려 하는 이자를 어떻게 따돌릴까 고민하던 참이었지."

"어허, 미아흐. 그건 아니지~!"

미아흐 님은 말씀은 그렇게 했지만 음험하게 비난하는 느낌은 전혀 없었다. 헤르메스 님도 웃는 걸 보면 농담으로 하는 말씀일 것이다. 【헤르메스 파밀리아】는 돈벌이라면 던전이든 운반책이든 상업이든 어디에나 손을 대는 파벌이라고 들었으니, 아마 미아흐 님에게 사업 이야기를 청하셨을 거다.

웃음을 터뜨려버린 나는 그제야 주신님 생각을 떠올리

고 두 분에게 물었다.

"헤스티아? 으음. 미안하구나, 벨. 나는 보지 못했다."

"나도 못 봤어. 도움이 못 돼서 미안해."

"아, 아뇨! 무슨 말씀을! 죄송합니다. 그럼 전 이만……."

신들의 사죄에 황송해하며 고개를 숙인 나는 작별인사를 하려 했다.

하지만 그때.

"벨."

내 얼굴을 빤히 들여다보던 미아흐 님이 등을 돌리려 하는 나를 불러 세웠다.

"급하지 않다면 이야기를 들어줄까?"

"네……?"

"의논 상대가 돼주겠다는 거야, 벨. 뭐 고민 있지?"

놀라는 내게 미아흐 님은 미소를 짓고, 헤르메스 님은 눈을 가늘게 떴다.

……가슴에 품은 망설임을 간파해버린 모양이었다. 아니, 내가 너무 알아보기 쉬운 건지도.

아이를 지켜보는 듯한 눈빛을 보내는 두 분에게, 오랫동안 망설인 나는 저택에서 있었던 일은 감추고 단도직입적으로 물어버렸다.

신들의 연애관, 아니, 우리 아이들에 대한 마음을.

"두 분은…… 신들은, 우리를 좋아하게 되곤 하나요? 그 뭐냐, 애인이라든가 반려로서……."

포석 위에서 시선을 이리저리 흔들며 묻자 미아흐 님과 헤르메스 님은 얼굴을 마주 보았다.

그리고 그것만으로도 이쪽의 사정을 모두 깨달았는지 두 남신은 금세 말을 이었다.

"그렇게 되지. 오히려 우리는 아이들에게야말로 끌리기 쉽단다."

"그치? 알기 쉬운 예를 들자면 아폴론 같은 놈을 떠올려 봐, 벨. 그놈의 사랑은 가리는 게 없었잖아?"

아폴론 님…… 우리가 워 게임에서 꺾었던 남신님.

【비애】라고도 불렸으며, 헤스티아 님에게까지 구혼을 했다는, 사랑이 많은 신.

"아폴론은 한번 반하면 넓고 깊게 아이들을 사랑한단다."

"미아흐 말이 맞아. 그놈은 사랑하고 사랑하고 사랑하고…… 그리고 아이가 죽게 될 때는, 우리가 보기에는 오버다 싶을 정도로 울걸."

미아흐 님과 헤르메스 님의 말에 고개를 갸웃했다.

"오, 오……버?"

"그래. 그리고 하염없이 탄식하지. 아이의 유품이 남아 있다면 그걸 언제나 몸에 걸치고 있을 테고, 묻은 무덤에서 나무가 자라나면 그걸 자기 성목(聖木)으로 삼을 테고."

"아, 암만 그래도 거기까진……?"

"해."

의심하는 내게 헤르메스 님이 웃음으로 단언했다.

"반대로 타케미카즈치라면 아버지의 자세를 관철하려 들 테지. 설령 그 여성에게 끌린다 해도, 구애를 받는다 해도 확실하게 선을 그을 게다. 여자로서의 행복을 줄 수도 없을 테고 말이다."

"헤파이스토스는 어떠려나? 아이 기술자들이 성장하는 걸 지켜보는 두목 대장장이 기분을 벗을 수 없을지도. 신으로서 느끼는 흐뭇함하고 여자로서 느끼는 감정을 반반 정도 섞어서 애들을 대하지 않으려나?"

미아흐 님이 타케미카즈치님에 대해 말하고, 헤르메스 님이 헤파이스토스 님에 대해 웃는다.

하계 사람들과의 사이에서는 자식을 가질 수 없다는 점이나, 아버지이기를 바라는 두터운 의리, 혹은 기술자로서의 습성 등 신들의 개성이나 가치관에서 오는 신애(神愛)의 종류를 가르쳐주셨다.

"총애, 단순한 변덕, 아이를 보는 부모의 마음…… 아이에게 향하는 사랑의 형태는 신마다 모두 달라. 너희와의 교류를 영원한 추억으로 품는 신도 있거니와, 금세 잊어버리는 놈도 있지—— 반대로 하늘로 떠나는 영혼을 쫓아가서까지 거두려는 여신도 있을 거야."

헤르메스 님은 눈을 가늘게 뜨고 나를 흘끔 쳐다보았다.

"우리가 하는 사랑의 형태는 어떤 의미에서는 일그러져 있을 게다. 너희가 보기에는, 아마도."

"그, 그렇지는."

웃음을 짓는 미아흐 님에게 나는 당황했다.

당황했지만, 완벽하게 부정할 수는 없었다.

"……미아흐 님과 헤르메스 님은, 어떤가요?"

가도의 소란이 아주 잠시 대화를 끊은 후.

나는 두 분에게 그렇게 묻고 말았다.

"글쎄다…… 나도 타케미카즈치와 같을지 모르겠구나. 사랑하기에 그 아이가 반려를 찾아 가정을 꾸리고 천계로 올라가는 그 순간까지…… 곁에서 지켜보고 싶다는 생각을 하겠지. 남자로서, 신으로서."

"어허라? 너무 어렵게 생각하지 말라고, 미아흐도 타케미카즈치도?! 나 같으면 좋아진 여자애들은 전부 거느리고 말걸! 그치, 벨? 하렘은 남자의 로망이지?!"

미아흐 님이 푸른 하늘을 올려다보며 말씀하고, 헤르메스 님은 어디까지 진심인지 알 수 없는 느긋한 웃음소리를 냈다.

"자네는 또 그런 소리를……."

미아흐 님이 눈썹을 늘어뜨리며 웃는 가운데, 헤르메스 님의 질문을 받은 나도 쓴웃음을 짓고 말았다.

"──벨. 우리의 사랑은 한순간이다."

그리고.

미아흐 님은 웃음을 지은 채 내게 말했다.

"유구한 순간을 살아온 우리이기에 사랑에 빠지고, 사랑을 품는 것은 한순간이다. 많은 신들이 너희들에게, 아이들에게 한눈에 반하지."

"동시에 그 시간이 우리에게는 아주 짧아. 너희에게는 평생이라고 할 만한 시간이어도 말야."

눈을 크게 뜨는 내게 미아흐 님과 헤르메스 님은 타이르듯 말을 이었다.

영원을 살아가는 신들에게, 우리와의 시간은…… 고작 한순간일 뿐이라고.

그것은 슬픈 일이기도 할 텐데, 두 분은 조용한 목소리로 말했다.

"그래서는 아니다만…… 신의 구애에는 진지하게 대해다오."

미아흐 님은 눈을 가늘게 떴다.

"벨에게는 마음에 둔 상대가 있겠지?"

"저, 저는……."

"황송해하고, 꿇어 엎드리고, 신의 변덕에 휘둘릴 필요는 전혀 없다. 자신의 마음에 솔직해지면 돼."

미아흐 님은 동요하는 내 머리에 손을 턱 얹었다.

"그저―― 성실하게 대해다오. 그거면 된다."

그리고 머리를 쓰다듬어주며 그렇게 말했다.

"분명 많은 신들은 그것만으로도 수긍해줄 게다."

"……."

그러니 신들의 사랑에서 도망치지는 말아달라고.

거절해도 좋고 받아들여도 상관없다, 다만 **두려워하지
는 말아달라고**, 미아흐 님은 모든 것을 내다보는 눈으로
말했다.

　나보다도 키가 큰 남신들을 올려다본 나는 시선이 이리
저리 흔들리고 말았다.

　말을 쥐어짜내지 못한 채 고개를 숙였다.

　그런 나를 나무라지도 않고 미아흐 님은 부드럽게 머리
를 쓰다듬어주셨다. 정서가 불안정해졌는지, 나도 모르는
사이에 지면을 내려다보는 시야가 축축해지기 시작했다.

　미소를 짓는 헤르메스 님이 지켜보는 가운데, 나는 신의
부드러운 손길에 어리광을 부리는 것처럼 아무 말도 할 수
없었다.

　"젠자앙, 벨 고것이~~~."

　헤스티아는 눈물 머금은 눈을 틀어올리며 대로를 저벅
저벅 걷고 있었다.

　센트럴 파크에서 정북향으로 이어진 북쪽 메인 스트리
트. 던전으로 향하는 갑옷 차림의 모험자들을 피해가며 저
택을 뛰쳐나온 그녀는 정처도 없이 도시를 헤매고 있었다.

　"애초에 벨은 신을 지나치게 공경한다니까. 아니, 공경
해주는 거야 기쁘지만……!"

엇갈려 지나가는 사람들에게도 들릴 만한 목소리로, 주위의 눈도 아랑곳 않고 벨에 대한 불만을 거듭했다.

"우리도 그렇게 대단한 거 아니란 말이다!! 빈틈이 보이면 게으름도 부리고, 방에 틀어박혀 감자돌이만 먹기도 하고, 아이들 앞에서 허세 부리다가 지치기도 하고!"

그거야 당신 얘기겠지!

지나가던 데미휴먼들이 마음의 소리를 하나로 모으는 듯한 분위기를 풍겼다.

"다른 신들이야 바보 같은 일로 낄낄대고 웃는 것 말고는 능력도 없는 놈들 아니더냐!! 숭배 따위 필요 없어! 응?! 너도 그렇게 생각하지 않느냐?!"

"어, 네에……."

곁에서 지나가던 누구인지도 모를 수인 청년에게 부르짖는 헤스티아.

"그러엄, 그렇고말고."

어린 여신이 눈을 감고 고개를 끄덕이거나 말거나, 신들의 뜬금없는 짓에는 익숙해진 오라리오 주민들은 깔끔하게 무시했다.

"좀 더 친근하게 대해도 된단 말이다! 송구스러워하지 말란 말이다!! ……벨은 겁쟁이."

힘차게 외치고, 마지막에는 툭 중얼거렸다.

그녀가 토로한 말은 길을 오가는 인파의 소음에 묻혀버렸다.

이윽고 고집불통! 벽창호! 토끼머리~! 라고, 이제는 불만인지 뭔지도 알 수 없는 말을 투덜거리며 헤스티아는 메인 스트리트를 터덜터덜 걸어 나갔다.

"아, 헤스티아?! 마침 잘 왔어!"

"응......? 아줌마?"

탄식과 함께 걷고 있으려니 헤스티아의 이름을 부르는 목소리가 들렸다.

고개를 들자 대로 옆길 앞에서 어깨가 널찍한 수인 여성이 손을 흔들고 있다. 헤스티아가 아르바이트 하는 감자돌이 노점의 동료였다.

"무슨 일인가, 아줌마?"

"그게 있지, 아까 가게 주인 양반이 그랬는데, 지금 당장 감자돌이 재료로 쓸 허브를 도시 밖에 나가서 따와야 한다지 뭐야......."

"허브? 교역소에라도 가면 살 수 있지 않나."

"비용절감이라나 뭐라나. 그래서 일손이 부족하지 뭐야......."

미안하다는 투로 말하는 수인 여성을 보며 헤스티아는 뺨을 긁었다.

오늘은 쉬는 날인데.

그런 생각을 하면서도, 한번 뛰쳐나왔던 홈에 곧장 돌아가기도 저어되고, 지금 당장 할 일도 없다. 기왕이면 도와주자고 결심했다.

거들겠다는 뜻을 밝히자 동료는 사과하면서도 기뻐했다.

"하지만 아줌마. 나는 이래봬도 【파밀리아】의 주신이라 도시 밖에는 나갈 수 없네."

"아, 그랬지……."

현재 위치에서 더욱 북쪽, 거대 시벽에 달린 북문 쪽으로 카트나 광주리 같은 도구를 운반하며 헤스티아는 우려를 전했다.

오라리오에 속한 모험자, 나아가서는 파벌과 파벌의 주신이 도시 밖으로 나가기란 매우 어렵다. 미궁도시는 전력 유출에 민감하기 때문이다. 극단적으로 말해 던전의 시련으로 단련된 상급 모험자들——이를테면 【로키 파밀리아】 같은——이 오라리오를 나가 그대로 도시와 적대하기라도 한다면 감당 못할 상황이 벌어지기 때문이다.

'세계의 중심'이라 불리는 최대의 이유, 세계 최고봉의 전투능력으로 보호를 받는 오라리오는 수비력을 잃어 도시를 위협하는 적이 늘어나는 상황을 지극히 경계하는 것이다. 그렇기 때문에 도시 밖으로 나가려 하는 【파밀리아】——특히 랭크가 높은 파벌에는 길드의 엄격한 심사와 번잡한 수속이 필요하다. 그중에서도 주신은 그리 쉽게 외출 허가가 나지 않는다. 단원들이 도시 밖으로 나간다 해도 주신만 확보해두면 견제책이, 다시 말해 신질이 될 수 있기 때문이다. 【헤르메스 파밀리아】 같은 특별한 예를 제외하면 도시를 자유로이 드나들 수 있는 존재는 거의 없다고 해도 과언이 아니다.

들어오기는 쉽고, 나가기는 지극히 어렵다.

그것이 오라리오의 암묵적인 규칙이자 미궁도시에 사는 사람들의 공통인식이다.

"문을 나가기 전까지라면 거들어줄 수 있지만⋯⋯."

약진을 이어나가는 【헤스티아 파밀리아】는 이제는 도시의 중견 파벌이다. 그런 곳의 주신인 자신은 적어도 지금 당장 도시를 나갈 수는 없을 것이라고, 상인들이나 무수한 마차가 서 있는 북문 앞 광장으로 들어서며 헤스티아는 설명했다.

커다란 북문 앞에서는 길드 직원과 그들을 돕는 실력파 파벌의 단원으로 이루어진 두 명의 문지기가 도시 밖으로 나가는 상인이나 마차를 수시로 검문했다. 통행허가증이 없으면 즉시 그들에게 붙들릴 것이다.

길드에서 발행해준 허가증을 가진 다섯 명도 안 되는 아르바이트 동료들과 합류했을 때, 수인 여성은 난감한 표정으로 이마를 짚었다.

──그때, 주위의 문전 광장이 갑자기 떠들썩해졌다.

헤스티아가 뭔가 싶어 돌아보자.

"내가 가네샤다!!"

"아, 가네샤."

확인하지 않아도 순식간에 알아볼 수 있는 육성과 존재

감을 뿜어내는 남신이 문으로 들어서는 중이었다.

갈색 피부에 다부진 장신의 몸, 까만 머리. 무엇보다도 눈에 뜨이는 것은 얼굴에 쓴 코끼리 가면이었다.

도시 최대의 단원 숫자를 자랑하며 많은 상급 모험자를 보유한 오라리오의 대형 파벌【가네샤 파밀리아】의 주신이 등장하자 주위에 있던 시민이며 상인들, 동료 수인에 알바 동료들까지도 박수와 웃음을 보냈다.

"오, 거기 있는 것은―― 헤스티아냐?!"

"일일이 소리 안 질러도 돼, 가네샤. 그런데 여기는 웬일이야? 전장에 소집됐던 거 아니었어?"

수수께끼의 포즈를 보이는 가네샤에게 헤스티아가 다가갔다. 말을 타고 두 명의 단원과 함께 문전광장으로 들어온 가네샤는 "토옷!" 기합성과 함께 말 위에서 포석으로 뛰어내렸다.

"이야기하면 길어진다만 전쟁이 곧 끝날 것 같아 돌아왔다."

"짧네."

"그리고 사로잡은 라키아 왕국 병사들을 도시로 옮겨야 해서 말이지. 숫자가 터무니없이 많아 전선에서는 다 데리고 있을 수가 없었다."

"흐음~. 하지만 전장에서 빠져나와도 괜찮은 거야? 너흰 숫자도 많아서 전력의 중추일 거 아냐?"

"전장 걱정은 없다! 초! 유능한 우리 단원들이 남아 지금도 싸우고 있지!! 라기보다는 시끄럽다고 제일 먼저 도시로 돌아가라고 쫓아내더군!"

"넌 【파밀리아】에서 그런 취급이었냐."

"나는 가네샤니까!"

바보같이 커다란 육성과 함께 일일이 포즈를 잡는 가네샤에게 헤스티아는 어이없다는 표정을 지었다.

천계 시절부터 친구가 많았던 헤스티아는 그와도 안면이 있었다. 그렇다기보다는 무시할 수 없을 정도로 가네샤라는 사내의 존재감이 강렬했으며, 후덥지근했다.

호위하던 두 명의 단원도 주신의 쓸데없이 뜨거운 언동에 골머리가 아프다는 표정을 짓는 가운데, 이번에는 그가 물었다.

"그러는 헤스티아는 무엇을 하고 있지?"

"아, 사실은 여차저차 이러저러한 일이 있었는데."

간결하게 사정을 설명하자 가네샤는 빛나는 하얀 이를 드러내며 웃었다.

"그런 거라면 내가 허락하마! 헤스티아, 나가도 좋다!"

"네?! 가네샤 님?!"

헤스티아가 놀라는 가운데 호위 두 사람이 주신에게 대들었다.

"무슨 소리를 하는 거예요! 길드도 통하지 않고 그런 짓을 맘대로……!!"

"나는 【군중의 주인】 가네샤다! 감자돌이는 도시를 윤택하게 해주는 활기의 덩어리! 그것을 먹지 못한다면 오늘도 누군가가 울지 않겠느냐! 그런 일은 내가 용납할 수 없다!!"

"이분이 지금 뭐라는 거야?!"

단원들이 소리를 지르거나 말거나 가네샤는 결정을 뒤집으려 하지 않았다.

언동으로 보면 신들 중에서도 특별히 유달리 기괴한 신물인 것 같지만, 지금도 갈채를 보내는 주위의 반응으로 보다시피 도시 주민들은 그에게 깊은 신뢰와 신앙을 품고 있다.

【군중의 주인】을 공언해 마다하지 않는 것처럼 그는 하계 주민들을 사랑한다. 그의 【파밀리아】는 솔선해 길드와 손을 잡고 이벤트 개최나 치안유지 협조에 힘쓴다. 시선 너머로 보이는 시문의 문지기 중 한 사람도 바로 【가네샤 파밀리아】의 구성원이다.

발언력 높은 그의 말에 두 문지기도 놀라서 대들었다.

"길드에 알려졌다간 야단맞는 정도로는 끝나지 않을 겁니다!!"

"안 들키면 된다, 단원 A여!"

"이미 다 들켰거든요?! 지금 얼마나 많은 이목을 모으고 있는지 알기나 해요?! 그리고 저는 모다카거든요?!"

한동안 꽥꽥 소란을 피우는 주신과 권속들. 그러나 결국 단원들의 고개가 풀썩 꺾였다.

가네샤는 헤스티아에게 엄지를 척 들어 보였다.

"정말 괜찮아, 가네샤?"

"그렇고말고. 너는 규율을 어지럽히는 신도 아니고 아이들에게 웃음을 주는 여신이 아니냐! 자, 가거라!"

가면 안에서 웃는 가네샤에게 헤스티아도 표정을 풀고 훗 웃음을 지으며 엄지를 척 들어주었다.

쓴웃음을 짓는 가네샤의 권속들과 떨떠름한 표정을 짓는 길드 직원들이 묵인하는 가운데, 헤스티아와 알바 동료들은 도시 문을 나갔다.

"가네샤 님은 상당히 이상하지만 역시 좋은 신이야~."

"그렇다마다. 조금 시끄럽긴 하지만 좋은 놈이다."

도시를 나가는 여행자며 상인들의 대열에 끼어들며 수인 여성과 담소를 나누었다. 영문 모를 유니크한 신물상 덕에 아이들에게 사랑을 받는 남신에 대해 이야기하며, 이윽고 거대 시벽을 지나 도시 밖으로 나갔다.

눈앞에 펼쳐지는 것은 정비된 가도와 녹색 초원. 저 멀리에는 웅대한 산맥이 우뚝 솟았으며 그 기슭에는 삼림이 있다. 북쪽 하늘에 모여드는 회색 구름을 보고 한바탕 비가 쏟아지겠구나 헤스티아가 생각하고 있을 때.

"정말로 와버리다니, 들키면 어떻게 하려고 이럽니까……?!"

"신위는 극한까지 억제했다. 내가 신이란 사실을 당장은 들키지 않을 것이다!!"

"목소리 낮추쇼, 좀!! 애초에 대책도 없이 정면돌파라니, 당신 얼마나 바보인 건지……!"

무언가 말다툼을 하는 목소리가 들렸다.

그쪽을 쳐다보니 도시를 막 나온 헤스티아 일행과는 반대쪽, 오라리오 입성을 기다리는 장사진 중 한쪽에서 얼굴을 마주 보고 떠드는 두 남자가 있었다. 양쪽 모두 키가 크며 여행용 후드를 깊이 뒤집어썼다. 여행자로 보이는 그들의 뒤에는 같은 차림을 한 사람들도 줄을 서 있었으며, 무언가 긴박한 분위기로 입을 굳게 다물고 있다.

주위에 있던 상인들이 그 말다툼에 시끄럽다는 표정을 짓고, 수인 동료가 "저런 이상한 사람들은 어디에나 있나 봐"라고 중얼거리는 가운데 헤스티아 또한 의아한 표정을 지었다.

이윽고 엇갈리듯 그들 옆을 지나치려 했을 때.

""응?""

말다툼을 벌이던 남성 중 하나와 눈이 마주쳤다.

후드에서 엿보이는 사자 같은 금발에, 어디선가 본 적이 있는 붉은 두 눈.

기시감에 사로잡혀 발을 멈춰버린 헤스티아를 보며 알바 동료들이, 그리고 상대 또한 입을 어중간하게 벌린 채 정지했다.

3초의 경직이 이어진 후.

"——아레스?!"

"——헤스티아?!"

여신과 남신은 서로를 손가락으로 가리키며 동시에 외쳤다.

헤스티아는 도시를 침공했다는 적군의 두목과 맞닥뜨린 데에, 아레스는 노렸던 사냥감과 생각지도 못하게 마주쳤다는 데에 놀랐다.

헤스티아가 놀라는 가운데 아레스는 그 붉은 두 눈을 틀어올렸다.

땅을 박차고 돌격한다.

"GET——!!"

"끄아아아악?!"

아레스 혼신의 몸받기가 헤스티아에게 작렬했다. 여기에 정면으로 부딪힌 어린 여신은 두 눈을 까뒤집으며 알바 동료들의 대열에서 밀려났다.

"아윽……."

초원에 함께 나뒹군 그녀를 아레스는 재빨리 어깨에 걸머졌다.

"흐하하하하하하하하하하하하!! 봤느냐, 마리우스?! 멋지게 목표를 포획했다!!"

"마, 말도 안 돼……."

마리우스라 불린 말다툼 상대는 후드를 벗어젖혔다. 아레스의 어깨에서 반쯤 기절한 어린 여신의 모습에, 그는 억지로 동요를 억지로 떨쳐낸 표정을 지었다.

"전원 전속력으로 철수!"

호령과 함께 같은 여행복 차림의 사람들이 장사진을 밀쳐내며 움직였다.

혼란이 솟구치는 가운데 이변을 깨달은 문지기들이 황급히 접근했지만 검을 뽑은 마리우스 일당이 그들에게 달려들어 숫자의 힘으로 쓰러뜨렸다. 금세 비명이 솟았다.

"목표는 달성했다! 철수하라! 철수!!"

헤스티아를 끌어안은 아레스가 쏜살같이 달려간다.

그의 패거리── 라키아 왕국의 병사들도 신속하게 주신의 뒤를 따랐다.

"혜, 헤스티아~~~~~~~~~~~~~~~~~!!"

미리 준비해두었던 말에 올라타고 눈 깜짝할 사이에 멀어져가는 병사들의 모습에 알바 동료의 절규가 울려 퍼졌다.

"어디에 가셨던 겁니까, 헤르메스 님?!"

하늘색 머리카락의 미녀가 우리와 함께 있던 헤르메스 님에게 고함을 질렀다.

이것저것 이야기를 나눈 후 내가 주신님을 다시 찾으러 나서려 하자 미아흐 님과 헤르메스 님은 도와주겠다고 하셨다. 미안했지만 거절할 이유도 없었으므로 함께 행동했는데…… 그때 헤르메스 님의 종자 아스피 씨가 숨을 헐떡이며 등장했던 것이다.

호위를 답답하게 여긴 주신 헤르메스 님에게 따돌림을 당했던 그녀는 은테 안경을 한 손으로 밀어 올려가며 버럭버럭 화를 냈다.

"따라오라고 하시고는 갑자기 사라지시다니……!!"

"아니, 그치만 귀에 거슬리는 잔소리가 많아서 말야."

"뭐라고 하셨습니까?!"

"아, 농담농담미안."

분노하는 파벌 단장이 불쑥 몸을 내밀자 땀을 삐질삐질 흘리며 고개를 숙이는 헤르메스 님.

이윽고 주신을 축 늘어지게 만든 아스피 씨는 어깨를 씨근덕거리다가, 그제야 우리가 있는 것을 알아차렸다.

"보기 흉한 모습을 보여드려 죄송합니다……."

그렇게 고개를 숙이는 아스피 씨에게는 나도 미아흐 님도 헛웃음을 지을 수밖에 없었다.

안경 위치를 고친 아스피 씨는 우리에게 푸른 눈을 돌렸다.

"그런데 이 민폐천만 주신과 함께 무엇을 하고 계셨는지요?"

"아, 그게요……."

주신에 대한 엄청난 표현에 식은땀을 흘리면서도 지금의 상황을 이야기하기 시작한—— 그 직후였다.

소란스러운 여러 사람의 발소리가 등 뒤에서 들려온 것은.

"——어?"

그쪽으로 눈을 돌린 나는 그대로 눈을 크게 떠버렸다.

무기와 방어구가 마찰하는 소리를 울리며 가도를 달려오는 데미휴먼의 무리.

그 가운데 금발금안의 여검사를 발견하고 말았던 것이다.

"아, 아이즈 씨?!"

"넌……."

내 놀란 목소리에, 검을 찬 모험자, 아이즈 씨도 반응했다.

살짝 눈을 크게 뜨며 걸음을 멈춘 그녀의 차림은 은색 가슴받이에 건틀릿, 어깨받이를 비롯한 방어구를 갖춘 상태였다. 그녀가 대동한 같은 파벌, 【로키 파밀리아】의 단원들도 마찬가지였다.

시내를 달려온 완전무장한 모험자들과 그 긴장된 분위기에 미아흐 님, 헤르메스 님, 아스피 씨와 함께 내가 무언가 불온한 공기를 느끼고 있으려니…….

내 얼굴을 빤히 보던 아이즈 씨는, 입술을 움직였다.

"너도, 같이 가."

"땅꼬마가 납치당했다캤나~?!"

오라리오 북문.

거대 시벽에 설치된 문전광장에서 로키의 목소리가 울려 퍼졌다.

주위에는 그녀만이 아니라 권속인 파룸 핀, 다른 신들과 단원들이 모여 있었다.

"그렇다니깐요!! 우리 헤스티아가, 이상한 신에게 억지로 끌려갔어요……!!"

"라키아 왕국의 병사들로 보이는 무리는 그 후 뿔뿔이 흩어져 주위로 도망쳤습니다!!"

수인 여성과, 길드 직원 문지기가 냉정함을 잃은 채 상황을 설명했다.

북문의 소란이 일어난 것은 수십 분 전. 사태를 파악한 길드 경비원들이 도시 곳곳으로 흩어져 길드 본부는 물론 유력 파벌의 주신이나 구성원들에게 모조리 소식을 전했다. 아직 시간이 얼마 지나지 않았으므로 이곳에 온 주요 신물과 모험자라곤 로키와 핀 정도밖에 없었다.

"카아~ 나 이거."

긴급소집을 받은 로키는 도시에 들어오는, 혹은 나가려 하는 상인들과 여행자들이 주위에서 수런거리는 가운데 두통을 참듯 하늘을 우러러보았다.

"핀~."

무언가 말하고 싶은 투로 시선을 보내는 로키에게 곁에 있던 핀은 눈꼬리를 한 손으로 문질러댔다.

"미안해. 신의 움직임까지는 읽지 못했어⋯⋯."

아레스와 헤스티아, 인간의 지혜가 미치지 못하는 신의 폭주, 아니, 희극에 휘둘린【브레이버】의 얼굴에 강한 피로감이 드러났다.

"애초에⋯⋯ 땅꼬마는 우째 검문을 무시할 수 있었노? 오오, 가네샤?"

"⋯⋯내, 내가 가네샤다만?"

"야, 니 오늘은 와 그리 조용한데."

로키의 험악한 눈빛을 받아 엉거주춤 미묘한 포즈를 짓는 가네샤.

평소의 시끄러운 언동은 어디로 갔는지, 남신은 웅얼거리는 목소리로 자신의 소행을 털어놓았다.

"그래서, 니가 바보 같은 소리를 지껄여서 허락했다꼬?"

"어, 네."

"이 변태가면 보거래이! 농담은 니 얼굴만으로도 충분하다 아이가, 문디야!!"

"⋯⋯나는 가네샤이기 때문이다!!"

"이기 어데 배를 째고 앉았노!! 니 길드에 혼 좀 나바라!"

"노오~!!"

가네샤는 두 손으로 머리를 싸쥐었다. 그의 단원들인 호위병이며 문지기들이 그러게 내가 뭐랬냐는 시선을 보냈다.

"그 감자돌이 왕찌찌가 쓸데없이 귀찮은 짓만 늘려놓

고……!"

광장에 눕혀놓은 부상당한 문지기를 흘끔 보고, 로키는 하늘을 노려보며 투덜거렸다.

"땅꼬마를 데려가쌌다면…… 라키아가 노린 건 또 '크로조의 마검'이가?"

"그렇겠지. 주신을 신질로 삼아 벨프 크로조 본인이나 '마검'을 요구할걸……. 오라리오가 응하지 않더라도 분명 분열이 일어날 테니."

오라리오는 반석처럼 단결된 것은 아니다. 예를 들면 길드나 수많은 세력이 라키아 왕국의 청을 거절한다 해도, 헤스티아와 친한 신이나 【파밀리아】──이 경우 가장 성가신 것은 도시에서도 손꼽히는 세력인 【헤파이스토스 파밀리아】──가 이의를 제기해 내부 분열이 발생한다. 최악의 경우 라키아 왕국 이외의 다른 나라, 다른 도시, 다른 세력이 파고드는 허점을 낳을지도 모른다.

이런 멍청한 방식에 한 방 먹었다고 하면 명성도 땅에 떨어질 거라고 핀은 탄식했다.

"적이 본국으로 귀환하기 전에 신 헤스티아를 되찾지 않으면 위험해."

눈을 가늘게 뜨고 담담히 말하는 핀.

"카아~ 망할, 왜 내가 땅꼬마 때문에 고민해야 카노?!"

로키는 한 손으로 머리를 마구 헤집어댔다.

사태의 심각함에 입을 굳게 다무는 자, 혹은 능글능글

웃으며 상황을 즐기는 신 등, 문전광장에 모여든 자들은 각자의 반응을 보이며 신속하게 이야기를 나누기 시작했다.

"로키, 핀."

"오, 아이즈 왔구나. 리베리아나 티오나는?"

"나밖에 못 왔어. 그리고…….'

홈을 떠났던 제1급 모험자들보다도 한 발 먼저 도착한 아이즈의 뒤에는 【파밀리아】의 하위 구성원들 외에도 헤르메스와 아스피, 미아흐, 그리고 벨이 있었다.

돌아보는 아이즈의 시선에 이끌린 것처럼 낯빛을 바꾼 벨은 로키와 핀의 앞으로 나갔다.

"저, 저기, 주신님이 납치당하셨다는 게……?!"

"……단적으로 설명하지, 벨 크라넬. 잘 들어줘."

도중에 아이즈를 통해 주신이 납치당했다는 설명을 들은 소년에게 핀은 상황의 개요를 전했다. 그리고 다 들은 벨은 낯빛이 창백해졌다.

"주신님이 계신 곳은요?!"

"알 수 없어. 성가시게도 적은 북쪽, 서쪽, 동쪽으로 부대를 수없이 분산시켰거든. 아직 추적대도 보내지 못했어."

몸을 내미는 벨에게, 뿔뿔이 흩어지는 바람에 헤스티아를 데리고 간 본대의 행방은 알 수 없다고 핀은 침착하게 말했다.

"이건 한심한 이야기지만…….."

그렇게 전제를 깔고 그는 말했다.

오라리오의 파벌은 어지간해서는 도시 밖으로 나갈 수 없다는 제약이 있다 보니, 도시 근교의 지리는 여섯 차례의 침공 속에서 정보를 축적한 왕국이 훨씬 잘 안다고 한다.

도시로 이어지는 경로, 산맥의 틈새, 혹은 왕국까지 최단거리로 귀환할 수 있는 지름길. 탈출경로를 잘 아는 라키아 왕국의 여러 부대 중에서 진짜를 정확히 포착하기란 지극히 어려운 일이다.

이야기를 들을수록 벨의 낯빛이 나빠지는 가운데, 귀를 기울이던 헤르메스가 미아흐에게 어깨를 가까이 가져갔다. 【헤스티아 파밀리아】에 연락을 하라고 귀띔을 받아 고개를 끄덕인 미아흐는 '화덕관' 방면으로 향했다.

"──로키, 핀. 내가 쫓아갈게."

갑작스러운 사태에 혼란을 일으킨 벨을 슬쩍 살피던 아이즈가 앞으로 나섰다.

항상 과묵하던 【검희】의 청에 주신이나 단장은 물론 다른 파벌 사람들까지도 놀라움을 드러냈다.

"아나, 쫌 기다리라, 아이쭈. 와 우리가 일부러 땅꼬마 때문에 나가야 하노? 애초에 언제 하나하나 다 찾고 있을라꼬?"

"그래도, 누가 가야만 해."

"윽……."

"게다가, 이 중에서 가장 발이 빠른 건 나."

말리려 하는 로키에게 아이즈는 칼날처럼 날카로운 지적을 담담히 늘어놓았다.

지휘관인 핀과 비교해도 전력으로 달리면 자신이 훨씬 빠르다. 도시 최강의 일원이라고까지 불리는 제1급 모험자의 발언에 아무도 부정의 의견을 제시할 수는 없었다.

그리고 벨은.

적잖이 교류가 있었던 헤스티아를 구하러 가겠다는 소녀의 의연한 옆얼굴에 가슴이 떨렸다.

생각이 정지되려 하는 자신을 후려쳐, 자신도 앞으로 발을 내디뎠다.

"저, 저도 가겠어요!! 주신님을 찾겠어요!!"

아이즈의 옆에서 몸을 내미는 벨.

그런 가운데, 이제까지 그에게 침묵을 지키던 로키가 입을 열었다.

"아나, 소년. 니 지금 몬 들었나? 아이즈가 간다꼬 했는데 발목 잡아당기게?"

"……!"

"니 레벨 몇이고? 힘이 얼매나 차이 나는지는 아노? 얌전히 있어라."

한쪽은 Lv.3, 한쪽은 Lv.6.

벨과 아이즈 사이에는 단순히 생각해도 두 배 이상의 역량 격차가 존재한다.

로키는 냉담하게 사실만을 들이댔다. 한편으로는 현재 대두 중인 소문 속의 루키를, 자신의 권속과 모종의 인연이 있는 모험자를 간파하고자 주황색 눈을 슬쩍 뜬다.

내치는 듯한 그녀의 말에 벨은 말문이 막혔다가—— 이내 두 주먹을 부르쥐었다.

눈썹을 곤두세우고, 신에게조차 거역하려는 듯 고함을 질렀다.

"저는! 주신님의—— 헤스티아 님의 【파밀리아】예요!!"

그 루벨라이트색 눈으로 의지의 빛 이외의 것을 모조리 지워버리고 말을 터뜨렸다.

"반드시 이 사람을 따라가겠어요!! 그러니…… 가게 해 주세요!!"

목이 터질 것 같은 갈망의 목소리가 주위의 소란을 한순간 잠재워버렸다.

몇 명의 신, 모험자들에게서 시선을 모으며, 벨의 각오를 앞에 두고 로키는 인정하지는 않았다.

그러나 말리려고도 하지 않았다.

"——니 맘대로 해라. 어차피 발목 잡을 수준도 못 될 거고. 아이즈, 뻘으면 걍 두고 가라."

"……알았어."

주신의 말에 아이즈는 잠시 간격을 두고 고개를 끄덕였다. 그리고 행간으로 헤스티아 추적 동행을 허락해준 신에게 벨은 고개를 푹 숙였다.

"고맙습니다!"

몸을 일으킨 소년이 곁에 있는 소녀와 시선을 나누고, 부탁한다는 뜻을 전하는 가운데, 대화가 단숨에 가속했다.

도시를 무단으로 떠나도 눈을 감아주도록 다른 모험자들이 길드 직원에게 요청했다. 본부의 지시를 기다리지 않고 움직이려는 그들에게, 긴급사태임을 이해하고 있는 직원들도 말없이 고개를 끄덕였다── 아니, 강제로 끄덕일 수밖에 없었다. "내가 가네샤다!"를 큰 목소리로 연발하는 남신이 혼란에 빠진 상인들이나 시민들을 유도하고, 동시에 라키아 왕국군의 도주경로 정보도 모이기 시작했다.

"아이즈와 벨 이외에도 추적대를 풀기로 하고…… 역시 인원이 부족하겠는걸. 베이트네나 다른 【파밀리아】가 모일 때까지 느긋하게 기다릴 시간은 없겠어. 상대를 놓칠 거야."

"뿔뿔이 흩어진 놈들 속에서 땅꼬마만 찾아내는 것도 한 고생 하겠데이. 아까도 말했지만 하나하나 일일이 뒤질 수밖에 없지 않겠나?"

그리고 핀과 로키가 추적에 대한 우려를 논의하고 있으려니, 한 남신이 앞으로 나섰다.

"그거라면 맡겨주지 않겠어?"

머리에 쓴 깃털 달린 여행모를 슬쩍 치우며 등황색 머리카락의 남신이 웃음을 지었다.

"신 헤르메스……."

"헤스티아가 있는 곳이라면 우리 아스피가 찾아낼 거야."

"——네에?!"

헤르메스는 뒤에 있던 아스피의 어깨를 잡고 생글생글 웃으며 끌어당겼다. 권속이 놀라거나 말거나 그는 단언했다.

"아앙? 헤르메스, 이 비리비리한 게 무슨 근거로……."

"이봐, 로키. 아스피는 그 유명한 【만능자 페르세우스】라고. 납치당한 여신을 찾아낼 방법 한두 가지쯤은 있지."

의아한 표정을 짓는 로키에게 헤르메스는 【페르세우스】라는 별명을 강조했다.

【헤르메스 파밀리아】의 단장, '신비' 어빌리티를 가진 희대의 아이템 메이커를 핀 일행이 쳐다보자 정작 당사자는 매우 지쳤다는 듯 탄식했다.

하늘색 머리카락, 몸에 두른 순백색 망토를 출렁인 아스피는 은테 안경의 위치를 고쳤다.

"……30분 정도 시간을 주신다면, 아마도."

그녀의 말을 음미하던 핀은 오른손 엄지를 살짝 핥았다.

"알았어."

그리고 신용했다. 로키는 머리 뒤에서 깍지를 끼고 실력 구경 좀 하자며 웃음을 지었다.

전투용 방어구 같은 것을 빌려 출발 준비를 신속하게 갖춘 벨이 그 대화를 보고 놀라고 있으려니 헤르메스가 다가왔다.

"아주 조금이지만 도와주도록 할게. 벨, 【검희】, 헤스티아를 데리고 와줘."

자신도 이런 식으로 작별하고 싶지는 않다고.

절친신을 걱정해 힘을 빌려주려는 헤르메스에게 벨은 가슴에 북받치는 감정을 느끼며, 곁의 아이즈와 함께 고개를 끄덕였다.

"네!"

"알겠습니다."

거대 시벽에 달린 도시문이 모험자들의 출발을 고대하듯 큰 입을 벌리고 있었다.

🔥

"헤스티아 님이?!"

홈으로 달려온 미아흐에게 소식을 듣고 【헤스티아 파밀리아】의 권속들은 소란스러워졌다.

문이 활짝 열린 정면 현관 앞, 저택 앞뜰. 소리를 지른 미코토의 옆에서는 다 듣지 않고도 여신 납치의 원인을 눈치채버린 벨프가 아연실색했다.

"장난하고 앉았어……!!"

즉시 주먹을 부르쥐고 몸을 떨며 거친 목소리를 냈다. 주신까지 끌어들인 자신의 핏줄을 자책하는 그에게 동요했던 하루히메가 자신도 모르게 애절한 시선을 보내는 가

운데 릴리는 낯빛을 바꾸고 미아흐에게 달려갔다. 키가 큰
남신을 올려다보며 물었다.

"벨 님은 지금 뭘 하나요?!"

"벨은 도시 북문에서 헤스티아가 돌아오기를—— 아니."

도중까지 말하려던 미아흐는 말을 멈추더니, 저택 앞뜰
에서 북쪽 시벽으로 시선을 돌렸다.

마지막에 보았던 소년의 옆얼굴에서 확신을 얻은 것처
럼, 두 눈을 가늘게 뜬다.

"헤스티아를 구하기 위해 도시를 떠났을 테지."

바람을 가르며 달리고 또 달렸다.

금색 장발과 흰색 머리카락을 나부끼며, 두 모험자는 보
통 사람은 도저히 따를 수 없는 속도로 험준한 산길을 뛰
어오르고 있었다.

오라리오 정북향의 '베올 산지'.

엄청난 급경사와 험로를 가진 산들의 집합체. 산꼭대기
를 몇 번이나 넘어도 계속 나타나는 무수한 산릉은 '산성
(山城)'이라 형용될 정도다. 미궁도시가 가깝기 때문에 '고
대'에 지상으로 진출했던 몬스터의 계보가 깊이 뿌리를 내
린 마의 산이기도 하며, 험준한 지형 때문에 모험자들도
어지간해서는 들어오지 않을 정도였다.

회색 암반과 흙으로 된 산자락이 드러난 산지는 나무가
별로 없다. 그 대신 주위가 절벽에 에워싸인 산간지대는

대부분이 녹음으로 넘쳐났다. 켜켜이 겹쳐진 산들은 기복이 심해 수많은 계곡이며 낭떠러지, 우뚝 솟은 절벽이 전망을 방해했다.

벨과 아이즈는 둘이서 회색 하늘 아래 바로 이 '베올 산지' 속을 하염없이 달리고 있었다.

짐승은 물론 해악을 끼치는 몬스터조차 달려가는 두 사람의 진로에서 황급히 도망쳤다. 무모하게도 달려들려 했던 대형급 '버그베어'는 소녀의 세검이 단칼에 양단해버렸다.

미궁의 개체보다도 훨씬 능력이 떨어지는 지상 몬스터의 핏줄기가 솟는 가운데, 벨은 귀에 거슬릴 정도로 격렬한 자신의 심장 소리를 듣고 있었다.

"~~~~~~~~~~~~~~~~~~~~~~~~~크윽?!"

호흡소리가 흐트러질 대로 흐트러졌다. 멈추지 않고 솟는 땀이 짜증나고 다리는 납처럼 무겁다.

시선 저편에 있는 여검사에게서 서서히 거리가 벌어지는 것을 보고 벨은 온몸으로 신음했다.

──빠르다!!

오라리오를 떠난 지 일각.

질풍이 된 아이즈의 주행을 벨은 따라잡지 못하고 있었다.

차원이 다른 신체능력 때문에 완벽하게 속도에서 뒤처졌다. 험준한 산지에서 두 사람의 양상은 더욱 명확하게 드러났다.

몇 번이나 오르내리는 산길에서 한 번도 흐트러지지 않는 균형감각, 험준한 경사를 한달음에 주파하는 각력, 무한한 체력. 가장 두려운 것은 그 속도를 유지하면서도 땀한 방울 흘리지 않을 만큼 터프하다는 점이다.

제1급 모험자의 질주에서 벨의 몸은 점점 밀려났다. 자신의 장점인 '민첩'이 자신감과 함께 박살이 나, 그녀의 등이 시야에서 멀어져갔다.

"허억, 허억, 헉…… 컥……?!"

신선한 공기를 몸에 들이마시려 했다가, 실패했다.

전력으로 내딛는 다리가, 열심히 휘두르는 팔이, 무시무시한 풍압을 받는 두 눈이 비명을 지른다. 아무리 힘을 쥐어짜내도 소녀의 뒷모습은 잔혹할 정도로 멀어져갔다.

【검희】아이즈 발렌슈타인. 벨의 목표. 너무나도 높은 산봉우리의 꽃.

보고야 말았다. 그녀와 자신의 사이에 놓인 하염없는 격차를.

소녀와 시벽 위에서 훈련했을 때는 맛보지 못했던, 순수한 힘의 차이를.

현재 자신과 아이즈의 위치. 그녀는 아득히 높은 곳에 있다.

다가가고 있다니, 말도 안 된다. 이제 겨우 소녀가 머무르는 장소가 보이게 되었을 뿐이다. 우뚝 솟은 정상은 여전히 높으며, 너무나도 험준하다.

헤스티아에게 가야 한다는 일념 때문에 소녀의 속도를 필사적으로 따라가려 하지만, 몸의 비명에 굴할 것 같았다.

목과 허파가 전에 없을 정도로 열기에 휩싸여 녹아내리려는 가운데, 벨의 발에서 힘이 사라지려던── 그때.

아이즈가 이쪽을 돌아보았다.

"──"

옆얼굴을 슬쩍 돌리고 어깨 너머로 보는 시선.

질주를 계속하며 이쪽의 기색을 살핀다.

한심할 정도로 숨을 몰아쉬는 벨을 관찰하며, 속도를 가감하려는 것이다.

──소녀는 아직도 전력이 아니었다.

"크으윽!!"

자신의 눈치를 살피며 달리고 있는 아이즈의 모습에 온몸이 달아올랐다.

수치와 쓸데없는 호승심, 남자의 오기가 타올랐다.

꼴사나운 모습을 보여줄 수 있겠느냐고 가슴이 허세를 부르짖고, 그것이 이내 마음의 외침으로 바뀌었다. 흐느적거리려 하던 다리가 힘을 되찾아 소녀를 따라잡고자 산자락을 부서져라 박찼다.

전투를 예상하고 다른 모험자에게서 양도받았던 방어구── 가슴받이, 건틀릿, 어깨받이, 허리받이, 모든 것을 힘차게 벗어 산자락에 내팽개쳤다.

그렇게 살짝 몸이 가벼워진 벨은 온 힘을 쥐어짜내, 한 번 벌어졌던 소녀와의 차이를 좁혀나갔다.

"……."

노도의 추격으로 자신을 따라오는 벨의 얼굴을 아이즈는 말없이 바라보았다.

여검사는 정밀한 인형 같은 표정을 바꾸지 않고 앞을 보더니, 마치 소년을 믿듯 속도를 높였다. 한순간 경악하는 기척이 전해지고, 토끼처럼 빠른 발소리가 필사적으로 등 뒤를 따라왔다.

벨을 후방에 거느린 아이즈는 산자락을 질주하면서 갑자기 머리 위를 올려다보았다.

툭. 소리를 내며 얼굴을 적시는 가느다란 물방울. 두꺼운 회색 구름이 하늘에 꿈틀거렸다.

비의 전조가 산지에 감도는 가운데── 아이즈는 그것을 개의치도 않고 금색 두 눈을 가늘게 떴다.

그녀의 시선 너머에는 날개를 펼친 하얀 그림자가 전방의 상공에서 선회하고 있었다.

"흐하하하하하하! 이번에야말로 오라리오가 울상을 짓게 해주었다!"

베올 산지 깊은 곳.

시야 한쪽에 계곡이 펼쳐진 험준한 산길 중 하나에서 아레스의 홍소가 쩌렁쩌렁 울려 퍼졌다.

여행자 차림을 한 병사가 30명 정도 모인 부대. 주신을 포함한 라키아 왕국군 본대는 산속의 샛길을 이용해 이미 오라리오에서 한참 멀리 떨어졌다. 이따금 몬스터가 바위 뒤나 절벽 아래에서 튀어나왔지만 Lv.2 이상의 힘을 가진 부대장 및 라키아가 자랑하는 Lv.3 장군들의 지휘 아래 모조리 격퇴해버렸다.

혼자 말을 타고 자신을 지키는 병사들을 곁눈질하며 아레스는 흐뭇하게 웃었다.

"얌마, 아레스!! 이게 뭐 하는 짓이야, 얼른 내려줘!! 천계 친구끼리도 해도 되는 일이 있고 안 되는 일이 있어!!"

"잠자코 있지 못하겠나, 무능한 땅꼬마 신! 넌 크로조의 아들놈과 교환하기 위한 신질이다. 이용해줄 테니 영광으로 생각해라!"

"누구더러 땅꼬마래에에에에에에에에에에에에에!!"

아레스의 등 뒤, 갑옷 위에 밧줄로 칭칭 묶인 헤스티아가 가느다란 팔다리를 바둥거렸다.

그의 손에 사로잡힌 어린 여신 또한 억지로 끌려가고 있었다. 단단히 묶은 밧줄을 풀려 해도 그녀의 힘없는 손으로는 끊을 수 없었으며 느슨해지지도 않았다. 하다못해 앙 갚음이라도 해주고자 날뛰어봤지만,

"얌전히 있어!"

"뿌액?!"

아레스의 팔꿈치에 옆구리를 얻어맞아 끙끙 신음했다.

"나, 나를 신질로 삼겠다고오……?!"

포획당할 때 반쯤 기절했다가 겨우 정신을 차린 헤스티아는 상황을 이해했다.

아르바이트 동료들을 도우려다가 설마 이런 일이 벌어지다니. 헤스티아는 후회가 막심했다. 지금쯤 오라리오에서는 큰 소동이 벌어졌을 것이다.

"이런 짓을 하다니, 두고 봐라!! 우리 벨이, 오라리오의 모험자들이 금방 달려올걸!!"

"훗! 부대를 분산시켜 뿔뿔이 흩어졌는데 그중에서 정확하게 널 찾아낼 수 있을까?"

"윽……."

"게다가 여기는 베올 산지다. 이 정도로 깊이 도망친 시점에서 우리의 승리는 확고해졌지."

추적대를 교란하기 위해 분산시킨 부대 가운데 자신들을 찾아내려면 하루 정도로는 어렵다. 게다가 천연의 요새를 단시간에 돌파하고, 아울러 광대한 산지에서 자신들을 정확히 포착하기란 불가능하다고 아레스는 호언장담했다.

"으그그극……!! 그, 그보다, 기왕 데려갈 거면 더 정중하게 다루라고!! 아까부터 갑옷이 배겨서 아프단 말야!!"

으르렁거리기만 할 뿐 받아치지 못한 헤스티아는 궁색하게 아레스를 비난했다. 남신과 등을 맞댄 꼴로 한데 묶여, 솔직히 말해 우툴두툴한 갑옷이 너무 아팠다. 눈물 어린 눈으로 호소해봤지만 돌아온 말은 냉담했다.

"내 겁쟁이 권속들이 너를 소홀히 대할 수는 없다고 헛소리를 하니 어쩔 수 없지 않느냐! 나야말로 못난이인 너 따위 안고 싶지도 않다. 세균 옮을라!!"

"너 이 짜샤, 날 뭐라고 생각하는 거야아?!"

헤스티아가 부르짖었다. 아무리 아는 사이라고는 하지만 천계에서도 행패를 부리기 일쑤였던 아레스와 평소에는 집안에서 늘어지기 일쑤였던 헤스티아는 궁합이 안 좋았다.

시끄러운 말다툼을 벌이는 기품 없는 신들을 보며, 그들과 보조를 맞춰 걷던 부관 마리우스는 하아 한숨을 쉬었다.

"……비가 오는군."

툭. 자신의 콧날에 떨어진 물방울에 마리우스는 고개를 들었다.

그가 중얼거린 말을 긍정하듯 상공의 먹구름에서는 마침내 빗방울이 떨어지기 시작했다. 눈 깜짝할 사이에 폭우라 할 만한 수준으로 발전해 병사나 굴강한 장군들의 여행복이 젖어버렸다.

마찬가지로 흠뻑 젖어버린 헤스티아와 아레스는 나란히 요란한 재채기를 했다.

""에취이!!""

"마리우스 님, 일단 부대를 정지시키고 어디선가 비를

굿는 편이……. 아레스 님의 옥체가."

"아니다. 북쪽 국경까지 전진해야 한다. 적은 오라리오이므로 만의 하나가 있을 수도 있다. 그리고 저 작자는 바보라 감기에 안 걸리니 걱정하지 마라."

병사의 진언에, 몬스터에게 포위당해도 성가시다고 말하며 마리우스는 강행군을 하도록 명령했다. 신의 '은혜'를 받은 그들의 입장에서는 이 정도 비라면 별 지장도 없다.

그때, 문득.

상공을 쳐다보던 마리우스의 시야에 그림자 하나가 비쳤다.

"……새?"

단정하며 기사다운 얼굴을 비에 적시며, 회색 하늘을 나는 그림자를 올려다보았다.

정확히 자신들의 머리 위를 선회하는 하얀 실루엣. 날개 같은 것을 펼치고 빙글빙글 도는 그 존재에 마리우스는 한없는 위화감을 품었다.

바람도 불기 시작해 거센 풍우가 몰아치는데, 둥지로 돌아가지도 않고 같은 곳에 머물다니── 마리우스가 여기까지 생각한 다음 순간.

"거, 【검희】다아아아아아아아아아아아아아아아아아아아아아아아아아아!!"

이 세상의 종말을 본 것 같은 절규가 마리우스의 귓전을 때렸다.

"뭣——"

자신의 귀를 의심한 마리우스는 힘차게 뒤를 돌아보았다.

현재 진행 중인 절벽길, 오르막이기도 한 길을 따라 달려오는 고속의 실루엣.

비를 맞으면서도 찬란하게 빛나는 금발금안의 용모에 마리우스도 금세 외치고 있었다.

"허걱, 【검희】?!"

"저, 적이다아아아아아아아아아아아아아아아아!!"

【대절단 아마존】의 주가를 빼앗는 금발금안의 검사——아이즈는 세검을 소리 내 뽑으며 단독으로 부대 후방에 돌격했다. 순식간에 병사들의 규환이 터져나오고, 말 위의 아레스와 함께 부대 전체가 놀랐다.

마리우스는 다시 상공을 올려다보았다. 눈에 힘을 주어 시인할 수 있었던 것은 금색 날개와 펄럭이는 순백색 망토, 그리고 인간의 팔다리.

저것은 새가 아니다—— **모험자다.**

"언제부터 오라리오는 하늘까지 제압하게 되었지……?!"

험준한 지형을 무시하는 '하늘의 눈'으로 자신들을 포착했던 것이다.

지금도 선회하며 자신들이 있는 곳을 알려주는 푸른 머리카락의 미녀—— 【페르세우스】의 매직 아이템, 비행신발 '탈라리아'의 말도 안 되는 능력을 보고 마리우스의 얼굴이 한껏 일그러졌다.

그리고 그가 전율한 것과 거의 동시에, 비명이 곳곳에서
터져나왔다.

"끄아아아아아아아아아아아아아아아아아아아아아
아아아아아악!"

참격의 소용돌이가 동요하는 병사들을 베어 쓰러뜨
렸다.

한 번의 참격에 병사들이 몇 명씩 땅바닥에 나자빠지거
나 허공으로 솟구쳤다.

절규를 양산한 '전희'가 일직선으로 나아가는 방향은 부
대 중앙, 말을 탄 군신에게 사로잡힌 여신 쪽이었다.

"바, 발렌아무개 군……?!"

헤스티아가 눈을 크게 뜨고, 아레스는 사나운 웃음을 지
었다.

사기를 높이고자 건틀릿을 찬 오른팔을 내밀었다.

"당황하지 마라, 병사들이여!! 추격을 당한 것은 예상 밖
이었으나 적은 그래봤자 하나, 그리고 우리에게는 왕국 최
강의 장군들이 있다! 가거라, 가류! 저딴 계집애쯤 짓밟아
버려라!!"

"아레스 님, 장군님들은 벌써 당했는데요?!"

"뭣이?!"

한순간이었다.

수염을 기른 굴강한 사내들이 꿈틀꿈틀 경련하며 금발

금안 소녀의 앞에 쓰러져 있었다.

　멋들어지게 한꺼번에 베여나간 장병들의 모습에 아레스는 뿌드드득 이를 악물었다.

　"네, 네 이놈, 이렇게 되면……!"

　"으윽?!"

　자신과 헤스티아를 묶고 있던 밧줄을 풀고 아레스는 말에서 뛰어내렸다.

　헤스티아가 지면에 나뒹구는 가운데, 짐을 버리고 몸이 가벼워진 남신은 말 위에 묶어놓았던 장검을 장비했다.

　"간다,【검희】!! 내가 상대해주마아!!"

　"……."

　"우오오오오오오오오오오오오오오오오오오오!!"

　짓쳐드는 아레스. 말없이 검을 휘두르는 아이즈.

　빠캉, 둔중한 소리와 함께 두 토막이 나는 군신의 장검.

　"제, 제법이구나……!!"

　"뭐 하고 앉았어 당신──!!"

　금세 무기를 잃고 겁을 먹은 아레스에게 마리우스의 비명이 날아들었다. 신 주제에 제1급 모험자에게 단신 대결을 청한 어리석은 주신에게 마리우스를 포함한 남은 병사들이 쇄도했다. 자신들의 주인을 지키고자 격렬히 검을 부딪쳐대, 그 자리는 대혼란에 빠졌다.

　"──주신님!!"

　"아…… 벨!"

혼전이 벌어진 산길에 소년이 뛰어들었다.

아이즈가 열어놓은 길을 따라 한 발 늦게 돌진했다. 병사들이 소녀에게 정신이 팔린 동안 자신의 주신에게 가고자 질주한다.

달려오는 권속 소년에게 활짝 웃으며 일어난 헤스티아── 그러나 그 직후.

아레스를 사수하고자 혈안이 된 병사들의 다리에 퍽 밀려 날아갔다.

"──"

자세가 흐트러져 기울어진 쪽은, 산길 한쪽에 펼쳐진 계곡.

머리 양쪽에서 묶은 칠흑색 머리카락이 한순간 부유감에 사로잡힌 후, 헤스티아는 낭떠러지 아래로 떨어졌다.

굳어버린 벨과 시선을 나누며, 강의 격류가 달리는 깊은 계곡으로 낙하한다.

"──크윽!!"

벨은 뛰었다.

떨어지는 헤스티아를 향해 지면을 박차고, 비를 가르며 눈 아래의 계곡으로 뛰어들었다.

낭떠러지를 박차며 팔을 한껏 뻗는다. 화살이 되어 자신을 쫓아오는 소년에게 헤스티아는 눈을 글썽이고, 창졸간에 자신도 팔을 내밀었다.

손이 맞잡힌 순간, 벨은 헤스티아를 끌어안았다.

공중에서 조그만 몸을 가슴속에 꽉 안은 소년은 그대로

힘차게 강에 착수했다.

"!!"

병사들을 물리친 아이즈도 까마득한 아래쪽에서 일어난 물보라를 보았다.

한순간의 망설임도 없이 그녀는 전투를 포기하고 소년과 여신을 따라 계곡으로 몸을 날렸다.

깊은 낭떠러지의 벽면을 박차며 질주해 물가에 착지한 것과 동시에 격류를 따라 달려나갔다.

"벨 크라넬, 【검희】……?!"

——그 모습을 아스피는 상공에서 모두 보고 있었다.

여신 구출이 생각지도 못한 전개로 이어져 동요를 드러냈다. 왕국군의 모습을 포착하기 위해 '탈라리아'로 허공을 비행하던 그녀는 도와야 할지 한순간 망설였다.

그리고 그 짧은 허점을 찔렸다.

"윽?!"

"여신들은 내버려둬라! 지금은 저 하늘의 밀정을 쳐야 한다!"

어중간하게 고도를 낮추고 계곡에 다가갔던 아스피의 팔에 투척된 사슬이 감겼다. 아픔을 느끼고 눈을 찡그리며 아래쪽을 내려다보니 사슬을 쥔 마리우스의 모습이 있었다.

"미스릴 사슬……!"

"저 여자만 잡으면 오라리오는 우리를 포착할 방법을 잃어버린다. 저 여자만은 놓치지 마라!"

아이즈의 참격을 간신히 면한 얼마 안 되는 숫자의 병사들에게 마리우스가 호령을 터뜨렸다. 그는 아스피에게 감긴 강인한 은빛 사슬을 자신의 팔에 감은 채 절대 놓아주려 하지 않았다.

병사들에게 억지로 떠밀려 무슨 짓이냐고 고함을 질러대는 주신을 대신해, 부대의 부관은 정확하게 상황을 간파하고 아스피 제거를 명령했다.

사슬의 줄다리기가 맞버티기에 들어갔다.

"마리우스 빅트릭스 라키아── 어리석은 왕의 친아들이라고 들었습니다만, 그릇이 제법 괜찮군요……!"

상위 모험자인 자신과 힘겨루기를 할 수 있고, 여기에 뛰어난 판단력까지 가진 적국의 왕자에게 아스피는 웃음을 일그러뜨리며 솔직한 칭송을 보냈다. 반면 마리우스는 그녀보다도 여유가 없는 표정으로 힘을 쥐어짜내며, 한편으로는 눈을 가늘게 뜨고 말했다.

"나도 재미있는 이야기를 알지, 【페르세우스】!! 어떤 해국(海國)의 미희(美姬)가 신에게 끌려가 모험자로 전락했다고 말이다!! 그 나라는 절대 인정하려 들지 않지만!!"

"당신은 남 같지 않은걸요── 무엇보다 저와 마찬가지로 마음고생이 끊이질 않는 사람의 기운이 느껴져서."

"──그만둬어!! 그렇게 동정하는 눈으로 날 보지 마라앗!!"

똑같이 신에게 휘둘리는 사람끼리, 아스피의 연민 어린 눈에 마리우스가 괴로워했다.

"왕자님?! 왕자님?!"

통곡에 가득 찬 젊은 부관에게 주위 병사들이 열심히 말을 걸어 진정시키려 했다.

이윽고 사슬에 움직임이 제한된 아스피에게 몇 발이나 되는 화살이며 '마법'이 날아들었다. 망토가 찢어지고 옷은 그을려 【페르세우스】의 얼굴에 괴로움이 떠올랐다.

비 때문에 얼굴에 달라붙은 앞머리를 거추장스럽게 여기며, 아스피는 벨 일행을 포기하고 철수를 우선시했다. 허공에서 회피하며 홀스터에서 버스트 오일을 꺼냈다.

격렬한 전투가 이어지고 폭음이 울려 퍼지는 산길 아래, 폭우 때문에 수량이 불어난 급류가 맹렬한 소리를 내고 있었다.

비가 그치질 않는다.

산 속에 퍼붓는 비는 기세가 늘어날 뿐 빗발이 가늘어지려 하지 않았다.

요란한 소리를 내는 물줄기가 계곡 사이를—— 바로 옆을 달려나가는 가운데 나는 주신님을 안고 간신히 기슭으로 올라왔다. 곁에는 급류를 따라 뛰어온 아이즈 씨도 있다.

우리는 계곡 밑바닥에서 필사적으로 달리고 있었다.

"헤스티아 님은, 어때?"

"몸이 계속 차가워지고 있어요! 말을 걸어도 대답이 전혀……!!"

아이즈 씨의 물음에 울먹이듯 외쳤다.

주신님을 업은 내 귀에 힘없는 숨소리가 들렸다.

우리의 몸은 차디찼다. 폭우를 뒤집어쓴 아이즈 씨의 몸과 방어구는 비에 흠뻑 젖었으며, 강에 빠진 나와 헤스티아 님은 말할 것도 없었다.

【스테이터스】와 【랭크 업】으로 심신이 강화된 우리는 이 정도로는 끄떡없다. 하지만 주신님은 다르다. 강에 빠져 목숨은 건졌지만 몸에서는 완전히 온기가 사라져 쇠약해졌다.

신들은 하계 생활이라는 게임을 즐기기 위해 많은 규칙을 만들었다.

그중 가장 큰 것이 신의 힘 '아르카넘' 사용을 금지한 것이다. 압도적인 신력을 봉인한 신들은 '은혜'를 받지 않은 하계 사람들과 마찬가지, 혹은 그 이하의 존재다. 불로불사라는 불변성만은 변함이 없지만 신들은 컨디션이 나빠지기도 하고 감기에 걸리기도 한다.

하계의 참맛을 맛보기 위해 육체를 '조정'한 것이다. 혹은 '적응'시켰다고 해야 할까.

"어서 어디서 쉬게 해드려야……."

이대로는 주신님이 위험하다. 병 때문에 '아르카넘'이 발동해 천계로 송환되었다는 말은 들어본 적이 없지만, 이분이 괴로움에 허덕인다는 점에는 변함이 없다.

급류 때문에 상당히 떠내려오는 바람에 지금 위치가 어딘지도 알 수가 없다. 비를 맞으며 아스피 씨의 도움을 기다리는 것은 그리 좋은 방법이라고는 할 수 없었다.

비를 그을 곳이, 아니, 온기가 필요했다. 안 그러면 주신님은 더더욱 쇠약해지기만 할 것이다. 내 【파이어볼트】로 불을 피우려 해도, 물기가 없는 연료를 확보하고, 물가를 떠나, 비를 피할 만한 곳에서 차분히 자리를 잡아야만 한다. 하류로 내려가다 보면 분명……!

"암벽을 부수면 동굴 정도는 만들 수 있을지도 모르지만……."

아이즈 씨의 말에 얼굴을 찡그리며 깊고 험준하기 그지없는 계곡을 올려다보았다. 아무것도 없는 회색 하늘은 가차 없이 우리에게 비를 퍼붓고 있었다.

『——끼이아아아아아아아아아아아아아아아아아아아!!』

"?!"

계곡을 빠져나간 우리에게 찢어지는 괴물의 고함소리가 들려왔다.

전방에서, 그리고 머리 위에서 무수한 그림자가 날개를 퍼덕이는 소리와 함께 짓쳐들었다.

"'하피'?!"

지상에 진출한 오리지널 괴물들의 자손, 베올 산지에 서식하는 몬스터의 습격에 눈을 크게 떴다.

'하피'. 반인반조. 여자 얼굴에 새 몸을 가진 몬스터.

허리 위쪽은 가슴이 달린 여성의 몸을 이루었으며 두 팔, 아니, 앞다리는 방패 정도 크기를 가진 날개다. 하반신은 지저분한 깃털에 덮였고 매나 독수리처럼 두 발에 발톱이 달려 있다.

그리고 그 얼굴은—— 여자 얼굴이라고 하면 듣기는 좋지만 우리 인류와는 크게 다르다. 날카로운 이빨이 돋아났으며 깊은 주름이 새겨진 추악한 얼굴. 이런 표현이 용서된다면, 꼭 망집에 사로잡힌 노파 같다. 아니, 그쪽이 훨씬 아름다울 것이다.

어정쩡하게 인간과 비슷한 신체구조를 가진 만큼 보통 몬스터보다도 훨씬 큰 혐오감이 들었다. 무엇보다도 힘든 것은 온몸에서 코가 뒤틀리는 분뇨 같은 악취를 풍긴다는 점이다.

하필 이럴 때……!

맹금처럼 누런 눈을 번들번들 빛내며 짓쳐드는 '하피'의 대군에게 나는 얼굴을 일그러뜨리며 주신님을 떼어놓지 않고자 '마법'으로 반격하려 했다.

그러나.

"그대로 달려."

한 줄기 바람이 질주했다.

검을 뽑는 소리와 함께 바로 옆에서 금색 장발이 휘날리고, 전방에서 밀려들던 하피가 한꺼번에 참살당했다. 절규와 피보라, 그리고 나와 몬스터들의 경악을 자아낸 아이즈 씨는 눈꼬리를 세우며 은검을 번뜩였다.

『————————————————아아아아?!』

쏟아지는 빗속에 헤아릴 수도 없는 까만 깃털이 흩어졌다.

물가를 달려, 도약해, 암벽을 걷어차고 계곡 안을 고속으로 이동하는 금발금안의 여검사. 사방팔방에서 달려드는 금수들이 베어서 찢어지는 소리를 지르며 숨이 끊어진다. 지시대로 주신님을 안은 채 달려가는 내 주위를 금색 광채와 은색 검광이 종횡무진, 그야말로 돔을 이루듯 오가며 접근하는 몬스터들은 예외 없이 양단해버렸다.

마치 검의 결계에 보호를 받는 것만 같았다.

주행을 계속하며 얼굴을 실룩거리는 나는 자신을 에워싼 광경과 말도 안 되게 강한 아이즈 씨의 움직임에, 호위를 받는 몸임에도 전율하고 말았다.

——역시, 너무너무 강해.

오싹해하는 나를 내버려둔 채 텀벙, 텀벙. 날개와 함께 몸이 잘려나간 몇 마리나 되는 하피가 격류에 떨어져 빨려들어갔다. 강가의 바위터에도 헤아릴 수 없는 괴물의 시체가 널브러졌다.

선혈로 물든 계곡을 비가 씻어내렸다.

"……저건."

그리고 마지막 하피가 허공에서 숨이 끊어졌을 때였다.

시선 너머에서 바위터에 착지했던 아이즈 씨가 무언가를 알아차린 것처럼 전방을 바라보았다.

나도 그쪽을 보니—— 이리저리 흔들리는 조그만 빛, 마석등의 불빛이 보였다.

"이봐—! 거기 누가 있어——?!"

범람하려는 강이 나아가는 전방에서 울려 퍼진 사람 목소리.

눈을 크게 뜬 나와 아이즈 씨는 마주 보고 고개를 끄덕이고, 서둘러 다가갔다.

🔥

타닥타닥, 불똥 튀는 소리가 울려 퍼졌다.

방 안을 등나무꽃색으로 물들이며 실내를 따뜻하게 해주는 난로의 불꽃. 싸늘하게 식은 몸을 치유해주는 부드러운 온기에 눈이 몇 번이나 감길 뻔하고, 그때마다 나는 고개를 휘휘 저어 졸음에 저항했다.

눈앞에 있는 침대에 눕힌 주신님의 손을 가만히 잡는다.

"여신님의 용태는 어떻습니까?"

"아, 캄 씨……. 괜찮은 것 같아요. 지금은 주무세요."

노크 소리와 함께 문을 열고 나타난 남성 노인 캄 씨를 보고 나는 일어났다. 소녀와 함께 들어온 고령의 휴먼은 다행이라며 주름투성이 얼굴에 안도의 웃음을 지었다.

——계곡에서 사람과 만날 수 있었던 우리는 이곳 '에다스 마을'로 찾아왔다.

'에다스 마을'은 베올 산지 깊은 곳, 주위가 험준한 절벽에 에워싸인 산간지대에 있는 조그만 촌락이었다. 마치 숨겨진 마을처럼 오도카니 산속에 존재하는 마을로 안내를 받은 나와 아이즈 씨는 놀랐다. 이런 곳에 마을이 있었다니.

우리가 사정을 설명하자, 강이 범람하지 않을지 보러 왔던 젊은이도 마을 사람들도 두말 않고 맞이해주었다. 지금은 촌장인 캄 씨가 자신의 집에 주신님을 재워주고 있다. 나에게도 갈아입으라고 리넨 옷을 주었다.

그들의 호의에 나는 몇 번이나 감사했고, 지금도 캄 씨와 소녀에게 고개를 숙이고 있었다.

"정말 고맙습니다. 주신님을, 도와주셔서……."

"고개를 드십시오, 벨 씨. 이 정도 가지고——"

그리고 말을 하던 캄 씨는 몸을 숙이며 콜록콜록 기침을 했다. 함께 따라온 소녀가 그를 두 손으로 부축했다. 아마도 캄 씨의 딸인지, 휴먼 소녀는 어서 방으로 돌아가자고 걱정스레 말했다.

느릿느릿 그녀에게 손을 든 캄 씨는 천천히 몸을 일으

켰다.

"저, 저기, 무리하지 않으시는 게……."

"아뇨, 괜찮습니다……. 벨 씨, 부디 이 집에서 편안히 계십시오. 어려운 일이 있다면 저희 아이들을 부르셔도 됩니다. 여신님이 쾌차하시도록."

나도 당황하는 가운데, 몸이 약한 캄 씨는 침대에서 잠든 주신님을 가만히 바라보았다.

숱이 적은 수염이 난 늙은 얼굴과 눈동자에 무언가 여러 가지 감정이 깃든 것 같았다. 그는 주신님을 걱정하면서, 몸조심하라고 말하고는 따님과 함께 방을 나갔다.

"저분은 어디가 아픈가봐……."

이제 막 만났을 뿐이지만, 우리가 데려온 주신님을 보고 한번 놀라는가 싶더니 이내 지나치리만큼 헌신적으로 배려를 해준 캄 씨에게 나는 감사의 마음으로 가득했다. 그런 만큼 계속 안색이 좋지 않았던 그에게 걱정이 들었다.

그리고 주신님의 간병을 위해 돌아가니, 창문밖에서 달려오는 그림자가 보였다.

비를 맞으며 이 집 쪽으로 다가오는, 외투를 푹 눌러쓴 그 인물을 보고 나는 잠시 망설인 다음 캄 씨의 따님에게 주신님을 맡기고 서둘러 현관으로 향했다.

"어서 오세요, 아이즈 씨. 저기, 수고하셨어요."

"응, 다녀왔어…… 좀, 어떠셔?"

현관에서 흠뻑 젖은 외투를 벗은 아이즈 씨는 이미 물을 잔뜩 머금은 배틀클로스와 방어구를 드러냈다. 주신님의 용태를 물어보는 그녀에게 수건을 건네주며 안정됐다고 전해주었다.

"그쪽은 어땠나요?"

"라키아 왕국의 병사들도 아스피 씨도 없었어……. 싸운 흔적만 있을 뿐."

아이즈 씨는 이곳 '에다스 마을'에서 주신님의 안전히 확보된 후 즉시 적군의 동태를 살피러 나갔다.

범람 중인 계곡을 이정표 삼아 상류로 거슬러 올라갔다지만, 우리가 떨어졌던 지점의 산길에는 아무도 없었다고 한다. 아스피 씨도 라키아 병사들도 악천후 때문에 철수했으리라는 것이 아이즈 씨의 견해였다. 적군이 아직 주신님을 노리고 산에 머무는지, 완전히 물러났는지는 알 수 없다.

소동에 말려든 끝에 부담만 짊어지게 된 아이즈 씨에게 사과하자, 그녀는 괜찮다고 고개를 가로저었다.

"오라리오하곤 연락이 안 되고…… 도움도, 기대하지 않는 게 좋겠어."

오라리오에 알리려 해도 이미 밤이 깊었으며, 게다가 날씨가 좋지 못하다. 험준한 산지에서 조난당할 가능성, 우리와 멀리 떨어질 위험성——아레스 님의 부대는 나 혼자라면 궁지에 몰아넣을 만큼 숫자도 질도 충실하다——을 고려해 아이즈 씨는 마을로 돌아온 모양이었다.

상급 모험자인 아스피 씨는 분명 도시로 귀환해 이런저런 소식을 전달했겠지만…… 그래도 이런 산촌에 있는 우리의 소식은 파악하지 못했을 것이다.

"그럼 주신님이 기운을 차리실 때까지, 이 마을에서……."

"응, 그게 좋을 거야."

젖은 머리와 목덜미를 따라 흐르는 무수한 물방울을 수건으로 닦아내며 아이즈 씨는 고개를 끄덕였다. 피부에 달라붙은 옷 때문에 눈 둘 곳이 조금 난처해져, 나도 고개를 돌리며 찬성했다.

행동은 세 사람이 함께. 주신님이 회복되는 대로 오라리오로 귀환한다. 그리고 그때까지는 이 마을에서 신세를 진다.

그러는 동안은 릴리나 동료들에게 걱정을 끼치게 되겠지만…… 어쩔 수 없다.

미안함을 품으면서도, 나는 아이즈 씨와 상의해 앞으로의 방침을 결정했다.

마을에 들어온 다음 날, 주신님은 눈을 뜨셨다. 나는 눈물을 글썽이며 기뻐했지만 아직 안정이 필요하다고 해 침대에서 지내게 했으며, 그 다음 날까지도 누워 있어야

했다.

그리고 '에다스 마을'에 들어온 지 사흘이 되는 날 아침.

"미안하다…… 벨."

"그 말씀은 벌써 몇 번이나 들었어요, 주신님. 괜찮다니 깐요."

침대에서 드러누운 채 사죄하는 주신님을 곁에서 간호 하던 나는 눈썹을 늘어뜨리며 웃었다. 안색이 매우 좋아진 주신님은 내 얼굴을 돌려다보고는 미안한 듯 눈을 내리깔 았다.

"여긴…… 좋은, 마을이구나."

"네. 다들 친절하고 따뜻해요."

우리가 있는 방의 창문밖에서는 휴먼이나 데미휴먼 아 이들이 몰래 안을 들여다보고 있었다.

'에다스 마을'은 거슬러 올라가면 놀랍게도 엘프의 향토 였다고 한다. 그것도 '고대'부터 내려오는.

다른 종족과의 교류를 꺼려해 이런 변경 오지에 세워진 폐쇄적인 엘프 마을이었지만, 천 년도 넘는 세월 속에서 차츰 존재가 바뀌어나갔다고 한다. 신들의 강림을 계기로 바깥세상에 관심을 품은 엘프 젊은이들은 계속해서 마을 을 떠나갔고, 그 대신 세상을 버린 다른 종족 사람들이 들 어오게 되었다는 것이다.

현실에 절망한 사람, 위험을 피해 온 사람, 이루어지지 않는 사랑을 관철하고자 상대와 함께 도망친 사람.

그야말로 오라리오에서 쫓겨난 야생 모험자, 반쯤은 죽을 생각으로 이 험준한 베올 산지에 흘러 든 사람들까지, 언제부터인가 이 마을에서는 가리지 않고 받아들이게 되었던 것이다. 이제는 마을의 절반 이상이 그런 사연 있는 사람들의 자손이라고 한다. 그런 배경도 있고 해서 이 마을은 우리 같은 조난자에게 관대하고 외부인에게도 친근하다.

 지도에 실리지 않은, 갈 곳을 잃은 표류자들을 위한 비밀 마을.

 이곳도…… 내가 몰랐던 세계다.

 이 마을에서 여신님의 존재는 어지간히 신기한지, 데미휴먼 사내아이들과 여자아이들은 창밖에서 흥미진진하게 바라보았다. 헤스티아 님이 미소를 지으며 손을 들어주자 뺨을 붉히며 좋아한다.

 "몸은 좀 어떠신가요? 뭐 필요하신 거라도 있으면 말씀해 주세요."

 "아, 리나 씨. 이것저것 고맙습니다."

 방에 들어온 캄 씨의 따님에게 나는 주신님이 많이 회복되었음을 알리고, 이제까지 그랬던 것처럼 고개를 숙였다.

 나보다도 두세 살 연상에 마음 착한 캄 씨의 따님, 그리고 이미 어른이 된 아드님들에게는 많은 신세를 졌다. 주신님을 구해준 이 사람들에게는 아무리 감사해도 모자랄 지경이다.

다만 촌장인 캄 씨는 매우 고령이라, 나이로만 따지면 손자뻘 정도 되는 눈앞의 따님이나 아드님들을 보면 고개를 갸웃하게 되었다. 어머니 같은 분도 이 집에는 보이질 않고.

의아하다고 생각하면서도 의문은 가슴에만 담아둔 채, 나는 조금 전부터 궁금했던 것을 물어보았다.

"저기, 오늘은 무슨 일이 있나요? 어제보다 밖에 나와 있는 사람이 많은 것 같은데……."

"아, 네. 오늘은 풍요를 기원하는 마을 축제가 있어요. 계속 비가 내려 걱정했는데 다행히 멎어서……. 다들 열심히 준비하고 있을 거예요."

창밖으로 보이는 푸른 하늘, 그리고 들려오는 시끌벅적한 소리에, 뒤로 묶은 흑발을 출렁이며 따님은 미소를 지었다. 나도 이해하고 고개를 끄덕였다. 그러고 보니 내가 살던 조그만 마을에도 마을 축제 같은 게 열렸지.

"벨…… 축제 준비를, 거들어드리고 오려무나."

"네?"

입을 연 주신님의 말에 나도, 따님도 놀랐다.

"하, 하지만 주신님이……."

"이렇게 신세를 져놓고 아무 일도 하지 않는다면 여신 체면이 뭐가 되겠느냐. ……부탁한다, 벨."

제법 좋아졌다고는 하지만 곁에서 떠나는 것이 저어되는 나에게 주신님은 미소를 지으며 부탁했다.

……주신님을 도와준 마을 사람들에게는 나도 은혜를 갚고 싶으니.

이대로 아무 일도 하지 않고 돌아간다는 것도 사실 박정한 것 같고, 무엇보다 미련이 남는다.

생각을 고쳐먹은 나는 웃으며 주신님의 부탁을 들어드리기로 했다.

침대 옆에서 돌아보고, 축제 준비를 거들겠다고 말하자 리나 씨도 기뻐했다.

주신님의 간병을 쾌히 맡아준 그녀에게 그 자리를 맡기고 나는 방을 나갔다.

"어, 아이즈 씨."

"안녕……."

복도를 걷다가 아이즈 씨와 마주쳤다.

인사를 하면서 아이즈 씨의 옷차림을 나도 모르게 빤히 들여다보고는, 얼굴을 붉혀버렸다.

"어, 그 뭐냐…… 오, 오늘도 옷이 예쁘네요……."

아이즈 씨의 지금 차림은 배틀클로스나 방어구를 걸친 평범한 모험자 차림이 아니다.

화려한 자수가 들어간 빨간 롱스커트에, 품이 넉넉한 흰색 블라우스. 단추로 여민 색무늬 조끼. 아름다운 금색 장발에도 잘 어울리는 그 복장은 그야말로 시골 아가씨 같은 느낌이었다.

예쁘기는 하지만…… 소박하면서도 귀여움이 눈에 뜨이

는 아이즈 씨를 한참 넋 놓고 바라보았다.

"이게 좋다고, 권해줘서……. 이상, 해?"

"아, 아뇨?! 아주 잘 어울려요!"

옷을 내려다보는 아이즈 씨에게 나는 황급히 고개를 가로저었다.

리넨 옷을 빌려 입은 나와 마찬가지로, 이 사람도 비에 흠뻑 젖은 모험자 장비 대신 캄 씨의 따님에게 옷을 빌렸던 것이다. 여신과 분간이 가지 않을 정도로 아름다운 아이즈 씨에게 따님은 그만 신이 나서 이것저것 예쁜 옷을 골라주었다고 한다.

내가 칭찬하자 이 사람은 고개를 조금 옆으로 갸웃하며, 뺨을 살짝 물들이고…… 난처한 듯 멋쩍어했다. ——쿠쿵!! 그녀의 몸짓 하나하나에 가슴을 꿰뚫려, 칭찬을 해준 내가 가슴을 부여잡고 허덕이는 꼴이 되었다. 새빨갛게 물들어 부들부들 떠는 어리석은 나를 아이즈 씨는 의아하게 바라보았다.

내가 혼자 밖으로 나가려 하는 것을 알아차리고 아이즈 씨가 물었다.

"어디, 나가?"

"아, 네. 오늘 마을 축제가 있다고 해서, 준비를 도우러요."

지난 사흘 동안 나는 주신님에게만 붙어 있느라 거의 방 안에서만 보냈다. 아이즈 씨는 어떤가 하면.

『경호할래.』

그렇게 말하고는, 우리를 지키기 위해——그렇다기보다는 할 일을 찾지 못한 것처럼——방 앞에 서 있기도 하고, 집안을 얼쩡거리기도 했다. 비 때문에 외출도 불가능했으니.

가련한 시골 아가씨 차림으로 검을 찬 모습은 조금 균형이 안 맞는달까, 어딘가 살벌해서 나나 아드님들을 겁먹게 만들었지만…… 내용물은 진짜 검사라 쓸데없이 더 잘 어울리니 그야말로 참.

사정을 설명하자 그녀는 흠흠 고개를 끄덕이더니 말했다.

"나도 갈래."

"어, 그래도 괜찮겠어요?"

"응. 옷도 빌렸고, 밥도 얻어먹었고…… 나도 돕고 싶어."

표정은 여느 때처럼 희박했지만 그렇게 말해주니 나도 기뻐졌다.

우리는 둘이서 캄 씨의 집을 나왔다.

"처음 왔을 때는 어둡고 비도 내려서 잘 몰랐지만…… 이 마을도 꽤 넓지 않나요?"

"그러게……."

지면의 물구덩이가 푸른 하늘을 반사하는 가운데, 나와 아이즈 씨는 주위를 오가는 마을 사람들에게 말을 걸어 축제 준비를 돕기 시작했다.

원래 엘프 마을이기도 해서 그런지 '에다스 마을'은 의외로 넓고 사방이 숲이었다. 키가 큰 나무들, 그리고 베올 산지의 절벽에 에워싸인 산간 마을은 분명 발견하기 어려울 것 같아 숨겨진 마을이라는 표현이 딱 맞아떨어지는 기분이었다.

이미 우리의 정보가 널리 퍼졌는지, 촌장인 캄 씨의 집을 나온 나와 아이즈 씨에게는 자연스레 이목이 모여들었다. 그중에서도 뛰어난 용모를 가진 아이즈 씨에게는 남성들이 입을 벌리고 쳐다보았으며, 기혼자들은 그러다 부인에게 뺨을 꼬집혔다. 흥분한 아줌마나 아이들에게 붙잡혀서는 칭찬을 받는 아이즈 씨는 보기 드물게 갈팡질팡 난처한 모습을 보여 내 웃음을 자아냈다.

많은 민가가 늘어선 마을의 한복판, 광장에는 테이블이며 모닥불이 준비되어 이미 설치가 끝났다. 평소에는 사냥꾼 같은 일을 하는 것으로 보이는 다부진 아저씨들에게 지시를 받아, 나는 아이즈 씨와 헤어져 마을 안을 이리저리 뛰어다녔다.

"저기…… 아까부터 궁금했는데요, 이건 뭔가요?"

여러 종족으로 이루어진 마을 사람들이 아이들까지 총동원되어 준비에 열을 올리고, 눈 깜짝할 사이에 시간이 흘러 저녁이 되었다.

목재나 장식을 운반하면서 나는 마을 안에서 어떤 물건을 몇 번이나 발견했다.

어딘가 기분 나쁘게 생겼으며 칠흑색 광택을 뿜어내는,

마치 흑요석 같은 물체.

크기는 내 몸통만하며, 마을 가장자리인 숲과의 경계를 따라 비석처럼 놓여 있다.

마치 마을을 지키는 것처럼 놓인 시커먼 덩어리에 대해 내가 묻자, 근처에 있던 수인 아줌마가 대답해주었다.

"아, 그건 흑룡님의 비늘이야."

"——네?"

처음에는 귀를 의심했다.

피가 번진 것처럼 저녁놀 색으로 물든 하늘 아래, 잘못 들었나 싶어 동요하며 나는 태연한 아줌마에게 몸을 내밀었다.

"흐, '흑룡'이라면…… 동화 같은 데 나오는, 그거요……?!"

"응, 그거. 아주 옛날에 영웅님에게 쫓겨 오라리오에서 북쪽으로 떠나갔을 때, 몸에서 빠진 비늘이 이 마을에 떨어졌거든."

장수 종족인 엘프들에게서 전해 내려왔다는 마을의 전승을 아줌마가 들려주었다.

아득한 옛날, 전설의 괴물이 이 마을 상공을 지나가면서, 비늘을 떨어뜨렸다고……?

"몬스터 소굴에 에워싸인 이 마을이 어떻게 습격을 당하지 않는지 이상하게 생각하지 않았어?"

"그, 그건……."

나와 아이즈 씨가 '하피'에게 습격을 당했던 것처럼 오늘

까지 이 마을이 한 번도 몬스터의 습격을 받지 않았다는
데 분명 위화감을 품기는 했지만…….

"몬스터는 말야, 이 비늘에 겁을 먹고 다가오질 않는대.
우린 흑룡님 덕에 무사히 살아갈 수 있는 거야."

비늘에서 발산되는 용왕의 기척, 혹은 힘의 파동.

이미 단절된 괴물의 존재를 본능으로 느껴버리는 몬스
터들은 공포에 떨며 다가오려 하지 않고, 그 덕에 이곳
'에다스 마을'은 평온을 유지할 수 있다는 것이다.

내가 멍청히 서 있으려니, 아줌마는 눈을 감으며 두 손
을 맞잡고 칠흑의 비늘에 기도를 올렸다.

"……몬스터를 받들다니, 이상하다는 거야 알지만. 그래
도 우리를 살려주는 건 모험자도 아니고 신도 아니고……
이 비늘이거든."

——그리고 무엇보다, 두려워하는 것이다.

언젠가 포학의 괴물이 침묵을 깨고 세계에 파괴를 가져
올 날을.

그 존재의 은혜를, **위협**을 항상 느끼고 있는 '에다스 마
을' 주민들은 누구보다도 무엇보다도 용의 힘이 세상에 해
방될 것을 두려워한다. 떠받들며 기도하지 않을 수 없을
정도로.

……용의 신앙이 뿌리 깊은 마을.

아니, 재해에 가까운 몬스터를 떠받들고 진정시켜 오늘
의 평화가 내일도 이어지도록 기도하는 마을.

바깥세상과 단절된 '에다스 마을'의 일면을 알고 나는 망연자실했다. 헤르메스 님이 말씀해주셨던 재앙의 존재를 새삼 가까운 곳에서 느껴버렸다.

'흑룡'…… 애꾸눈 용이 남긴 발자취는 어쩌면 다른 지역에도 있지 않을까.

"뭐, 언젠가 흑룡님이 사라지면 우리도 이런 짓은 못 하겠지만……."

두 손을 맞잡고 괴물의 비늘에 계속 기도를 올리며 쓴웃음 짓는 아줌마를 보고, 나는 절절히 깨달았다.

오라리오에 내려진 '3대 퀘스트'의 의미를.

지금도 모두가 갈망하는 세계의 비원을.

"어쩐지 분위기가 이상해졌네. 자자, 준비 얼른 마치자."

"어…… 네."

얼굴을 들고 웃는 아줌마에게, 나는 간신히 고개를 끄덕여 대답했다. 옮기던 목재를 끌어안고 다시 이동했다.

아줌마와 헤어져 일을 마친 후, 멈춰 서서 주위를 둘러보았다.

곳곳에 놓인 용의 비늘 때문인지, 축제 준비가 한창인 마을은 조금 전과는 약간 달리 보였다.

"아……."

작업이 대충 마무리되어 민가 사이를 걷고 있으려니 아이즈 씨가 보였다.

시골 아가씨 차림을 한 그녀는 이쪽에 등을 보인 채 돌로 지은 어떤 조그만 집 앞에 서 있었다.

"아이즈 씨?"

"……"

다가간 나에게 반응을 보이지 않은 채, 아이즈 씨는 안을 들여다보고 있었다.

실내에는 그 비늘 조각이 장식되어 있었다. 그 앞에 음식 같은 공물을 가져다놓은 것을 보면…… 이곳은 제단인가 보다. 마을을 지켜주는 존재에게 기도를 바치는 장소일 것이다.

나와 마찬가지로 이 비늘의 정체와 마을 사람들의 비늘에 대한 자세를 이미 전해 들었는지, 아이즈 씨는 말없이 시선만 보내고 있었다.

"뭔가, 꼭 신 같네요."

공물까지 바치며 외경심을 보이는 용의 신체 일부에, 마치 신에게 하는 것 같다고 나는 본 그대로 감상을 중얼거렸다.

그 순간.

"저런 건 신이 아니야."

칼날처럼 날카로운 말이 나를 갈랐다.

"_____"

이쪽을 돌아보려고도 하지 않은 채 등을 돌리고 터뜨린,

나직하고 싸늘한 부정의 말.

들어본 적도 없는, 감정을 고스란히 드러낸 이 사람의 목소리에 나는 말을 잃었다.

심장이 떨렸다.

그렇게 내뱉은 아이즈 씨에게, 나는 지금, 분명히 겁을 먹었다.

그녀가 어떤 표정을 짓고 있는지도 알지 못한 채 시간이 멎어버렸다.

"가자."

"……네, 네에."

영원처럼 느껴졌던 몇 순간이 지난 후, 아이즈 씨는 천천히 돌아섰다.

이제까지 몇 번이나 보았던 감정이 희박한 표정. 내가 아는 아이즈 씨. 그녀는 전혀 변함없는 태도로 말을 걸고, 오두막 앞에서 발을 떼었다.

한동안 움직이지 못하던 나는 그녀가 멈춰 서서 돌아보는 것을 보고 황급히 따라갔다.

어깨를 나란히 하고 옆얼굴을 슬쩍 살피니, 저녁놀 빛에 얼굴을 물들인 아이즈 씨는 놀랄 정도로 평소와 똑같았다. 조금 전의 광경은 그냥 환상, 내가 들은 말도 단순한 환청이었던 것은 아닐까, 그런 생각이 들 정도였다.

결국 나는 아무것도 묻지 못했다.

아이즈 씨가 마음에 걸렸지만 준비를 일단 마친 나는 주신님을 보러 갔다.

마을 안쪽에 있는, 여러 채의 목조 민가 중에서도 한층 커다란 캄 씨의 집으로 들어가, 우리가 쓰고 있는 방으로 향했다.

"어…… 캄 씨?"

그리고 문을 열고 안으로 들어가니 캄 씨의 모습이 눈에 들어왔다.

주신님은 자고 있었다. 새근새근 숨소리를 내는 어린 여신님을 캄 씨는 침대 곁에 서서 내려다보고 있었다.

내 목소리에, 지팡이를 짚은 노인은 천천히 고개를 들었다.

"안심하십시오. 여신님께는 아무 짓도 하지 않습니다."

"어, 아, 아뇨, 그런 생각은 안 했는데…… 무, 무슨 일이세요?"

당황하며 묻자 캄 씨는 느린 움직임으로 자신의 몸을 내게 돌렸다.

"당신을 기다렸습니다."

놀라는 나에게, 늙은 휴먼은 말을 이었다.

"벨 씨, 이 늙은이에게 잠시 시간을 내주실 수 있으신지요."

그리고 내가 안내를 받아 들어간 곳은 집 안쪽, 캄 씨의 방이었다.

침대와 책장, 의자. 세간은 별로 없었다.

촌장님의 방답게 서류로 보이는 양피지 다발이나 깃털 펜이 있기는 했지만, 움직인 흔적이 없는 것을 보니 최근에는 쓰이지 않은 것 같았다.

"콜록……!"

"괘, 괜찮으세요?!"

갑자기 캄 씨가 기침을 했다. 당황한 나는 따님을 부르려 했지만 그가 손으로 만류했다.

"마음에 두지 마십시오. 저에 대해서는 제가 가장 잘 아니."

걱정하지 말라는 말에 당혹감이 들었다.

깡마른 몸은 중키여서 나와 비슷하거나 조금 더 크다. 거무스름한 색의 백발을 출렁거리는 캄 씨가 미소를 지어, 나는 걱정하면서도 그의 말을 들었다.

창밖이 꼭두서니색으로 물드는 가운데, 캄 씨는 잠시 있다가 선반에서 꺼낸 무언가를 책상 위에 놓았다.

세월의 흔적이 느껴지는, 여기저기 긁힌 탓에 희미하게 밖에 보이지 않는…… 불의 엠블럼.

"이건…… 【파밀리아】의 엠블럼인가요?"

"그렇습니다. 저는 옛날에 어떤 여신님의 권속이었지요."

내가 눈을 크게 뜨자, 캄 씨는 자신의 과거를 털어놓았다.

"저는 그분을 흠모하고, 그리고 그분도 저를 사랑해주셨습니다. 저희는 서로 사랑을 맹세했지요."

"네……?"

여신님과, 서로 사랑을 맹세했다.

나에게는 충격적인 이야기를 들려준 캄 씨는 문득 잠시 눈을 내리깔았다.

"그러나 저는 그분을 지키지 못했습니다. 유일한 권속으로서 지켜드리겠노라 맹세했음에도, 몬스터의 발톱에 그녀의 몸이 찢겨나가……."

"……!"

"반대로 제가 목숨을 건지고…… 그분은 천계로 송환되고 말았습니다."

벌써 50년도 더 지난 일이라고, 캄 씨는 당시의 기억을 되새기는지 시선을 허공에 띄우며 말했다.

여행 도중 흉악한 몬스터의 무리에 습격을 당해 캄 씨는 주신을 잃어버렸다는 것이다. 여신님에게 낭떠러지로 떠밀려 그는 목숨을 건졌고, 또한 실의에 빠져버렸다.

살아갈 희망을 잃은 캄 씨는 한번은 목숨을 버리려고 이곳 '베올 산지'로 왔지만…….

"……이 마을에 도착하고 말았지요. 저는 그분께 구원받은 목숨을 버릴 수가 없었던 겁니다."

의도치 않게 비슷한 처지를 가진 이들과 만나, 따뜻하게 환영을 받아, 눈물을 흘린 캄 씨는 이곳에 뼈를 묻기로 결심했다고 한다. 주신의 송환과 함께 봉인된【스테이터스】── 주신의 유대만을 등에 남기고, 마을을 위해 최선을 다하고, 나중에는 촌장까지 지내게 되었다고 그는 마무리를 지었다.

"……그럼, 리나 씨나 아드님들은?"

"양자입니다. 돌림병으로 부모를 잃거나 버림받아…… 의지할 곳이 없는 아이들을 제가 맡았지요."

그들과는 피가 섞이지 않았다는 사실을 고백했다.

주신에게 평생의 사랑을 맹세한 캄 씨는, 아니, 신을 지키지 못했던 그는 결혼을 해 행복해질 수가 없었다고 한다.

"벨 씨…… 부디 그분을, 당신의 여신님을 지켜주십시오."

말할 필요도 없다고 생각하지만요, 라고 덧붙인 캄 씨는 다시 기침을 했다.

입을 막고 쿨럭거리는 그의 모습에 내가 걱정을 하자, 그는 부드러운 웃음을 지었다.

"저처럼 후회해서는 안 됩니다."

이 사람이 어째서 헤스티아 님께 헌신적이었는지, 나를 신경써주었는지 이제야 알았다.

우리에게서 젊었을 적의 자신들을 겹쳐보고, 잃게 할 수는 없겠다고 도와주었던 것이다.

캄 씨의 미소와 말은 내 마음에 깊이 새겨졌다.

"……으아~."

천장을 올려다보며 헤스티아는 께느른한 목소리를 냈다.

"이젠 잠도 안 와……."

해가 완전히 저문 시각. 꼭두서니색 빛은 흐려지고 창밖은 어둠에 휩싸여갔다.

침대에 드러누운 헤스티아는 부스스 몸을 일으켰다.

"좀 늘어지긴 하지만…… 좋아진 것 같은데."

오히려 이 늘어지는 감각은 사흘이나 누워있었던 반동일 것이라고 생각하며 몸을 내려다보았다.

병에 걸렸던 것도 아니었고, 이제는 식욕도 쓸데없이 잔뜩 솟아난다. 더 이상은 누워있지 않아도 될 것 같다.

"후우~."

땀을 먹어 가슴께가 답답한 리넨 옷——촌장의 딸 것이다——을 파닥파닥 잡아당기는 그녀의 움직임에 맞춰 묶어놓지 않았던 매끄러운 흑발이 출렁거렸다. 누워있느라 좀 여기저기 뻗치기는 했지만.

그때 문득 문을 노크하는 소리가 들렸다.

"실례합니다……."

"바, 발렌아무개 군……?!"

들어온 것은 쟁반을 든 아이즈였다.

그녀는 똑바로 헤스티아에게 다가와, 수프 접시를 얹은 쟁반을 침대 옆에 놓았다.

"몸은, 괜찮으세요……?"

"괘, 괜찮다만…… 벨은?"

어째서 소년이 찾아오지 않느냐고 묻자 아이즈는 조용히 대답했다.

"촌장님과, 이야기를 나누는 것 같아서……."

수프는 캄의 딸이 만들었고, 마을 사람에게 불려나간 그녀가 대신 가져다달라고 부탁했다는 것이다.

쭈뼛거리던 헤스티아는 그때야 비로소 아이즈의 차림을 알아보고 흠칫했다.

"바, 발렌아무개 군? 뭐냐, 그 차림은?!"

"리나 씨에게, 빌렸는데요……?"

"베, 벨을 유혹하려는 게냐……?!"

부들부들 떠는 헤스티아에게 시골 아가씨 차림을 한 아이즈는 고개를 갸웃했다.

헤스티아는 안다. 소년은 이런 목가적 혹은 가정적인 복장이 취향이다.

눈앞의 아름다운 여검사는 오늘 하루에만도 —— 벨의 얼굴을 몇 번이나 붉히게 했음이 분명하다!

"끄으으윽……."

뜬금없을 정도로 사사로운 원념에 신음한 헤스티아는, 이제는 단단히 확인해두어야겠다고 결심했다.

"이리 오거라, 발렌아무개 군."

"?"

까닥까닥 손짓을 하자 아이즈는 시키는 대로 침대 곁에 있는 의자에 앉았다.

"우선은…… 나를 구해주어 고맙다. 또한 폐를 끼쳐 미안하다."

"아뇨……."

"──그리고 본론이다만, 너는 나의 벨을 어떻게 생각하지?"

"어떻게……?"

"있지 않느냐! 그 왜! 어……! 뭐랄까, 인상 같은 거!"

아무리 눈앞의 소녀가 인형처럼 감정이 희박하다 해도 신 앞에서는 거짓말을 하지 못한다.

본심을 간파해주겠다! 고 헤스티아는 신의 눈을 가늘게 뜨고 빤히 주시했다.

그 시선을 받은 아이즈는 가녀린 턱을 천장으로 살짝 들며 생각하는 시간을 둔 후, 대답했다.

"……토끼?"

그 대답에 헤스티아는 두 눈을 감고 천천히 고개를 끄덕였다.

"나는 너를 믿었다."

"……?"

턱턱, 아이즈의 어깨를 두드리는 헤스티아.

다소 얼빵함이 발동하기는 했지만, 이건 소년을 털끝만큼도 이성으로 의식하지 않는다는 것임을 헤스티아는 깨달았다. 단숨에 기분이 좋아졌다.

"단, 너무 귀여워하지는 말아다오. 물론 토끼는 귀엽지만 지나치게 귀여워하면 자만해 기어오르니 위험하거든."

"알겠, 습니다……?"

아이즈는 의아한 듯 고개를 갸웃거렸다.

그때 캄의 딸이 들어왔다. 상태를 살피러 돌아온 모양이었다.

"아, 여신님. 이제 많이 좋아지셨나 봐요?"

"덕분에 완전히 기운을 차렸다. 고맙구나."

헤스티아는 그녀에게 감사하며 웃음을 지었다.

"땀 많이 흘리신 것 같은데, 갈아입으실 옷을 준비할까요?"

"으음, 어디 보자……."

물과 수건까지 마련해준 소녀의 호의를 고맙게 받아들이려 했던 헤스티아는 그때 문득.

아이즈의 복장을 응시하더니, 무언가를 떠올린 것처럼 힘차게 고개를 들었다.

"미안하다만 한 가지 청을 들어줄 수 없겠느냐?!"

"벌써 축제가 시작됐구나……."

캄 씨와 생각보다 오래 이야기를 나눈 나는 복도의 창문 너머로 보이는 광경에 발을 멈추었다.

하늘은 완전히 깜깜해졌으며, 축제 준비가 끝난 광장에서는 마을 사람들이 모여 북적거렸다. 광장 중앙에는 굵은 통나무가 쌓여 금방이라도 화톳불을 피우려 하는 중이었다.

어쩐지 고향 마을의 광경이 떠오른 나는 눈을 가늘게 뜨고 주신님이 있는 방으로 향했다.

"벨!"

"어라, 주신——니임?"

전방의 복도에서 다가온 주신님에게 놀란 나는 차림을 보고 한 번 더 놀랐다.

아이즈 씨와 거의 비슷한 시골 아가씨 같은 복장. 빨간색이 눈에 뜨이는 그녀의 것에 비해 주신님의 옷은 푸른색이 기조였다. 길이는 접어서 억지로 맞췄고 가슴은 좀 답답해 보였지만…….

바로 곁에 있는 아이즈 씨와 나란히 선 모습은 마치 자매 같기도 했다.

"헤헤, 어떠냐? 잘 어울리느냐?"

"어, 그게, 잘 어울리긴 어울리는데…… 몸은 이제 괜찮으신 거예요?!"

그야 귀여워서 넋을 잃고 바라볼 것 같지만, 역시 놀라움이 앞서는 나에게 주신님은 괜찮다고 큰소리를 치며 웃었다. 듣자하니 캄 씨의 따님에게 졸라 옷을 받았다나.

아이즈 씨의 옆에 있던 리나 씨는 주신님과 마찬가지로 웃음을 지었다.

"여신님도 용태가 좋아지신 것 같으니, 괜찮다면 축제라도 구경하고 오세요."

그녀의 제안에 주신님은 완전히 흥이 동한 것 같았다. 오랫동안 누워만 있었던 반동인 듯, "꼭 가야 하지 않겠느냐!"라고 역설했다. 몸이 걱정이 되어 말리려는 나의 분투도 허무하게, 아이즈 씨와 함께 셋이서 캄 씨네 집을 나왔다.

"저기, 정말 괜찮아요, 주신님? 정말로 무리하지 않으시는 편이……."

"괜찮다고 했잖느냐! 벨이 그렇게 헌신적으로 달라붙어 간병해주었는데 건강해지지 않으면 이상하지!"

오히려 드러누워만 있는 편이 안 좋을 것 같다고 들썩들썩하는 주신님을 보니 마음이 조마조마해졌다. 하기야 이제는 기운을 차린 것 같지만…… 캄 씨의 말을 들었던 다음인 만큼 자꾸만 과보호하게 된다.

이윽고 우리는 마을 중앙 광장에 도착했다.

"……!"

"호오, 이거 좋구나!"

"……예뻐."

이미 점화된 커다란 화톳불에 주신님과 아이즈 씨가 각각 반응을 보였다. 불가에서는 음식이 제공되었으며 마을 사람들은 음료를 손에 들고 떠들썩했다.

즐겁고도 따뜻한 축제 광경에 주신님도 아이즈 씨도, 쭈뼛거리기만 하던 나도 눈을 가늘게 뜨고 웃었다.

그때 우리를 알아본 마을 사람들이 모여들었다.

"아, 여신님!"

"몸은 이제 괜찮아요?"

드러누워만 있던 주신님을 계속 걱정해준다. 그들 그녀들의 기세에 헤스티아 님은 처음에야 당황했지만, 마을 사람들의 진심에 이내 활짝 웃으며 고맙다고 대답해주었다.

여신님이 회복되었다는 낭보에 마을 사람들은 더욱 들끓었으며, 나와 아이즈 씨도 말려들어 큰 소란이 벌어졌다.

"그런데 세 분은 어쩌다 이런 산속에 오신 거예요?"

"조난당했다고 들었는데."

마을 사람들이 우리의 자세한 사정을 물어보았다.

들썩거리는 그들에게 셋이 함께 포위되어, 그러고 보니 장소가 라키아 왕국군에게 들통 나지는 않았을까 하는 걱정이 들었다. 절벽에 에워싸인 산간이라고는 하지만 불을 피우기도 하고 소란을 떨기도 하니…….

흘끔 아이즈 씨 쪽을 살피자, 그녀도 이제 알아차렸다는 듯 시선을 미묘하게 좌우로 돌리고 있었다. 나는 식은땀을 흘렸다. 왕국군도 오라리오 측에 장소가 발각됐을 가능성이 있는 이상, 아무리 그래도 사흘이나 산에 머물지는 않겠지만…….

"사실은 바보 같은 신에게 휘둘리고 말았다. 뭐, 따지고 보면 내가 멋대로 홈을 뛰쳐나갔던 것이——"

여기까지 말했던 주신님은 우뚝 몸을 멈추었다. 나도 아, 하고 떠올리고 말았다.

그랬다. 우리는 싸우는 중——정확하게는 좀 다르지만——이었다.

순식간에 주신님의 얼굴이 부루퉁해졌다. 당황하는 나에게서 휙 고개를 돌려버린다.

그런 우리를 마을 사람들도, 아이즈 씨도 의아하게 쳐다보았다.

'어, 어떡해, 사과해야……!'

사과한다고 해결될 문제인지는 모르겠지만, 주신님도 흘끔흘끔 시선을 돌려 내가 먼저 움직이기를 기다린다.

내가 당황해 사흘 전 일을 사과하려 했을 때.

"응……?"

노래가 들려왔다.

마을 사람들의 활달한 노래와 손박자. 눈을 돌리니 화톳불 주위에서는 여러 쌍의 남녀가 함께 춤을 추기 시작했다.

주신님도 알아차리고 시선을 돌렸다. 그 말대로 지금 춤을 추는 것은 청년이나 소녀들이었으며, 휴먼에 엘프, 드워프에 수인 등 종족의 조합은 제각각이었다. 공통점이라면 다들 기뻐하는 듯 멋쩍어하는 듯한 표정이라는 점이 아닐까.

"저건 마을의 춤인가? 어쩐지 젊은 아이들이 많은 것 같다만……."

"아, 저건 말이지요……."

주신님의 질문에 곁에 있던 나이 지긋한 휴먼 남성이 웃으며 대답했다.

"마을의 규칙까지는 아닙니다만…… 결혼하지 않은 남자가 춤을 추자고 제안하는 건 말하자면 고백이고, 여자가 받아들이면 경사롭게 연인이 될 수 있다는, 뭐 그런 관습 같은 것이 있어서요……."

"호, 호오?"

설명을 들은 내가 하아~ 감탄하고 있으려니 주신님은 어째서인지 안절부절못하기 시작했다.

"오늘은 풍요를 기원하는 축제이니, 혹시 괜찮으시다면 여신님도 추고 가십시오!"

"저희에게 부디 풍작의 은총을!"

춤을 계기로 주위에 있던 마을 사람들이 모여들어 주신님께 청했다.

헤스티아 님은 풍요를 관장하지는 않는 것 같긴 하지만…… 신과의 교류 자체가 전혀 없는 마을 사람들에게는 별로 상관이 없는지 여신님의 축복을 부탁했다.

　주민들의 목소리에 에워싸인 주신님은 눈을 감고 어흠 헛기침을 했다.

　그리고 스스스슥, 내 눈앞까지 이동하시더니.

　"아~ 벨? 나는 갑자기 신으로서의 책무를 다해야만 하게 된 것 같다만…… 그래서, 음, 그 뭐냐."

　화톳불 불빛을 받아 얼굴을 발그레하게 물들인 주신님은, 어딘가 침착하지 못한 기색으로 말했다.

　"나와 함께 춤을 추겠다면…… 그 건은 물에 흘려보내줄 수도 있다만."

　나는 연신 눈을 깜빡거렸다.

　마을 사람들은 주신님의 그 발언에 일제히 들끓었다. 그들의 흥분에 어깨를 흠칫 떨고 놀라면서도, 이건 거절하려야 거절할 수가 없겠다고, 주위의 모습을 보고 생각했다. 애초에 이걸로 용서해주신다면야 바라마지않던 바이기도 하고…… 게다가, 응, 주신님과 춤을 출 수 있다면, 나도 기쁘고.

　여신으로서 책무를 다해야 한다는 이분에게 도움이 될 수 있다면.

　나는 멋쩍음을 억누르고── 풀어지려 하는 뺨을 다잡으면서, 주신님께 고개를 끄덕였다.

　"알았어요…… 춤춰요, 주신님."

　하지만 주신님은 어째서인지 불만스럽게 입술을 비죽거

렸다.

"제대로 청해다오, 벨. 거기 있는 발렌아무개 군…… 아폴론의 연회에서 저 아이와 추었을 때처럼 말이다."

어리둥절. 나와, 곁에 있던 아이즈 씨가 우뚝 움직임을 멈추었다.

그리고 이내 나는 얼굴을 붉히며 아이즈 씨를 홱 돌아보았다. 그녀는 여전히 의아한 표정으로 고개만 갸웃거렸다.

그, 그야 아폴론 님이 주최했던 '신의 연회' 때 이 사람하고 같이 춤을 추긴 했지만……!

"안 봐도 뻔하다. 분명 젠체하는 말로 춤을 청했겠지?"

얼굴을 붉히고 당황하는 나를 주신님은 그렇게 말하며 흘겨보았다.

"아뇨, 하지만, 주신님……?!"

"이런 건 처음부터 분위기를 만들어야만 하는 거다. 안 그런가, 모두들?"

계속 꽁무니를 빼려 했지만 주신님은 주위의 찬성을 구해 내 도주로를 멋들어지게 봉쇄해버렸다. 여신님의 목소리에 반대하는 사람은 없었다. 마을 사람들은 응응 고개를 끄덕였다.

땀을 삐질삐질 흘리며 내가 아이즈 씨를 살짝 살피자…… 그녀는 나를 빤히 바라보았다. 마치 어떻게 대답할지 신경이 쓰이는 것처럼.

어쩐지 협공을 당하는 것 같은 감각에 사로잡히며……

나는 결국, 주신님의 신의에 거역할 수 없었다.

"……부, 부디, 저와 춤을 추어주십시오, 여신님!"

얼굴을 새빨갛게 물들이며 손을 내밀자, 주신님은 만면의 미소를 지었다.

"그래!"

가늘고 보드라운 손이 내 손을 잡았다.

주신님은 내 손을 잡고 어린아이처럼 화톳불 쪽으로 달려갔다.

마을 사람들의 환성에 배웅을 받으며——아이즈 씨의 얼굴은 결국 보지 못한 채——젊은이들 틈으로 들어갔다.

나와 주신님은 두 손을 맞잡고 즉흥 포크 댄스를 시작했다.

"으, 제법 어렵구나."

"아, 아하하하……."

"신의 위엄을 유지하기 위해 벨 네가 확실하게 리드해다오."

주위 사람들의 흉내를 내며 춤을 추었지만 역시 그리 쉽게는 되지 않았다. 손을 잡으며 뻣뻣하게 춤을 추는 주신님은 그래도 표정을 이리저리 바꾸며 기쁜 것처럼 웃었다.

화톳불 불빛에 아름다운 옆얼굴이, 마을 사람의 옷을 입은 몸이 붉게 물들었다. 빙글빙글 돌며 주신님과 춤을 추는 내 얼굴은 계속 후끈거렸다. 이 열기는 절대 불꽃 탓만은 아닌 것 같았다.

천진난만하게 웃는 주신님에게 나도 간신히 웃음을 지었다.

피어오르는 불똥, 늘어나는 두 사람의 그림자, 손에서 전해지는 온기.

이제는 온 마을 사람들이 지켜보는 가운데, 노래와 손박자에 등을 떠밀리며 우리는 춤을 추고 또 추었다.

"휴우……."

주신님과의 춤이 끝난 것은 화톳불 주위를 몇 바퀴나 돈 후였다.

겨우 만족한 주신님은 나를 풀어주고, 지금은 춤을 추자고 조르는 아이들과 함께 포크 댄스를 춘다.

너무 무리하지는 마세요……라는 말은 이렇게 되면 도저히 못하지.

하프 여자아이와 즐겁게 춤을 추는 주신님의 모습을 광장 한구석에서 바라보며 나는 쓴웃음을 지었다.

"그러고 보니 아이즈 씨는……?"

주신님이 참가해 완전히 흥이 오른 축제 속에서, 나는 마음에 걸린 그 사람을 찾아보았다. 그러자…… 있다. 민가 사이에 혼자 서서, 이 표현이 맞는지는 모르겠지만, 벽에 핀 꽃이 되어 있었다.

나는 종종걸음으로 다가갔다.

"저기, 아이즈 씨."

"……응."

마을 사람들의 눈을 피하듯 약간 기척을 숨긴 아이즈 씨는 나를 흘끔 본 후 모두가 춤추는 광장 한복판을 바라보았다.

"다들 즐거운 것 같네요……."

아버지와 손을 잡은 휴먼 여자아이, 신이 나서 너무 설치다 어머니에게 야단을 맞는 수인 소년.

눈부신 것을 바라보듯, 이런저런 곳에서 피어나는 마을 사람들의 웃음에 아이즈 씨는 금색 눈을 가늘게 떴다.

"……춤, 잘 추더라."

"어…… 고맙습니다."

"……응, 잘 췄어."

"어, 네……."

"……."

"……."

갑자기 칭찬을 받고, 이내 대화가 끊어졌다.

아이즈 씨는 화톳불 방향을 바라보기만 할 뿐 내게는 눈을 돌리려 하지 않았다. 여느 때랑 같다고 하면 여느 때랑 같지만…….

"저, 저기, 춤 안 추세요?"

"다들, 즐거워하는 것 같고…… 내가 들어가면, 안 될 것 같아서."

"그, 그럴 리가요!"

"게다가…… 같이 출 사람이 없으니까."

문득 중얼거린 말에 나는 마음속으로 한참 끙끙거리며 고민한 끝에.

뺨을 붉히며, 조심스레 입을 열었다.

"저……저라도, 괜찮다면…….''

갈라지기도 한 그 말에, 아이즈 씨는 눈을 살짝 크게 뜨면서 겨우 내 쪽을 돌아보았다.

"……같이, 출 거야?"

"어—— 그게, 아이즈 씨가 좋으시다면 말이지만 요……?!"

얼굴을 붉히며 갈팡질팡하는 나를 아이즈 씨는 가만히 바라보았다.

잠시 후, 조심스레 손이 뻗어나오고——

"——콰—앙!!"

"아."

"커흑?!"

옆에서 날아든 주신님의 몸받기가 내 옆구리에 직격했다.

"어허라발렌아무개군춤상대가없느냐?! 그렇다면나와추자꾸나!!"

"……고맙, 습니다?"

옆으로 날아가 끙끙거리는 나를 내버려둔 채 주신님은 가차 없이 아이즈 씨의 손을 잡아끌었다. 눈만 깜빡이던 그녀는 화톳불 주위로 끌려갔다.

그리고 두 사람의 춤이 시작되었다.

한쪽은 귀여운 용모의 어린 여신님, 한쪽은 신비로운 분위기를 띤 아름다운 소녀.

매끄러운 칠흑색 머리와 금색 장발이 파스스 부풀어오르고 화톳불 불빛을 받아 빛났다. 같은 의상도 맞물려 두 사람은 친한 자매처럼 보였다.

아름다운 여신님과 소녀의 춤에 오늘 최고의 갈채가 쏟아졌다.

마을 남성들도 여성들도, 노인도 아이도 아름다운 두 사람에게 박수와 웃음을 보냈다.

바라보던 내 얼굴에도 미소가 퍼지고, 이내 입을 벌리며 웃음을 터뜨렸다.

수많은 웃음에 에워싸여, 놀라기만 하던 그 사람의 입술에도…… 희미한 웃음이 떠올랐다.

모두의 기뻐하는 얼굴에 주신님도 웃으면서, 떠들썩한 축제는 따뜻한 불이 꺼질 때까지 이어졌다.

마을 축제가 겨우 끝을 맞은 후.

나와 주신님, 아이즈 씨는 '에다스 마을' 한구석에서 쉬고 있었다.

"우~ 너무 설쳤구나……. 몸이 후들거린다아."

"그, 그러게 제가 뭐랬어요…….."

결국 마을 아이들과 한바탕 춤을 춘 주신님은 지쳐 땅바닥에 주저앉았다. 평소 체력이 아닌데도 무리를 한 주신님에게 나도 모르게 잔소리를 해버렸다. 우리의 대화에, 곁에 서 있던 아이즈 씨는 아주 작은 소리로 키득 웃었다.

"그래서, 앞으로 어떻게 할지 말인데요…….."

마을 한복판의 광장에서는 뒷정리도 내팽개친 채 남성들이 술에 취한 가운데, 나는 앞으로의 계획에 대해 말을 꺼냈다. 숲과의 경계에 비석처럼 놓인 용의 비늘을 빤히 바라보며 한쪽 팔을 문지르던 주신님이 고개를 들었다.

"그래, 나는 이미 괜찮다. 상당히 폐를 끼쳐버렸다만 이제는 움직일 수 있다마다."

나와 주신님이 판단을 구하듯 시선을 돌리자, 제1급 모험자인 아이즈 씨는 고개를 끄덕였다.

"내일 아침…… 마을을 떠나겠어요."

만전을 기해 새벽이 되면 오라리오로 귀환한다.

아이즈 씨의 판단에 이의를 제기하지 않고 나와 주신님도 동의했다.

오늘 밤에 작별하게 될 마을의 경치와 산간의 밤하늘을 셋이 한동안 바라보았다.

"──여신님!"

그때였다.

마을 안에서 높은 목소리와 함께 여성의 그림자가 이쪽

으로 달려왔다.

캄 씨의 따님 리나 씨였다. 무언가 심상찮은 기색을 느끼고 우리가 일어나자, 그녀는 숨을 헐떡이며 발을 멈추었다.

갑자기 먼 곳에서 들려오는 몬스터의 울음소리. 흉조를 알리는 것 같은 괴물의 외침과 당장이라도 울음을 터뜨릴 것 같은 눈앞의 소녀를 보고 나는 가슴이 불길하게 술렁거리는 것을 느꼈다.

이윽고 눈물을 삼킨 리나 씨는 가슴을 누르며, 목을 쥐어짜내듯 떨리는 목소리로 말했다.

"아버지가, 하늘로 떠나려는 모습을…… 지켜봐주실 수 있으신지요?"

나와 아이즈 씨, 주신님이 방으로 달려가자 그곳에는 양자분들에 에워싸여 침대에 누운 캄 씨가 있었다.

눈을 감은 그 얼굴은 놀라울 정도로 핏기가 없었다. 내가 아연실색할 만큼 생기가 느껴지지 않았다.

"……아버지가, 마지막으로 뵙고 싶으시다고."

아드님 중 한 사람의 말에 나는 할 말을 잃었다.

그럴 수가. 하지만, 축제가 시작되기 전까지는 평범하게 이야기도 나누었는데——

『저에 대해서는 제가 가장 잘 아니.』

그 말의 뜻이…… 이런 거였나요?

내가 뻣뻣이 서 있고 아이즈 씨는 입을 다물었으며, 그리고 주신님이 숨을 헐떡이고 있으려니.

캄 씨의 눈이, 천천히 뜨였다.

"……아아, 여신님. 와주셔서, 정말 감사합니다……."

"……무슨 서운한 말을 하나, 캄 군. 그렇게나 신세를 졌으니 불러주면 달려오고말고."

캄 씨의 눈이 주신님을 발견하고 웃음을 지었다.

주신님도 담담한 웃음을 지으며 침대로 다가갔다.

"당신과 만났을 때, 브리이드 님을 떠올렸습니다……."

캄 씨가 사랑하던 신님의 이름에 주신님은 다시 한 번 놀랐다.

"브리이드라고? 혹시 금발에 눈이 새빨간 그 브리이드 말이냐?"

"아시는, 분입니까……?"

"그렇다마다. 브리이드는 내 절친신이지! 천계에서는 곧잘 함께 놀았고 싸우기도 했다!"

"그랬군요……."

생각지도 못한 주신님들 사이의 인연에 캄 씨도 놀라면서 입가에 웃음을 지었다.

"다정한 분이셨지요……. 누구에게나 허울 없이 대하고, 이 비천한 저를 사랑해 주셨습니다."

"뭐어~ 브리이드가~?! 캄 군, 너는 속았던 거다! 그 녀석은 조금이라도 말발에서 밀릴 것 같으면 나를 땅꼬마라

고 놀렸단 말이다! 키가 조금 크다고 말이지. 분명 네 앞에
서는 폼을 잡고 싶어서 내숭을 떨었을 게다!"

"하, 하하…… 정말인가요? 그거 몰랐군요…….'

헤스티아 님이 한껏 밝은 목소리를 내는 가운데 캄 씨는
웃으려 하다, 실패했다.

왜냐하면 그런 동작 하나도, 말 한 마디도 힘겨운 것처
럼 목소리가 갈라졌으니까.

이윽고 캄 씨의 얼굴에서 표정이 사라졌다.

"여신님, 가르쳐주십시오……. 하늘로 돌아가는 저는,
그분과 만날 수 있습니까……?"

"……분명 브리이드가 찾아줄 게다. 그 녀석은 집념이
장난 아니니."

캄 씨는 그 말을 듣고.

이제는 독백처럼 중얼거렸다.

"두렵습니다…… 그분을 만나지 못하는 것도, 만나는 것
도…… 두렵습니다."

말라버린 눈동자가 허공을 향했다. 초점이 멀어져간다.

눈앞으로 밀려든 이별의 순간에 캄 씨의 하나뿐인 딸이
오열을 필사적으로 참았다.

"브리이드 님, 용서해주십시오…… 지켜드리지 못했던
저를."

떨리는 오른손이, 하늘로 뻗듯, 아주 살짝 떠오른다.

자책에 사로잡힌 힘없는 아버지의 모습을 차마 볼 수 없

없는지 아드님들이 입술을 깨물며 눈을 돌렸다. 아이즈 씨
도 나도 고개를 숙여버렸다.

그리고 헤스티아 님은.

자신의 두 손으로, 천천히 캄 씨의 오른손을 감쌌다.

"고맙다, 캄. 나를 사랑해주어서."

다음 순간, 여신님의 목소리가 바뀌었다.

"＿＿＿＿＿＿"

캄 씨의 눈이 크게 뜨였다.

나도, 아이즈 씨도, 방에 있던 모든 사람들도 눈을 크게
떴다.

헤스티아 님의 것이 아닌 어조, 말, 호흡.

마치 다른 누군가가 몸에 들어온 것처럼, 한 아이에게
자애의 눈빛과 애정 어린 목소리를 보낸다.

자신의 입술을 통해, 절친했던 여신님이 말하는 것인지,
그녀의 말을 자아냈다.

"지금도…… 앞으로도 줄곧, 너를 사랑한다."

잠에 들려는 아이에게 보내주는 신의 자장가.

여신님이 부르는, 사랑의 노래.

캄 씨의 눈에서 눈물이 굴러떨어졌다.

"아아……!"

말라버린 줄로만 알았던 두 눈에서 몇 줄기나 되는 눈물

이 넘쳐났다.

허공 너머에서 존엄한 무언가를 본 것처럼, 입술을 떤다.

"브리이드 님, 저도…… 나도."

사랑합니다.

그것이 캄 씨의 마지막 말이었다.

헤스티아 님이 잡았던 손에서 힘이 빠져나갔다.

캄 씨의 아드님들은 바닥에 눈물을 떨구고, 따님은 얼굴을 두 손으로 가리며 주저앉았다.

나도 눈물을 흘렸다.

그칠 줄 모르는 눈물을 흘렸다.

시야가 젖어들어, 여행을 떠나는 캄 씨의 얼굴이 잘 보이질 않았다. 열심히 팔로 얼굴을 문질렀다.

아이즈 씨도 눈을 내리깔고 있었다.

헤스티아 님은 두 손을 꼭 쥔 채 가만히 가슴 위에 두었다.

여신님에게 사랑을 맹세한 캄 씨의 얼굴은, 내가 이제까지 보았던 그 누구보다도, 무엇보다도.

평온해 보였다.

달빛이 스며들고 있었다.

짐승 울음소리도 괴물의 포효도 끊어져, 정적으로 가득찬 숲속.

뻥 뚫린 공간 한구석에서, 나는 나무 한 그루를 등지고 주저앉아 있었다.

"이런 곳에 있었느냐, 벨."

책상다리를 한 채 고개를 숙이고 있던 내 앞에, 나뭇잎 스치는 소리와 함께 주신님이 나타났다.

마을에서 북쪽으로 나아간 숲속.

캄 씨가 돌아가신 후, 나는 혼자 이곳을 찾아왔다.

그의 부고는 '에다스 마을'에 전해져 잠을 자고 있었을 마을 사람들이 금방 달려와주었다. 침대 위에서 잠든 캄 씨를 보고 모두가 애도하며 눈물을 흘렸다.

그곳에서 들리던 슬픈 목소리를 견딜 수 없어, 참을 수 없어…… 나는 도망치듯 그 자리를 떠났던 것이다.

"……."

"……."

주신님이 내 옆에 앉았다.

푸른 한밤의 어둠 아래에서 침묵을 나누던 나는 고개를 숙인 채 입을 열었다.

"주신님……."

"왜 그러느냐?"

"캄 씨는, 브리이드 님을 만났을까요?"

하계를 떠나 천계로 돌아간 '영혼'의 행방.

송환된 여신님은 정말로 캄 씨를 찾아냈을까 물어보았다.

"……어려울, 지도 모르지. 프레이야 같은 특별한 신들이 있기는 하지만, 아이들의 '영혼'은 원래 죽음 같은 걸 관장하는 신들의 관리영역이거든. 신이라고 모두가 원하는 '영혼'의 심판을 내릴 수 있는 게 아니다."

그리고 하늘로 간 '영혼'은 새하얀 상태가 되어—— 모든 것을 잊고, 다시 태어나 이곳 하계로 돌아온다.

주신님의 설명에 나는 발 위에 모으고 있던 두 주먹을 꽉 쥐었다.

다시 정적이 숲에 돌아왔다.

"—— 역시 우리와 사랑을 나누어서는 안 된다고, 그렇게 생각하느냐?"

"!"

어깨가 흠칫 떨렸다.

고개를 들자, 바로 곁에서 주신님이 웃음을 짓고 있었다.

"저택에서 말다툼을 하고, 벨은 왜 이리 융통성이 없을까 생각했다만…… 그게 아니었구나."

모든 것을 내다보는 것 같은 푸른 눈이 부드럽게 가늘어졌다.

"나도 그만 깜빡했다. 너는 자신이 느꼈던 아픔을 이해

해줄 수 있지……. 다른 누군가에게 같은 아픔을 주는 것
도 두려웠던 게구나."

나는 다시 고개를 숙였다.

전부…… 꿰뚫어보셨다.

"네가 줄곧 마음에 두었던 것이, 돌아가신 할아버지 일
이냐?"

바로 그렇다.

할아버지를 잃고, 혼자가 되어, 온기가 사라졌다.

그때의 아픔을 기억한다. 그때의 공허해져버린 가슴의
아픔을 기억한다.

혼자 놓인 사람의 아픔을 알고 있다.

캄 씨가 그랬다. 여신님께 구원을 받은 마지막 순간
까지, 그 사람은 줄곧 괴로워했다.

——그래도 우리에게는 반드시 끝이 찾아온다.

죽음을 맞아, 다시 태어나, 우리는 그 아픔을 잊을 수
있다.

——하지만 신들은?

영원을 살아가는 신들은, 잊을 수가 없다. 그 아픔은 분
명 신들의 가슴에 씻을 수 없는 상처가 되어 새겨질 것
이다.

친구에서 가족으로, 가족에서 연인으로, 그리고 연인에
서 반려로. 유대가 깊어지면 깊어질수록, 특별해지면 특별
해질수록 잃어버렸을 때의 상처는 깊어지고—— 어찌할

수 없는 상실감이 되어 신들을 잠식하지 않을까.

신들은 우리와 함께 나이를 먹을 수 없다.

신들은 반드시 남는다.

그러니 사랑을 맹세하면, 신들을 괴롭히기만 하는 것 아닐까.

가족을, 그분을 잃었던 나보다도 더한 슬픔이── 신들에게는 약속된 것 아닐까?

그것이 두렵다. 괴롭다. 슬프다.

인간과 인간의 관계와는 다른, 영원을 살아가는 신들이기에 맛보는 공허.

『──벨. 우리의 사랑은 한순간이다.』

미아흐 님은 말씀하셨다. 헤르메스 님도 말씀하셨다.

신들의 사랑은 한순간이다. 한순간의 사랑을 마친 후 영원한 상실감을 끌어안아야만 한다.

한순간의 대가가── 영원한 슬픔.

그것은 너무나 무서운 일이다.

할아버지를 잃었을 때의 슬픔을, 어쩌면 그 이상의 상실감을 수백 년, 수천 년, 수만 년이나 끌어안고 살아가야만 하다니.

그것은 너무나 두려운 일이다.

"……벨. 그렇게 깊이 생각하지 말아다오. 우리는──"

그럴 수 없다.

고개를 가로저었다.

신의 말을 가로막고, 떼를 쓰는 어린아이처럼, 이것만은 들으려 하지 않았다.

나는 영원이라는 척도는 알 수 없다. 말 그대로 상상을 초월한다.

그래도 분명 나라면—— 견딜 수 없을 것이다.

자신이 맛본 그 이상의 상실감을 끊임없이 짊어지다니.

자신이 맛본 그 이상의 상실감을 신들에게 주고 말다니.

그렇게 되느니, 사랑 따위 맹세하지 않는 편이 낫다.

정령과 영웅의 연가와 마찬가지로. 신들과 우리의 사랑은 비애로 끝난다.

신과 자식은 같은 시간을 살아갈 수 없다.

"……벨. 우리와 너희는 같은 시간을 살아가진 못할지도 모른다."

마치 내 마음을 읽은 것처럼 주신님은 내 생각을 말로 바꾸었다.

내가 고개를 들려 하지 않는 가운데, 주신님은 가만히 왼손을 뻗어—— 내 오른손에 겹쳤다.

"그래도 나는 언제까지고 네 곁에 있을 게다."

"네?"

숙였던 머리가 부드러운 목소리에 끌려갔다.

"나는 네가 아무리 나이를 먹더라도, 쪼그랑 할아버지가 되어도 계속 함께 있을 게다. 어디 떼어놓을 줄 아느냐?"

자애로 가득 찬 눈이 나를 바라보았다.

"설령 죽음이, 우리를 한번은 갈라놓는다 해도…… 나는 반드시 너를 만나러 갈 거다."

주신님은 미소를 지으며 말을 이었다.

"수백 년, 수천 년, 수만 년이 걸리더라도, 다시 태어난 너를…… 더 이상은 벨이 아닌 너를, 만나러 갈 거다."

"——"

말을 잃은 내게, 주신님은 말했다.

"그리고 말할 게다. 나의 【파밀리아】가 되지 않겠느냐고."

처음 만났을 때의 광경과 지금의 주신님이 똑같이 겹쳐졌다.

"——아."

눈물이 나올 것 같았다.

이를 악물었다.

몸을 떨며 고개를 숙이고, 흘러넘칠 것 같은 무언가를 열심히 억누르려 했다.

주신님은 그런 내게 두 손을 내밀어 부드럽게 안아주었다.

"하계가 됐든 천계가 됐든 상관없지. 브리이드와 캄 군과 마찬가지다. 너도 또한 만나러 갈 게야."

머리를 가만히 끌어안는다.

나는 어린아이처럼, 아니, 어린아이보다도 꼴사납게 코

를 훌쩍이며 오열을 참았다.

"나만이 아니야. 다른 신들도 너희와의 유대를 영원히 이어나갈 수 있다."

주신님은 내 귓가에 부드럽게 속삭였다.

"우리는 영원을 살아갈 수 있는 신이 아니더냐?"

내 머리를 쓰다듬는다.

"그러니 벨, 우리와의 사랑을 두려워하지 말아다오."

——신들의 사랑에서 도망치지 말아다오.

거절해도 좋고 받아들여도 상관없다, 다만 **두려워하지 는 말아달라**——미아흐 님도 하셨던 말.

눈물샘이 무너졌다. 눈물이 멈추질 않았다. 두려워했던 무언가가 마음속에서 녹아내렸다.

가족, 연인, 반려, 사랑. 이 마음이 무엇인지는 알 수 없다.

주신님에 대한 이 마음이 대체 무엇인지 전혀 알 수 없다.

알 수 없지만, 나는, 그 마음을 입에 담고 말았다.

"주신님…… 저는 언제까지고, 주신님이랑, 함께 있고 싶어요……!"

"응…….."

꽉 안겼다.

그저 울 수밖에 없는 몸이 주신님에게 안겼다.

"언제까지고 함께 있으마, 벨."

달빛이 내리쪼였다.

푸르게 물든 숲속에서, 나는 주신님의 가슴속에서 계속

흐느꼈다.

　　　　　　　　🔥

"……."

소년의 울음소리가 들려왔다.

헤스티아를 벨에게까지 바래다준 아이즈는 그들의 근처에서 나무줄기에 등을 기댄 채 서 있었다.

거리를 두고, 그들과 등을 맞대듯, 그저 선 채로 나무에 기대 있었다.

"언제까지고, 함께……."

소년의 마음과 여신의 말을 들으며, 반추하듯 중얼거린다.

나뭇잎과 나뭇가지가 엷어진 머리 위쪽을 올려다보며, 그 너머에 펼쳐진 밤하늘과 금색 달을 바라보았다.

"엄마……."

입술에서 새어 나온 중얼거림은 하늘로 빨려 들어갔다.

　　　　　　　　🔥

안개가 자욱했다.

밤이 지나 동쪽 방향에서 하늘이 뿌옇게 밝아오기 시작하는 가운데, 나와 주신님, 아이즈 씨는 '에다스 마을'을 출발했다.

결국 캄 씨의 장례식을 거들고 명복을 빌어주느라 하루를 더 보냈다.

'베올 산지'에서 조난을 당한 후 닷새째 새벽, 우리는 마을 사람들에게 작별을 고하고 오라리오로 향했다.

마을의 연장자가, 용의 비늘을 가지고 이따금 시내로 물건을 사러 나간다는 샛길을 가르쳐주어, 숲을 빠져나가서 절벽 틈새를 내려가 완만해진 강물의 흐름을 내려다보며 아침 해에 젖어드는 산을 내려갔다.

"좋은 마을이었지……."

"또 놀러가고 싶네요."

"……간다면, 나도, 같이……."

"어, 그, 그래도 될까요?!"

"응."

"아, 이놈! 어디서 마음대로 약속을 잡고 있느냐, 발렌아무개 군?! 너희【파밀리아】와 같이 가면 될 게 아니냐——!"

나란히 서서 말을 나눈다.

슬픈 일도 있었지만, 그래도 우리의 얼굴은 밝았다. 주신님이 소란을 피우고, 내가 말리고, 아이즈 씨가 여느 때와 다를 바 없는 표정으로 아주 살짝 웃으며, 맑은 산공기에 세 사람의 목소리를 녹여나갔다.

산길에 핀 하얀 안개가 걷히기 시작했다.

"——여기 계셨군요."

"헉, 아스피 씨!!"

터엉. 상공에서 날아와 정면에 착지한 순백색 망토에 나는 놀라 소리를 질렀다. 샌들에서 뻗어나온 금색 날개를 수납하며 아스피 씨는 안도한 표정을 지었다.

"한참 찾았습니다. 【검희】가 있는 이상 생존은 의심하지 않았으나……."

"뭐야? 혹시 오늘까지 계속 찾은 게냐……?"

"아닙니다. 정확하게는 어젯밤부터였지요, 신 헤스티아. 라키아 왕국과의 뒤처리가 있었기에."

안경 위치를 고친 아스피 씨는 우리와 떨어져버린 후의 이야기를 들려주었다.

라키아 왕국군과 교전한 아스피 씨는 간신히 도시까지 철수할 수 있었다고 한다. 그리고 그녀가 가지고 온 정보를 토대로 핀 씨와 신들은 라키아 왕국군의 본대, 아레스 님 생포를 우선시해 움직였다. 부상자가 생겨 움직임이 둔해진 적 본대에 상급 모험자들이 재빨리 달려갔다고 한다.

그리고 뿔뿔이 흩어져 산으로 도망친 일부 병사들은 놓쳤지만, 어제 적군의 주신인 아레스 님을 생포하는 데 성공했다는 것이다. 【파밀리아】의 주신님이 오라리오로 연행되어 전쟁의 승패는 결판이 나고, 어젯밤부터 우리의 수색대가 본격적으로 움직였다. 다른 파벌의 일 같은 거 알 게 뭐냐고, 극히 일부를 제외하면 대부분의 모험자들이 의욕 없는 모습을 보였다지만.

주신 헤르메스 님의 지시로 우리를 찾아낸 아스피 씨는 겨우 어깨에서 짐을 덜었다고 쓴웃음을 지었다.

"한 분씩이라면 제 탈라리아로 도시까지 모셔다드릴 수 있습니다만, 어떻게 하시겠습니까?"

"음—…… 고맙다만 걸어서 가겠다. 내 다리로 걸어 돌아가고 싶은 기분이구나."

아스피 씨의 청에 주신님이 대답했다. 나도 아이즈 씨도 같은 의견이었다.

"알겠습니다. 그러면 저는 한 발 먼저 도시로 돌아가 낭보를 전해두겠습니다. 여러분을 걱정하는 분들이 많을 테니까요."

그렇게 웃음을 지은 아스피 씨는 허리에서 칠흑의 투구를 꺼내 뒤집어썼고, 그 순간 모습이 사라졌다.

나와 주신님이 놀라는 가운데——아이즈 씨는 원래 알고 있었는지 태연했지만——가벼운 비행 소리와 함께 그녀의 기척이 사라졌다.

역시 【페르세우스】…… 매직 아이템을 조합해 그 터무니없는 비행능력을 오라리오에 은폐하고 있나 보다.

어라? 하지만 그 투명 능력을 어디서 뼈아플 정도로 맛본 것 같은데……?

내가 식은땀과 함께 무언가를 떠올리려 했을 때 주신님이 밝은 목소리로 말했다.

"자. 돌아가자꾸나, 오라리오로! 벨프 군과 다른 아이들을 빨리 안심시켜주어야 하지 않겠느냐!"

"네!"

"……발렌아무개 군도, 고맙다. 음, 그 뭐냐, 감사하고 있다."

"네……."

나도, 아이즈 씨도, 감사 인사를 하는 주신님에게 웃음을 지었다.

쑥스러워졌는지 주신님은 앞장서서 산길을 뛰어가기 시작했다.

나와 아이즈 씨도 뒤를 따랐다.

멋지게 넘어질 뻔한 주신님을 우리가 아슬아슬하게 끌어안고, 아침놀에 물든 산을 지나, 이윽고 눈 아래에 펼쳐진 거대한 미궁도시로 달려나갔다.

© Suzuhito Yasuda

에필로그 버스데이

© Suzuhito Yasuda

벨과 헤스티아, 아이즈가 오라리오로 귀환한 후 라키아 왕국군과의 전쟁은 신속히 종결되었다.

경솔하게 오라리오 근교까지 침입했다가 【검희】에게 습격을 당해 부대는 박살이 나고, 여기에 아스피가 원군까지 부른 바람에 아레스 일파는 어쩔 도리도 없이 순식간에 사로잡혔던 것이다.

혼전 속에서 부관 마리우스와 떨어져버리기도 했던 바람에, 군신이라는 별명을 가진 남신은 길드 본부 앞뜰로 연행되었다.

"마, 평소처럼 천계 송환만은 봐준다. 그랬다간 라키아 왕국에 사는 얼라들이 혼란에 빠져서 끔찍한 꼴 겪을 거 아이가. 대신 우리가 잡은 병사들 【스테이터스】는 전부 포기하는기다."

"무, 무슨 소리를 하는 거냐, 로키?!"

"당연한 거 아이가. 그럼 우리 얼라들하고 싸워서 번 【엑세리아】 갖고 내삘라캤나?"

오라리오의 모험자들이 사정을 봐주어——일부 호전적인 【파밀리아】가 입힌 피해를 제외하면——라키아 측에는 그리 많은 사망자가 나오지 않았다. 그러나 오라리오 측은 '전쟁놀이'에 불과한 이번 소동으로 병사들이 얻은 【엑세리아】를 거저 내놓을 수는 없다고 엄명했다.

약 1만이나 되는 병사의 【스테이터스】 포기——오라리오의 신들에게로 컨버전한 후의 【스테이터스】 봉인——를 요구받은 아레스는 한사코 거부했으나, "칵 송환해뻔다"라는 한마디에 피눈물을 흘리며 받아들였다. 훗날 아레스는 시벽 밖에서 약 1만이나 되는 【스테이터스】의 포기 작업을 자지도 쉬지도 못하고 진행했다. 모든 일을 마친 군신은 숨만 간신히 붙어 있었다고 한다.

1만 병사와 아레스는 막대한 배상금과 교환되어 라키아로 돌아갔다. 총대장 이상의 지위를 가진 주신을 신질로 잡힌 왕국군은 오라리오 측이 제시한 모든 교환조건을 받아들였던 것이다.

그동안 되풀이되었던 전쟁 중에서도 이번에 라키아는 주신을 생포당해 역대 최고의 피해를 입었으며, 진저리를 치는 마리우스와 함께 아레스 일행은 왕국으로 돌아갔다.

이렇게 라키아의 여섯 번째 완패로 '제6차 오라리오 침공'은 막을 내리게 되었다.

도시는 처음부터 끝까지 평화로웠다.

"겨우 돌아왔구나……."

아이즈와 헤어진 후, 북쪽 도시문을 지난 헤스티아는 큰 한숨과 함께 웃음을 지었다.

곁에 있던 벨도 메인 스트리트를 비롯한 시내의 경치에 눈을 가늘게 떴다.

"……벨."

"네."

"언제까지고, 함께인 거다."

"──네!"

자신을 올려다보는 헤스티아에게 벨은 활짝 웃으며 목소리를 높였다.

이윽고 그녀가 내민 손을 잡고, 두 사람은 문 앞에서 걸어 나갔다.

울거나 고함을 지르며 이쪽으로 달려오는 여신의 권속들, 웃는 친구신들, 모험을 함께했던 같은 모험자들에게 반대쪽 손을 크게 흔들어주며.

미궁도시는 오늘도 푸른 하늘에 에워싸여 있었다.

땅속 깊은 곳.

수많은 길이 교차하는 광대한 지하미궁.

거대한 나무의 내부를 연상케 하는 수목의 미로.

천장이며 벽면에 무성한 이끼가 푸른색과 녹색으로 빛나 환상적인 비경으로 착각할 만한 경치가 펼쳐져 있었다.

어디선가 흉포한 괴물의 울음소리가 울려 퍼져, 교차하는 나무 미로를 뒤흔들었다.

이윽고,

쩌적.

미궁 한구석에서 벽면에 균열이 내달리고, 또 새로운 몬스터가 태어나려 했다.

쩌적, 쩌저적. 소리를 내며 벽면을 가르고 처음 나타난 것은, 청백색 피부를 가진 팔이었다.

이내 같은 색깔의 어깨, 목덜미, 머리, 다음으로는 단숨에 상반신과 하반신이 나와 지면에 떨어졌다.

팔다리를 가진, 여성을 방불케 하는 매끄러운 선을 그리는 인간형의 체구. 어깨나 허리를 비롯한 몇몇 부분에 돋아난 것은 무수한 비늘.

머리에서 뻗어나온 은청색 장발을 출렁이며, 엎드린 자세에서 천천히 고개를 든다.

이마에 아름다운 붉은 돌이 박힌 한 마리의 몬스터는, 공허한 눈으로 주위를 둘러보고, 수목으로 뒤덮인 천장을 올려다보았다.

가느다란 목이 떨렸다.

"……여긴, 어디?"

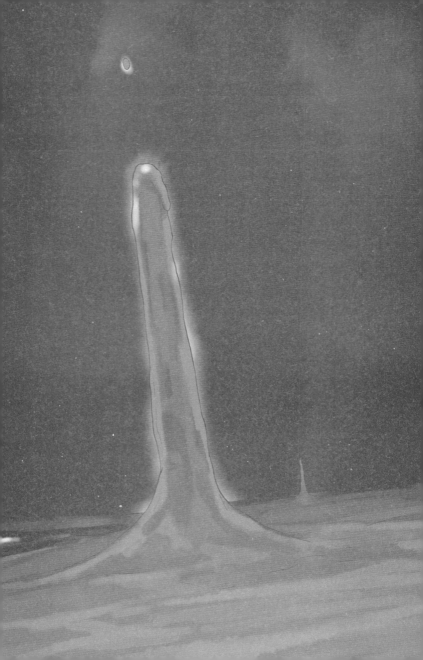

© Suzuhito Yasuda

【벨 크라넬】

소속:【헤스티아 파밀리아】
종족: 휴먼
직업: 모험자
도달 계층: 제18계층
무기: 헤스티아 나이프
소지금: 301,000발리스

© Suzuhito Yasuda

스테이터스

Lv.3

힘: E433   내구: E423   기교: E437   민첩: C647   마력: F391
                                        행운: H   내성: I

《마법》

【파이어볼트】   ·속공마법

《스킬》

【리아리스 프레제】   ·조숙한다.
·마음이 이어지는 한 효과 지속.
·마음의 강도에 따라 효과 향상.

【영웅선망 아르고노트】   ·액티브 액션에 대한 차지 실행권.

《깡총이 Mk-V》

◆ 벨프 제작 방어구 시리즈 제5탄.
◆ 계속해서 파괴당하는 자신의 갑옷에 골머리를 썩힌 벨프가, 종래의 제조법에 개량을 더한 새 스펙.
◆ 《메탈 래빗의 모피》에 얼마 없는 저금을 털어 사들인 정제금속 '딜 아다만타이트'를 조합한 특제.
◆ 인공적으로 경량화된 초경금속으로 방어력을 끌어올렸다.

후기

일상편이라고 해놓고 페이지 수가 500을 넘은 제8권 되겠습니다. 여러분, 정말 죄송합니다.

처음에는 신과 인간의 연애관을 그리고 싶었던 것 같습니다.

하지만 막상 집필에 들어가고 보니 계속 헤맸습니다.

솔직히 말씀드리자면 이제까지 썼던 내용 중에서도 유례를 찾기 힘들 정도로 헤매고 헤맸으며 헤맸습니다. 싸우지 않고 던전던전하지 않는다는 것만으로도 이렇게 쓰기 힘들어지나 싶어 아연실색한 것과 동시에 자신의 부족함을 통감하게 된 것 같습니다. 지난 권 후기에서 '느긋한 일상편을 쓰겠다'고 예고했던 것도 같습니다만 작가는 전혀 숨통을 틔울 수가 없었습니다.

러브코미디는 심오하네요. 절절히 깨달았습니다.

등장인물들이 가슴에 품은 마음이나 갈등을 말로 표현할 수가 없었습니다.

문장으로 나타낼 수가 없다기보다는, 등장인물들의 감정을 잘 파악할 수가 없었습니다. 그들 그녀들이 스스로도 잘 제어하지 못하는 애매한 심정을 포착하지 못해, 단적으로 표현하지도 못하고, 어쩔 수 없이 페이지를 많이 들이게 되는 그런 마이너스 스파이럴에 빠져든 것 같습니다.

신이라는 슈퍼 이종족의 연애관이라는 요소가 결정타를 꽂아버렸던 것도 같습니다.

하지만 쓰길 잘했다는 생각도 들었습니다.

어떤 멋진 남신이, 작가의 손을 떠나서 '신들의 사랑은 한순간'이라고 말해주었죠.

신과 인간과의 연애관이라고 해야 하나, 가치관에 고민했던 작가도 아주 조금 수긍할 수 있었던 것 같습니다. 덕분에 이야기의 축을 바로잡을 수 있었다고 생각합니다. 또한 이제까지 쓰지 못했던 도시의 일상풍경 일부를 묘사하게 되어 즐겁기도 했고요.

그러면 감사와 사죄의 말씀을.

담당 코다키 님, 일러스트 야스다 스즈히토 선생님, 관계자 여러분, 스케줄을 대폭 늦춰버려 대단히 죄송합니다. 그리고 간행할 수 있도록 막대한 힘을 쏟아주셔서 정말 고맙습니다. 두꺼운 이 책을 손에 들고 여기까지 읽어주신 독자 여러분께도 깊이 감사드립니다.

이번 권으로 이야기 제2부가 끝났습니다.

다음 권부터 시작될 제3부도 재미있게 써나갈 수 있도록 열심히 노력할 테니, 부디 함께해주시면 고맙겠습니다.

고맙습니다. 실례합니다.

오모리 후지노

역자후기

일상[日常]
매일 반복되는 보통의 일. (Daum 국어사전)

안녕하세요, 역자입니다.

스포일러가 양과 질 모두 충실한 후기이므로, 아직 본문을 읽지 않으신 분은 1페이지로 돌아가주시기 바랍니다.

그런고로 일상편인 던전만남 8권 되겠습니다. 하지만 이 두께가 일상이 되면 역자는 좀 진지하게 고민을 해봐야 할 것 같습니다. 스케줄이라든가 일정이라든가, 그리고 스케줄이라든가를요.

8권은 일상편이라는 7권의 작가님 후기를 보고 사실 적잖이 안도했더랬습니다. 5권, 6권, 7권을 거치면서 페이지가 늘어나는 기세가 심상찮아, 이대로 가다간 600, 700을 넘어 천 페이지를 돌파하고 상하권으로 나뉘고 합계 3천 페이지를 넘어가고…… 말하자면 〈던전에서 경계선상의 호라이즌을 추구하면 안 되는 걸까 ~안 돼요 역자가 죽어요~〉처럼 될 것 같았거든요. 그래서 일상편이니 페이지도 좀 적겠구나 생각했죠.

그리고 8권 소재본이 택배로 도착했을 때 책을 들고 생각했습니다. 아, 표지를 보니 정말 일상편인 것 같구나. 하지만 이 위화감은 뭘까…… 그렇구나, 이번에도 페이지가 두껍구나. 왜지. 일상편이 520페이지(원서 기준)라니 일상에서도 모험하나!

……아니, 이번에도 재미는 있었지만요. 네. 프롤로그는 예전부터 조금씩 떡밥이 있었던 라키아 왕국과의 전쟁으로 시작되어서 일상은 어떻게 된 거냐고 저도 모르게 태클을 걸었지만 그러거나 말거나 도시는 평화롭다는 반전. 이러한 구조부터 매우 코믹하고 좋았습니다. 물론 그 전쟁 때문에 벨네【파밀리아】까지 말려드는 소동도 일어납니다만 그 안에서도 착실하게 주요 캐릭터들과 서브 캐릭터들은 이벤트를 찍으면서 플래그를 세워나가고……

그리고 보니 일상편이라기보다는 연애편이네요, 이거. 심지어 핀마저 연애 노선을 걷기 시작한 데에는 놀랐습니다. 안 보신 분들도 있겠지만, 외전 4권에서도 사실 조짐은 있었습니다. 그때는 '이거 혹시 대상이 릴리는 아니겠지?'라고 생각은 했지만 설마 그랬을 줄이야…… 이 로리콤 자식! 그 외에도 미코토라든가 시르처럼 예전에는 비중이 그리 크지 않았던 캐릭터들도 착실하게 한 챕터를 차지하고 평소에 보여주지 않았던 모습을 보여주어 그런 면에서도 만족스러웠습니다.

시르 이야기가 나와서 말인데, 좀 엉뚱할지 몰라도 저는 사실 그동안 줄곧 시르가 프레이야일 거라고 생각했습니다. 일단 머리색과 눈 색이 비슷하고(회색/은색), '풍요의 여주인'의 미아 어머니가 프레이야 파밀리아와 줄이 닿고 있고, 시르와 프레이야의 동선이 묘하게 겹칠 때가 있다거나, 프레이야가 무언가 행동을 결심하면 그 후에 시르가 움직인다거나, 프레이야가 아는 사실을 시르가 알고 있거나 그 반대이거나…… 근거는 몇 가지 있었는데요, 이번 8권에서 완벽하게 부정당해버렸습니다 핫핫핫. 뭐 제 지레짐작은 대개 이렇지만요. 다만 무언가 깊이 관련이 있는 것만은 사실인 듯하니 완전히 헛다리는 아닐지도 모르겠습니다. 계속 두근거리면서 지켜보렵니다.

아무튼 이렇게 2부가 마무리되고 3부에 접어든다고 하네요. 외전도 4권에서 1부가 끝났으니 이제부터는 양쪽 모두 새로운 전개로 들어설 모양입니다. 에필로그도 좀 그런 분위기였고…… 그러고 보니 다이달로스 거리의 지하미궁은 외전 4권 마지막에 나왔던 그 이야기와 연관이 있는 것 아닐까 싶네요. 이렇게 언제나 흥미진진한 작품을 맡게 되어 역자로서도 팬으로서도 매우 기쁠 따름입니다……그러니페이지조금만줄여주세요작가님스케줄이위험해요…….

그럼 저는 다음 작품에서 뵙겠습니다.

2015년 8월
김완

DUNGEON NI DEAI WO MOTOMERU NOWA MACHIGATTE IRU DAROKA 8
Copyright © 2015 by Fujino Omori
Illustrations Copyright © 2015 by Suzuhito Yasuda
All rights reserved.
Original Japanese edition published in 2015 by SB Creative Corp.
Korean translation rights arranged with SB Creative Corp., Tokyo
through Eric Yang Agency Co., Seoul.
Korean translation rights © 2015 by Somy Media, Inc..

던전에서 만남을 추구하면 안 되는 걸까 8

2015년 9월 15일 1판 1쇄 발행
2019년 8월 15일 1판 12쇄 발행

저   자 오모리 후지노
옮 긴 이 김완
발 행 인 유재옥
본 부 장 조병권
담당편집자 정영길
편   집 김다솜, 김민지, 이문영, 이성호, 정영길, 조찬희
라이츠담당 박선희, 이슬비
미   술 강혜린, 박은정
디 지 털 최민성, 박지혜
발 행 처 ㈜소미미디어
등   록 제2015-000008호
주   소 서울시 마포구 토정로 222, 403호(신수동, 한국출판콘텐츠센터)
판   매 ㈜소미미디어
마 케 팅 한민지, 한주원
전   화 편집부 (070)4164-3962, 3963 기획실 (02)567-3388
　　　　　　판매 및 마케팅 (02)567-3388, Fax (02)322-7665

ISBN 979-11-5710-192-4 04830
ISBN 979-11-950162-0-4 (세트)